AF190630

Erste Liebe Zweite Chance

Von Sabine Schubert

Erste Liebe

Zweite Chance

Sabine Schubert

Bibliografische Information der Deutschen Nationalbibliothek:
Die Deutsche Nationalbibliothek verzeichnet diese Publikation
in der Deutschen Nationalbibliografie; detaillierte bibliografische
Daten sind im Internet über http://dnb.dnb.de abrufbar.

© 2024 Sabine Schubert
Verlag: BoD · Books on Demand GmbH, In de Tarpen 42,
22848 Norderstedt
Druck: Libri Plureos GmbH, Friedensallee 273, 22763 Hamburg

ISBN: 978-3-7597-9433-8

Mit diesem Buch möchte ich den tausenden Opfern in Mutter-Kind-Heimen in Irland gedenken. Teils geführt von der Kirche und finanziert von der Regierung lebten und starben uneheliche Kinder und ihre Mütter unter grausamen Bedingungen und endeten in namenlosen Massengräbern.

Diese Verbrechen stammen nicht aus dem tiefsten Mittelalter, sondern aus dem 20. Jahrhundert, aus dem Jahrhundert unserer Eltern und Großeltern, in dem auch ich geboren wurde.

Jedes Kind hat ein Recht auf Leben. Und jede Mutter hat ein Recht auf ein Leben mit ihrem Kind.

Egal, woher ein Kind kommt, es ist ein Mensch!

Heimkehr wider Willen

Wer sagt, das Leben sei schön und man könne aus seinem Leben alles machen, was man will, hat nur nicht den Mut, der Wahrheit ins Auge zu blicken und zu gestehen: Das Leben ist nicht immer schön. Es kann sich unverhofft zur Tragik wenden und jene verletzen, die es nicht verdienen. Das Leben bricht Herzen und lässt Menschen erkalten, die voll heißer Liebe waren.

Es wird nie geschehen, dass mehrere Menschen in absolut allen Dingen den gleichen Weg einschlagen wollen. Es muss Kompromisse geben, jemand muss zurückstecken und auf etwas verzichten. Nicht selten kommen dabei die Gerechtigkeit und die Liebe zu kurz, weil der Schwächere immer wieder von Stärkeren zurückgedrängt wird. Einfach zerquetscht wie eine lästige Fliege auf der Obstschale.

Eine dieser Fliegen war Brianna Fynn, dabei sah man es ihr nie an. Sie lebte mit ihrer Tochter Lena in einem gemütlichen Häuschen am Rande einer

Kleinstadt in Deutschland und trug immer ein Lächeln auf den Lippen, wenn sie ihre Tochter ansah. Lena war der einzige Lichtblick in Briannas Leben. Wenn sie sie nur betrachtete, spürte sie Wärme in ihrem sonst so kalten Herzen. Ihre Tochter war die sichtbar gewordene Liebe Briannas. Die einzige Liebe, die sie je gehabt hatte und nie wieder haben würde, wie sie wusste. Deshalb empfand sie mehr Genuss als andere dabei, Lena nur bei den Hausaufgaben zuzusehen. Dann konnte sie sich in ihren Erinnerungen verlieren und lächeln, fiel es ihr sonst auch schwer. War sie allein, ohne das Glück leibhaftig vor sich zu sehen, drückte sie die einsame Traurigkeit zu Boden.

Als Lena aus der Schule kam, warf sie ihre Tasche in die Ecke, ließ sich auf das Sofa fallen und schnaufte durch. Endlich Ferien!

Brianna kam mit einem Tablett zu ihr, das Lenas Aufmerksamkeit nicht so sehr beanspruchte wie der eigenartige Gesichtsausdruck ihrer Mutter. Sie kannte ihre Mutter fast nur mit einem warmen, herzlichen Lächeln voller Liebe. Sie mochte dieses Lächeln, doch an diesem Tag war es nicht echt. Lena konnte selbst nicht benennen, woran sie es festmachte. Vielleicht waren die Augen ihrer Mutter mit Sorgen gefüllt, vielleicht berührte das Lächeln nicht ihr Herz – irgendwas war einfach anders als sonst!

Brianna stellte das Tablett auf den niedrigen Glastisch vor der Couch. Sie hatte Lenas Lieblingskekse – Schokoladenteig mit ganzen Schokoladenstückchen – gebacken. Dazu servierte sie selbst gemachten Eistee und rundete den Anblick mit einem bunten Blumenstrauß aus dem wilden Garten hinterm Haus ab.

Lena sah es nicht mal an. Keinen Blick, keinen Gedanken verschwendete sie an Kekse, Eistee oder Blumen. Mit ernster Miene musterte sie ihre Mutter und suchte den Auslöser für das unwohle Gefühl in ihrem Bauch.

„Was ist los?", fragte sie skeptisch, denn aus der Mimik ihrer Mutter war nichts zu lesen.

„Wieso?"

„Du hast irgendwas."

Brianna griente verlegen in sich hinein. Sie kannten sich gut, das funktionierte in beide Richtungen. Ausreden waren zwecklos und auch unnötig zwischen ihnen. Lena würde die Lüge sowieso erkennen. „Nicht jetzt. Jetzt wird gefeiert.

Wie sieht es denn aus?"

Lena überlegte noch einen Augenblick, ob sie ihre Mutter vorerst vom Haken lassen sollte. Offenbar war es nichts so Schwerwiegendes, dass es nicht noch ein paar Minuten warten würde. Es gab also keinen Grund, sich dem Triumph nicht hinzugeben. Sie begann zu grinsen, breiter als es einem Menschen möglich sein sollte. „Ich hab es in Bio noch geschafft. Das wird teuer für dich."

„Ich ahne es", lachte Brianna in melodischen Klängen und voll Freude, die noch einige Minuten zuvor niemand in ihr gesehen hätte, wenn jemand da gewesen wäre. Sie konnte nicht lachen, nicht mal lächeln, solange ihre sichtbar gewordene Liebe nicht in Sichtweite war.

Sie hatte Lena einen Ansporn für die Schule gegeben. Für jede Eins und jede Zwei bekam sie Geld. Die Zensuren auf dem Zeugnis wurden sogar noch höher vergütet. Es hatte funktioniert. Die Naturwissenschaften waren nicht so Lenas Ding. Eine Drei in Physik, ansonsten jede Menge Einsen und Zweien. Da musste Brianna sehr tief in die Tasche greifen, tat es aber gern. Für Lena waren ihre Schulnoten die beste Einnahmequelle, um ihr Taschengeld aufzubessern. Und passend zu den

Ferien landeten jede Menge Scheine in ihrer Hand. Das war glatt noch ein Grund, warum sie sich auf die Ferien freute.

Kein Geld der Welt war Lena jedoch wichtig genug, wenn sie die Sorgen im Gesicht ihrer Mutter sah. So gut sie auch versuchte, es zu verbergen, gelang es Brianna nicht und Lena forderte eine Erklärung.

„Na schön", schnaufte Brianna und ließ sich neben Lena an die Sofalehne fallen. Es hatte keinen Sinn, sich noch länger vor der Wahrheit zu drücken. Die schlechte Nachricht zu überbringen, war im Moment das schlimmste aller Übel. „Tante Maeve ist krank."

„Was?", hauchte Lena geschockt. „Was hat sie denn?"

Brianna verdrehte lachend die Augen. „Von der Leiter gestürzt, als sie im Regen das Dach reparieren wollte."

„Klingt ganz nach ihr", musste Lena zugeben. „Wie geht es ihr?"

„Sie dreht grad durch, sag ich dir. Sie hat sich einige Knochen gebrochen und ist noch im Krankenhaus."

„Die armen Schwestern", murmelte Lena amüsiert. Sie liebte ihre Tante Maeve, aber die war nicht gerade auf den Mund gefallen, ziemlich herrisch und störrischer als ein Esel.

„Du sagst es", lachte Brianna. Die Erinnerung an das Telefonat war tatsächlich so witzig, dass sie bereute, es nicht für Lena aufgenommen zu haben. „Als ich mit ihr telefoniert hab, hat sie grad eine Schwester nach einem Kaffee losgeschickt, weil man das *Gesöff* ja nicht trinken könne."

„Oh je." Lena versuchte, sich ihre Tante in einem Krankenhausbett vorzustellen, aber es gelang ihr nicht. Tante Maeve war immer hyperaktiv, aufgedreht und ziemlich verrückt. Still in einem Bett herumzuliegen - das passte nicht zu ihr.

„Hör zu", sagte Brianna beschwingt und nahm die Hand ihrer Tochter zwischen ihre. Sie hatte sich entschieden, es einfach auszusprechen. „Sie hat mich gebeten, eine Weile auf ihren Hof aufzupassen."

Lena zog jetzt schon die Brauen zusammen. Eigentlich hatten sie vorgehabt, mit dem Rucksack und einem Zelt einfach loszulaufen. Sie hatten die Ferien in der Wildnis verbringen wollen. Und jetzt?

Von Freiheit in der wilden Natur hin zum Farmleben in Irland! Ganz toll.

„Och man ...", schmollte sie.

„Ich weiß", lächelte Brianna und strich liebevoll eine Strähne hinter Lenas Ohr zurück. „Aber sieh mal, wir haben Tante Maeve viel zu verdanken. Ohne sie könnten wir uns das hier nicht mehr leisten."

Sie schloss mit einem Blick den ganzen Raum ein. Lena wusste das natürlich. Seit sich ihr Vater aus dem Staub gemacht hatte, wurden sie von Tante Maeve unterstützt. Sie überwies ihnen monatlich genug Geld, um das Haus halten zu können.

Aber es war nicht die finanzielle Verpflichtung, es war die Einsicht, ihrer Tante helfen zu wollen, die Lena dazu trieb, niemandem einen Vorwurf zu machen. Unfälle passieren eben und sie war froh, dass Tante Maeve es überlebt hatte und offenbar glimpflich davongekommen war. Dass ihre Ferienpläne nun über den Haufen geworfen wurden, war einfach Pech.

So packte sie nicht ihren extra angeschafften Trekkingrucksack, sondern einen richtigen Koffer. Das Zelt, den Schlafsack und die Isomatte verstaute sie mit den Wanderstiefeln wieder im obersten Fach ihres Schrankes. Vielleicht im nächsten Jahr oder in den Herbstferien, dachte sie und verschloss mit dem Schrank auch ihre Enttäuschung. Es ließ sich ja nicht ändern.

Brianna sah es ihr trotzdem an. Auch ihr blieb es verwehrt, die Vergangenheit zu ändern und den Unfall rückgängig zu machen. Für ihre Tochter wollte sie dennoch wenigstens ein bisschen der geplanten Freiheit einfangen. Sie würden nicht mit dem Flugzeug nach Irland reisen, sondern mit dem Auto.

Als Lena das hörte, begannen ihre Augen zu glänzen. „Wieso das denn? Da sind wir doch ewig unterwegs."

„Zwei Tage vielleicht." Brianna zuckte unbeeindruckt mit den Schultern. „Es ist kein Zelt, aber wenn wir damit zum Schlafen irgendwo stehenbleiben, fühlt es sich vielleicht ein bisschen so an."

„Oh Ma!", quiekte Lena und fiel ihrer Mutter um den Hals. „Das wird witzig! Soll ich Musik holen?"

„Ich hatte es gehofft. Aber überreize mich nicht."

„Keine Sorge!"

Lena rannte noch mal zurück in ihr Zimmer und plünderte ihr nicht gerade knapp gefülltes CD-Regal. Hätte sie das eher gewusst, hätte sie sich noch passende Playlists auf dem Handy erstellt, aber sie mochte es auch, eine CD in den Player zu legen.

Lena wusste, welche Musik ihre Mutter gern hörte, und im Großen und Ganzen lagen sie auf einer Wellenlänge. Ihre Mutter war nicht unbedingt der Schlager- oder Countrytyp. Mit ihr konnte man auch richtige Partys feiern. Von Lenas Lieblingssongs aus den aktuellen Charts hatte Brianna die Texte drauf und tanzte oft mit ihrer Kleinen durchs Haus dazu. Sie war mit siebzehn Mutter geworden, also eine junge Mutter, die den Anschluss nicht verpasst hatte.

Andererseits konnte Lena aber auch zu Rock 'n' Roll richtig tanzen und feiern. Davon hatte sie sich irgendwann einmal eine CD zusammengestellt, die sie zuerst einlegte. Die flotten Takte vertrieben die letzten trüben Gedanken. Sie sangen mit voller Inbrunst mit, während sich Brianna durch den Verkehr schlängelte.

Von Leipzig über die A38 nach Kassel, von dort über die A44 nach Dortmund, ein Stück durch die Niederlande, dann über Antwerpen nach Calais. Bis dahin war Lena noch nie am Meer gewesen. Es hatte sich einfach nicht ergeben und sie war, wenn sie die Wahl gehabt hatte, lieber in die Berge gefahren. Jetzt würde sich gleich zeigen, ob sie seetauglich war. Die Fähre war riesig in ihren Augen, aber gut, wie sollte ein kleines Boot die ungeheure Masse an Autos aufnehmen? Sogar Reisebusse verschlang die Fähre in ihrem Bauch wie ein gigantisches Monster.

Während der etwa eineinhalbstündigen Fahrt stand Lena mit ihrer Mutter unter freiem Himmel an ein Geländer gelehnt und in eine angeregte Unterhaltung vertieft, bestaunte nebenher die Weite des Meeres und war froh darüber, dass ihr überhaupt nicht schlecht wurde. Eine Gruppe Kinder, vermutlich ein Ferienausflug, rannte in regelmäßigen Abständen an ihnen vorbei. Die Sonne lag irgendwo hinter der dicken grauen Masse verborgen. Man konnte nicht mal die Konturen von Wolken erkennen. Es war einfach nur ein grauer Himmel, zu dicht für jeden noch so kleinen Sonnenstrahl. Der Wind so weit auf offener See war wirklich kalt, aber die kleinen Rabauken schien das nicht zu stören. Lena und Brianna waren in dicke Regenjacken gemummelt, die sie bis oben hin geschlossen hatten. Die Kinder dagegen hatten zwar auch Regenjacken übergezogen, trugen darunter allerdings kurze Hosen und Sandalen. Ein kleines Mädchen, vielleicht vier Jahre alt, trug unter der Regenjacke ein niedliches rosa Kleidchen. Sie war langsamer als die Jungen und rannte immer mit einigem Abstand hinter ihnen her. Spaß hatte sie trotzdem daran.

In Dover von der Fähre zu fahren, war ja noch recht einfach. Dabei konnte eigentlich nichts schiefgehen. Sie wurden vom Schiffspersonal in die richtige Richtung gewunken und folgten einfach der ellenlangen Schlange der anderen Autos, mussten noch eine Kontrolle über sich ergehen lassen und wurden dann in den englischen Verkehr entlassen. Und das hieß Linksverkehr!

In der ersten Stunde gab es kein anderes Thema. Ein Navigationssystem sagte ihnen die Richtung an, sie mussten also nicht auch noch mit einer Karte kämpfen. Das machte es nicht leichter. Brianna war noch nie im Linksverkehr gefahren und Lena hatte nicht mal einen Führerschein machen wollen.

An einem Kreisverkehr wäre es definitiv zu einem Crash gekommen, wenn der nette andere Autofahrer nicht den Falschfahrern den Vortritt gelassen hätte. Es war ein Ire, wenn man dem Nummernschild folgte. Er hielt mitten im Kreisverkehr an und gab Brianna mit höflicher Handbewegung den Weg frei. Zum Glück stand auch an ihrem Auto deutlich, dass sie aus Deutschland kamen. Man sah ihr also hoffentlich nach, dass sie so ihre liebe Not mit den Verkehrsregeln hatte. Der Ire lachte auch nur, als sie sich bedankte. Genau wie alle anderen, die wegen ihr an und in dem Kreisverkehr stehenbleiben mussten, weil sie fast verkehrt herum reingefahren wäre und das erst mal korrigieren musste. Was für ein Einstand!

„Endlich", stöhnte Lena erschöpft, als sie Dover verlassen hatten und auf einer Art Landstraße fuhren. Zweispurig, sie konnten also langsam fahren und sich von dem Schock erholen. Aber wichtig! Langsame Fahrer gehören auf die linke Spur, nicht auf die rechte!

Brianna kicherte leise vor sich hin. „Du wolltest doch einen Abenteuerurlaub."

„Aber überleben wollte ich ihn bitte auch noch. Wie rechnet man denn die Geschwindigkeiten um?"

„Mach dir mal keine Sorgen, das krieg ich schon hin", versicherte Brianna liebevoll. „Such lieber mal auf der Karte, wo wir was essen wollen."

„Echt britisch?"

„Wenn ich bitten darf."

In der Hinsicht standen sie sich in nichts nach. Bekamen sie die Chance auf eine neue Erfahrung, dann packten sie sie und ließen sie nicht mehr los. In diesem Falle endete es mit Völlegefühl, Übelkeit und einem ungeplanten Schläfchen auf einem Rastplatz ...

Im Nordwesten von England wartete dann die nächste Fähre, diesmal für eine etwas längere Zeit, die sie zum Schlafen nutzten. Als Lena aufwachte, war ihre Mutter weg. Lena runzelte unsicher die Stirn und rieb sich den Schlaf aus den Augen. Die Bank war nicht unbedingt das, was man *bequem* nennen würde, aber der Kerl da drüben auf dem Stuhl hatte es wohl noch ungemütlicher. Dabei schien er tief und fest zu schlafen. Sein Hintern hing über die Sitzfläche hinweg, sodass er direkt auf dem Steißbein oder der Wirbelsäule saß. Seine Beine hatte er lang ausgestreckt und den Nacken auf der niedrigen Lehne platziert. Lena beobachtete ihn eine Weile. Wenn sie so schlafen würde, würde sie spätestens beim Aufwachen, wenn sie überhaupt hätte einschlafen können, jeden Muskel spüren und sich vermutlich nicht mehr bewegen können.

Sie wandte den Blick ab. Neben ihr, wo ihre Mutter gelegen hatte, lag ein Zettel. *Bin auf dem Deck ganz oben, ganz vorn.*

Lena nahm sich ihren kleinen Rucksack, den sie als Kopfkissen missbraucht hatte, und machte sich verschlafen auf die Suche nach ihrer Mutter.

Brianna war gar nicht erst eingeschlafen. Seit sie sich auf diese Reise begeben hatte, krampfte sich ihr Herz mit jedem Kilometer, den sie näher kamen, mehr zusammen. Die Sonne ging gerade auf. Hinter ihr kroch eine kalte, graue Helligkeit den Himmel hinauf. Vor ihr war es noch fast nachtschwarz, nur einige Umrisse waren zu erkennen. Irland, dachte sie wehmütig. Sie hatte nicht daran geglaubt, je wieder einen Fuß in ihre Heimat zu setzen.

Vor ihrem geistigen Auge baute sich die Vergangenheit auf. Damals war sie siebzehn gewesen und glücklich. Reines und tiefes Glück, wie sie es nie wieder erlebt hatte. Auf den drei Schwestern stand sie im Wind der Höhe. Das Land endete direkt vor ihren Schuhspitzen und fiel senkrecht an die hundert Meter abwärts ins Meer hinein. Die Wellen schlugen laut gegen den

Widerstand und übertönten doch nicht das Rauschen des Windes in ihren Ohren, der wiederum nicht laut genug war, die geflüsterten Worte zu überhören.

„Ich liebe dich."

Ein Lächeln legte sich auf Briannas Lippen, damals wie heute. Sie spürte die starken Arme, die sich um sie gelegt hatten. Hinter ihr stand der eine Mann, den sie immer geliebt hatte, aber nicht hatte lieben dürfen. Sein Gesicht stachelte, er hatte vergessen, sich zu rasieren, aber sie mochte das. Sie schmiegte ihre Wange gegen seine und lehnte sich vertrauensvoll zurück. Auch hinter ihr ging es recht steil abwärts, aber Pad würde sie halten - keine Frage. Wo auch immer sie abzustürzen drohte, würde er stehen und sie halten. Und gemeinsam hielten sie die Hände auf Briannas Bauch, sahen aufs Meer hinaus, schwiegen und genossen.

„Ma!"

Brianna zuckte zusammen und drehte sich erschrocken herum. Dort kam sie – direkt auf sie zu. Die sichtbar gewordene Liebe. Brianna lächelte verträumt. Lena hatte eindeutig die blauen Augen ihres Vaters. Kam Brianna in den Genuss, Lena in die Augen sehen zu dürfen, dann war es, als sähe sie in Patricks Seele hinein.

„Wo träumst du dich denn hin?", fragte Lena amüsiert von dem Blick ihrer Mutter. Den hatte sie noch nie gesehen. So weit fort, aber offenbar an einem schönen Ort.

„Hier und da."

Endlich war Lena nah genug herangekommen. Brianna nahm das schmale Gesicht ihrer Tochter vorsichtig in die Hände, als wäre sie eine zerbrechliche Porzellanpuppe, und küsste sie sanft auf die Stirn. „Ich liebe dich."

Das hörte Lena immer wieder gern. „Ich dich auch, Ma."

Sie drückte sich an sie, schloss die Augen und nahm den milden Rosenduft in sich auf. Ihre Mutter roch immer nach Rosen, aber nicht aufdringlich. Sehr dezent und lieblich. Lena konnte sich nicht an den Tag erinnern, da sie keine Rosen gerochen hatte. Die gehörten einfach dazu.

„Hast du ausgeschlafen?", fragte Brianna leise.

„Geht so", antwortete Lena leichthin. Wenn sie ehrlich war, dann schlief sie beinahe im Stehen ein. Sie war so gefüllt mit Vorfreude auf Irland, dass sie aber nicht mehr schlafen konnte. Es fühlte sich an, als hätte sie die Nähe zu der Insel geweckt, damit sie die Ankunft nicht verschlief. „Wollen wir hier frühstücken oder in Dublin?"

„Ich würde sagen, wir verschieben das auf Dublin oder eine Raststätte dahinter, wenn es in Dublin zu voll ist."

„Guter Idee."

Brianna sah über Lenas Kopf hinweg Irland entgegen. War dies der richtige Augenblick? Sollte sie ihrer Tochter endlich beichten, dass sie ein uneheliches Kind war? Dass der Mann, den sie als Vater kannte, nicht ihr leiblicher Vater war? Sollte sie ihr erzählen, dass Brianna selbst hier in diesem Land aufgewachsen war? Dass sie hier ihre Liebe gefunden und verloren hatte? War es wirklich schon so weit, ihrem Schatz offenbaren zu müssen, dass Brianna nach Hause kehrte? Lena wusste, dass sie irische Wurzeln hatte, aber nicht, dass ihre Mutter noch in Irland geboren worden war. Und auch jetzt brachte Brianna es nicht über sich, ihr davon zu erzählen. Sie hatte mit dem Thema abgeschlossen gehabt und fand sich nur schwer damit ab, dass die alten Wunden wieder aufgerissen wurden. Lena - als Inbegriff ihres neuen, einsamen Lebens - von ihrem alten Leben zu erzählen, hätte beides verbunden und so weit war Brianna selbst noch nicht.

In Dublin mussten sie sich nicht neu an den Linksverkehr gewöhnen, obwohl es auch hier wieder Regeln gab, die es in England nicht gegeben hatte. Brianna war vorbereitet und hatte sicherheitshalber für alle Länder, durch die sie gefahren waren, die wichtigsten Verkehrsregeln ausgedruckt. Vor allem die Geschwindigkeitsbegrenzungen. Wenn sie etwas nicht wusste, bat sie Lena, noch mal nachzusehen. Sobald sie neu in ein Land einfuhren, las Lena alles von sich aus vor und gab sich Mühe, es selbst zu behalten, um im Fall der Fälle schnell genug antworten zu können.

Dublin hatte sich verändert, überlegte Brianna. Es war lange her und sie war auch nicht oft hier gewesen, aber es war moderner geworden. Man hätte es kaum von einer anderen europäischen Großstadt unterscheiden können. Der irische Charme war verlorengegangen. Vielleicht war er in irgendwelchen Winkeln erhalten geblieben, aber da kamen sie nicht vorbei. Ihr Ziel war das County Kerry an der Westküste.

Limerick erschien auf den Schildern und Brianna beobachtete mit Entsetzen, dass die Kilometerangabe dahinter viel zu rasant abnahm.

Dann war es schon vorbei, Limerick lag hinter ihnen.

Sie fuhren in Tralee ein. Hier war Brianna oft im Theater oder zum Tanzen gewesen, wenn sich jemand gefunden hatte, der sie gefahren hatte. Ihr altes Leben, das irische Leben, brach in Sturzbächen über sie herein. Kleinigkeiten, an die sie plötzlich wieder dachte, die sie zuvor jahrelang in ihrem Herzen eingeschlossen hatte, spielten sich vor ihrem geistigen Auge ab, als wäre kein einziger Moment vergangen.

Murphy hatte sie ins Kino eingeladen. Es hatte ein Date nur zum Schein werden sollen. Murphy war ihr bester Freund gewesen und hatte ihr beweisen wollen, dass Pad das nicht hinnehmen würde. Und so war es gekommen. Pad war in die Vorstellung gestürmt, hatte Murphy rausgeprügelt und ihn zusammengestaucht. Brianna hatte lächelnd daneben gestanden und sich bestätigt gefühlt. Es hatte keine Zweifel an ihrer Liebe gegeben.

Als Pad damals mitbekommen hatte, was der Zweck des Ganzen gewesen war und wie dämlich er sich benommen hatte, obwohl ein Liebesgeständnis wohl nie dämlich sein kann, hatte er beide in den Pub eingeladen. Danach waren die drei noch unzertrennlicher gewesen.

Mit Sarah war Brianna damals in eine irische Folklore-Tanzgruppe eingetreten. Sie hatten große Stars werden wollen und von Tralee aus die ganze Welt anvisiert. Nun kehrte Brianna aus der Welt zurück, um ihre Tante Maeve im Krankenhaus in Tralee zu besuchen.

Tante Maeve war in die Jahre gekommen. Mittlerweile war sie Anfang fünfzig und gezeichnet von einem harten Arbeiterleben auf der Farm. Ihre Hände waren von Rissen und Schwielen übersät, ohne ihnen die Sanftheit zu nehmen. Ihr Gesicht war von der Sonne gegerbt und von Falten zerfurcht, hauptsächlich Lachfalten, die ihr ein altes, liebevolles, aber dominantes Gesicht verliehen. Die schroffe Struktur unterstrich vor allem die Härte einer Domina, dabei konnte man mit ihr jede Menge Spaß machen. Nur zum Feind wollte man sie nicht haben.

„Bri!", strahlte sie ihr schon entgegen. „Und die kleine Lena! Mensch, bist du groß geworden!"

Die letzten beiden Sätze mögen einen Widerspruch andeuten, doch jeder im Raum wusste, dass mit „kleine Lena" nicht die Körpergröße gemeint war. Lena würde für ihre Ma und ihre Tante immer die Kleine bleiben, das wusste sie und akzeptierte sie. Es kam einem Kosenamen gleich.

„Tante Maeve!", freute sich Lena und hüpfte in die ausgebreiteten Arme, die sie zu sich riefen. Ihre Tante war schon viele Male zu Besuch bei ihnen gewesen, leider immer nur ein oder zwei Tage. Aber sie hatten oft telefoniert und sich geschrieben. Lena liebte ihre Tante, obwohl sie so weit weg wohnte. Und jetzt … Maeves Bein lag in Gips und war nach oben gebunden worden. Ihr Arm war ebenfalls eingegipst, ein großes Pflaster am Kopf, eine Platzwunde über dem Auge und blaue Flecken überall.

„Wie geht's dir?", fragte Brianna liebevoll, als sie sich auf Maeves anderer Seite in die Umarmung legte.

Maeve seufzte. „Ich werde alt, das sag ich dir. Ich möchte auch noch mal so blühen wie ihr beiden. Ihr könntet fast Schwestern sein."

„So alt bin ich nun auch nicht!", beschwerte sich Lena lachend.

„Hey!", rief Brianna empört. „Was fällt dir eigentlich ein?"

27

Maeve lachte und drückte beide an sich. „Ich freu mich so, dass ihr hier seid, dabei wäre es mir lieber, es wäre nicht nötig." Ihr tat so ziemlich alles weh, das einem wehtun kann. Unterkriegen ließ sie sich davon aber noch lange nicht. Vielleicht sollte sie nur langsam akzeptieren, dass sie keine zwanzig und auch keine dreißig, nicht mal mehr vierzig war.

„Mach dir keinen Kopf, wir packen das schon", versicherte Brianna lächelnd.

In dem Moment sah sie aus wie ihre Mutter, dachte Maeve. Es erschreckte sie jedes Mal, wenn sie diese kalte Grimasse sehen musste. Für einen Außenstehenden war es ein Lächeln, aber nicht für Maeve, die sich noch daran erinnerte, wie vor knapp zwanzig Jahren das Feuer in Briannas Augen brannte. Liebe und Freude funkelten immer in ihrem Blick. In Brianna steckte ein Herz voll Wärme, aber dieses Lächeln eben war so kühl, dass es Maeve eisig den Rücken hinunterlief. Es war nicht so gemeint, das wusste Maeve ganz sicher, aber im Inneren war Brianna eiskalt geworden und vermochte nicht, diese Kälte vor ihrer Tante zu verbergen. Briannas Mutter war genauso, nur dass sie es immer auch nach außen getragen hatte. Brianna schloss die Kälte zusammen mit dem

Schmerz in ihrem Herzen ein. *Ob das so viel gesünder ist*, fragte sich Maeve nicht zum ersten Mal.

Die beiden Besucher hatten Kuchen und Kaffee im Pappbecher dabei und wurden dafür zu Maeves Helden gekrönt. Und Zeit hatten sie auch noch mitgebracht. Sie waren geschafft nach der langen Fahrt, aber sie gönnten sich und ihr die Freuden der Gesellschaft. Erst am Nachmittag verabschiedeten sie sich. Der Hausschlüssel würde beim Nachbarn auf sie warten oder unter der Fußmatte liegen. Nein, das war nicht leichtsinnig von Tante Maeve, sondern normal für diese einsame Gegend Irlands.

„Ich danke dir", sagte Maeve zum Abschied. Sie sagte es ernst und richtete es ausschließlich an Brianna. Sie wusste, was es für das Mädchen von damals bedeutete, als Frau zurückzukehren. Ihre Mutter lebte noch immer in Irland, wenn auch nicht mehr in Briannas Elternhaus, aber die Erinnerungen würden bleiben. Brianna brachte hier ein großes Opfer und Maeve wusste das. Sie hatte sich wehren wollen, aber Brianna hatte darauf bestanden. Das von Maeve empfangene Geld war allerdings kein Grund dafür. Brianna liebte ihre Tante und half ihr gern. Wochenlang könnte der Hof nicht überleben und Maeve müsste ihr Heim, das ihr Leben war, aufgeben. Brianna wusste zu gut, was es heißt, seinen Lebensgrund aufzugeben, deshalb hatte sie nicht gezögert.

Und sie war Maeve dankbar, dass sie keine spitzen Andeutungen fallengelassen hatte. Es wäre typisch für Maeve gewesen, Lena mittels kryptischen Bemerkungen der Wahrheit näher zu bringen, denn ihrer Meinung nach hatte Lena ein Recht darauf. Das zu entscheiden war allerdings nicht Maeves Recht, sondern lag allein in Briannas Händen. So blieb Lena weiterhin unwissend und freute sich unschuldig auf den Hof ihrer Tante, von dem sie schon so viel gehört hatte.

Das Navigationssystem brauchte Brianna theoretisch nicht mehr, denn auf dem Land hatte sich gar nichts verändert. Zugegeben, einige Büsche waren gewachsen, aber sonst … Es schien, als würden die gleichen Schafe und Kühe auf den Weiden stehen. Es war nicht ein Wimpernschlag vergangen. Hier und da gab es neue Häuser und Internetcafés, aber in den kleinen, verschlafenen Dörfern herrschte noch immer die irische Gelassenheit.

Eine Herde Kühe kreuzte ihren Weg. Sie sollten

von der einen Weide nur über die Straße auf die andere Weide gehen. Die hatten Vorrang und die Autos mussten warten. Vor Brianna und Lena stand noch ein Wagen aus Dublin. Der Fahrer fluchte permanent unüberhörbar laut und trieb den Bauern zur Eile an. Der wiederum ließ sich davon nicht stören. In aller Seelenruhe und mit liebevoller Hingabe ließ er seine Kühe über die Straße traben. Wofür denn hetzen? Auf ein paar Minuten kommt es im Leben auch nicht an. Brianna musste zugeben, diesen Teil ihres irischen Blutes hatte sie tatsächlich verlernt. Sie nahm fast alles mit inzwischen kühler Gelassenheit hin, aber sie hatte sich vom deutschen Stress mitreißen lassen. Nie war ihr das so bewusst geworden wie in dem Augenblick, da sie beides in direktem Kontrast vor sich sah. Da schloss sie sich doch lieber dem Bauern und seiner Gemütlichkeit an.

Brianna mochte das Navigationssystem nicht brauchen, abschalten konnte sie es aber auch nicht, sonst hätte sie Lena erklären müssen, woher sie den Weg kannte. Aber als auf dem Schild der Connor-Pass angekündigt wurde, konnte sie nicht widerstehen.

„Hey!", rief Lena erschrocken. „Du bist falsch

abgebogen!"

Sie suchte schon nach einer Wendemöglichkeit, aber ihre Mutter sah nicht aus, als wolle sie wenden. Ganz im Gegenteil. Ein neues Lächeln strahlte sie an. Die Mundwinkel waren nur leicht gehoben, der Rest des Gesichts vollkommen entspannt, aber es war ein seliges Lächeln. Irgendetwas ganz besonders Schönes ging ihr gerade durch den Kopf. Nur was? Lena hatte nicht die leiseste Ahnung, was ihre Mutter hier in der Fremde so in den Bann ziehen könnte.

„Was ist los?"

„Ich zeig dir was", schmunzelte Brianna. Wenn die Fragen ihrer Tochter kommen würden, dann müsste sie sie eben beantworten. Früher oder später würde sich Brianna sowieso nicht mehr davor drücken können. Es gab ein wunderschönes Fleckchen auf dem Weg zu Tante Maeves Hof, den sie ihrer geliebten Lena auf keinen Fall vorenthalten wollte, nur weil sie die Fragen fürchtete.

Kurz unter der Spitze des Passes erwartete sie am Straßenrand ein bezaubernder Wasserfall. Brianna war früher schon der Meinung gewesen, der sähe aus wie gemalt. Wie unecht. Nicht von dieser Welt. Wie kann so viel Grausamkeit und so viel Schönheit in ein und derselben Realität vorkommen, ohne sich gegenseitig zu zerstören?

Für Touristen waren ein Parkplatz angelegt und eine Infotafel aufgestellt worden. Das gab es früher noch nicht, aber darum ging es auch nicht.

„Komm", forderte Brianna, stellte den Motor ab und stieg aus. Wie passend, dass sie allein waren. Keine störenden Urlauber mit Kameras, die die paradiesische Stille mit Lärm gestört hätten.

Lena war gefüllt mit Skepsis. Was sollte denn jetzt kommen? Ihre Ma benahm sich merkwürdig!

Sie folgte ihrer Mutter nicht gleich. Ausgestiegen war sie, aber bevor sie zu dem Wasserfall folgen konnte, musste sie den atemberaubenden Ausblick genießen. Grüne Felder in Wellen – es war traumhaft. Wie lange schon träumte sie nur mithilfe von Bildern von der *Grünen Insel*? Sie hatte sich im Geiste ein Irland der Träume erschaffen und war mit der Angst in den Urlaub gestartet, dass sie enttäuscht werden könnte. Jetzt stand sie mitten im Land ihrer Träume, hatte einen weitschweifenden Blick vor sich und musste gestehen: Ihre Träume waren die pure Enttäuschung, eine Beleidigung der Schönheit dieses Landes!

„Komm schon!", rief Brianna aufgeregt.

Als Lena sich umdrehte, stand ihre Mutter über dem Wasserfall und winkte sie hinterher. Lena war gern bereit für ein eingeschobenes Abenteuer. Diesen wesentlichen Charakterzug hatte sie von ihrer Mutter geerbt, wie ihr bestätigt wurde. Die beiden wussten einen faulen Sonntag auf der Couch durchaus zu schätzen. Lieber war ihnen aber ein aufregender Ausflug in eine Kletterhalle, Sommerski, ein Kletterpark, Inlineskating, Wandern querfeldein, Geo-Tracking, Fallschirmspringen, sogar einen Triathlon hatten sie mitgemacht. Es sprach also nichts dagegen, an den Felsen neben dem Wasserfall hinaufzuklettern.

Hinter dem klaren, plätschernden Wasser ging es noch ein Stück weiter, immer dem Flusslauf entgegen, dann standen sie an einem See, wie ihn Lena noch nie gesehen hatte. Er glich einer natürlichen Badewanne. Direkt dahinter erhoben sich fast senkrechte Berghänge und darin eingebettet eine Mulde, gefüllt mit glasklarem Wasser. Eiskalt und paradiesisch schön. Von hier aus sah man auch die Autos und die Straße nicht. Wären die Berge im Hintergrund nicht gewesen, hätte man meinen können, mit dem Wasserfall endete auch die Welt. Aber dahinter lag die Straße verborgen, weit darunter das Tal und dahinter weitere Berge, die man von hieraus sehen konnte.

„Wow."

Brianna sah ihrer Kleinen gern beim Staunen zu, weil es ehrliche Ehrfurcht vor natürlicher Schönheit war. Lena wusste Orte zu schätzen, an denen man keine menschlichen Einflüsse, nur die wunderbare Perfektion der Natur sehen konnte. Brianna empfand die gleiche Wertschätzung und war froh, dass sie ihrem Kind diese Ansicht während der Erziehung gut genug vermittelt hatte.

Brianna würde nicht offenbaren, wofür sie hier gewesen war und mit wem, aber sie hatte hier viele wunderschöne Stunden verbracht. Mit Freunden zum Feiern und gemeinsamen Jungsein. Sie waren schwimmen gewesen, über die Felsen geklettert und einmal von einem Unwetter überrascht worden. Im Tageslicht ist es nicht schwer, die Wolken zu sehen, wenn sie sich über die Felswand schieben und wie Nebel den Hang hinab zum See kriechen. In der Abenddämmerung hatten sie es nicht bemerkt und plötzlich in strömendem Regen gesessen. Auch nicht so schlimm, sie hatten sich die Kleider von den

Körpern gerissen, im Regen getanzt und waren in den See gesprungen. Damals war Brianna fünfzehn gewesen.

„Woher wusstest du davon?", fragte Lena und sprang vergnügt über die Felsen, die das Ufer säumten. Junge Frösche flohen vor ihr in den See hinein.

Brianna tat, als hätte sie die Frage nicht gehört. „Was hältst du von einem Bad?"

„Jetzt?", lachte Lena. „Das ist eiskalt!" Sie hatte schon eine Hand ins Wasser gehalten, um die Temperatur abzuschätzen. Sie war sich also ganz sicher, dass das Wasser keine Badewannentemperatur hatte.

„Angsthase!", lachte ihre Mutter mit ihr und wiederholte es wie damals: T-Shirt aus, Hose aus, Schuhe aus und mit einem Sprung ins Eiswasser hinein. Als sie auftauchte, grinste sie zufrieden und Lena konnte der Einladung nicht widerstehen. T-Shirt aus, Hose aus, Schuhe aus und langsam hineingleiten lassen, sonst hätte sie womöglich einen Herzstillstand erlitten. Aber wenn sie schon bei inzwischen strahlendem Sonnenschein in Irland stand, dann konnte sie die wärmende Sonne auch für ein Bad ausnutzen.

Nach der Schwimmeinlage ließen sie sich von der Sonne trocknen, plünderten ihre letzten Vorräte an Schokolade und fuhren dann weiter. Einen kurzen Zwischenstopp legten sie auch ganz oben auf dem Pass noch ein, dann gab es kein Zurück mehr. Nächster Halt: Tante Maeves Hof.

Im Dorf von Briannas Kindheit hatte sich nichts verändert. Die Straße war saniert worden, ansonsten sah es noch genauso aus. Und ein Stück weiter, als sie zwischen den weiten Viehweiden in die Richtung von Tante Maeves Hof fuhren, stach es heftig in Briannas Brust. Sie war hier zu Hause gewesen, sie fühlte sich zu Hause, aber es war nicht mehr ihr zu Hause.

Dort an der Ecke hatte Sarah gewohnt, vielleicht wohnte sie immer noch dort. Der einzige Pub im Dorf, in dem Tom an der Bar gestanden hatte, lag direkt neben Murphys Elternhaus. Bei jedem Menschen, den sie sah, bekam Brianna Angst, sie könnte ihn erkennen. Noch größer war jedoch die Angst, man könnte sie erkennen. Es würde nicht lange dauern, bis sich kilometerweit verbreitet hätte, dass sie zurück sei. Mit ihrer Tochter! Eine Tochter, die vielleicht in einer unüberlegten Nacht,

37

unterstützt vom Alkohol, aber in wahnsinnig tiefer und inniger Liebe gezeugt worden war. Das änderte nur nichts an der Tatsache, dass sie eine uneheliche Tochter war. Und dass sie davon nichts ahnte.

Briannas Finger krallten sich um das Lenkrad, als bräuchte sie es zum Festhalten. Sie fuhr genau an dem Hof vorbei, auf dem sie aufgewachsen war. Ihr Blick ging stur geradeaus und sie wünschte sich, ihn nicht gesehen haben zu müssen. Das Tor vor der Weide war noch das Gleiche wie das, an das ihre Mutter sie als Kind gekettet hatte, damit sie nicht weglaufen würde, ohne dass ihre Mutter sie hätte ansehen müssen. Neben der Haustür stand noch immer der Blumenkübel, gegen den sie gefallen war, als ihre Mutter sie aus dem Haus geprügelt hatte. Verzweifelt hatte sie zu Hause auf Hilfe gehofft, als sie von der Schwangerschaft erfahren hatte. Mit üblen Prügeln war sie davongejagt worden. Sie spürte, wie die Tränen der Vergangenheit in ihr aufstiegen. Krampfhaft hielt sie sie zurück. Lena wusste das alles nicht und sollte es auch niemals erfahren. Deswegen hatte Brianna bisher auch noch nicht den Mut gefunden, überhaupt zu offenbaren, dass Lena in Irland gezeugt worden war.

Gleichzeitig musste Brianna mit verbitterter Wut

kämpfen. An der Tür ihres Elternhauses hing ein Schild mit der Aufschrift „céad mile failte" und sollte jeden Besucher willkommen heißen. Brianna hatte nicht ein einziges Mal erlebt, dass irgendjemand willkommen gewesen wäre. Ihre Mutter hatte jeden vertrieben, der sich ihrem Haus auch nur genähert hatte. Bei der eigenen Familie, die sie besuchen kam, war es nicht so leicht gewesen. Sie hatte sie, wie es die Höflichkeit forderte, ins Haus hereingebeten, wo man dann auf die noch unschönere Weise vertrieben worden war. Briannas Mutter hatte es nie geschafft, aus dem Haus ein Heim für Brianna und ihren Vater zu machen, daher hatte sich Brianna umso mehr Mühe gegeben, dass sich Lena wohlfühlte in ihrem zu Hause. Es sollte eben nicht nur ein Haus sein, in dem sie wohnten. Es sollte ein Heim sein, in das man gern zurückkehrt.

„Weißt du, wo wir weiter müssen?", fragte Lena. Sie bemerkte die Anspannung ihrer Mutter nicht. Neben ihrem Fenster gab es so viel zu sehen, dass sie nicht in die andere Richtung blickte. Viel lieber ließ sie ihre Augen auf einem akribischen Rundflug alles aufnehmen, was sie im Vorbeifahren aufzunehmen imstande waren.

Brianna schluckte kurz. Sie wollte die alte Wut

nicht an Lena auslassen. „An der kleinen, roten Tür nach links."

Erstaunt sah Lena nun doch zu ihrer Mutter. „Woher weißt du denn das nun schon wieder? Tante Maeve?", vermutete sie.

Brianna antwortete nicht, lächelte nur vorsichtig. Damit hatte sie nicht gelogen, aber auch die falsche Annahme von Lena nicht korrigiert. Sie fühlte sich mies damit. Das war ihrer Mutter-Tochter-Beziehung nicht würdig.

Die kleine rote Tür hätte sie beinahe übersehen. In ihrer Erinnerung war das Rot nicht so blass gewesen, sondern herausgestochen, als wäre die Tür am falschen Haus verbaut worden. Nach siebzehn Jahren war die intensive Farbe deutlich verblasst und blätterte an einigen Stellen sogar ab. Offenbar war sie seit damals nicht mehr gestrichen worden.

Tante Maeves Haus sah ebenso wie alles andere noch genauso aus wie vor siebzehn Jahren. Auch hier hing ein Willkommensschild an der Haustür, nur dass es für dieses Haus immer so gemeint gewesen war. Tante Maeve hatte nie jemanden draußen stehen lassen, der an ihre Tür geklopft hatte.

Auf den Fensterbrettern standen breite

Blumenkästen - alle leer. Brianna erinnerte sich amüsiert an die vielen Fehlversuche, dort etwas zum Blühen zu bringen. Schlussendlich hatte Brianna die Kästen heimlich bunt angemalt und Maeve hatte nie wieder versucht, irgendwelche Blumen darin anzupflanzen. Die von Brianna aufgetragene Farbe war verblichen und teilweise abgeblättert. Da zeigten sich dann doch die kleinen Spuren der vielen Jahre.

Sie waren noch nicht mal richtig ausgestiegen, als sie schon begrüßt wurden. Aus dem Nachbarhaus kam eine Frau gestürzt, die in Lenas Augen absolut nicht in diese Umgebung passte. Der Bauer von vorhin, der passte hierher. Mit offenem Flanellhemd über dem einfachen T-Shirt, dreckiger Jeans und Gummistiefeln. Diese Dame hier sah aus wie die Requisite in einem Schöner-Wohnen-Katalog. Die Models tragen auch oft Highheels, wenn sie auf der Couch liegen, was ein normaler Mensch wohl nie tun würde.

„Huhu!", rief sie schon von weitem und winkte aufgeregt. Es sah eigentlich so aus, als würde sie die oberen Extremitäten unkontrolliert durch die Luft schleudern. Brianna und Lena hatten sich nach dem Ruf umgeschaut und warteten auf die Frau, die da auf sie zukam. Sie sah so gestresst aus. Niemand hetzte sie, also warum blieb sie nicht ruhig und lief ordentlich bis zu den Besuchern herüber? Trotz der Hektik dauerte es eine gewisse Zeit, ehe sie bis zu ihnen getippelt war.

Brianna rutschte die irische Begrüßung „Dia duit" heraus. Sie hatte es aufhalten wollen, nun war es zu spät. *„Huhu"* war nicht unbedingt das, was man als Ire als höflich empfindet, wenn man Fremde trifft. Diese Frau war auch definitiv keine Irin. Vom Akzent des folgenden Satzes ausgehend tippte Brianna auf eine Italienerin.

„Ich freu mich ja so, dass ihr hier seid und ich Maeve endlich mal was Gutes tun kann. Ich bin Francesca."

Das würde Briannas Verdacht der italienischen Wurzeln bestätigen.

„Brianna. Und das ist meine Tochter Lena."

Die beiden sahen es Francesca genau an. Wie meistens, wenn sie als Mutter und Tochter auftraten, sorgten sie für Schocks. Francesca verzog ganz kurz das Gesicht und Lena war jedes Mal stolz auf diese Reaktion. Sie war nicht stolz darauf, dass ihre Mutter mit siebzehn ein Kind bekommen hatte, aber sie war stolz, eine so junge Mutter zu haben. Die meisten Frauen schwankten im ersten Augenblick zwischen Verachtung und Neid. Verachtung dafür, wie jung Brianna sich hatte schwängern lassen, da ja offenbar auch kein Mann dazugehörte. Und Neid, weil man sie rein äußerlich auch als Mitte bis Ende zwanzig einschätzen konnte.

Francesca war eine Mittvierzigerin und gehörte ganz klar zur zweiten Sorte. Sie wollte es verbergen, aber für einen Wimpernschlag lang huschte ihr Blick an Brianna hinab. Und genau darauf war Lena stolz. Sie konnte mit ihrer Ma auch in die Disko gehen, ohne dass sie irgendwie aufgefallen wäre.

Auch Brianna selbst musste zugeben, sie sonnte sich gern einige Sekunden in dieser entsetzten Starre. Lena war vielleicht nicht bewusst gewollt gezeugt worden, aber definitiv mehr geliebt als manches „Wunschkind". Sie war eine wunderschöne junge Frau geworden, war intelligent, witzig, charmant und auch in der Lage, ernsthafte Gespräche zu führen.

„Du hast den Schlüssel für uns?", fragte Brianna, um Francesca aus der Zwickmühle zu helfen. Sie hätte die Fremde auch noch zappeln lassen können. Manchmal ist es amüsant zu beobachten, wie die

Menschen versuchen, sich aus der Situation zu manövrieren, sich aber nur immer weiter hineinziehen.

„Äh, ja." Francesca reichte den Schlüssel weiter und Brianna musste schon wieder schmunzeln. Maeve hatte das alte Ding tatsächlich immer noch. Brianna hatte den Anhänger aus Maeves Lieblingsschuhen gemacht, als sie endgültig auseinandergefallen waren. Das war nun über fünfundzwanzig Jahre her. Bei solchen Vergleichen wurde ihr bewusst, dass auch an ihr das Alter nicht vorüberging.

„Braucht ihr noch was?", fragte Francesca. „Maeve hat mich gebeten, alle verderblichen Sachen aus dem Kühlschrank zu nehmen, weil sie nicht genau wusste, wann ihr kommt."

„Wir gehen dann noch einkaufen", lächelte Brianna herzlich. „Aber erst mal würde ich mich gern hinlegen."

„Na klar. Kommt an und sagt Bescheid, wenn ihr was braucht. Maeve lässt sich ja nicht helfen, aber ihr vielleicht."

Francesca lachte und winkte zum Abschied, als sie schon wieder über den mit festgetrocknetem

Schlamm überzogenen Boden zu ihrem Haus tippelte. Sie bewohnte keinen der Bauernhöfe, sondern eines der neu errichteten Cottages, die hauptsächlich an Urlauber vermietet werden. Vielleicht gehörte es auch Francesca, sie sah eindeutig nach einer aus, die sich ein Ferienhaus in der Einöde leisten konnte.

„Was für eine nette Frau", flüsterte Lena sarkastisch.

„Oh ja. Die wird wohl jeden Tag rüberkommen und Kontakt suchen."

Lena konnte sich das leise Kichern nicht verkneifen und drehte sich extra vom Nachbarhaus weg. „Weil ihr hier sonst niemand Beachtung schenkt?"

Brianna schmunzelte, sagte nichts und steckte den Schlüssel ins Schloss. Sie durfte feststellen, das hätte sie sich sparen können. Es war nicht abgeschlossen. Typisch für Maeve und typisch für diese Gegend. Das hätte sie mit ihrem Haus in Deutschland nie getan. Aber hier … Ihr Elternhaus war früher immer das Einzige in der ganzen Gegend gewesen, das abgeschlossen war. Überall sonst standen teilweise sogar die Haustüren offen, wenn das Wetter mitspielte. Deshalb trat trotzdem niemand einfach ein. Man klingelte, auch wenn die Tür offen war. Oder man schlich sich als Kind heimlich hinein, wenn man dem Duft der frisch gebackenen Kekse nicht widerstehen konnte ...

Auf der Kommode hinter der Haustür lag ein Brief von Maeve, der ihnen sagte, sie sollten sich wie zu Hause fühlen. Brianna wusste, dass ihre Tante das explizit für sie geschrieben hatte, denn sie war hier zu Hause. Schon immer gewesen. Theoretisch galt das auch für Lena, aber Maeve hatte akzeptiert, dass Brianna diesen Teil für sich behalten wollte.

Alte und neue Freunde

Lena richtete sich notdürftig im Gästezimmer ein. In ihrem Fall hieß das, sie stellte nur die Tasche ab, packte alles aus ihrem Rucksack, das sie nicht unbedingt brauchte, und hängte ihr Handy ans Ladekabel. Alles andere könnte sie später machen. Sie war viel zu aufgeregt, um ihre Kleider aus der Tasche zu nehmen und ordentlich wegzuräumen. Viel lieber hätte sie die Umgebung erkundet.

Als sie zum Schlafzimmer ihrer Mutter kam, war klar, sie würde die Erkundungstour verschieben müssen oder allein gehen. Brianna saß erschöpft auf einem Sessel.

„Hey." Lena hüpfte zu ihr und setzte sich quer auf ihren Schoß.

„Du willst raus, richtig?", erkannte Brianna.

„Aber sicher", lachte Lena auch gleich. Sie

schämte sich nicht für ihre Abenteuersucht.

Brianna hatte normalerweise einen ähnlichen Hang zu aufregenden Unternehmungen. Pad war immer ruhiger und besonnener gewesen als sie, aber mitgemacht hatte er alles. Diesmal fühlte sich Brianna irgendwie nicht so ungezwungen und energiegeladen. Ihre Beine empfand sie als bleiern schwere Anhängsel. Sie mochte sich hier nicht öffentlich zeigen und Gefahr laufen, jemanden zu erkennen, beziehungsweise selbst erkannt zu werden. Ihr Herz begehrte dagegen auf, die süße Vergangenheit mit der trostlosen Gegenwart zu verknüpfen. Die schweren Beine, die hämmernden Schläfen, das unwohle Gefühl im Magen waren körperliche Erscheinungen, die ihr den Herzenswunsch überdeutlich aufzeigten. Sie wollte einfach nicht da raus!

Lena zuliebe würde Brianna jedoch alles tun. „Na dann mal los", schnaufte sie und wollte sich auf die schweren Beine hieven.

Lena ließ ihre Mutter jedoch gar nicht erst aufstehen. „Nichts da! Du legst dich hin. Soll ich mal sehen, wie es mit Vorräten aussieht?"

Brianna runzelte unsicher die Stirn. „Du willst

allein einkaufen?"

Lena dagegen verdrehte die Augen. „Ma, wach auf. Ich bin siebzehn und kann schon alleine einkaufen. Auch in einem fremden Ort."

Wie ungern Brianna dem zustimmte ... „Du hast ja Recht. Nimm dein Handy mit und ruf an, wenn was ist."

„Handy ist nicht so wichtig wie Geld", grinste Lena und nahm sich das Portemonnaie ihrer Mutter, nachdem sie auf ihre Tasche gezeigt hatte.

Brianna stand am Fenster eines Zimmers, in dem sie oft übernachtet hatte, wenn es zu Hause mal wieder Streit gegeben hatte, und sah ihrer fast erwachsenen Tochter nach, wie sie pfeifend und tanzend durch den Ort von Briannas Kindheit spazierte. Was hatte sie sich eigentlich dabei gedacht, sie mitzunehmen? Früher oder später würde sie jemand erkennen. Der Kontakt ließe sich nicht vermeiden. Sie konnten doch nicht bis zu Maeves Rückkehr ohne jeglichen persönlichen Kontakt ausharren. Das passte nicht zu Lena und eigentlich auch nicht zu Brianna, aber hier … Es war ihr lieber, ihre Heimat durchs Fenster zu bewundern, als Gefahr zu laufen, noch jemandem in die Arme zu laufen, den sie kannte. Jemand, der ihr verdeutlichte, dass ein entscheidendes Detail in Briannas Leben fehlte: Pad!

Lena hatte sich den Weg ins Dorf gemerkt. So schwer war es ja auch nicht, wenn sie in einem Ort saß, der aus nicht mehr als drei Straßen bestand.

Sie war von einer Irin geboren worden, das wusste sie. Von Kindesbeinen an hatte ihre Mutter ihr ihre irischen Wurzeln offengelegt. So gehörte sie auch zu den wenigen lebenden Exemplaren der menschlichen Rasse, die Irisch sprachen. Außerdem kannte sie viele irische Lieder. Ihre Mutter hörte sie gern und Lena liebte sie. Es gab nicht viele, die sie nicht hätte mitsingen können. Zumindest von den alten, traditionellen Liedern. Aber auch einige neuere kannte sie. Im gemeinsamen CD-Regal zu Hause im Wohnzimmer gab es eine eigene Rubrik extra für die irische Musikkunst. Von der Harfe und der Panflöte bis hin zu Pub- und Popsongs war alles in vielseitiger Auswahl vertreten.

Und nun spazierte Lena tatsächlich über irischen Boden! Sie fühlte sich, als wäre sie nach Hause gekommen. Sie spürte eine innere Verbundenheit zu dem Land, schon seit sie denken konnte, und bekam damit eine ganz bestimmte Melodie in den Sinn.

„*I'm going home to Ireland*" von Rose Marie. Es drückte eben jenes Gefühl aus, das gerade in Lena vorherrschte. Eine unbändige Euphorie, die aus ihr herauszuplatzen drohte. Am liebsten hätte sie ein lautes Quieken von sich gegeben! Sie unterdrückte das unmenschliche Geräusch jedoch und summte lieber das Lied vor sich hin, während sie die Straße entlangtanzte und sich dabei fühlte, wie in himmlische Gefilde versetzt.

Der Geruch der feuchten Weiden, gemischt mit den natürlichen Düngern des Viehs, hüllten sie ein. Links und rechts war die Straße von aufgestapelten Feldsteinen gesäumt, wie sie typisch hier waren. Zugewuchert von herrlich farbintensiven Fuchsien waren die Steine kaum auszumachen. Nur hier und da schimmerten die Natursteine unter dem leuchtenden Rot hervor.

Von hinten näherte sich ein Traktor. Schon von weitem sah der Bauer das junge Mädchen auf seiner Straße tanzen und musste unwillkürlich lächeln. Sie sah so fröhlich aus, dass es ansteckend war, ohne dass er ahnte, was sie so unbeschwert machte. Er fand in sich auch keinen besonderen Grund zur Freude, er empfand sie nur, weil das Mädchen die Glückseligkeit versprühte wie ein Springbrunnen.

Als Lena den Traktor hörte, drehte sie sich um. Sie musste ja wissen, ob er vorbeikäme oder ob sie auf die Mauer klettern müsste. Da sah sie nun einen Mann auf einem hohen Traktor sitzen und verträumt lächeln. Er sah sie direkt an, schien sie aber nicht wirklich wahrzunehmen und von irgendwas besonders Schönem zu träumen.

„Hi!", rief er ihr entgegen und Lena erinnerte sich, dass ihre Mutter ihr erzählt hatte, wie sich der englische Gruß auch in den ländlichen Gegenden eingeschlichen hatte.

Sie mochte den Traditionellen aber lieber. „Dia Duit", lachte sie zu dem Bauer hinauf.

Er nickte anerkennend. „Dia is Muire duit. Nicht schlecht, dabei kommst du nicht von hier."

Lena freute sich ein Loch in den Bauch! Endlich konnte sie mit einem fremden Menschen mal ihre Muttersprache sprechen! Offenbar gut genug, damit er sie verstand. „Nein, aber meine Wurzeln liegen hier", erklärte sie und hätte beinahe doch noch ein Quieken angehängt. „Kann ich ein Stück aufspringen?"

„Klar, komm rauf."

Sie warf ihren Rucksack auf den Platz neben ihm,

bevorzugte es allerdings, sich nicht hinzusetzen. Sie stand auf dem Außentritt, hielt sich fest und strahlte immer noch, wie es die Sonne nicht hätte besser machen können. Und ohne es bewusst wahrzunehmen, begann sie wieder zu summen.

„Ein schönes Lied", sagte der Mann nachdenklich.

„Ich liebe es", gestand Lena und begann, es richtig zu singen. Voller Inbrunst, Sehnsucht und Leidenschaft für dieses Land. Sie wusste nicht, ob einem Menschen die Liebe zum eigenen Vaterland in die Wiege gelegt wird oder ob sie nur so empfand, weil ihre Mutter ihr viel über Irland berichtet hatte. Deutschland gegenüber hatte sie noch nie so viel Patriotismus und Liebe empfunden wie für Irland. Vor allem jetzt, da sie endlich dort war!

Der Bauer kannte das Lied ebenso und stieg mit einer Bassstimme ein, die einen wunderbaren Kontrast zu Lenas Alt bot. Wo sie auch vorbeikamen, lächelten die Menschen. Man stand von der Arbeit auf, kam aus Häusern, Scheunen und Garagen, nur um das Duo beim Singen auch zu sehen. Und einige sangen sogar mit, bis der Traktor an ihnen vorbei gefahren war. An diesem Tag schien die Sonne in der verlassenen Einöde Irlands, obwohl eine durchgängige, helle Wolkendecke den Himmel zierte.

An der Ecke blieb der Bauer stehen. „Vielen Dank", lächelte er.

„Ich habe zu danken." Mit ihrem Rucksack sprang Lena von dem Traktor und winkte dem Mann. „Schönen Tag noch!"

„Gleichfalls. In einer halben Stunde fahre ich in die andere Richtung."

„Ich werde hier stehen!", lachte Lena und ging winkend in den Ort hinein. Ob der das ernst gemeint hatte? Praktisch wäre es, dann müsste sie die Einkäufe nicht tragen.

Zunächst müsste sie aber etwas finden, das sie tragen könnte. Das Lächeln und den Frohsinn nahm sie mit in den Laden. Sie hatte sich aufgeschrieben, was auf keinen Fall fehlen durfte. Wurst und Käse und Brot. Aber auch etwas zum Abendessen vielleicht. Da ließ sich vorher schwer sagen, was sie kaufen würde. Genau wie ihre Mutter entschied sie das spontan, wenn sie durch die Gänge und Regale lief, die hier nicht besonders weitläufig waren. Ein süßer, kleiner Dorfladen eben, in dem man dennoch alles Nötige bekäme.

Einiges lag schon in ihrem Körbchen. Im Moment

schwankte sie noch zwischen verschiedenen Wurstsorten. Wenn sie schon in Irland war, wollte sie keine typisch deutschen Speisen haben. Sie konnte Leute nicht verstehen, die für viel Geld ins Ausland in ein Luxushotel fahren, nur um dort Bratwurst mit Sauerkraut zu essen. Das gibt es doch in der Heimat an jeder Ecke. Und andererseits gehen Deutsche in Deutschland zum Griechen, Italiener oder Vietnamesen.

„Wen hat uns der Wind denn da in den Ort getrieben", hörte sie eine Stimme einige Schritte vor ihr, die eindeutig zu einem hormonüberreizten jungen Kerl gehörte. Als sie aufsah, wurde sie bestätigt. Ungefähr ihr Alter. In der ausgeblichenen Jeans und dem dreckigen Shirt unter dem Flanellhemd sah er eher aus wie ein Bauer. Er hatte strohblonde Haare, die er recht lang trug und vom irischen Küstenwind zerzausen ließ. Er grinste und aus seinen blauen Augen blitzte der Schalk. Er wartete auf eine Antwort.

„Ganz schön dreist", erwiderte Lena und widmete sich wieder ihrem Einkauf.

Er kam einen Schritt näher, lehnte sich an ein Regal und musterte die Fremde. „Na ja, bei der schwindenden Anzahl junger Frauen im Ort muss ich mich ranhalten. Ich weiß ja nicht, wie lange du bleibst und mir Zeit gibst, dich von mir zu überzeugen, bevor wir durchbrennen."

Lena musste lachen, es ging nicht anders. Hätte ihr in einer deutschen Diskothek jemand so einen Spruch an den Kopf gehauen, wäre sie entweder aus Angst vor einem Vergewaltiger schreiend davongelaufen oder hätte ihm für diese plumpe Anmache eine reingehauen. Bei diesem irischen Kerl kam keines der beiden Gefühle auf. Er grinste wie ein frecher Lausbub.

„Mike!", rief die ebenso betagte wie beleibte Kassiererin lachend herüber. „Vergraulst du schon wieder unsere Gäste?"

„Ich doch nicht!", wehrte er empört ab. „Aber du hast meinen Antrag ja abgelehnt, also muss ich mich ja umsehen."

Lena konnte kaum noch still sein. Ein ausgewachsener Lachanfall hing in ihrer Kehle.

Mike lächelte sie schief an, straffte sich und reichte ihr äußerst vornehm die Hand. „Damit du weißt, dass ich auch anders kann: Mein Name ist Mike und es freut mich außerordentlich, eine so bezaubernde junge Dame in unserem Örtchen willkommen heißen zu dürfen."

Das half nicht gerade, ihre Beherrschung zu behalten. „Lena", lachte sie. „Bist du ansteckend?"

„Ja!", riefen gleich mehrere Leute aus allen Richtungen des kleinen Geschäfts. Mike kannte man weithin.

Er ignorierte die alle. „Woran hast du eben gedacht, bevor ich dich gestört hab?"

„Wurst." Lena hatte sich ja noch nicht entschieden gehabt, welche sie mitnehmen wollte.

Mike ging an Lena vorbei und zu einem Seitenregal. Von dort kam er mit einer Wurstpackung wieder und reichte sie ihr. Es waren nur wenige Scheiben jeder Sorte, dafür aber verschiedene. „Die solltest du probieren."

„Wieso gerade die?"

„Kommt von hier aus dem Ort und schmeckt besser als die andere."

Das waren gleich zwei Argumente, die Lena überzeugten, und sie legte die Wurst mit zu ihrem Einkauf. Dann hatte sie so weit alles.

„Danke."

„Kein Problem. Man sieht sich", zwinkerte Mike

und ging mit seinem Geschirrspülmittel zur Kasse.

Lena hatte nun auch alles und folgte ihm. Bei ihr dauerte es nur etwas länger, währenddessen Mike den Laden schon wieder verließ, auf sein Quad stieg und davonfuhr.

„Der wird sich nie ändern", lächelte die Kassiererin. Ihr Blick huschte kurz zur Tür hinaus, wo das Quad eben noch gestanden hatte. Nebenher zog sie Lenas Einkauf übers Band. Ganz gemütlich natürlich, sie waren schließlich in Irland!

„Muss er doch auch nicht, solange er ehrlich zu sich und allen anderen ist", war Lenas Meinung dazu.

„Das ist wahr. Aber ein bisschen Ruhe täte ihm gut."

„Und seinem Vater", lachte die Frau hinter Lena. „Der dreht noch durch, bevor Mike aus dem Haus ist."

„Sehr richtig", nickte die Kassiererin gleich. Sie kannten Mike ja nicht anders. „Bist du zum Urlaub hier?"

„Mehr oder weniger", schmunzelte Lena. Ob Mike wusste, wie man von ihm sprach? „Ich hüte mit meiner Mutter das Haus von Maeve."

Sofort wurden die beiden Frauen ernst. „Wie geht's ihr denn?"

Lena winkte lachend ab. „Dreht durch im Krankenhaus und scheucht die Schwestern hin und her."

„So kennen wir sie", griente die Kassiererin. „Wenn ihr was braucht, dann sagt Bescheid."

„Danke schön", lächelte Lena und packte die ganzen Einkäufe in ihren Rucksack und die beiden Beutel, die sie extra mitgebracht hatte.

Auf dem Weg nach draußen ging ihr das Gespräch noch durch den Kopf. In ihrem ganzen Leben war ihr nie aufgefallen, nicht mal in den Sinn gekommen, wie verbunden die Menschen sein konnten. Man kannte sich über mehrere Meilen hinweg in diesem dünn besiedelten Landstrich. Man sorgte sich um seine Mitmenschen. Und zum allererstem Mal in ihrem Leben glaubte Lena den Worten, wenn ihr jemand Hilfe anbot. Es war nicht nur eine hingeworfene Floskel gewesen, sondern wirklich so gemeint. Zu Hause hatten ihr ja auch viele Hilfe angeboten, als ihr Vater sich verdrückt hatte, aber das Gefühl dazu war nicht aufgekommen. Sie hatten es gesagt, weil es sich so gehörte. Oder weil sie gehofft hatten, über ihre Hilfsbereitschaft an den neuesten Tratsch zu kommen. Beides waren keine angenehmen Voraussetzungen und bestimmt kein Grund, auch nur eines der Angebote anzunehmen. In diesem fremden Land war das irgendwie anders.

Lena schlenderte zurück Richtung Tante Maeves Haus und überlegte, ob sie wirklich wieder dazu käme, auf dem Traktor mitzufahren. Die Beutel waren doch gewichtiger als geplant. Unnötige Gedanken, denn der Bauer kam schon aus der Richtung, in die er vorhin weitergefahren war, nur dass er diesmal einen Hänger hinter sich herzog. Er erkannte sie gleich und winkte ihr schon.

„Wo ist dein Frohsinn geblieben?", lächelte er und hob ihr die schweren Einkäufe hinauf.

„Auf der Suche nach der Menschlichkeit verkümmert. Kennen Sie Maeve?"

„Sicher", lachte er. „Wer kennt die alte Distel nicht?"

„Distel? Nicht sehr nett ausgedrückt."

„Aber wahr, wie du weißt, wenn du sie kennst. So ein störrisches altes Weib gibt es hier kein zweites Mal. Weißt du, wie oft ich ihr angeboten hab, das

Dach zu machen? Aber nein, sie schiebt es vor sich her und muss dann bei einem Unwetter raus, weil es das halbe Dach abdeckt. Und was hat sie nun davon? Geschieht ihr ganz recht, sag ich dir."

Lena durfte feststellen, dass die Iren begnadet darin waren, sie zum Lachen zu bringen. Sie konnte nicht ein einziges seiner Worte abstreiten. So sehr sie ihre Tante Maeve liebte, so sehr unterstützte sie die Meinung des Bauern über die störrische Distel.

„Aber sie hat ein großes Herz", musste sie dennoch ergänzen.

„Das hat sie", seufzte der Mann in Gedanken versunken. „Schon früher. Als ich noch ein Junge war, starb meine Mutter."

„Das tut mir leid", rutschte Lena entsetzt heraus. Eigentlich hatte sie seine Erzählung nicht unterbrechen wollen, aber sie konnte sich ein Leben ohne ihre Ma nicht vorstellen und wollte es auch nicht. Wie musste es einem kleinen Jungen da gegangen sein?

„Danke", lächelte er. „Ich war damals vier und mein fünfter Geburtstag stand an. Ich war ganz traurig, weil meine Mutter ja nun keinen Kuchen backen würde. Es würde niemand zu meiner Feier kommen oder sie müssten hungern. Ich war am Boden zerstört. Und am Morgen meines Geburtstags kam Maeve angefahren. Im Kofferraum hatte sie die schönsten Kuchen und Torten, die man sich vorstellen kann. Sie hat die ganze Nacht dafür gebraucht."

„Das klingt ganz nach Tante Maeve", lächelte Lena nun ebenso verträumt. Eine Distel konnte sie wirklich sein, das abzustreiten wäre eine Lüge. Aber sie hatte einen so weichen Kern, dass sie für einen kleinen Jungen ihre ganze Nacht geopfert hatte und nun jeden Monat dafür sorgte, dass Lena und ihre Mama nicht aus dem Haus ausziehen mussten, in dem sie einfach zu Hause waren.

„Ja, Tante Maeve ist schon was Besonderes", bemerkte der Bauer leise. Das dröhnende Rattern seines alten Traktors übertönte beinahe jedes Wort, doch eines stach für Lena mehr denn je heraus: Tante!

„Ist sie Ihre Tante?" Lena fielen beinahe die Augen aus dem Kopf!

„Nein!", lachte er. „Aber hier ist sie die Tante für jedermann."

„Achso." Schade, dachte Lena. Insgeheim hatte

sie gehofft, ihre Verwandtschaft zu treffen. „Was meinen Sie, macht sie mit mir, wenn ich versuche, ihr Dach auszubessern?"

„Dich anschreien und damit ihren Dank ausdrücken." So kannte er sie nämlich. Sie würde ausflippen und sich unterm Strich dennoch freuen. Es gefiel ihr nur nicht, wenn ein anderer etwas für sie tat. Sie half jedem, wenn sie nur irgendwie konnte, aber andersherum nahm sie es nicht gern an. Das war schon immer so gewesen und würde sich vermutlich ihr ganzes Leben auch nicht mehr ändern. Langsam musste sie nur hinnehmen, immer mehr auf Hilfe angewiesen zu sein. Ihr Körper wurde alt.

Der Bauer hielt am Straßenrand vor Maeves Hof. „Sag Bescheid. Ich helfe dir. Wir sorgen dafür, dass das Dach auch das nächste Unwetter übersteht."

Zu so einer Verschwörung ließ sich Lena natürlich gern einladen. „Abgemacht. Aber ich muss erst mal sehen, was das kostet."

„Ich hatte Maeve das schon mal alles zusammengesucht. Komm doch morgen Nachmittag auf einen Tee vorbei, dann zeig ich es dir. Der Hof da vorn."

Lena war seinem zeigenden Finger gefolgt und sah ein Dach hinter ein paar Büschen hervorschimmern. Das dazugehörige Haus musste etwas unterhalb des Hügels liegen, auf dem sie eben standen. „Super", grinste sie ihn an, wie er es bisher nur von einem einzigen Menschen je gesehen hatte.

Murphy sah Lena noch nach, als sie trotz Rucksack und Tüten zum Haus tanzte. Sie sah ihrer Mutter so was von ähnlich … Ob sie auch da war? Brianna Fynn! Gott, es war so lange her … Für ihn gab es da keine Frage, das Mädchen musste Bris Tochter sein. Die Ähnlichkeit allein und dann das Grinsen - Murphy hatte es oft gesehen, denn frech war die Kleine damals wirklich gewesen.

Verträumt kam er nach Hause und wurde von einer Frau erwartet, die trotz ihrer kugelrunden Form unwiderstehlich für ihn war. Er konnte nicht anders, als sie festzuhalten und zu küssen. Nebenher strich seine Hand über den dicken Bauch und er freute sich, dass er die Bewegungen seines Kindes spüren konnte.

„Kommt nach Papa", schmunzelte Stephanie.

„Und das ist gut, wolltest du sagen", lachte Murphy und nahm sich eine Tasse Tee. „Ich hab für morgen einen Gast zum Tee eingeladen."

Stephanie wurde sofort hellhörig. „Oh. Wen denn?"

Die Frage konnte er nicht mal direkt beantworten. „Keine Ahnung", murmelte er nachdenklich in seine Tasse. „Ich hab sie gar nicht nach ihrem Namen gefragt. Sie sieht aus wie Bri damals."

Stephanie musste sich setzen. „Brianna Fynn?", flüsterte sie entgeistert. „Sie ist hier?"

„Ich gehe davon aus. Die Kleine hütet das Haus von Maeve mit ihrer Mutter."

„Du meine Güte." Stephanie wurden die Augen feucht. Fast zwanzig Jahre hatte sie von ihrer Freundin nichts gehört und nichts gesehen. Wie vieles hatte Stephanie ihr damals noch sagen wollen! Wie viele Worte waren ungesagt geblieben, weil Brianna von einem Tag zum nächsten verschwunden war! Wie viele Briefe hatten ihre Freunde ihr geschrieben, doch nie abgeschickt, weil sie nicht gewusst hatten, wohin sie sie schicken sollten. Genauso plötzlich, wie sie gegangen war, kehrte sie nun zurück. Ohne Ankündigung war sie einfach wieder da!

„Aber ..." Murphy runzelte unsicher die Stirn.

„Ich glaube, das Mädchen weiß von nichts, also halte dich zurück."

„Sie weiß es nicht?", keuchte Stephanie. Wenn das stimmte, dann würden hier noch einige Herzinfarkte folgen!

„Nein, ich glaube nicht. Sie sagte, ihre Wurzeln lägen hier, aber …" Murphy stockte. Wie sollte er das denn erklären? Es war nur so ein Gefühl. „Ich weiß nicht ..."

„Weiß ..." Stephanie schluckte schwer, aber sie musste diese Frage jetzt sofort loswerden. Dabei war das überflüssig.

„Nein, ich glaube nicht, dass Paddy was weiß. Ich weiß auch nicht, ob es klug ist, ihm davon zu erzählen."

Stephanie hatte dahingehend ihren festen Standpunkt seit fast zwei Jahrzehnten, von dem sie auch jetzt nicht abweichen würde. „Sie ist seine Tochter! Er hat das Recht, sie zu sehen! Vor allem, wenn sie quasi vor seiner Tür steht!"

„Sehe ich grundsätzlich auch so, aber das geht tiefer, als du denkst. Sie haben sich beide in ihr Schicksal gefügt. Und wenn die Kleine von nichts weiß, ist es nicht an uns, daran etwas zu ändern. Das solltest du Bri überlassen. Oder Gott sorgt für eine zufällige Begegnung der beiden. Glaub mir, wenn Paddy vor ihr steht, wird er es wissen."

„Na hoffentlich sieht unser Junge seinem Vater nicht so ähnlich."

Empört plusterte sich Murphy auf und richtete sich auf seinem Stuhl bedrohlich zu voller Größe auf. „Was soll das denn jetzt heißen? Hast du irgendwas an mir auszusetzen?"

Lachend hievte sich Stephanie auf die Beine und ging um den Tisch herum, wo er sich gesetzt hatte. Sie zog ihm die Mütze vom Kopf und wuschelte durch die ungezähmte Mähne. „Du könntest mal wieder zum Friseur gehen." Ihre Hände glitten an seine Wangen, hielten ihn fest und sie küsste ihn sanft. „Du könntest dich mal wieder rasieren." Ein Stück tiefer fand sie seinen Bauch, der im Umfang in den letzten Jahren beträchtlich zugenommen hatte. „Und du könntest vielleicht auf das ein oder andere Bier verzichten. Du machst mir bald Konkurrenz."

Murphy schlang die Arme um seine Liebste und warf sie rücklings auf seinen Schoß. „Von dem Friseur lasse ich mich überzeugen, aber der Rest gehört zu mir.“

„Ich weiß. Und ich liebe dich im Ganzen.“

Ihre Augen glänzten in dem Augenblick genauso wie an dem Tag, an dem sie vorm Altar gestanden hatten. Das war nun über zehn Jahre her und jetzt, da Bri wieder in seinen Gedanken war, wurde Murphy bewusst, wie viel Zeit seither vergangen war. Inzwischen war er fast zum dritten Mal Vater. Und doch erkannte er irgendwo in sich noch den jungen Kerl, der am Connor Pass mit seinen Freunden ins Wasser gesprungen war. Dem Erwachsenen fehlte nur leider die Zeit für solche spontanen Einfälle.

***

Lena hatte ihrer Ma von dem Einfall mit dem Dach erzählt, als sie hereingekommen war. Da zeigte sich dann, dass das Haus einer Ruine glich. Während Lena beim Einkauf gewesen war, hatte Brianna einen nachdenklichen Rundgang durchs Haus gewagt. Eigentlich hatte sie in den schönen Teil ihrer Vergangenheit eintauchen wollen. Bei Tante Maeve hatte sie nie Sorgen oder Angst verspürt. In diesem Haus war sie immer sicher gewesen.

Leider hatte der Zahn der Zeit gewaltig an diesem friedlichen Ort genagt. Der Boiler hielt mit jeder Menge Klebeband gerade noch an der Wand, an den Rohren und im Gehäuse. Man sollte ihn besser nicht anfassen! Der Kamin war so verstopft, dass es lebensgefährlich wäre, hier ein Feuer zu entzünden. Genauso undurchlässig waren die Dachrinnen. Dafür war der Stall in tadellosem Zustand.

„Oh man", keuchte Lena entsetzt.

„Ich wusste nicht, dass es so schlimm aussieht", sagte Brianna leise. Wieso nur hatte ihre Tante Maeve dennoch jeden Monat so viel Geld überwiesen? Brianna und Lena hätten in eine Wohnung ziehen können, dann hätte Maeve ihr Haus besser pflegen können. Aber Maeve hatte damals darauf bestanden, den beiden Frauen zu helfen, in ihrem Heim bleiben zu können, nachdem die Familie schon so brutal auseinandergebrochen war.

Brianna hatte dennoch ein lähmend schlechtes Gewissen. „Lena, wir müssen was tun."

„Und das werden wir."

„Wie denn? Wir können nicht die Renovierung des ganzen Hauses bezahlen." Wenn sich Brianna überlegte, wie viel Maeve hätte renovieren können, wenn sie ihnen kein Geld geschickt hätte … Brianna hatte keine Ahnung gehabt, dass es so schlecht um den Hof stand.

„Nein, aber vieles können wir selbst machen. Und ein bisschen Unterstützung kriegen wir sicher auch. Ums Dach kümmere ich mich mit ...“ Lena stockte und musste einen Moment nachdenken. „Ich weiß nicht mal seinen Namen.“

„Macht hier nichts. Du hast gesagt, du weißt, wo er wohnt, das ist alles, was wichtig ist. Wenn du mir sagst, du machst das, dann übernehme ich die Fenster. Die müssen gestrichen und abgedichtet werden. Vielleicht fahre ich gleich morgen in einen Baumarkt.“

„Du hast Recht. Hier drin zieht es wie Hechtsuppe.“

Lena grinste frech und Brianna warf ihr lachend ein Sofakissen um die Ohren. Irgendwann war ihnen mal die Frage aufgekommen, wie Hechtsuppe denn ziehen könne. Brianna fand diesen und einige andere Sprichwörter ziemlich sinnfrei, wenn man sie wörtlich nimmt. Genau aus diesem Grund nutzte Lena sie immer mal wieder, wenn es passte. Dass Brianna Deutsch als Fremdsprache erst gelernt hatte, wusste Lena ja nicht. Ihre Ma hatte keinen Akzent, der über einen Dialekt hinausginge, und kannte auch gebräuchliche Redewendungen und Sprichwörter. Nur sinnvoll waren die wenigsten, wenn man sie wörtlich übersetzte.

***

Am nächsten Morgen wurde Lena sanft wach. Viel sanfter als in Deutschland. Der Weg zwischen Schlaf und Wachen schien in Irland weiter zu sein. Vielleicht war sie zu tief in die Anderswelt eingedrungen? Egal, wo sie war, sie freute sich auch darauf, wieder aufzuwachen und einen neuen Tag zu erleben. Ganz langsam drang sie aus ihrem Traum zurück in die Wirklichkeit und durfte feststellen, dass es da keinen großen Unterschied gab. Es war traumhaft schön für sie im ländlichen Irland. Trotz ihrer Wurzeln hatte ihre Mutter bisher keinen Urlaub hier machen wollen. Für Lena war es unbegreiflich.

Wie jeden Morgen nahm sie als Erstes ihr Tagebuch zur Hand. Besonders wichtig war für sie die Erwähnung von „Nichts". Am Abend hatte sie das Fenster ihres Zimmers geöffnet und noch in die

Sterne geschaut. Der Himmel war hier von tieferem Schwarz und die Sterne traten damit deutlicher hervor. Sie hatte auch quantitativ mehr Sterne gesehen als von ihrem deutschen Zimmer aus. Weit und breit gab es keine Straßenlaternen und auch sonst nichts, das die Dunkelheit der Nacht unangenehm aufgehellt hätte.

Ebenso nichts gab es, das Geräusche verursacht hätte. Lena hatte noch nie zuvor solche Stille erfahren wie in der irischen Nacht. Es war nicht mal ein leichter Wind gegangen, der durch das marode Haus und Dach gezogen wäre und pfeifende Töne von sich gegeben hätte. Die Tiere der Bauern hatten geschlafen und waren ebenso still gewesen. Im Umkreis von hundert Kilometern schien es auch keine Autos mehr gegeben zu haben. Keine Hubschrauber, Flugzeuge, Züge, Autobahnen oder was Lena noch so einfiel, das Geräusche verursacht. Nirgends das Klingeln von Telefonen oder Straßenbahnen. Kein Nachtbus, keine Güterzüge, nicht mal Strom, der in Hochspannungsleitungen knisterte. Auch keine Insekten oder Vögel. Lena hatte die Luft angehalten und die Augen geschlossen. Sie hätte glauben können, in ein Vakuum gesogen worden zu sein. *„Es war herrlich"*, schrieb sie ihrem Tagebuch. Diese Ruhe hatte sie bisher noch nirgendwo sonst gefunden und konnte sich jetzt schon nicht mehr vorstellen, wieder in Deutschland aufzuwachen. Sie würde wahrscheinlich nur noch mit Watte in den Ohren überhaupt zu etwas Schlaf finden.

Zum Morgen war schon etwas mehr zu hören. Kühe, Traktoren und ein einzelner Esel. Hier und da bellte mal ein Hund. Ach ja … Nicht zu vergessen: Francesca von nebenan, die über einen großen und vermutlich teuren Lautsprecher irgendwelche Anweisungen für ihre Fitnessübungen erhielt. Als Lena zum Fenster hinaus sah, war Francesca im Garten gerade dabei, ihren in hautengen Neon-Satin gepressten Körper zu verbiegen. Die war ja keinesfalls dick, aber die Klamotten … Lena konnte nur mit dem Kopf schütteln. Hätte die sich mit dem Fahrrad die Gegend angesehen, wäre das vermutlich effektiver gewesen und hätte zudem nicht so albern ausgesehen.

„Guten Morgen", lächelte Brianna ihrer Kleinen entgegen. Sie sah verschlafen aus. Wenn Lena aus dem Bett kroch, sah man in ihr immer noch das Kind, das mit Schmusen von ihrer Mama verwöhnt werden möchte. Morgens musste Lena langsam hochfahren, deshalb gehörte das gemeinsame Frühstück auch als Konstante in ihren Alltag.

„Wann gehst du heute zum Tee?", wollte Brianna wissen.

„Nachmittag, denke ich. Wieso? Willst du mit?"

„Nein, du machst das schon." Auf keinen Fall wäre Brianna der Gefahr freiwillig in die Arme gelaufen. Schlimm genug, dass sich der persönliche Kontakt nicht vermeiden lassen würde, wenn sie die Unterstützung für Maeves Haus haben wollte. Darüber musste sie aber zum jetzigen Zeitpunkt noch nicht nachdenken! „Kannst du mir einen Gefallen tun?", bat sie ihr Töchterchen.

„Sicher."

„Kannst du dir die Zäune ansehen? Falls nötig, bringe ich aus dem Baumarkt das auch noch mit."

„Klar, kein Problem. Ich mache gleich los, dann bin ich zum Mittag zurück."

„Soll ich mitkommen?"

„Ma!", schimpfte Lena. „Ich bin siebzehn, nicht sieben! Und selbst mit sieben hätte ich es geschafft, die Zäune abzugehen!" Das war der einzige Punkt, den Lena mit ihren Klassenkameraden gemein hatte, wenn es um die Beziehung zur Mutter ging. Die Überbesorgtheit grenzte an eine Beleidigung von Lenas Reife.

Briannas Mutter hatte sich nie Sorgen um ihre Tochter gemacht, daher war es manchmal schwer für Brianna, selbst eine gute Mutter zu sein. Das richtige Maß zwischen Aufsichtspflicht und Vertrauen zu finden, ist nicht so leicht. „Ist ja gut. Hier."

Lena bekam noch die letzte Flasche vom selbstgemachten Eistee. Da konnte sie ihrer Ma doch gar nicht mehr böse sein ...

Es stellte sich heraus, dass sich Maeve mehr um das Vieh gekümmert hatte als um sich selbst. Der Stall und die Scheune waren vollkommen in Ordnung, ebenso die Zäune, die Tränke und so weiter. Lena wurde trotzdem nicht nachlässig und sah sich jeden Zaunabschnitt genau an. Während ihre Augen alles Oberflächliche begutachteten, ruckelte sie im Vorbeigehen an den Zäunen und Gattern, um eventuelle Schwachstellen zu finden. Die gab es jedoch nicht.

Der Weg um die Weide herum war weit. Viele Zaunabschnitte beinhalteten gar keine Zäune, sondern Natursteinmauern aus einfach aufgestapelten Feldsteinen. Ehe Lena die einreißen könnte, müsste sie noch einiges an Muskelmasse zulegen. Ihr Hauptaugenmerk galt eigentlich nur den richtigen Zäunen. Bei allem anderen ging sie nur sicher, dass sich nirgends Lücken gebildet hatten, durch die die Kühe hätten abhauen können.

Ein Stück musste sie an der Straße entlang und konnte auf die Weide hinab sehen, die sich in Wellenformen in ein schmales Tal ergoss. Dahinter ging es wieder aufwärts, aber im Scheitelpunkt des Tales trennte eine Mauer Maeves Weide von der nächsten. Schafe weideten dort.

Nur zufällig bekam Lena eine Szene der anderen Weide mit. Eigentlich hatte sie den Blick schweifen lassen und die Ruhe genossen. Aber als sich da hinten etwas regte, sah sie automatisch genauer hin. Die Schafe waren in Bewegung. Als großer weißer Fleck mit blauen Punkten liefen sie den Hang hinauf. Nur eines nicht. Es fiel weit hinter die anderen zurück. Lena bekam Mitleid mit dem Tier. Es wollte zu den anderen, kam aber nicht hinterher. Wie ausgestoßen und allein musste es sich fühlen. Auf die Ferne sah es aus, als würde es hinken.

Lena kletterte auf eines von Maeves Gattern, in der Hoffnung, etwas besser sehen zu können. Ganz eindeutig, das einzelne Schaf, das den Anstieg kaum schaffte, humpelte immer nur ein Stück vorwärts und blieb dann stehen. Lena hörte es blöken.

Und wie sollte sie dem nun helfen? Offenbar war es verletzt, aber Schafe zu fangen, stand in Deutschland nicht auf dem Stundenplan. Es hätte sicherlich Angst vor ihr und würde in Panik doch noch wegrennen. Dabei würde es sich noch mehr verletzen. Aber was dann? Die Weiden lagen hier nicht unbedingt neben dem jeweiligen Hof. Weit und breit, von diesem Weidenabschnitt ausgehend, war kein Haus zu sehen. Tante Maeve war die nächste, da ihre Weide direkt ans Haus anschloss.

„Hey Lena!"

Lena war so in Gedanken versunken gewesen, dass sie Mike auf dem Quad nicht hatte kommen hören. Sie erschrak zu Tode, drehte sich instinktiv nach dem Ruf um und stürzte vom Zaun. Sie landete äußerst unsanft im Busch. Ihr hämmerndes Herz und der Schreck in ihren Gliedern waren aber weit unangenehmer als der Sturz selbst.

„Lena!" Mike sprang erschrocken vom Quad und stürzte zu ihr. „Hast du dich verletzt? Tut dir was weh?"

Sie konnte nicht anders als lachen. Es war ihr peinlich, dass das passiert war, aber seine Sorge war rührend. In dem Moment sah man nicht viel von dem Draufgänger, der sie im Laden angequatscht hatte.

„Alles okay", gluckste sie und ließ sich von ihm auf die Beine helfen. „Wieso erschreckst du mich denn so?"

„Tut mir leid. Bist du wirklich okay?"

„Alles bestens", versicherte sie und zupfte sich ein paar Blätter von den Kleidern. Mike fand noch eines in ihren Haaren, dann sah sie aus wie neu.

„Gott sei dank, ist nichts weiter passiert. Wieso bist du so schreckhaft?"

„Ich war in Gedanken." Eigentlich kam er ihr ganz gelegen. Sie stellte sich wieder an den Zaun, würde aber ganz bestimmt nicht hinaufklettern. „Sieh mal." Sie zeigte direkt zu den Schafen da hinten. „Das eine scheint verletzt."

Mike sah genauer hin. Tatsächlich war eines der Schafe weit abseits, machte immer nur wenige Schritte und blieb dann wieder stehen. „Du hast Recht."

„Ich hab überlegt, wie ich jetzt rauskriege, wem die gehören. Weißt du das?"

„Ich seh mir das an. Willst du mit?"

Lena hatte noch hinüber zu dem Schaf geschaut und es bemitleidet, was ihm aber auch nicht half. Mikes Worte flossen in ihr Hirn und verscheuchten sowohl das Mitleid als auch das Schaf. Was hatte der da gesagt? „Du? Wieso?"

Er grinste breit. „Das sind unsere. Ich bin dir also was schuldig. Also? Kommst du mit?"

„Gerne."

„Na dann. Aki!", rief er hinter sich und ein Border Collie kam angerannt. Wohl erzogen staunte Lena innerlich. Er setzte sich neben Mike, spitzte die Ohren und wartete hechelnd auf den nächsten Befehl.

„Na du bist ja süß", lächelte Lena und hockte sich zu dem kleinen Kerl.

„Keine Sorge, er beißt nicht", versicherte Mike beeindruckt. Nicht viele Stadtmädchen gehen auf einen relativ großen Hund so zu, noch ehe Mike versichern konnte, dass er nicht bissig war. Lena streichelte seinen felligen Freund, knuddelte ihn und nahm ihm auch nicht übel, dass er sie ableckte. Es ekelte sie nicht, sie keifte nicht herum und lachte darüber.

„Das habe ich vorausgesetzt, wenn du ihn hier rumlaufen lässt", erwiderte Lena nebenbei. Wer lässt denn auch einen bissigen Hund frei herumlaufen?

„Na dann. Aki aufsitzen."

Sofort rannte er los und sprang hinten aufs Quad auf.

„Sagst du das zu mir auch?", spottete Lena.

Und Mike machte mit. „Lena aufsitzen!", forderte er ernst.

Sie prügelte ihn lachend zum Quad und setzte sich hinter ihn. Querfeldein über die Weiden ging die Fahrt in die Richtung des verletzten Schafes. Sie mussten nur an verschiedenen Gattern halten. Mike öffnete sie und verschloss sie hinter sich wieder. Hier war nichts abgeschlossen und Lena begann immer mehr, auch die Schlösser um ihre Seele abzustreifen. Ihr war bisher nie bewusst gewesen, dass in Deutschland alles so verschlossen war. Man schloss die Türen der Häuser und Wohnungen ab, die Autos und seine Wertgegenstände. Hier war das irgendwie anders und sie fühlte sich wohl damit.

Frei!

Ihr war allerdings auch bewusst, dass es in irischen Städten ebenso verschlossen zugeht wie in Deutschland. Ob allerdings das deutsche Land ebenso offen und frei ist wie die irische Einöde, wusste sie nicht.

Sie erreichten die richtige Weide und blieben gleich hinter dem Gatter wieder stehen. Lena war ja gespannt, wie Mike das schaffen würde. Sie zweifelte nicht daran, dass er es könnte, aber in ihrem Kopf wusste sie nicht mal einen Ansatz, um dieses Schaf zu fangen. Das Gelände war so weitläufig, dass man das Tier in keine Ecke treiben könnte, wenn man nicht mit einer Hundertschaft Menschen eine lange Kette bilden würde.

Mike selbst tat auch nicht viel. Er sagte Aki nur, er solle die Herde zu ihm treiben. Und Aki stob davon wie ein geölter Blitz. In Lena kam der Gedanke auf, dass er sich bei diesem schnellen Lauf vermutlich genauso frei fühlte wie sie. Er hatte etwa einen halben Kilometer zurückzulegen und war innerhalb von Sekunden angekommen. Immer wieder änderte er die Richtung und bellte die Schafe an. Er ließ sie nicht entkommen. Keines von ihnen konnte aus dem Getümmel ausbrechen und weglaufen, ohne sofort von Aki wieder zurückgetrieben zu werden. Als großer weißer Fleck mit blauen Punkten, wie es für Lena schon von weitem ausgesehen hatte, wurde die ganze Herde von Aki direkt zu seinem Herrchen getrieben.

Mike schnappte sich nur das eine humpelnde Schaf und ließ die anderen wieder frei. Aki saß auf Mikes Befehl hin hechelnd am Rande und freute sich über das Lob seines Herrchens.

„Wow", staunte Lena atemlos.

„Beeindruckt?", lachte Mike. Dass ihm das so leicht gelingen würde ...

„Und wie. Aber hat es denn nicht Angst, wenn es von Aki gejagt wird?"

„Ja, deshalb kam es ja her."

„Das Arme. Schon verletzt und jetzt auch noch Angst."

Mike konnte nur immer weiter lachen. So hatte er das noch nie gesehen. „Das sind keine Schmusetiere, sondern Nutztiere. Und so ist es immer noch schonender, als wenn wir mit dem Quad hinter ihm herjagen oder einen Betäubungspfeil nutzen."

Verlegen schielte Lena zu ihm hinauf. Sie fühlte

sich ertappt. „Ist ja gut. Sieht ja auch noch nicht aus wie ein weicher Pullover."

Mike krümmte sich vor lachen. So viel Spaß hatte er lange nicht gehabt. Und nebenbei sollte er auch noch das Schaf festhalten. Dabei konnte er es vor Lachtränen kaum sehen.

„Ist gut jetzt", forderte Lena und ging zu ihm, als er das Tier augenscheinlich in sicherem Griff hatte. Dem Schaf gegenüber schlug sie einen sanften, beruhigenden Ton an. „Hey. Ganz ruhig. Wir wollen uns das nur mal ansehen, damit du bald wieder richtig laufen kannst."

Ebenso zart, wie es ihre Stimme angekündigt hatte, griff sie nach dem verletzten Bein und sah sich die Wunde an. Es blutete, aber der Knochen schien vollkommen heil zu sein. Sie tastete es ab, auch gegen die Abwehrbewegungen des Tieres. Sie meinte es ja nur gut und hoffte auf Vergebung. Mike staunte nicht schlecht über ihren festen Griff. Solche Schafe sind stark und trotzdem hielt Lena das Bein fest genug, dass es nicht wegkam.

„Gleich geschafft", sagte sie leise. „Es ist nichts gebrochen, aber geschwollen. Es sollte mit einem Verband gestützt werden."

„Im Quad", lächelte Mike. Sie ging so liebevoll mit dem Tier um, dass es ihm die Sprache verschlug. Die Mädchen in seiner Schule kamen hauptsächlich aus den Städten oder wenigstens aus irgendwelchen Handwerkerfamilien. Farmer gab es nur wenige und die meisten bekamen Jungen. Die Mädchen fanden eklig, was er machte, aber Lena nicht. Sie machte sogar mit, ohne Berührungsängste, ohne Angst um ihre Schuhe oder Hosen. Sie kniete im Dreck und fasste das Schaf an, das nun mal kein frisch gewaschener Pullover, sondern ein dreckiges Freiland-Tier war. Das gefiel ihm.

Lena ging im Quad nach etwas suchen, womit sie dem Tier wenigstens ein bisschen helfen konnte. Sie verband das Bein recht straff, um es zu stabilisieren. Zuvor reinigte sie noch die offene Wunde, damit es sich nicht entzünden würde.

„Du solltest in ein paar Tagen noch mal nach ihm sehen."

Mike ließ das Tier erst mal los und sofort lief es zu seinen Artgenossen. Man sah auf Anhieb den Unterschied. Es humpelte nicht mehr so ausgeprägt und schien Halt bekommen zu haben.

„Nicht schlecht. Hätte ich dir nicht zugetraut",

gestand Mike. Wer traut einer städtischen Urlauberin auch zu, ein Schaf verarzten zu können? Die Verwunderung war also normal, hoffte er.

Lena nahm ihm das keinesfalls übel. Sie wollte sich aber auch erklären. „Danke. Ich arbeite in den Ferien oft bei einem Tierarzt und hab schon einiges gelernt."

„Sieht man. Und wie du mit den Tieren umgehst, bin ich mir sicher, aus dir wird eine hervorragende Tierärztin."

Jetzt trieb der ihr auch noch die Röte ins Gesicht. „Danke. Hast du was dagegen, wenn wir übermorgen noch mal nach ihm sehen?"

„Ganz und gar nicht, dann hab ich eine Ausrede, dich wiedersehen zu müssen."

„Macho!", rief sie lachend und ging zurück zum Quad. Fürs Erste konnte sie hier nichts weiter ausrichten. Die Zeit wäre die beste Medizin für das Schaf.

„Ein bisschen Macho bin ich vielleicht", gab Mike sofort zu. Für ihn war das weder eine Neuigkeit noch eine Beleidigung. „Und der Macho lädt dich jetzt als Dankeschön in den Pub ein. Ohne dich hätten wir das nicht so schnell mitbekommen."

Lena sah auf die Uhr. Kurz nach zwölf. „Kann ich mir einen gedanklichen Schuldschein schreiben? Ich hab noch was vor."

„Ach", machte Mike. Er hätte sich gern geohrfeigt, nur weil sein Ausruf nach purer Eifersucht klang! Das bändigte aber noch lange nicht seine Neugier. „Ein Date?"

„Sicher", nickte Lena unbeeindruckt. „Den kann ich doch nicht versetzen."

Mike verschränkte die Arme und versteckte in Albernheit, dass ihm diese Aussage wahrhaftig nicht passte. „Frechheit! Wer ist der Kerl?"

„Ich weiß nicht mal seinen Namen", seufzte Lena betroffen. „Aber ich werde ihn fragen, wenn wir Tee trinken."

Mit einem Zwinkern stieg sie endlich aufs Quad. Aki saß auch schon auf seinem Platz, nur Mike fehlte noch.

Der drehte sich noch mal um, bevor er losfuhr. „Übermorgen sind wir verabredet. Und danach gehen wir in den Pub, abgemacht? Dann wirst du sehen, dass der Andere dir nichts bieten kann."

„Das entscheide ich immer noch selbst. Aber dir

ist freigestellt, mich von dir zu überzeugen."

„Werde ich."

Die letzten Worte hatte er ihr zugelächelt und sie erkannte den Ehrgeiz eines jungen Mannes darin. Sie würde ihm auch nicht so schnell auf die Nase binden, dass sie mit einem eindeutig viel zu alten Mann verabredet war, der auch noch einen Ehering getragen hatte und ihr nur helfen würde, Tante Maeve zu helfen. Sollte die Eifersucht Mike nur mal anstacheln. Welches Mädchen mochte denn nicht umworben werden?

***

Als Mike nach Hause kam, wurde er ungeduldig erwartet. „Wo warst du denn so lange?", wollte sein Vater wissen. Normalerweise war Mike zuverlässiger.

„Ein verletztes Schaf versorgen", erklärte Mike.

„Verletzt? Schlimm?"

„Nein, geht schon", antwortete Mike gelassen und wusch sich die Hände fürs Mittag. „Lena hat es von weitem gesehen. Sie hütet Maeves Haus, bis sie wieder da ist. Da sind wir schnell hin und haben es versorgt. Und als Dank hab ich sie zu Tom eingeladen, aber das musste sie verschieben."

„Ach!" Sein Vater fing an zu grinsen. „Wie alt ist sie denn?"

„Siebzehn, wie ich. Und nein, ich habe nicht vor, mit ihr durchzubrennen. Und nein, ich werde sie nicht mit siebzehn schwängern. Also keine Panik."

„Aber sie scheint nett zu sein."

„Ist sie", nickte Mike sofort. Alles andere wäre eine Beleidigung gewesen. „Ich hab sie gestern schon im Laden getroffen. Sie ist irgendwie immer so fröhlich. Und du hättest sie sehen sollen, wie sie dem Schaf geholfen hat. Die ganze Zeit hat sie mit ihm geredet und es blieb ruhig."

„Vielleicht geht sie ja mal in die Richtung."

„Tierärztin. Sie arbeitet in den Ferien schon da und hat einiges gelernt, das uns jetzt zugutekam."

„Na dann. Was kriegst du?"

Sein Vater zückte das Portemonnaie und Mike als typischer Teenager sagte da nicht Nein. Er setzte es als Spesen oder Tierarztkosten ab. Das Gleiche würde sein Vater bei der Steuer nämlich auch tun.

„Aber bleib sauber", musste sein Vater noch loswerden.

Mike verdrehte die Augen. „Leg noch fünf drauf, dann reicht es für Kondome." Nicht dass er die gleich übermorgen gebraucht hätte.

Weitere fünf Euro landeten dennoch in seiner Hand. Seinem Vater gefiel es nicht, dass er erwachsen wurde, das wusste Mike und wusste es auch auszunutzen, wenn es sich so anbot. Er wusste aber auch, dass sich sein Vater nur Sorgen aus Liebe machte.

„Danke. Und keine Sorge, Dad. Ich bin in der Hinsicht eher altmodisch gestrickt. Ich will nicht einfach über eine drüberrutschen und dann Lebwohl sagen."

Das war deutlich, dachte sein Vater erschrocken. Ihm fiel es manchmal schwer, zu akzeptieren, dass die Generation seines Sohnes so offen über dieses Thema sprach. In seiner Jugend war das anders gewesen. Er wusste in Mike einen verantwortungsbewussten jungen Mann, der die Offenheit der Neuzeit in Bezug auf Verhütung zu nutzen wüsste. Hoffentlich ...

***

Am Nachmittag schlenderte Lena ihrem Date entgegen. Und zwar nicht mit Mike, sondern mit dem netten Bauern, der ihr bei dem Dach helfen würde. Zuvor wurde sie aber schon wieder zu Tode erschreckt. Sie hatte das richtige Grundstück schon erreicht und lief den Hof entlang Richtung Haustür, als von der Seite ein Blondschopf hinter der Hausecke hervorgesprungen kam. Würde ihr Herz jemals wieder ruhig schlagen können? Schon wieder prickelte es von Kopf bis Fuß vor Schreck.

Der Kleine freute sich und lachte zufrieden vor sich hin, dass er es geschafft hatte, dass sie geschrien hatte. Von dem Schrei waren allerdings auch Mama und Papa alarmiert worden.

„Henry!", schimpfte der nette Bauer, den Lena kennengelernt hatte. „Begrüßt man so etwa seine Gäste?"

„Ja!", strahlte er und rannte mit Anlauf in Papas Arme.

Murphy nahm ihn auf den Arm und ging Lena entgegen. „Entschuldige. Alles in Ordnung?"

„Alles bestens", lächelte sie und reichte dem Kleinen die Hand. „Du willst bestimmt mal als Gespenst in der Geisterbahn arbeiten, oder?"

„Au ja!", rief der Junge und riss beide Arme so hastig nach oben, dass er Murphy um Haaresbreite ein Veilchen verpasst hätte.

„Nichts da!", legte Murphy fest. „Und jetzt entschuldigst du dich bei ihr, das war nämlich sehr unhöflich."

„Entschuldigung", sagte er, meinte es vielleicht wirklich so, aber eigentlich freute er sich immer noch und so sah er auch aus.

„Ich werde mich rächen", flüsterte Lena und zwinkerte ihm zu, da war er im Himmel.

„Meine Frau Stephanie", seufzte Murphy und ließ seinen Sohnemann resigniert wieder runter. Dem würde er nie Manieren beibringen können.

„Es freut mich", strahlte Lena eine Frau entgegen, die aussah wie eine typische Mama, die mit Leib und Seele ihr Leben der Familie widmet. Ihre Ma war auch so, aber das Leben hatte sie eines Besseren belehrt.

„Gleichfalls. Lena."

Jetzt wussten sie wenigstens, wie Briannas Tochter hieß.

„Murphy hat schon erzählt. Komm, wir haben Kuchen."

„Mmh … Da sag ich nicht nein."

„Kuchen!", freute sich Henry, packte Lenas Hand und zog sie mit sich ums Haus herum.

„Henry!", rief Stephanie ihnen noch nach, da waren sie schon um die Ecke herum. Lena hörte man immer noch lachen.

„Wie ihre Mutter", erkannte Stephanie kopfschüttelnd. Dass ihr Mann das so ernst gemeint hatte, war ihr nicht bewusst gewesen. Es waren nicht nur die äußerlichen Ähnlichkeiten, es war der Charakter, den man schon nach so kurzem Gespräch erkennen konnte. Lebensfroh, aufgeschlossen und voller Liebe.

„Allerdings", antwortete Murphy. „Aber denk dran: Halte dich zurück."

„Versprochen", lächelte sie weich und wuchtete das Gewicht ihres Körpers von Bein zu Bein. Stehen und Laufen spürte sie im Moment vor allem im Rücken sehr unangenehm. Außerdem glaubte sie bei jedem Schritt, nach vorn über zu kippen. Bei allen drei Schwangerschaften war ihr das bisher jedoch nie wirklich passiert.

Henry war fünf Jahre jung. Sein Bruder Mitchel Neun und der dritte Bruder noch nicht mal auf der Welt, aber ebenso hungrig. Wie Lena nach dem ersten Eindruck schon vermutet hatte, war Stephanie eine typische Hausfrau, schien es aber gern zu sein. Der Kuchen war superlecker. Mit Himbeeren, die sie mit Henry und Mitchel gesammelt hatte, wie sie verriet.

„Was sagt deine Mutter zu den Plänen?", fragte Stephanie nach dem Essen. Tee war noch genügend da, so konnten sie einfach sitzen bleiben, während die beiden Jungs spielen gingen.

„Ist voll dabei", durfte Lena stolz antworten. „Sie kümmert sich grad um die Fenster."

„Das wird Zeit", lachte Murphy. „Wusstest du, dass Maeve im Haus keine Kerzen mehr anzündet, weil der Wind sie ausbläst?"

„Ist nicht wahr!", prustete Lena lauthals.

„So kennen wir sie", bestätigte Stephanie. „Aber andererseits: Wie soll sie es denn auch alles allein schaffen? Es ist ein Wunder, dass ihr Vieh so gedeiht."

„Und jetzt wollen wir ihr einen Gefallen tun. Haben Sie die Unterlagen?", fragte Lena Murphy.

Der verzog jedoch besonders deutlich das Gesicht. „Murphy bitte."

„Alter Sack!", lachte Stephanie ihn aus. „Er mag es nicht, förmlich angesprochen zu werden, dann merkt er nämlich, dass er alt wird."

„Wie meine Ma", grinste Lena mit ihr. „Umso mehr Leute dich förmlich ansprechen, desto älter bist du, weil der Teil der Bevölkerung, der älter ist als du, immer kleiner wird."

„So ein Zufall", murmelte Stephanie leise an ihre Tasse. Diese Einstellung kam nämlich nicht von irgendwo. Murphy, Brianna, Paddy und Sarah waren damals überall als Vierergespann aufgetreten. Und als sie in Tralee durch den Park gegangen waren, hatte sie ein kleiner Junge angesprochen. Er war vom Spielplatz aus zu ihnen gekommen. Vor Brianna war er stehen geblieben und hatte *die Tante* gebeten, seinen Schuh wieder zuzubinden. Die Schleife war aufgegangen. Brianna war damals so vor den Kopf gestoßen gewesen, dass Murphy die Schuhe zugebunden hatte. Mit fünfzehn wollte man nicht unbedingt als Tante bezeichnet werden.

Der Junge war gegangen, aber seine Aussage war geblieben. Die vier hatten sich noch eine Weile darüber unterhalten, ab welchem Alter man als *Tante* beziehungsweise *Onkel* bezeichnet wird und nicht mehr als *das Mädchen* oder *der Junge*. So waren sie zu der Erkenntnis gekommen, dass man das eigene Alter am besten daran erkennt, wie oft man noch mit Du, beziehungsweise wie förmlich man vom Umfeld angesprochen wird.

Lena hatte weder den Unterton in Stephanies Stimme noch den bedeutenden Blick zu Murphy mitbekommen. „Hast du die Unterlagen noch?", fragte sie ihn unbeschwert und schreckte ihn damit aus seinem Tagtraum, in dem er eben noch mal den Schuh des Jungen gebunden hatte. Brianna hatte wie vom Donner gerührt neben ihm gestanden und war nur langsam wieder in Schwung gekommen.

„Äh … Ja, hier." Er reckte sich nach dem Fensterbrett, auf dem er die Mappe abgelegt hatte. Dort war sie sicher vor klebrigen und neugierigen Kinderhänden gewesen und er musste nicht erst noch mal ins Haus gehen.

In dieser Mappe hatte er verschiedene Varianten

zur Auswahl, auch mit Preisen versehen und handschriftlichen Notizen zu seinen Gedanken von damals. Die waren allerdings etwa drei Jahre alt. Inzwischen dürften die Preise etwas gestiegen sein, aber eine ungefähre Richtung bot seine Vorarbeit. Er hatte sich also nicht ganz umsonst stundenlang mit verschiedenen Firmen auseinandergesetzt.

„Okay, ich rede mit meiner Ma wegen des Budgets. Ich weiß nicht, wovon wir das bezahlen sollen."

„Mach dir mal keinen Kopf", grinste Murphy breit. Er war sehr stolz auf seine bisherige Leistung. „Ich hab die Zeit genutzt und ein paar Leute aufgerufen. Wir kriegen einen ordentlichen Pott zusammen und werden Maeves Dach komplett neu decken. Ob ihr das nun passt oder nicht."

Lena klappte die Kinnlade runter. Ihr blieb nichts, als Murphy anzustarren. Wie war das denn bitte möglich?

Stephanie hob sanft mit dem Zeigefinger den jungen Kiefer. In ihrem Gesicht stand eben jenes liebevolle Lächeln, das zur liebenden Ehefrau und hingebungsvollen Mutter passte. „Maeve ist in einem großen Umkreis sehr bekannt und beliebt.

Glaub mir, wenn wir noch ein paar Leute anrufen, können wir das ganze Haus machen. So schnell kriegen wir die Chance nicht wieder. Sie lässt uns ja nicht, wenn sie daheim ist."

„Wieso?", flüsterte Lena gerührt. „Ich meine, wieso tut ihr das?"

„Was weißt du über Maeves Leben?"

Lena war sich nicht sicher, ob sie nicht in ein Fettnäpfchen treten würde, versuchte aber ihr Glück. Sie hoffte, ihre Neugier auf ihre Verwandtschaft befriedigen zu können, wenn auch über einige Ecken. „Sie hat mal angedeutet, dass sie verheiratet war, aber sie spricht nicht darüber."

„Kann ich verstehen", seufzte Murphy und reckte die Nase der Sonne entgegen. „Ihr Mann starb noch vorm ersten Hochzeitstag. Kinder hatten sie bis dahin nicht und seitdem ist Maeve immer allein. Anfangs bekam sie Hilfe aus der Gemeinde, sonst hätte sie den Hof nie halten können allein. Schon bald stand sie aber auf eigenen Beinen und gab all die Hilfe zurück, die sie empfangen hatte. Mein Vater hat ihr damals beigebracht, mit den Kühen klarzukommen. Zu meinem fünften Geburtstag, von dem ich dir schon erzählte, brauchte sie schon keine

Hilfe mehr."

Stephanies Leben kannte Maeve auf die gleiche herzliche Weise. „Bei einem heftigen Unwetter hat es damals das Dach meines Elternhauses abgerissen. Ich war sieben, glaube ich. Maeve hat mich, ohne zu zögern, bei sich aufgenommen, damit meine Eltern in Ruhe das Dach reparieren konnten. Fast vier Monate hab ich bei ihr gelebt, bis auch der ganze Wasserschaden behoben war. Maeve ist eine Bereicherung für die Welt und wir alle freuen uns, wenn sie uns mal danken lässt."

„Na ja, *lassen* ist nicht ganz richtig", feixte Lena zufrieden. Ihre Tante Maeve würde ausflippen!

Stephanie schlug einen besonders beiläufigen Ton an. „Murphy hat erzählt, du hast irische Wurzeln?"

Ungesehen unterm Tisch bekam sie dafür einen leichten Tritt gegen das Schienbein und warf einen giftigen Blick zu Murphy zurück.

„Ja", lautete Lenas unbeschwerte Antwort. Sie hatte gerade den Zucker in ihren Tee gefüllt und nichts bemerkt. „Tante Maeve ist irgendwie mit uns verwandt, aber so genau weiß ich das auch nicht."

„Aha", machte Stephanie nur. Maeve war die Schwester von Briannas Mutter, also Briannas direkte Tante. So kompliziert war das Verhältnis also eigentlich nicht.

„Na schön", fiel Murphy schnell dazwischen, bevor Stephanie noch mehr Andeutungen machen konnte. „Morgen krieg ich meinen Anhänger wieder, dann kann ich die Ziegel besorgen. Wann geht es los?"

Lena nahm sich den Stift, der an der Mappe geklemmt hatte, und schrieb ihre Handynummer oben in die Ecke von einem der Zettel. „Sag Bescheid, wenn du alles hast. Meine Ma macht die Fenster und ich will noch nach dem Boiler sehen, was ich da machen kann."

„Wieso? Was stimmt denn damit nicht?"

„Der besteht nur noch aus Klebeband und ich will nicht, dass der Tante Maeve irgendwann um die Ohren fliegt."

„Dieses Weibsbild!", schimpfte Murphy. „Sagt letztens noch zu mir, der läuft rund wie vor zehn Jahren! Ich schick Rogan vorbei, dass er sich das anschaut. Er ist Klempner und kennt sich da am besten aus." Nebenbei hatte er Lenas Nummer in sein Handy getippt und sie kurz angeklingelt. So hatte sie seine Nummer und speicherte sie gleich ab.

„Ich geb ihm deine Nummer, dass ihr einen Termin ausmacht", sprach er als nebensächliche Information für Lena aus. Allem Anschein nach hätte sie so gut wie alles dafür getan, Maeve zu helfen. Sie hätte ganz sicher nichts dagegen, wenn Murphy ihre Nummer weitergibt. Es vorher anzukündigen, ist nur höflicher.

„Geht klar, danke. Kennt ihr zufällig Mike?"

Blöde Frage, dachte sie sich selbst, aber da war sie schon ausgesprochen.

„Hier kennt jeder jeden", schmunzelte Stephanie, genau das war das Problem.

„Habt ihr seine Nummer? Wir wollten noch mal nach dem Schaf sehen, aber ich weiß nicht genau, wann."

Das war die Gelegenheit, auf die Stephanie gewartet hatte. Wenn es sich so anbot. „Geh doch zu ihm. Auf der anderen Seite des Dorfes das erste Haus nach dem Ort auf der rechten Seite."

„Vielen Dank."

Murphy biss sich auf die Zunge, um seinen Unmut nicht gleich herauszulassen, aber das würde sich seine geliebte Frau noch anhören müssen! Später, wenn Lena weg wäre. Er bot ihr noch ein Fahrrad an, weil er wusste, Maeve hatte keine. Sie selbst konnte nicht fahren und besaß dementsprechend auch keines. Lena lehnte auch ab. Sie war schon immer gern zu Fuß unterwegs gewesen.

Sie musste sich daran erinnern, dass der Besuch bei Mike noch warten müsste. Sie hatte noch zu viel zu erledigen und musste die Zeit bis übermorgen nutzen. Ihre Ferien würden wohl doch abenteuerreicher werden, als sie gedacht hatte. So viele Dächer hatte sie noch nicht gedeckt. Sie war fest entschlossen, mitzumachen und von Murphy zu lernen. Sie durfte nur den Überblick nicht verlieren. Heute war Samstag, am Montag war sie mit Mike bei dem Schaf und zum Pub verabredet. Außerdem würde Murphy die Ziegel vorbeibringen. Vielleicht könnte sie auch mit ihm fahren. Und Rogan wollte am Dienstag kommen. Vorher schaffte er es nicht, weil er nicht mal in der näheren Umgebung des Dorfes war, nicht mal auf der Halbinsel Dingle. Er würde am Montagabend erst aus Dublin zurückkommen.

Er wollte für Lena etwas aus Dublin mitbringen, das sie dann mit nach Deutschland nehmen könnte. Etwas echt Irisches, das sie bei jedem Anblick sofort an die Insel erinnern würde. Das Telefonat war sehr witzig verlaufen. Murphy hatte ihm erzählt, dass sie vermutlich Bris Tochter war. Rogan war mit ihnen zur Schule gegangen und kannte Bri. Dementsprechend freudig und offen war Rogan in das Gespräch gegangen und Lenas Charme, den sie ganz eindeutig von ihrer Mutter hatte, ebenso schnell erlegen wie alle anderen.

Inzwischen war in alle Himmelsrichtungen bekannt, dass Brianna Fynn mit ihrer Tochter heimgekehrt war. Vorübergehend, aber immerhin. Brianna hatte allerdings noch kein Mensch leibhaftig gesehen. Es stellte sich jedoch für niemanden, der Lena kennengelernt hatte und Brianna von früher kannte, die Frage, dass sie Mutter und Tochter waren.

Nur einer bekam von alledem überhaupt nichts mit. Patrick O'Mara, alias Paddy oder Pad, war zum Einsiedler geworden. Er kümmerte sich um seinen Hof und seinen Sohn, mehr Kontakte hatte er nicht mehr. Alle Einkäufe und Erledigungen übernahm sein Junge. Ansonsten hatten die Menschen hier akzeptiert, dass er niemanden sehen wollte. Sie ließen ihn in Ruhe und er wusste nicht, dass die Liebe seines Lebens nur einen Steinwurf entfernt war.

Er stand oft auf dem Hügel seines Landes, sah aufs Dorf hinab und dachte an Bria. Sie hatte es geliebt, auf einen Hügel zu steigen und so viel wie möglich mit einem Blick von dem Land zu sehen. Sie war immer glücklich hier gewesen und hatte nie weggehen wollen. Genau wie er. Aber er war gegangen, hatte gehen müssen. Und als er zurückgekehrt war, war Brianna fort gewesen und er hatte sie nie wieder gesehen.

Mit dem Blick ins Dorf seiner Kindheit fragte er sich manchmal, ob das Gottes Strafe für seinen Fehltritt war. Musste er einsam sein, um zu sühnen, was er damals getan hatte? Er schämte sich dafür, aber in ihm kam keine richtige Reue auf. Die Nacht mit Bria hätte nie geschehen dürfen, das wusste er und bereute es in gewisser Weise. Sie hätten warten sollen bis nach der Schule, wenn sie geheiratet hätten. Am meisten bereute er, dass er sie, die er liebte, entehrt und ins Unglück gestürzt hatte.

Das Resultat dieser Nacht, so fremd es ihm auch war, konnte er jedoch nicht bereuen. Sein Blick schweifte zum offenen Meer, wo sanfte Wellen in seine Richtung rollten, als wollten sie seinen größten Schatz zu ihm tragen. Leider trugen sie nicht mehr als salziges Wasser mit sich, das gegen die Insel schwappte. Irgendwo da draußen, überlegte Patrick, in der großen weiten Welt lief sein Kind herum. Inzwischen war es Siebzehn, genauso alt wie er damals, als er seine Bria verloren hatte. Die Hälfte seines bisherigen Lebens verbrachte er nun schon in Reue und Sehnsucht.

Es war ein ebenso schöner Sommertag damals gewesen. Sie waren am Pass schwimmen gewesen und hatten bei Murphy in den Abend gefeiert. Patrick und Bria hatten nicht allein zu viel getrunken und waren noch am Ceann Sibéal die Klippe hinaufgestiegen. Ganz im Westen hatten sie in luftigen Höhen gestanden und übers Meer gesehen. Ein laues Lüftchen war von der See gekommen und hatte sie in absolut vollkommenes Glück gehüllt.

Genau an jenem Abend hatte Patrick endlich die für ihn so wichtige Frage gestellt. Er hatte um Brias Hand angehalten, ihr Vater hatte bereits zugestimmt, und sie hatte auch nicht abgelehnt. Jauchzend vor Freude war sie ihm in die Arme gesprungen, hatte ihn geküsst und damit das Ende aller Freude eingeleitet. Am Tag darauf war sie tanzend durch die Gegend gezogen und hatte jedem von ihren Heiratsplänen erzählt. Und jeder hatte sich mit ihr gefreut. Und etwa zwei Monate später war dann alles zusammengebrochen. Die Seifenblase, in der sie ihren Traum aufgebaut hatten, war zerplatzt und hatte eine Seele entzweit.

Den Schmerz war Patrick nie losgeworden. Er hatte in all den Jahren nicht einen einzigen Tag erlebt, an dem er nicht an Bria und ihr gemeinsames Kind gedacht hatte. Er wusste nicht mal, ob es ein Junge oder ein Mädchen geworden war. Die Einzige, die es wusste, war Maeve. Die durfte es ihm aber nicht sagen. Er lebte in Buße für eine Sünde. Und das nun schon seit siebzehn langen Jahren.

„Dad!"

Patrick zuckte aus seinem Tagtraum und sah zu seinem Haus hinab. Sein Sohn war unterwegs zu ihm und schien es eilig zu haben. Wie immer. Schon von Kindesbeinen an hatte es dieser Kerl immer eilig. Brianna war ein Wirbelwind gewesen - keine Frage. Gegen Mike war sie jedoch ein laues Lüftchen, während er Orkanstärke annahm.

„Ganz ruhig!", rief ihm Patrick entgegen. „Krieg dich mal wieder ein. Was ist passiert?"

Er strahlte übers ganze Gesicht, also nahm Patrick erst mal an, es hatte etwas mit dieser Lena zu tun. Die schien seinem Sohnemann den Kopf zu verdrehen.

„Pass auf! Die neuesten Neuigkeiten!", kündigte Mike aufgeregt an. Er hatte eben den Bauer Murphy getroffen, der ihm davon berichtet hatte. „Ich hab dir doch erzählt, dass Lena das Haus von Maeve hütet."

Er hatte es ja geahnt. „Und?", bohrte Patrick misstrauisch.

„Ha! Du wirst es nicht glauben! Sie hat sich mit Murphy zusammengetan und will das Dach sanieren. Und den Boiler und die Fenster und was weiß ich nicht noch."

„Ist nicht wahr!", staunte Patrick ehrlich beeindruckt. Maeve war viel zu störrisch, als dass sie fremde Hilfe angenommen hätte. Nicht freiwillig! Da kam der Unfall doch zur rechten Zeit.

„Doch, kannst du mir ruhig glauben", eiferte Mike gleich weiter. Luft holen könnte er später. „Murphy hat schon einen riesigen Pott für die Dachziegel zusammen. Lenas Mum kauft alles für die Fenster und ich bin hier, um dich zu fragen, ob wir nicht auch was beisteuern können."

„Aber sicher", lächelte Patrick, legte seinem Jungen einen Arm um die Schulter und gab ihm einen Kuss auf den Kopf. So wild er auch war, saß sein Herz am rechten Fleck.

„Danke, Dad", strahlte er mit glänzenden Augen. „Und ich werde mithelfen, wenn du nichts dagegen hast."

„Wieso sollte ich?"

„Na weil du dann hier mehr machen musst, das schaff ich ja sonst nicht."

„Ich krieg das schon hin. Na los, wir sehen mal, was wir abdrücken können."

Sie liefen gemeinsam den Hügel hinab und wie immer drosselte Patrick bewusst das Tempo. Sein Nachwuchs würde wohl spätestens mit dreißig am Herzinfarkt sterben, wenn er da nicht drauf achten würde!

Während sie sich Tee aufbrühten, erzählte Mike noch genauer, was schon alles im Gange war. Das ganze Dorf und die ganze Umgebung waren auf den Beinen. Sogar Francesca hatte sich eingeschaltet. Davon wusste Mike zwar noch nichts, aber Lena musste ihre Meinung über diese Person revidieren. Beim Einkaufen hatte sie von dem Großprojekt erfahren und sich eingeklinkt. Finanziell natürlich auch, sehr großzügig sogar, aber sie tat mehr. Sie hätte weder auf ein Dach klettern können, noch hätte sie mit ihren manikürten Fingernägeln die Fenster austauschen können. Aber sie konnte alle Helfer königlich verköstigen. Sie plante selbst gemachte Limonade im Überfluss und kleine Häppchen, die man schnell in den Mund stecken könnte.

So tat eben jeder seinen Teil für eine großartige Frau, die noch gar nichts ahnte und im Krankenhaus die nächste Schwester nach einem ordentlichen Kaffee losschickte.

Die Wahrheit

Am Montagvormittag wurde Lena von Murphy abgeholt. An seinem Auto hing ein großer Hänger, auf dem sie hoffentlich alles mitnehmen könnten. Die Liste war nicht gerade kurz. Sie hatten sich alle gemeinsam darauf geeinigt, dass Murphy mit der kleinen Lena alles besorgen würde. So behielt wenigstens einer den Überblick.

In den vergangenen zwei Tagen hatte Murphys Handy andauernd geklingelt. Er war kaum zur Arbeit auf seinem eigenen Hof gekommen und hatte dieses verdammte Dreckstelefon irgendwann an Stephanie abgegeben. Zum Glück noch rechtzeitig, ehe er es an die nächste Wand schmeißen konnte. Jedes Mal, wenn er den Motor seines Traktors starten wollte, hatte es wieder geklingelt! Ohne es bemerkt zu haben, war Murphy zur Zentrale der Maeve-Sanierungsstiftung geworden. Jeder wollte sich ihm mitteilen und noch einige Dinge auf die Einkaufsliste setzen. Die arme Stephanie kam im Haushalt zu gar nichts! Sie sollte sich sowieso zurücknehmen, aber doch nicht, um dann in einem Callcenter zu arbeiten. Unglaublich!

Brianna wusste nun inzwischen auch, wer ihrer Lena da beistand. Ihr Freund aus Kindertagen Murphy. Brianna fand in sich einfach nicht die Kraft, ihm gegenüberzutreten. Ihn zu sehen, würde die alten Erinnerungen so lebendig machen, dass sie vermutlich an der Sehnsucht zerbrechen würde. Es gab kein Entrinnen, das Aufeinandertreffen würde es geben, wenn sie die Hilfe für Tante Maeves Hof annehmen würde. Aber solange sie noch einen Grund fand, es vor sich herzuschieben, so lange konnte sie sich feige zurückziehen.

„Der Kaffee", sagte sie betont hektisch und stürmte ins Badezimmer, als sie hörte, wie das Auto vorm Haus hielt.

Lena sah ihrer Mutter ratlos hinterher. Seit wann hatte die denn so eine schwache Blase? Sie trank ja keine drei Liter Kaffee zum Morgen.

„Ich mach los!", rief sie ihr nach.

„Ja ja! Viel Spaß!"

Dann ging die Badtür auch schon zu und Lena stand kopfschüttelnd vom Tisch auf. Für die Wechseljahre war ihre Ma ein bisschen zu jung.

„Guten Morgen", lächelte Murphy. Er war gerade ausgestiegen und hatte klingeln wollen. In seinem Magen prickelte Vorfreude auf Brianna. Er hatte sich gefreut, ihr gegenüberzustehen. So vieles lastete auf seiner Seele, das er ihr sagen wollte.

Er würde wieder nicht dazu kommen. Lena zog die Tür hinter sich ins Schloss und von Brianna fehlte jede Spur.

„Wo ist deine Mutter?", fragte er überrascht.

„Dringende Geschäfte", konnte Lena antworten, ohne zu lügen.

„Aber sie weiß Bescheid? Nicht dass sie mich noch wegen Entführung anzeigt."

Brianna hatte nicht umsonst das Fenster in der Küche einen Spalt geöffnet gehabt. Sie stand vor neugierigen Blicken verborgen und hatte Murphy doch gehört. Seine Stimme klang tiefer als früher. Er war ebenso ein Mann geworden wie sie eine Frau. Sicherlich ahnte er, dass Lena keine flüchtige Bekannte von Maeve war. Und wenn er Brianna nur ein bisschen kannte, wusste er, dass sie ihn nie wegen Entführung angezeigt hätte. Brianna wusste natürlich um die Ähnlichkeit ihrer Tochter. Dass sie bisher noch nichts gesagt hatte, war für Brianna unverständlich. Irgendwem musste doch schon ein Licht aufgegangen sein. Vielleicht wusste sogar ihre Mutter inzwischen Bescheid ...

Murphy kannte die beste Adresse für ihr Anliegen. Lena war gutgelaunt wie immer und sang mit ihm alle möglichen irischen Lieder. Hauptsächlich was Flottes. Wie schon bei ihrer ersten gemeinsamen Fahrt stiegen viele Kehlen mit ein, wenn sie an den Höfen vorbeifuhren. Lena winkte den Menschen und vor allem die Kinder winkten mit fröhlichem Lachen zurück. Lena ging mit jedem Lachen das Herz ein Stück mehr auf.

Patrick war im hintersten Winkel seiner Scheune bei der Arbeit. Die Leiter zum Strohspeicher war morsch und er hatte die Reparatur so lange vor sich hergeschoben, bis eine der Sprossen nun vor ein paar Tagen gebrochen war. Netterweise war er auf einigen Säcken Heu gelandet.

Wie er so bei der Arbeit war und über sein Leben nachdachte, vernahm er einen Klang von weit her. Es war zu ungewohnt für diese Gegend, deshalb fiel es so auf. Und Patrick erschrak davor so sehr, dass er sich mit dem Schnitzmesser, mit dem er die neue Sprosse zurechtstutzen wollte, in die Hand schnitt.

„Scheiße", fluchte er und drückte die Wunde ab.

Er schwieg gleich wieder, erstarrte in der Position und lauschte nach den Tönen. Da sang jemand aus Leibeskräften, voller Leidenschaft, Fröhlichkeit und Leichtigkeit. Bisher hatte er nur einen einzigen Menschen so singen hören.

Brianna!

Der Gesang wurde schon leiser, bis er in der Ferne verstummte. Patrick wandte den Blick vom Scheunentor hinab zum Boden und atmete tief durch. Nur nicht die brennende Sehnsucht herauslassen, dachte er. Brianna war fort und dort hatte einfach nur irgendwer gesungen. Vielleicht hatte auch niemand gesungen und er hatte es sich eingebildet. „Wäre ja nicht das erste Mal", murmelte er grimmig. Wie Brianna nach siebzehn Jahren aussah, wusste er natürlich nicht. Er sah immer noch die junge Frau vor sich, die seinen Antrag angenommen hatte. Wie ein Geist, durchsichtig und doch strahlend schön, stand sie manchmal bei ihm und versprach ihm, zu ihm zu stehen und für immer bei ihm zu sein. Aber das war sie nicht. Er war allein in der Scheune, die er einst für sich und seine Frau gebaut hatte. Seine Ehefrau, die leider nicht Brianna hieß ...

***

Zusammen mit Murphy und der tatkräftigen Unterstützung von Mike lud Lena all die Pakete vom Anhänger ab und stapelte sie vorm Haus. Es war recht warm und Lena trug zur kurzen Hose ein Trägershirt. So hätte sie das zu Hause auch gemacht. Mike konnte kaum wegsehen. Sie war bildschön. In dem schmalen und zierlichen Körper steckte jedoch mehr Kraft, als man auf den ersten Blick meinen würde. Außerdem war Lena natürlich. Er fand, die meisten Mädchen und jungen Frauen entstellen sich, wenn sie sich das Gesicht mit Make-up zukleistern. Und die unechten Fingernägel erst! Das ist eine der dümmsten Moden, die es je gab. Wie unpraktisch auch! Damit kann man kein Geschirrspülen, keine Wäsche aufhängen, keine Pakete stapeln, Kühe melken und so weiter. Die sind doch andauernd nur im Weg und sehen auch noch furchtbar hässlich aus. Lenas Hände waren weich und gepflegt, aber natürlich. Die Nägel hielt sie kurz genug, damit sie von ihnen nicht gestört wurde und auch im Umgang mit den Tieren in der Praxis keinen Schaden anrichtete. Was Mike besonders gefiel: Sie bekam keinen Schreikrampf, weil mal einer abbrach. Richtig abgebrochen war er aufgrund der Länge nicht, aber eingerissen. Sie schnitt ihn ab, sonst wäre sie immerfort an den Kleidern hängengeblieben und hätte womöglich noch ein Loch reingerissen, dann packte sie wieder mit an.

Von Tag zu Tag gefiel Mike dieses Mädchen mehr und er verabscheute jetzt schon den Tag, an dem sie wieder gehen müsste.

Mit Murphy war abgemacht, dass sie am nächsten Tag in die richtige Arbeit eintreten würden. In der Nacht sollte es Regen geben und Wind, da waren sie gut beraten, das Dach noch für eine Nacht notdürftig zu flicken, bevor sie es ganz abdecken würden.

Murphy fuhr wieder nach Hause und Lena frönte ihrer allerliebsten Lieblingstätigkeit. Mike hatte Aki mitgebracht und ließ ihn die Schafe zusammentreiben. Es war kaum noch zu erkennen, welches das Verletzte war. Es war noch immer langsamer und hinkte ein wenig, aber Lena war zufrieden mit der Heilung. Sie hatte extra Salbe gekauft und machte einen neuen Verband um das verletzte Bein. So würde sich die Wunde auch ganz bestimmt nicht entzünden und nicht wieder aufgehen. Wie in der Praxis, in der sie immer aushalf, kam auch hier ein unglaubliches Glücksgefühl in ihr auf, wenn sie sah, wie zufrieden das Schaf mit den anderen davonlief.

„Du bist eine Heldin", sagte Mike, hatte jedoch kein Auge für Schafe übrig. Er beobachtete Lena, wie sie lächelnd der Herde nachsah und offenbar tiefes Glück empfand.

„Brauch ich ein Cape?"

„Aber sicher. Dann stellst du dich hinten aufs Quad und ich bin dein Batmobil."

„Batwoman?" Lena malte sich die Szene vor ihrem geistigen Auge aus. Das Quad schwarz lackiert mit schnittigen Verzierungen und Anbauten, sie selbst im engen Batman-Anzug und Mike als Robin mit wehendem Cape neben ihr. Aki würde natürlich auch ein Cape bekommen und eine Superheldenmaske.

Mit einem kurzen Blinzeln kehrte sie zurück in die irische Wirklichkeit. „Meinst du, die lassen mich so in den Pub?"

Mikes Augen huschten verständnislos an ihr hinab. „Wieso nicht?"

„Zu Hause würde ich in dem Aufzug in kein Café gehen", erklärte Lena. Sie trug eine alte Jeans, die während der Behandlung des Schafs natürlich nicht sauber geblieben war. Auch ihre Hände hatte sie sich einfach an der Hose abgewischt. Und auf ihrem Shirt gab es den Abdruck des Schaffußes. Das gehört dazu, sagte sie sich. Mike war äußerlich auch anzusehen, dass er nicht als Versicherungsvertreter arbeitete.

„Ein Pub ist ja auch kein Café", belehrte Mike seine bezaubernde Verabredung.

„Ich würde so aber auch in keine Bar gehen. Also sag mir, ob ich mich schnell umziehen soll. Geht auch fix."

„Nichts da. Du bleibst, wie du bist. Oder soll ich mich umziehen?"

„Ist das wirklich okay?", fragte sie immer noch unsicher und überging seine Frage einfach.

„Ganz sicher. Denkst du, die Bauern ziehen sich nach der Arbeit um, wenn sie noch einen trinken wollen?"

117

Der Logik konnte sie nicht widersprechen und setzte sich mit Aki hinter Mike.

Tom, der Wirt im Pub, wusste natürlich auch sofort, wer da vor ihm stand. Er konnte die Augen kaum von Lena lassen und hörte nicht, was sie bestellte. Zum Glück war seine Frau aufmerksamer und brachte den beiden die Getränke.

Tom war, ebenso wie Murphy, der Meinung, es war an Brianna, Paddy aufzusuchen und ihre gemeinsame Tochter aufzuklären. Er würde garantiert nichts sagen. Wenn er Brianna über den Weg laufen würde, dann - da gab es keine Frage - würde er ihr aber auch sagen, dass sie mit dieser Ähnlichkeit nicht mehr lange ein Geheimnis daraus machen könnte. Lena sah tatsächlich aus wie Brianna, als sie fortgegangen war. Nur die Augen hatte sie eindeutig von Paddy.

Wenn Lena daheim in Deutschland die Pubsongs eingelegt hatte, hatte sie sich so manches Mal in einen echten irischen Pub geträumt. So ungefähr sah es hier auch aus. Es war einfach alles aus Holz gemacht worden. Die Wände, die Decke, der Boden, die Tische, Stühle und Barhocker, die Bar selbst, die Regale ... An den Wänden hingen die skurrilsten

Dinge. Über der Bar waren hunderte Streichholzbriefchen befestigt. Die Dielen knarzten, als sie zur Bar gingen. Ein steinzeitlicher Pflug stand in der Ecke. Mike musste lachend erst mal erklären, was das überhaupt für ein Ding war und wie es funktionierte. Heutzutage geht das einfacher. Das alte Pferdegeschirr an der Wand erkannte Lena aber selbst. Das Leder war rissig und ausgeblichen.

Während sie sich mit Mike unterhielt, sah sie ihn kein einziges Mal an. Ihre Augen durchforsteten jeden Winkel des Raums, dass sie auch ja nichts verpasste.

Einige gerahmte Porträts erregten ihre Aufmerksamkeit. Alles irische Persönlichkeiten. Manchen hatte sie Namen zuordnen können, aber bei weitem nicht allen. Oscar Wilde erkannte sie, Pierce Brosnan, Sinéad O'Conner, Colin Farrell und Constance Markievicz. Mike konnte die meisten Lücken schließen, vor allem die Sportler hatte er schnell identifiziert. Für alle anderen noch Unbekannten war Tom alt genug. Chris de Burgh, Clannad, Charles Stewart Parnell, James Joyce ... Besonders überrascht war Lena, als sie hörte, dass auch Bram Stoker aus Irland kam.

Tom hatte sich so weit gefangen, dass er ein

Gespräch mit Briannas Tochter wagen konnte. Er setzte sich mit seinem Guinness zu den beiden Teenies und plauderte munter drauf los, wer die Leute an der Wand denn waren und was sie getan hatten.

Etwas später, Tom saß immer noch bei den zwei Kindern, kam weitere Kundschaft. Im Großen und Ganzen waren es jeden Abend die Gleichen, die nach getaner Arbeit hier zusammensaßen. Murphy schaute auch mal vorbei und verlangte gleich wieder eine Gesangseinlage von Lena. Er stieg mit ein, einige andere ebenso und schon war es eine große Party. Es entsprach voll und ganz Lenas Vorstellungen eines Abends im Pub mitten in der irischen Provinz. Touristen verirrten sich selten ins Dorf, erzählte Tom.

Den Abschluss dieses abwechslungsreichen Tages hatte sich Lena jedoch alles andere als so chaotisch und tränenreich vorgestellt. Sie musste noch mal zur Toilette, nicht dass Mike mit dem Quad unterwegs noch hätte anhalten müssen und ihr beim Pinkeln am Straßenrand zugesehen hätte. Das musste ja nun wirklich nicht sein und war leicht zu umgehen.

In dem schmalen Durchgang vom Barraum zu den Toilettenräumen hingen Pinnwände. Kreuz und quer waren Fotos seit Anbeginn des Pubs angehängt worden. Von Geburtstagsfeiern, Feiertagen, Festen oder einfach besonders gelungene Schnappschüsse. Auf einem Bild erkannte Lena ihren neuen Freund Murphy. Es war etwa zehn Jahre her laut dem Datum darunter. Sein Bruder hatte seinen Sohn zum ersten Mal mit in den Pub genommen. Da war der Kleine Sechs gewesen und hatte jede Menge Spaß dabei gehabt, seinem Onkel Schleifen in die Haare zu binden. Kunterbunt und ohne Schema. Hier ein Zöpfchen, eines dort und eines da. Ein herrliches Bild, bei dem Lena herzhaft lachte. Vor allem Murphys Gesichtsausdruck dazu, wie er nach oben zu einem Zopf über der Stirn schielte. Göttlich!

Sie stöberte weiter und fand noch mehr Leute, die sie bereits kennengelernt hatte, im Laufe der letzten Jahre. Vielleicht waren sie auch auf den älteren Fotos schon zu sehen, nur erkannte sie sie nicht. Zumindest niemanden außer eine. Bei diesem Anblick schlief ihr das Gesicht ein und sämtliche Ausgelassenheit war auf einen Schlag verflogen.

Entsetzt nahm sie das Bild von der Wand und starrte es an. Es waren genau zwei Menschen zu sehen. Ein junger Mann und eine junge Frau, von der Lena glaubte, sie zu kennen. Ihre Ma!

Das konnte nur ein Irrtum sein! Eine Verwechslung! Vielleicht jemand, der ihr nur ähnlich gesehen hatte! Jemand aus dem anderen Zweig der Familie? Über die Familie hatte ihre Ma nie gern geredet, also wusste Lena auch nicht so genau, wer da alles dazugehörte.

Von ihrem Frohsinn war nichts mehr geblieben. Sie ging langsam zurück in den Barraum und direkt zu Tom am Tresen. Sie sah nicht von dem Bild auf, bis sie bei ihm war und es ihm vorlegte.

„Wer ist das?", fragte sie mit feuchten Augen.

Tom lächelte mitleidig. Er hatte ja geahnt, dass so etwas passieren würde. „Ich glaube, du weißt sehr genau, wer das ist." Er wäre nur gern weit weg gewesen, wenn sie es erfahren musste. Das Leid in ihren Augen war unerträglich! Der gleiche Schmerz hatte immer in Briannas Augen gestanden, wenn sie mal wieder vor ihrer Mutter geflohen war.

Lena schüttelte verzweifelt den Kopf und konnte die Tränen doch nicht aufhalten. „Das ist nicht wahr."

„Doch, Kleines. Tut mir leid."

„Wer ist der Mann?"

„Patrick. Die beiden waren unzertrennlich."

Lena nickte, starrte wieder auf das Bild, das alles kaputtmachte. „Kann ich mir das ausleihen?"

„Behalte es."

Sie nickte wieder, gab diesmal gar keine Antwort und ging mit schweren Beinen durchs Lokal zum Ausgang. Um sie herum herrschte gute Laune und Feierstimmung. Es war laut, es wurde gelacht … Nur ihr war nicht nach Lachen zumute.

„Lena!", rief Murphy herüber. „Soll ich dich bringen?"

Sie sah von dem Foto zu ihm auf und dachte an den Kerl mit den kleinen Zöpfen. Auch er hatte sie belogen!

„Du wusstest es", flüsterte sie und plötzlich war es totenstill in dem Raum. „Du hast es vermutlich die ganze Zeit gewusst, richtig?"

Ihm fielen die Lider hinab bei dem anklagenden Anblick der traurigen Augen. „Es tut mir leid, Lena."

„Wie konntest du das für dich behalten?", schrie sie ihn bitterenttäuscht an und wandte sich an den ganzen in schlechtem Gewissen badenden Raum.

„Wahrscheinlich wussten es alle hier außer mir!"

Das war einfach zu viel! Sie sah sich Menschen gegenüber, mit denen sie so viel Spaß gehabt hatte, und musste erkennen, sie war von Lügnern umgeben! Bis auf wenige Ausnahmen, wie Mike zum Beispiel, sahen alle beschämt und ernst in ihre Gläser. Keiner lachte, keiner sang, keiner sagte auch nur ein Wort, weil niemand gewusst hätte, wie sie sich hätten verteidigen sollen. Endlose Sekunden war nicht mal ein Atmen zu hören.

Dann rannte Lena davon.

„Lena!", rief Murphy ihr nach, wusste aber instinktiv, es war nicht klug, ihr jetzt zu folgen. Die Erklärung musste Bri übernehmen.

„Was ist hier passiert?", fragte Mike in die anhaltende Stille hinein.

Tom warf schnaufend das Poliertuch auf den Tresen. „Es ist nicht unser Recht, dir das zu erzählen."

„Kannst ..." Murphy musste sich räuspern. „Kannst du nach ihr sehen?"

„Wenn ich sie finde", seufzte Mike und folgte Lena. Er hatte nicht die leiseste Ahnung, was hier passiert war und wieso es passiert war. Eigentlich war doch alles schön gewesen. Sie hatten Spaß gehabt und gelacht, sich richtig schön unterhalten. Und von einer Sekunde zur nächsten waren Tränen geflossen. Tränen in Wut und Trauer, statt aus Freude. Wo waren die hergekommen?

An diesem Abend würde er es nicht mehr erfahren. Lena war querfeldein zu Maeves Haus gelaufen. Ehe Mike, mit dem Quad mehr oder weniger an die Straßen gebunden, angekommen war, hörte er Lena schon ihre Mutter anschreien. Es war nicht der passende Augenblick für ihn, jetzt mit ihr zu reden. Morgen vielleicht.

Unterwegs zu ihrer Mutter hatte Lena schon so viele Tränen vergossen, dass wohl der Boden aufgeschwemmt würde. Es war ihr auch egal, wie spät es war. Sie stürmte ins Schlafzimmer ihrer Mutter, ohne darauf zu achten, ob sie schlief oder nicht.

„Wieso?"

Brianna schlief noch nicht. Sie las noch in dem Buch, das sie angefangen hatte, und sah ihre Tochter tränenüberströmt in der Tür stehen.

„Schatz!", rief sie erschrocken und sprang aus dem Bett, doch Lena wich ihr aus.

„Wie konntest du mich nur so verarschen?" Sie warf ihrer Mutter das Bild vor die Füße. „Ich hab immer mit meiner jung gebliebenen Ma geprahlt! Ich hab immer gesagt, sie ist mir mehr Freundin als Mutter! Sie ist ehrlich mit mir und wir vertrauen uns gegenseitig! Und jetzt muss ich sehen, dass es alles Lüge war! Wie konntest du mir das nur antun?"

Brianna weinte inzwischen ebenso viele Tränen wie Lena. Sie hatte ja gewusst, der Tag würde kommen. Was hatte sie denn erwartet, wenn sie in den Ort ihrer Kindheit fuhr? Dass nirgends über sie gesprochen wurde? Dass Lena nirgends über Fotos stolpern könnte?

„Lena ..."

„Nein! Ich will keine weiteren Lügen hören. Das kann ich dir nie verzeihen."

Wieder rannte sie davon. Ihre Mutter hatte so voll Reue ausgesehen, doch auch das konnte Lena nicht mehr glauben. In ihrem Herzen herrschte nichts als Wut, Enttäuschung und Trauer. Da war kein Platz für Vertrauen.

Brianna bückte sich langsam nach dem Foto auf dem Boden. Eine Träne tropfte darauf, genau auf Pads Gesicht. Sie wischte sie schluchzend weg. Sie selbst hatte nicht ein einziges Foto von ihm mehr angesehen. Die Kraft, diesen Anblick zu ertragen, fehlte ihrem Herzen auch nach siebzehn Jahren noch. Alle Fotos, die sie an ihre Jugend und an Pad erinnerten, lagen verschlossen in einer Schachtel, die in ihrem Schrank in Deutschland verstaubte.

Das Bild zitterte und ihre Augen klebten auf dem Jungen, den sie immer an ihrer Seite hatte sehen wollen. Was hatte sie nur getan? Jetzt hatte sie alles, was ihr von ihm geblieben war, die zum Leben erweckte Liebe, so sehr enttäuscht und verletzt, dass sie nicht wusste, ob sie das je kitten könnte. Das würde Pad ihr nie vergeben!

Vor siebzehn Jahren hatte sie aufgegeben. Resigniert war sie nach Deutschland gegangen und hatte nie einen Versuch unternommen, Pad wiederzusehen; ihn zu finden. Er war fort für alle Zeit. Diesen Fehler würde sie nicht noch einmal machen. Sie warf sich einen Morgenmantel über und folgte Lena in die stockdunkle Nacht hinaus.

Lena war zum Meer gegangen. Schluchzend war sie noch beinahe über die Klippe gestolpert, weil sie das Ende in der Nacht nicht gesehen hatte. Nun saß sie da und wünschte sich, der Abend wäre nicht so abgelaufen. Sie wünschte sich, ihre Mutter wäre ehrlich zu ihr gewesen. Eine richtige Lüge war es eigentlich nicht, sie hatte nie die Unwahrheit gesagt. Aber die falschen Annahmen von Lena nicht zu korrigieren, war einer Lüge ebenbürtig.

Lena erinnerte sich an den Tag, an dem sie von ihrer irischen Herkunft erfahren hatte. Sie war sieben oder acht gewesen und in der Grundschule war die Familie thematisiert worden. Die ganzen Bezeichnungen von Cousin über Großonkel und so weiter. Als Hausaufgabe hatten sie einen Stammbaum anfertigen sollen. Lena hatte natürlich Hilfe bei ihrer Mama gesucht, denn außer ihrer Mama und ihrem Papa hatte sie keine Familie gekannt.

Ihre Mutter hatte ihr damals erklärt, dass die Eltern ihres Vaters bereits gestorben waren und er keine Geschwister hatte. Sie hatte also keine Onkel, Tanten oder Großeltern. Auch Brianna hatte keine Geschwister. Lena hatte nur eine Oma, die Mutter von Brianna.

„Wo ist die?", hatte Lena unschuldig gefragt und mit großen, erwartungsvollen Augen zu ihrer Mama aufgesehen.

„Ich weiß es nicht. Ich habe sie schon viele Jahre

nicht mehr gesehen", war die Antwort mit einem herzlichen Lächeln gewesen und Lena hatte nicht weiter gefragt. Dass Tante Maeve wirklich zu ihrer Familie gehörte, wusste Lena damals nicht.

Die Namen konnte sie in dem Stammbaum jedoch eintragen und ihre Hausaufgabe präsentieren. Dafür war Lena in der Schule jedoch ausgelacht worden. Dass all ihre Familie tot oder unbekannt war, gab ihren Klassenkameraden Zündstoff für Spott.

Da hatte Lena ihre Mama ganz traurig angesehen und gebeten, ihre Oma zu besuchen. Vielleicht könnte sie ihnen ja noch mehr erzählen. Daraufhin hatte Brianna ihr erklären müssen, dass das nicht ginge, weil sie so weit weg wäre. Sie hatte einen Globus vor Lena gestellt und ihr gezeigt, wo sie gerade waren und wo sich Lenas Oma aufhielt. Es war so weit weg und so viel Wasser zwischen ihnen.

„Können wir mit dem Boot hinfahren?", war Lenas Vorschlag gewesen, doch auch das hatte ihre Mama mit Engelsgeduld und Liebe abgelehnt.

„Warum ist Oma weggegangen?", war die nächste Frage gewesen, der sich Brianna hatte stellen müssen.

„Unsere Familie kommt ursprünglich von dort.

Genau da liegen unsere Wurzeln, kleine Lena."

Lena hatte das verstanden und ihren Klassenkameraden erzählt, ihre Familie käme von ganz weit weg. Im Erdkundeunterricht hatte sie dann auf der Weltkarte zeigen sollen, von wo ihre Familie stammte, und ihre Lehrerin hatte ihnen ganz viel über Irland erzählt. Die Klasse hatte im Kreis zusammengesessen und in großen Büchern die Bilder angesehen. Da hatte Lena zum ersten Mal von der *Grünen Insel* gehört und seitdem oft davon geträumt, einmal hierher zu kommen.

Nun saß sie hier und verabscheute die Erinnerung. Irland, das Land, das sie seit damals immer wie magisch anzog, fühlte sich auf einmal kalt an. Es lag nicht an dem aufkommenden Wind, der schon angekündigt worden war. Sie hatte dieses Land im Herzen immer geliebt und sich bestätigt gefühlt, als sie endlich angekommen war. Mit offenen Armen hatte man sie in der Gemeinde empfangen. Jetzt musste sie erkennen, dass nichts von dem wirklich wahr war. Der Reiz der Sorglosigkeit war verlorengegangen.

Brianna näherte sich langsam ihrer Tochter. Sie saß auf dem Rand der Klippe und sah zum aufgewühlten Meer hinaus. Unter ihr warteten scharfkantige, aufgereihte Steinscheiben. Brianna wollte sie nicht erschrecken, da sie in Gedanken versunken schien.

„Lena", sagte sie leise.

„Was willst du?"

Der aufpeitschende Wind fuhr Brianna unter den Morgenmantel und unters Nachthemd. Eisige Nadeln stachen in ihre Haut und taten doch nicht so weh wie die kalte Abneigung in Lenas Stimme.

Vorsichtig näherte sich Brianna noch ein Stück. „Mit dir reden."

Lena sah nicht mal auf. „Kein Bedarf, danke. Lass mich einfach in Ruhe."

„Nein, den Fehler mache ich kein zweites Mal." Brianna setzte sich mit genügend Abstand neben Lena an den Abgrund. „Bitte. Ich würde dir gern meine Geschichte erzählen. Und ich hoffe, du kannst meine Feigheit als Erklärung und vielleicht Entschuldigung akzeptieren."

„Mach dir keine Hoffnung. Wie sollte ich dir glauben, was du erzählst?"

Autsch, dachte Brianna tief verletzt. Aber diesem Vorwurf musste sie sich stellen. „Wenn du mir zuhörst, wäre ich vorerst zufrieden."

Lena nickte nur, was sollte sie auch sagen? Zuhören würde sie auf jeden Fall, konnte aber nicht mal zu sich selbst mit Sicherheit sagen, ob sie ihrer Mutter glauben könnte.

Nach dem Schock dieses Abends erwartete Brianna kein blindes Vertrauen. Lena hörte zu, das war viel wert. Brianna musste sich nun endgültig dazu durchringen, die ganze Wahrheit auszusprechen. So lange hatte sie es vor sich hergeschoben, nun war der Zeitpunkt da, an dem sie ihr Herz öffnen und all den Schmerz spüren musste. Sie zwang sich selbst zu dieser Folter, nur um Lena alles zu erklären.

Sie begann ganz von vorn: „Als meine Mutter sechzehn war, fuhr sie mit ihrem Freund ins nächste Kino. Sie stritten sich und er ließ sie stehen. Sie musste per Anhalter hierher zurück. Dabei begegnete sie einem Mann, dem sie besser nicht begegnet wäre. Er vergewaltigte sie und ließ sie schwer verletzt im Straßengraben liegen, wo sie von irgendwem gefunden wurde."

„Wie schrecklich", flüsterte Lena betroffen. So sehr sie an dem Gesagten zweifeln wollte, war das

Vertrauen in ihre Mutter doch stärker, als sie selbst geglaubt hatte und wahrhaben wollte.

„Lena", schluchzte Brianna und rückte näher an ihre Kleine heran. „Das Ergebnis dieser Nacht sitzt neben dir."

Blitzartig riss Lena den Kopf herum und starrte ihre Mutter mit weiten Augen an. „Was?", hauchte sie geschockt.

Brianna lächelte matt. „Ja. Ihr Freund, den sie hatte heiraten wollen, wandte sich von ihr ab, da sie nicht rein in die Ehe gehen würde."

Das regte Lena so sehr auf, dass sie sich aufplusterte und wirklich noch fast ins Meer stürzte. „Was für ein Unsinn! Was konnte sie denn dafür?"

„Na ja, im streng gläubigen Irland war das nicht so einfach. Ihre Eltern verheirateten sie mit einem Mann, den sie nicht mal kannte. Seine Eltern hatten das ebenso über seinen Kopf hinweg beschlossen wie meine Großeltern. Sie zahlten eine ordentliche Mitgift und waren froh, das Problem halbwegs gelöst zu haben. Lena, mein kleiner Engel … Meine Mutter hat mich gehasst, bevor ich meinen ersten Atemzug tun konnte. Habe ich als Baby geschrien, hat sie die Tür zugemacht und mich schreien lassen.

Als ich anfing zu laufen, hat sie mich an einen Zaun gekettet, nur um mich nicht ansehen zu müssen. Sie hat mich geschlagen und mir das Leben zur Hölle gemacht, solange ich denken kann, ohne dass ich gewusst hätte, wieso das so war."

„Ma!", schluchzte Lena aufgeregt und lehnte sich nun doch in die vertrauten Arme. Brianna nahm sie, ohne zu zögern, auf und schaukelte sie sanft. Am liebsten hätte sie ihrer Kleinen diese Horrorgeschichte verschwiegen, doch das war nicht fair. Lena verdiente die volle Wahrheit. Und Lena wollte die volle Wahrheit, also gab sich Brianna einen Ruck und erzählte alles.

„Ihr Mann, den ich als Vater liebte, war das ganze Gegenteil. Er war immer gut zu mir und hat mich aufrichtig geliebt, obwohl ich nicht seine Tochter war. Er hat mir das Fahrradfahren beigebracht und den Umgang mit den Tieren. Er machte Ausflüge mit mir und zeigte mir die schönen Seiten des Lebens."

„Was ist mit ihm?", fragte Lena kaum hörbar. Ihre Ma hatte ihn noch nie erwähnt. Weder als Vater noch als Stiefvater war er ihr je eine Bemerkung wert gewesen. Vielleicht schmerzte auch die Erinnerung so sehr, dass sie darüber lieber schwieg.

„Er ist kurz nach deiner Geburt gestorben", erklärte Brianna mit einem tiefen Seufzer. Gerade jetzt hätte Brianna sich gern an seine Stärke und Liebenswürdigkeit gehängt. „Lena, auch wenn ich Gefahr laufe, dass du noch wütender auf mich bist, will ich heute, hier und jetzt die ganze Wahrheit sagen."

Brennende Skepsis kroch Lenas Kehle hinauf und sie setzte sich wieder auf. „Was denn noch?" Als wäre die bereits offenbarte Story noch nicht schlimm genug!

Brianna senkte den Blick und atmete schwer durch. Wenn sie es jetzt verschweigen würde, würde es zu einem anderen Zeitpunkt herauskommen und Lena weiter von ihr entfernen, als sie je aufholen könnte.

„Marco ist nicht dein Vater."

Lena schnappte nach Luft und stürzte um Haaresbreite die Klippe hinab. Kein Eissturm der Welt hätte sie so frieren lassen können wie diese Nachricht! „Was?", schrie sie und sprang auf die Füße. „Das ist nicht dein Ernst!"

„Lena ..." Tränen rannen Briannas Wangen hinab und drohten das Meer zum Überlaufen zu bringen.

„Bitte. Hör mir zu."

„Es fällt mir jetzt schon schwer, dir zu glauben." Aber sie hatte zugesagt, wenigstens zuzuhören, also würde sie das tun, obwohl sie nicht glaubte, dass es irgendwas ändern könnte. Sie fühlte sich verarscht! Wieso wusste sie das noch nicht? Spätestens als Marco abgehauen war und Lena so unter dem Verrat ihres Vaters gelitten hatte, hätte ihre Ma ihr doch die Wahrheit sagen können!

So sehr sich Brianna die Nähe zu Lena wünschte, ließ sie ihr den Freiraum, den sie sich genommen hatte, indem sie sich ein Stück weiter weg gesetzt hatte. „Trotz der Probleme mit meiner Mutter war ich hier immer glücklich. Ich hatte einen großen Freundeskreis und einen Jungen an meiner Seite."

„Wie ist sein Name?"

„Patrick."

„Auf dem Foto", flüsterte Lena und holte das Bild vor ihr geistiges Auge. Der junge Mann! War er ihr leiblicher Vater?

Brianna hielt das Bild noch in den Händen und sah auf Pad hinab. „Ja." Sein Lächeln hatte ihren Blick gefangen. „Eines Nachts, wir hatten zu viel getrunken, machte er mir einen Antrag und erfüllte damit meine Träume. Wir waren schon lange zusammen und haben uns wahrhaftig geliebt."

„Was hat sich geändert?", fragte Lena, als ihre Mutter in der Erinnerung schwieg.

Brianna zog die Beine nah an ihren Körper heran, schlang die Arme darum und betrachtete Pads Gesicht. Sie versprach ihm, sie würde seine Tochter nicht verlieren! Niemals! Sie würde um Lena kämpfen bis zum letzten Atemzug!

„Ich möchte dem Alkohol die Schuld geben, aber das wäre feige. In dieser Nacht wurde ein kleiner Engel gezeugt. Du warst vielleicht noch nicht geplant, aber vom ersten Augenblick an geliebt. Pad und ich waren im siebten Himmel, obwohl wir es nicht hätten sein sollen."

„Wieso nicht?", wimmerte Lena leise. Wieso sollten sich ihre Eltern nicht über ihre Ankunft freuen dürfen?

Brianna sah noch immer auf das Bild hinab. Sie war nicht imstande, nach siebzehn Jahren den Blick von Pad zu wenden. „Sex vor der Ehe war eine absolute Sünde. Deshalb nannte mich meine Mutter nie beim Namen, sondern immer nur ‚ihre Sünde'. Ich sah in dir nie eine Sünde, sondern die lebendig gewordene Liebe zwischen Pad und mir. Als ich mit dieser Nachricht allerdings nach Hause kam, war die Hölle los. Meine Mutter hätte dich fast getötet, bevor du richtig reifen konntest. Sie hat mich so heftig aus dem Haus geprügelt, dass ich heute noch Narben davon habe."

„Ma", wimmerte Lena nun doch wieder verzweifelt in der Erinnerung ihrer Mutter. Wie verlassen musste sie sich gefühlt haben, wenn sie von der eigenen Mutter so verstoßen wurde? Wie schwer musste es gewesen sein, dieses Geheimnis all die Jahre für sich zu behalten? Marco wusste sicherlich nichts davon. Ihre Ma war ganz allein geblieben mit dem Schmerz, den Erinnerungen und der Verzweiflung!

Brianna nahm ihre Kleine bereitwillig wieder an ihrer Brust auf. „Mein Vater kam gerade von der Arbeit und rettete uns beiden das Leben. Er setzte mich in seinen Wagen und fuhr mit mir bis nach Tralee. In einem Café hörte ich dann zum ersten Mal die Geschichte meiner Entstehung und wieso mich meine Mutter so sehr hasst. Ich hatte ihr alles genommen. Den Mann, den sie wollte, das Ansehen der Gemeinde und ihrer Familie, die Gnade Gottes. Alles, was sie hatte haben wollen, war zerstört wegen mir. Ich wollte es gern, aber ich fand keinen Hass, nur Mitleid in meinem Herzen. Mein Vater rief einen Freund in Deutschland an und schickte mich zu ihm. Ich hätte hier nicht überlebt und du auch nicht. Seitdem bin ich immer in Deutschland gewesen und wollte nie zurück."

Lena hatte sehr aufmerksam zugehört. Der negative Nebeneffekt war nun, dass sie mit ihrer Mutter in der Erinnerung litt. Sie wollte genau jetzt aber auch alles verstehen. „Was ist mit meinem Vater? Wieso kam er nicht mit, wenn ihr es doch beide wolltet?"

„Oh, gewollt hätten wir, aber sein Vater war von der Nachricht auch nicht so begeistert wie wir beide. Soweit ich weiß, hat er ihn gleich am nächsten Tag irgendwo in ein Militärinternat gebracht. Ich weiß nicht, wo. Ich habe ihn seither nie wieder gesehen und nie wieder etwas von ihm gehört."

Den letzten Satz hatte sie dem Meer erzählt und Lena hörte die ungebändigte Sehnsucht der jungen Frau von damals. Irgendwo da draußen lief der Eine herum, den sie hätte heiraten wollen, aber nicht hatte heiraten dürfen.

„Hätte es denn keinen Weg gegeben? Was ist mit

Tante Maeve? Ist sie wirklich deine Tante?"

„Ja. Sie ist die Schwester meiner Mutter und war immer für mich da. Ich habe oft Zuflucht bei ihr gefunden."

„Deshalb wusstest du auch gleich, welches Zimmer du nehmen wolltest", erkannte Lena. Ihre Ma war zielsicher durchs Haus gelaufen und hatte sich eines der Zimmer ausgesucht. Da hatte sich Lena schon gewundert, aber neben der Freude keine Zeit gehabt, darüber nachzudenken.

„Ja", schmunzelte Brianna. „Und deshalb wusste ich auch von dem See am Pass. Ich habe dort viel Zeit mit meinen Freunden verbracht. Und um deine Frage nach deinem Vater noch zu beantworten: Er hat sein Leben aufgenommen und ich das meine."

„Hast du Marco geliebt?"

Unentschlossen wiegte Brianna den Kopf. Halbwahrheiten waren unangebracht, das wusste sie, aber ganz ehrlich konnte sie die unschuldige Frage trotzdem nicht beantworten, weil sie keine Antwort wusste. „Ein bisschen vielleicht schon, ja. Ich habe nie wieder jemanden so geliebt wie deinen Vater, kleine Lena. Und wenn ich dich ansehe, dann ist auch er bei mir. Wichtiger war mir immer, dass du ein schönes zu Hause hast. Marco war immer ein guter Vater für dich. Von Anfang an hat er dich in seinem Herzen aufgenommen und ich ihn dafür in meinem, denn nichts geht mir über meine kleine Tochter." Vorsichtig nahm sie Lenas Hände und küsste sie sanft. „Schatz, ich weiß, ich hab dich verletzt, das kann ich nicht rückgängig machen. Seit wir uns auf dieser Reise befinden, suche ich in mir den Mut, dir das alles zu erzählen, aber ich konnte nicht. Kannst du mir meine Feigheit vergeben?"

Lena lächelte ihre Ma an und fiel ihr um den Hals. „Ich liebe dich, Ma." Angekratzt blieb das Vertrauen, daran änderten ein paar ehrliche Worte nichts. Aber mit all dem Gesagten im Hinterkopf fiel es Lena recht leicht, die sogenannte Feigheit nachzuvollziehen.

„Ich dich auch", schluchzte Brianna unaussprechlich erleichtert und versuchte, ihr Mädchen noch näher an sich zu drücken. „Ich liebe dich, Lena. Ich habe dich in jeder einzelnen Sekunde geliebt, seit ich von dir erfahren habe. Du warst nie eine Sünde für mich, sondern ein Geschenk."

Zum Glück war es dunkel, so sah niemand ihre rosa Wangen. „Warum hast du deinen Mädchennamen behalten, wenn du doch alle

Brücken hinter dir abbrechen wolltest?" Dass Fynn der Mädchenname ihrer Mutter war, wusste Lena schon lange. So alltäglich ist dieser Name in Deutschland nicht und Lena hatte irgendwann gefragt, woher der käme. Brianna hatte ihr erklärt, dass es der Name ist, mit dem sie geboren worden war.

„Ja", lachte Brianna. „Mir war wichtig, den letzten Funken Irland in mir zu bewahren. Marco wusste das und hat sofort zugestimmt, diesen Namen anzunehmen, als wir geheiratet haben. Außerdem ist Biegenkamp nicht unbedingt ein Name, den ich freiwillig angenommen hätte."

Somit hatte Lena auch zu diesem Thema neue Informationen gewonnen. „Was ist mit den Leuten hier?", wollte sie noch wissen. „Wieso ziehst du dich so vor ihnen zurück, wenn du sie vielleicht kennst?"

„Murphy", schmunzelte Brianna. „Murphy kenne ich seit dem Sandkasten. Er ist ein Jahr älter als ich. Als ich eingeschult wurde, hatte ich Angst, weil ich dort ja niemanden kannte. Da hat er mich an die Hand genommen und gesagt, er bleibt solange bei mir, bis ich einen neuen Freund gefunden habe. Und das hat er. Er blieb am ganzen ersten Schultag bei mir. Er hat der Lehrerin gesagt, er habe mir ein

Versprechen gegeben, das könne er doch nicht brechen. Und sie stimmte zu. Am Ende des Tages hatte ich Freunde in meiner Klasse gefunden. Seitdem waren Murphy und ich unzertrennlich."

Lena kicherte leise vor sich hin. „Kann ich mir bei ihm vorstellen. Kennst du Stephanie? Seine Frau."

„Stephanie ...", träumte Brianna. „Sicher. Wir haben sie in Dingle kennengelernt, da waren wir elf oder zwölf."

„Ihr drittes Kind ist unterwegs."

„Echt? Glaub ich. Die wollten immer viele Kinder."

„Ma", lächelte Lena und legte ihre Hand an die Wange ihrer Mutter. „Wieso schließt du dich ein, wenn du schöne Erinnerungen wiedererwecken könntest?"

Schon sanken Briannas Mundwinkel und tiefe Furchen verschandelten ihre Stirn. „Es ist nicht so leicht, Lena. Ein uneheliches Kind ist ein Skandal."

„Das ist nicht der Grund", stellte Lena mit hundertprozentiger Sicherheit fest. „Ich bin mir sicher, sie wussten es vom ersten Augenblick an. Aber keiner von ihnen hat irgendwas gegen mich gesagt oder mir das Gefühl gegeben, es sei nicht richtig, dass ich überhaupt existiere. Sie waren immer nett zu mir und haben viel Spaß mit mir gemacht. Was dich wirklich aufhält, ist deine Angst vor deiner Vergangenheit, richtig?"

So ungern sie es zugab, musste Brianna einsehen, ihre Kleine war erwachsen geworden. Sie hatte mehr verstanden, als Brianna lieb war. „Schon möglich. Ich verbinde dieses Land und diese Menschen mit einer glücklichen Zeit an Pads Seite. Das ist vorbei und ich habe Angst, Murphy gegenüberzustehen, ohne Patrick an meiner Seite."

„Aber vielleicht wissen sie ja, wo er geblieben ist."

„Das will ich nicht, Kleines." Brianna stand auf und mit den Schuhspitzen am Abgrund sah sie in die Ferne. Der Wind nahm an Stärke zu und wedelte den dünnen Stoff um ihre Beine herum. Die Arme schlang sie um die Brust, nicht der Wärme wegen, obwohl ihr bitterkalt war. Sie versuchte nur, zu verhindern, dass sie zerbrach. „Ich habe in meinem Herzen akzeptiert, dass unsere Leben getrennt verlaufen. Wir hatten eine schöne Zeit und ich hab dich, die mich daran erinnert, mehr sollte für uns nicht sein. Siebzehn Jahre sind eine lange Zeit und wir haben uns verändert. Ich möchte den Mann in

Erinnerung behalten, den ich so tief geliebt habe."

Nachvollziehbar, dachte Lena, und trotzdem tragisch. Da übernimmt einfach irgendwer die Kontrolle über das Leben eines anderen und zerstört sämtliches Glück darin. Briannas Mutter, Patricks Vater … Ohne Recht hatten sie das Glück ihrer Kinder zerstört. Unwiderruflich. Brianna und Patrick würde es nie wieder als Einheit geben, nur in Briannas Gedanken und Träumen. Und nun auch in Lenas Träumen.

„Wenn du es wissen möchtest, dann frag sie", fing Brianna ihre Bitte an. „Ich will dir nicht im Wege stehen, aber ich bitte dich, mich da rauszuhalten. In meinem Herzen liebe ich den Mann, den ich verlassen musste. Ich weiß nicht, wie er jetzt ist, und ich will es auch nicht wissen."

Das akzeptierte Lena bedingungslos und konnte nach so vielen Tränen mit ihrer Ma ausgesöhnt zu Tante Maeves Haus zurückkehren. Der Wind hatte stark zugenommen und wehte sie mit einem Sturm ins Haus hinein. Sie waren durchgefroren, vor allem Brianna im Nachthemd. Sie sorgte für ein knisterndes Feuer, während Lena den Tee aufbrühte. Den Schornstein hatte sie notdürftig frei gemacht. Es würde für einen Abend reichen, bevor sie sich der restlosen Instandsetzung widmen würde.

Dann saßen sie die halbe Nacht vorm Kamin bei heißem Tee und Knabbereien und redeten. Lena verlangte das Versprechen ihrer Mutter, nichts mehr zurückzuhalten. Sie bekam dieses Versprechen sofort und erfuhr noch so einiges über das irische Leben ihrer Mutter. Nie hatte sie darüber reden wollen, was sie als junges Mädchen getan hatte, von ihren Freunden und ihrer Familie. Lena hatte immer nur knappe Antworten bekommen, deren Inhalte so leer waren wie Briannas Herz. Jetzt nicht mehr. Jetzt lachten sie über die Streiche, die Brianna mit ihren Freunden gespielt hatte, über ihren ersten Kuss und so weiter. So wurde aus einem traurigen Abend eine lustige Nacht.

Und ein sehr verkaterter Morgen. Sie hatten sich das Handy als Wecker gestellt, weil Murphy schon gegen acht da sein wollte. Wenn man drei Uhr morgens ins Bett geht, beziehungsweise auf dem Teppich vorm Kamin einschläft, ist sieben Uhr nicht gerade eine humane Zeit zum Aufstehen. Lena knurrte ihr piepsendes Handy an, schlug danach, wollte es nur zum Schweigen bringen.

Brianna machte es aus, schmiegte sich an ihre Tochter und streichelte sie sanft wach. „Guten

Morgen, mein Engelchen."

Seit der letzten Nacht schrieb Lena diesem Kosenamen mehr Bedeutung zu als zuvor. Sie hatte verstanden, dass sie für ihre Mutter tatsächlich ein kleiner Engel war, der ihr geschenkt worden war, um die Trennung von ihrer Liebe zu überstehen. Es war für Lena ein unglaubliches Liebesgeständnis, diese Worte zu hören. Sie seufzte wohlig, lächelte und schmiegte sich an die Schulter ihrer Mama.

Brianna gönnte ihr das jedes Mal, wenn es sich anbot. Mittlerweile war Lena aus dem Alter raus, da sie bei ihrer Mama im Bett schlief und sich wachkuscheln ließ, aber sie hatten es auch schon geschafft, gemeinsam bei einem Filmabend auf der Couch einzuschlafen.

„Was ist mit heute?", fragte Lena vorsichtig, als sie halbwegs wach aus dem Bad kam. „Willst du dich irgendwo verstecken oder deinen Freunden gegenübertreten? Sie würden sich sicher freuen."

Diesbezüglich hatte Brianna eine Entscheidung getroffen. „Ich werde mich ihnen stellen, weil ich nicht will, dass meine Tochter für mich lügt. Außerdem bin ich feige genug, wenn es um Pad geht. Das genügt wohl."

„Das wollte ich hören", strahlte Lena und umarmte ihre Ma. Das würde sicher witzig werden. Wenn denn nach ihrem Abgang überhaupt jemand kommen würde.

Just in diesem Moment, Viertel vor acht, klopfte es zaghaft an der Tür.

„Früh dran", schmunzelte Brianna. „Hältst du mich für feige, wenn ich mir erst was anziehe?"

„Nein!", lachte Lena. „Geht in deinem Alter nicht mehr so schnell, was?"

Sie selbst hatte sich angezogen, als ihre Mutter das Frühstück gemacht hatte. Dass sie niemanden im Nachthemd begrüßen wollte, war wohl nicht feige, sondern höflich und normales menschliches Verhalten.

So machte Lena die Tür auf und staunte nicht schlecht. Mike! Allein!

„Guten Morgen."

„Guten Morgen", lächelte er zufrieden damit, dass es ihr anscheinend besser ging. „Alles in Ordnung?"

„Ja. Entschuldige wegen gestern."

Er runzelte die Stirn. „Kein Grund. Ich weiß zwar immer noch nicht, was hier los ist, aber ich soll dich fragen, ob du was gegen Gesellschaft hast."

Armer Mike, dachte Lena leise lachend. Absolut unwissend sollte er kryptische Botschaften überbringen ... „Ich hab gestern erfahren, dass meine Ma hier geboren wurde und auch ich hier gezeugt wurde. Ich hatte keine Ahnung, aber Murphy und die anderen offenbar. Das hat mir zugesetzt, aber ich würde mich freuen, wenn sie kommen."

„Oh." Mike zog die Stirn in Falten. So eine Offenbarung hätte ihm ganz sicher ebenso zugesetzt. „Das ist hart. Aber offenbar habt ihr euch ausgesprochen."

„Haben wir." Lena konnte selbst kaum glauben, was in der vergangenen Nacht alles zur Sprache gekommen war. Dafür ging es ihr am Morgen wirklich gut. „Kannst du es ihnen sagen? Dann bereite ich schon mal alles vor."

„Geht klar. Kann ich Aki schnell hier lassen?"

„Sicher." Lena hockte sich gleich zu ihm und verwöhnte ihn mit Knuddeleien. „Na du. Willst du uns auch helfen? Kannst du einen Hammer halten?"

Na ja … Immerhin könnte er die Fenster sauber lecken, denn das beherrschte er perfekt.

Mike auf dem Quad war schnell bei Murphy und

brachte alle anderen mit. Sie hatten sich bei ihm versammelt und auf Lenas Entscheidung gewartet. Sie kämpften mit schlechtem Gewissen, hofften aber auch, sie fänden Vergebung und einen Neustart in die Freundschaft. Sie fanden beides.

Murphy sprang von seinem Traktor und kam mit ernster Miene auf Lena zu. „Es tut mir leid."

„Normalerweise sagt man *Guten Morgen*", lachte Lena vergnügt, wie man sie hier eben kennengelernt hatte. „Aber eins ist auch klar: Ich will von dir ganz viele Dinge über meine Ma wissen, mit denen ich sie aufziehen kann."

„Na da fällt mir als Erstes ihre Karriere als Dichterin ein."

„Oh Gott", lachte Brianna und trat ebenfalls aus dem Haus. Ihr Herz raste vor Anspannung. „Wenn du das nicht für dich behältst, verliere ich jegliches Ansehen meiner Tochter."

„Bri", lächelte Murphy glückselig und ging gleich zu ihr. Sie hatte sich kaum verändert. Wenn er in den Spiegel sah, waren die Jahre deutlicher zu erkennen. *Falten wie die Jahresringe von Bäumen*, hatte sein Bruder mal gesagt.

„Murphy", lächelte auch Brianna und Tränen der

150

Freude bahnten sich ihren Weg über ihre Wangen. Nach siebzehn langen Jahren umarmte sie einen ihrer besten Freunde, die sie je gehabt hatte.

„Oh Bri", schluchzte er, drückte sie fest an sich und hob sie glatt von den Füßen. „Sag mir, dir ist es gut ergangen", forderte er flüsternd. „Ich hab mich oft gefragt, wie du ohne meine Hilfe Freunde findest."

„Schwer", lachte sie von Glück erfüllt. Dass man sie so herzlich empfangen würde, hatte sie nicht geglaubt. In den vergangenen Jahren war sie im Geist oft durchgegangen, wie ein Wiedersehen ablaufen würde. So viel Freude war in ihrem Gedankenspiel nie vorgekommen. Vorwürfe, Zurückweisungen und endgültig zerbrochene Freundschaften – das hatte sie vorausgesehen.

Etwas abseits stand Mike neben Lena. „Die kennen sich?"

„Offenbar", flüsterte Lena. „Weißt du, was das heißt?"

„Ja. Wir sind von alten Leuten umgeben."

Die versammelte Mannschaft brach in Gelächter aus. Bei vielen glitzerten noch die Tränen der Wiedersehensfreude. Sie begrüßten die

Heimkehrerin mit offenen Armen, offenen Herzen und offenen Worten voller Liebe. Details zu ihrem Verschwinden damals kannten die wenigsten und würden sie auch nicht erfahren. Das mussten sie auch nicht, denn sie empfingen eine alte Freundin und hatten genug aus den vergangenen Jahren zu erzählen.

Stephanie war in einem Auto mitgekommen, wo sie und ihre beiden Jungs Platz gefunden hatten. Auch ihr war es ein Bedürfnis gewesen, Brianna zu begegnen und sich bei Lena zu entschuldigen. Genau aus dem Grund blieb der Pub geschlossen und auch Tom war mitgekommen.

„Es tut mir leid", hörte Lena immer und immer wieder und glaubte es jedem Einzelnen.

Unter vier Augen erzählte Murphy ihr, dass er in einer Zwickmühle gesteckt hatte, wie alle anderen auch. Die Wahrheit war Lenas Recht, das versicherte er ihr. Aber es war nicht Murphys Recht oder irgendeines anderen, ihr davon zu erzählen.

Lena konnte das sehr gut nachempfinden. Sie hätte sich gewünscht, wenigstens einer hätte den Mut gefunden, sie aufzuklären, aber sie warf es niemandem vor und das löste gemischte Gefühle aus. Sie waren erleichtert über die Vergebung, aber ebenso mit Schuld behaftet.

„Wir müssen es ihr sagen", schniefte Stephanie leise an die Schulter ihres Mannes.

„Schatz", seufzte Murphy und führte sie hoffentlich unbemerkt in eine ruhige Ecke. „Das kannst du nicht machen."

Theoretisch vielleicht, aber Stephanie wurde von ihrem schlechten Gewissen zerfressen, geradezu zerfleischt. „Aber sie vergibt uns das eine Schweigen, wie soll sie das dann empfinden?"

„Du hast Recht, sie wird uns vielleicht böse sein. Aber Bri redet nicht über damals. Du weißt nicht, was Lena inzwischen alles weiß."

Mit feuchten Wangen sah Stephanie zu Murphy auf. „Ich sollte also den Weg über Bri gehen?"

„Ich glaube, das ist ratsamer", nickte Murphy sofort. Ob es der richtige Rat war, konnte er nur raten und beten.

„Du weißt, was damals wirklich passiert ist, oder?" Stephanie brauchte auf ihre Frage keine Antwort. Noch nie zuvor hatte sie es so deutlich in seinen Augen gelesen. Er wusste alles, was damals geschah!

„Ja." Er schluckte schwer, als er an das Bild dachte, wie Bri bei ihm aufgeschlagen war. Ihr Vater hatte sie in Murphys Elternhaus gebracht, um sich etwas frisch zu machen, bevor er sie ganz weggebracht hatte. Sie war furchtbar übel zugerichtet worden. So nahe, wie er ihr vorhin gewesen war, hatte er sogar eine Narbe von damals an der Augenbraue erkennen können. In Sturzbächen war das Blut herausgequollen und Murphys Vater war fast verzweifelt bei dem Versuch, die Wunde zu schließen.

Murphy wandte sich ab von seiner Frau, ließ die Schultern hängen und sah in die Ferne. Vor seinen Augen bildete sich der Anblick der weinenden und verzweifelten Bri. „Stephanie, es war grausam. Ihr Vater hat sie von hier weggebracht. Er hat ihr und Lena damit vermutlich das Leben gerettet. Was mit Paddy passiert ist, weißt du. Als er drei Jahre später endlich zurückkommen durfte, kam er als erstes zu mir. Vom Bus aus mit dem Gepäck in der Hand nicht zu seinen Eltern, sondern zu mir. Er wollte zu Bri und ich musste ihm sagen, sie sei fort. Dann musste er diese Frau heiraten und war seitdem nie wieder so, wie er mal war."

„Ich weiß", schluchzte Stephanie noch stärker.

154

„Aber Bri könnte das ändern. Ich weiß, er macht sich Vorwürfe. Sie könnte sie ihm nehmen. Und Lena zu sehen, würde ihm guttun."

„Vielleicht. Vielleicht ist es aber auch sein und ihr Untergang. Er hat irgendwann mal gesagt, er hat den Traum der Zukunft mit Bri an seiner Seite in seinem Herzen begraben. Ich weiß ehrlich nicht, wie er reagieren würde, wenn sie einfach vor ihm stehen würde."

„Aber Bri können wir es sagen."

„Versuche es", lächelte Murphy zu seiner Geliebten. „Von Frau zu Frau. Aber vorsichtig. Ich glaube, sie hat es genauso gemacht und sich in sich selbst verkrochen." Das war für ihn die einzige Erklärung dafür, dass sie so kühl wirkte. Sie lachte, sie redete, sie hatte offenbar Spaß, aber unter der Oberfläche war sie eiskalt. Als hätte sich ihre Aura als kühler Schleier um sie gelegt. Das Feuer, das sie früher zu dem Menschen gemacht hatte, den Murphy gekannt hatte, war mit der Trennung von Paddy erloschen. Sie ließ niemanden zu nahe an sich heran. Eine gewisse Distanz blieb, die nur von Lena durchbrochen wurde. Diese Distanz war auch nicht mit der langen Funkstille zwischen den Freunden zu erklären. Das ging viel tiefer.

An Arbeit dachte vorerst niemand. Sie standen beisammen, wie sie im Alltag selten die Zeit fanden, unterhielten sich, spaßten und lachten. Lena und Mike waren mit Abstand die Jüngsten unter den Erwachsenen und hatten sich an den Rand verkrümelt. Sie saßen auf dem Gatter zur Weide und beobachteten die Alten. Lena sah ihre Ma, wie sie sie noch nie gesehen hatte. In Deutschland hatte sie auch Freunde, aber es war anders.

Bei dieser Gelegenheit lernte auch Francesca ein paar Leute kennen. Gemeinsamkeiten suchte man vergebens, aber immerhin respektierte man sich und ging auf Tuchfühlung.

Zum Mittag fuhren Lena und Mike schnell mit dem Quad nach Dingle und besorgten verschiedene Steaks, die sie auf Maeves Grill brutzeln konnten. Der musste zuvor allerdings einer Grundreinigung unterzogen werden.

Nach dem Essen schauten sie sich gemeinsam das Haus an. An vielen Stellen würden sie aktiv werden müssen. An kräftigen Händen sollte es nicht scheitern und Lena ging tatsächlich bei Murphy auf dem Dach in Lehre.

Stephanie kümmerte sich mit Francesca und ihren

beiden Jungs um die Versorgung der Arbeiter. Sie schickte Henry und Mitchel immer wieder los, den Leuten die Limonade zu bringen. Sie halfen aber auch mit. Henry brachte Nägel und Werkzeug, wenn jemand etwas brauchte, und Mitchel kratzte die Farbe von den Fensterrahmen.

Brianna gönnte sich zwischendurch eine kurze Pause und kühlte sich unter dem Wasserschlauch ab. Die Sonne brannte auf eher untypische Weise und die Fenster zu schleifen, war nicht gerade leichte Arbeit. Sie war vom Schweiß verklebt.

Stephanie nutzte die erstbeste Gelegenheit. „Hey", lächelte sie und reichte Brianna ein Glas Limonade.

„Oh Gott, danke", lachte sie und kippte die nötige Flüssigkeit hinter.

„Kein Problem." Schwerfällig setzte sich Stephanie auf die Bank neben Brianna. „Ich ..." Sie stockte und suchte noch immer die richtigen Worte wie seit Stunden. „Ich würde dich gern etwas fragen."

„Schieß los." So locker, wie sie klang, war Brianna nicht. Sie bekam jetzt schon Angst vor der Frage.

„Weiß Lena inzwischen alles?"

Brianna lächelte beruhigt. „Alles, ja."

„Na ja … Paddy ..."

Da war die Anspannung postwendend zurückgekehrt und Brianna brach schon nach zwei Worten in die Aussage hinein. „Nein. Bitte Steph, ich will es nicht hören."

„Aber Bri ..."

„Nein. Bitte. Das ist aus und vorbei. Das mussten wir akzeptieren und ich habe es akzeptiert. Mehr will ich von ihm nicht wissen. Er lebt so in meinen Erinnerungen, wie ich ihn kenne. Bitte ändere nichts daran."

Mit diesen Worten ließ sie ihre Freundin sitzen. Stephanie kämpfte gegen einen Tränenanfall. Die Geschichte war tragisch genug, aber die Hormone der Schwangerschaft verstärkten das noch. So, wie Brianna es erklärt hatte, konnte Stephanie nichts dagegen sagen. Der Junge, den sie so geliebt hatte, existierte nicht mehr. Er war zu einem Mann geworden, der nicht viele Gemeinsamkeiten mit dem Jungen aufwies. Wenn Bri den Einsiedler von heute sehen würde, würde es ihr das Herz brechen. Vielleicht war es also Gottes Wille, dass die beiden getrennt waren und getrennt blieben, weil sie nur in dem gemeinsamen Traum die Stärke fürs Leben fanden. In der Wirklichkeit würde ihnen diese Stütze vermutlich verlorengehen.

Zum ersten Mal nach siebzehn Jahren beschloss Stephanie für sich selbst, dass es das Beste sei, den Mund zu halten und Gott die Entscheidung anzuvertrauen.

Und sie blieb nicht die Einzige. Viele der engsten Freunde sprachen Brianna unter vier Augen auf Patrick an. Jeder von ihnen bekam die gleiche Antwort und entschied sich, zum Wohl der beiden zu schweigen. Und wieder waren Lena und Mike die Einzigen, die von nichts eine Ahnung hatten. Neben Francesca ...

Familie

Einige Tage später hatte sich schon viel getan am Haus. Nicht jeder konnte jeden Tag freimachen. Sie hatten eigene Höfe oder Geschäfte, die genug Arbeit boten und viel Zeit forderten. Sie opferten allerdings jede freie Minute, die sie irgendwie fanden. Morgens wurden zuerst alle Tiere versorgt. Auch Lena und Brianna mussten sich um Maeves Vieh kümmern. Alles, was sie wissen musste, hatte Brianna als Kind gelernt und konnte es immer noch. Nie im Leben hätte sie damit gerechnet, dieses Wissen mal an ihre Tochter weitergeben zu können.

Lena fiel jeden Abend wie tot ins Bett. Die viele frische Luft, die viele Arbeit, die vielen Freunde ... Das schaffte sie ganz schön. Und sie setzte Muskeln an, wo sie eigentlich gar keine haben wollte. Vor allem in den Armen. Wenn es keine zeitlich begrenzte Arbeit wäre, würde sie wohl bald aussehen wie eine Bodybuilderin.

Zusammen mit Murphy und Sully hatte sie die neue Unterkonstruktion für das Dach schon fast komplett fertig, als es ein Problem gab. Es wurde an so vielen Stellen gearbeitet, dass ihnen die Nägel ausgingen.

„Mike!", rief Murphy zu ihm hinab.

Mike sah nach oben. „Was ist los? Hast du den Weihnachtsmann im Ruß gefunden?"

Dieser Kerl hat immer irgendeinen blöden Spruch drauf, dachte Murphy. „Nein, aber ich kann es nicht ausschließen. Sag mal, hat dein Vater noch die alten Nageltröge?" Niemandem von den Alten fiel es leicht, Mikes Vater nicht beim Namen zu nennen, aber bisher hatten sie es alle geschafft.

„Klar! Im Schuppen! Braucht ihr was?"

„Noch jede Menge! Meinst du, er gibt uns was ab?"

„Aber sicher. Ich fahr fix rüber."

„Danke. Kannst du auch bei Stephanie vorbeifahren, wenn nötig? Sie kann dir auch noch welche geben."

„Zu Befehl! Noch irgendwas, wenn ich einmal

unterwegs bin?"

„Einen ordentlichen Hammer!", lachte Lena. Ihre Tante Maeve war nicht unbedingt für solche Arbeiten ausgestattet und sie hatte an diesem Tag den kleinsten Hammer abbekommen. So große Nägel damit irgendwo reinzuschlagen, war nicht einfach.

„Kommst du mit?", grinste Mike. „Oder soll ich dich im Seniorenclub allein lassen?"

„Ich werd dir gleich was husten!", schimpfte Murphy und warf sein Hemd nach dem Jungen. Es war eh heiß genug – er brauchte es nicht. Er wollte aber auch nicht als *Senior* bezeichnet werden!

„Wie oft wurdest du schon Onkel genannt?", lachte Brianna zum Dach hinauf und hätte fast Lenas Absturz zu verantworten gehabt.

„Geh arbeiten", schmollte Murphy schmunzelnd. „Dich hat man eher Tante genannt als mich Onkel."

„Bindest du mir die Schuhe, Ma?", lachte Lena ausgelassen und versuchte, in einem Stück die Leiter nach unten zu steigen.

„Ich kann dich übers Knie legen, wenn du das willst."

„Das halten deine Knie gar nicht mehr aus." Lena lachte ihrer Ma einen Kuss auf die Wange. „Ich hab dich lieb, Ma."

„Ja ja", seufzte Brianna ihr nach. Es war so eigenartig, ihre kleine Tochter hier zwischen ihren Jugendfreunden zu sehen. Sie verstanden sich alle so gut, als wäre sie nie weggegangen.

„Wird dir bewusst, dass sie erwachsen wird?", lächelte Tom, der plötzlich neben Brianna aufgetaucht war.

„Ja, irgendwie schon."

„Diesen Punkt erreichen alle Eltern irgendwann. Glaub mir, wenn du es akzeptiert hast und sie in ihr eigenes Leben entlässt, dann kannst du an der Häufigkeit ihrer Besuche messen, was du jetzt aufbaust."

„Wie oft siehst du deine Jungs noch?"

„Den Großen sehr selten. Er ist nach Australien abgehauen. Aber wir telefonieren regelmäßig und er hat mir das Bildtelefon eingerichtet. So kann ich auch meine Enkel sehen. Und der Kleine kommt mindestens einmal die Woche. Ich glaube, der wäre nie ausgezogen, wenn seine Frau nicht schwanger geworden wäre."

163

„Opa", murmelte Brianna leise. Als sie jung gewesen war, war Tom ein normaler Erwachsener gewesen, eine Generation mit ihren Eltern. Jetzt sollte er ein Opa sein?

Und er war es mit Stolz. „Ja, schon viermal."

„Du warst immer ein guter Vater zu allen Dorfkindern."

„Vor allem, wenn ich euch in den Pub gelassen hab, richtig?"

„Auch", feixte Brianna. Für sie als Kinder war es immer toll gewesen, den Alten beim Singen und Feiern zuzusehen. Tom hatte sie manchmal reingelassen, obwohl sie zu jung gewesen waren.

„Nicht zu vergessen die Brause, die er uns als teuren Wein verkauft hat!", warf Rogan lachend ein.

„Erinnert ihr euch noch ans Pubmonster?", fragte Sully in die Runde.

Brianna erinnerte sich sehr gut daran. Tom hatte den kleinen Abenteurern erzählt, im Pub wohne ein Pubmonster, das alle Kinder bei Sonnenuntergang hinausprügeln würde. Sie waren immer vorm Untergang der Sonne nach Hause gegangen und die Eltern waren Tom dankbar dafür gewesen. Jetzt stand er leise lachend zwischen der Schar der damaligen Kinder und war noch genauso glücklich in der Runde wie damals. Ihn kümmerte sein Alter weniger als Murphy mit seinen gut zwanzig Jahren weniger auf dem Buckel.

Nur Sorgen blieben zurück. Jeder gab sich die größte Mühe, niemandem die eigenen Gedanken zu offenbaren, weil niemand wusste, ob er damit allein dastand. Für Murphy hieß das, er stürzte sich scherzend in die Arbeit. Tom war eher in sich gekehrt und schwieg mit ernster Miene. Seine Gedanken folgten den beiden Kindern. Es würde Lena ebenso hart treffen wie Patrick, das war klar. Noch unklar war allerdings, wie die beiden damit umgehen würden.

Mike hielt unterwegs noch bei der alten Maggie am Café und lud Lena zu einem Eis in der Waffel ein. Das Café war hauptsächlich für die Touristen eröffnet worden, aber auch die Einheimischen trafen sich zu Kaffee und Kuchen gern hier. Maggie hatte es gemütlich hergerichtet mit hellen Wänden und vielen Pflanzen im Innenbereich. Der Außenbereich bot neben diversen Tischen und Stühlen auch einen Spielplatz für die quirligen Kinder und als Bonus einen Weitblick über den Ozean.

„Dad!", rief Mike von der Tür aus in sein Elternhaus hinein. Das war einfacher, als jeden Winkel des Grundstücks abzusuchen.

„Keller!", hörte er den fernen Ruf.

Patrick war dabei, die Wäsche zu waschen. Das musste auch in einem reinen Männerhaushalt hin und wieder sein. Dabei zeigte sich für ihn immer wieder, wofür seine Frau doch gut gewesen war, wenn sie sie denn mal mit ihrer Anwesenheit beehrt hatte.

Mike stand wie immer unter Strom. Er hetzte zum Kellerabgang, blieb gleich in der Tür stehen und brüllte die Treppe hinab. „Dad, wir brauchen noch Nägel."

Patrick machte es wie immer: Nur nicht von dem Stress anstecken lassen! Er faltete in Ruhe die Wäsche weiter und gab auch seiner Stimme besonders viel Ruhe. „Dann nimm dir, was du finden kannst. Im Schuppen."

„Danke!"

Da war er schon wieder unterwegs und Patrick verdrehte die Augen. Wenn es biologisch möglich wäre, wäre Mike zu Fuß schneller als mit einem Rennwagen. Patrick hatte gehofft, das würde sich mit dem Erwachsenwerden geben, aber vermutlich würde Mike als Sechzigjähriger immer noch schneller machen, als er könnte, wenn es auch langsamer wäre als jetzt in jungen Jahren.

So Gott will, kommt es zu einer zufälligen Begegnung zwischen Lena und Patrick. So ungefähr hatte Murphy es seiner Frau gesagt. Gott schien es damit nicht eilig zu haben. Lena hatte nicht mal einen Blick in den Keller geworfen, da nahm Mike sie schon wieder an die Hand und raste nach draußen in den Schuppen.

In einer Ecke, hinter einem alten, verrosteten Anhänger für den Traktor, standen abgedeckte Tröge. Irgendwann waren sie mal fürs Vieh gefüllt gewesen, aber das war lange her. Patricks Vater hatte - sehr zum Leidwesen seiner Frau - die ganzen Nägel gekauft, weil sie zu dem Zeitpunkt so billig gewesen waren.

„Man weiß nie, wozu man sie mal braucht", hatte er gesagt. Nun standen drei Tröge voll Nägel seit Jahrzehnten herum und nahmen kaum merklich ab. Bis zu diesem Tag.

Mit beiden Händen schöpften Mike und Lena die Nägel heraus und füllten zwei kleinere Holzkisten und einen Eimer. Sortiert waren die Nägel nämlich nicht. Alle Größen, die es damals günstig gegeben hatte, lagen hier wild zusammen. Lang, kurz, dick, dünn, spitz, stumpf ... Sie würden sich während der Arbeit die Nägel heraussuchen, die für die jeweilige Aufgabe geeignet wären.

„Wieso stehen die immer noch hier?", fragte Lena, nachdem Mike ihr erzählt hatte, wo die überhaupt hergekommen waren.

„Na zum Wegwerfen sind sie ja wirklich zu schade."

„Stimmt schon, aber dass in der langen Zeit nicht alle aufgebraucht wurden, wundert mich. Ihr könntet die ganze Insel versorgen."

„Vermutlich. Ist schon eine Weile her, seit irgendwer in der Gegend zum letzten Mal welche gekauft hat. Dad hat erzählt, es war mal ein ganzer Anhänger voll."

„Ist nicht wahr", gluckste Lena. Allein die Vorstellung, wie Mikes Großvater mit einem Anhänger voll Nägel angekommen war ... Die Reaktion seiner Frau wäre interessant.

„Doch. Und wenn man das als Grundlage nimmt, sind sie doch wirklich bald alle."

„Na ja, wir tun einen großen Schritt", erwiderte Lena, denn von *bald alle* war noch nichts zu sehen, trotz der immensen Grundlage eines Anhängers.

„Genau. Dann wollen wir mal. Ach Halt!", rief Mike aufgeregt und wirbelte noch mal herum. Jetzt hätte er glatt den Hammer für Lena vergessen. „Wie ist der? Zu groß?" Er wollte sie ja schließlich nicht überfordern und gab ihr nicht den Größten. Groß genug war er dennoch und Lena würde es leichter haben, die Nägel zu versenken.

Sie wurden sehnsüchtig erwartet. Nicht unbedingt wegen der Nägel, aber die waren auch ein Grund. Die Arbeit stand in einigen Bereichen still, weil keiner weitermachen konnte. Das eventuelle Aufeinandertreffen zwischen Lena und Patrick sorgte jedoch für viel mehr Anspannung, als es Nägel je hätten schaffen können. Die beiden brauchten recht lang und von Minute zu Minute stieg die Sorge der Wissenden.

Als Lena und Mike dann endlich kamen, waren sie zu fröhlich für die meisten. Sie bemerkten auch schnell, dass es offenbar keine Zusammenführung von Vater und Tochter gegeben hatte. Über einen Umweg wollte Murphy wissen, ob Lena und Patrick sich gesehen hatten.

„Hast du deinen Vater gefragt?", fragte er Mike.

„Sicher. Er hatte nichts dagegen."

„Sicher?", bohrte Tom.

„Hat er wirklich nicht", lächelte Lena. „Wir sollten nehmen, was wir brauchen, hat er gesagt."

Es fiel ihnen schwer, wieder in die Arbeit und die gute Stimmung zu finden. Wie war das denn bitte möglich? Wenn Paddy wirklich Lena gegenübergestanden hatte, dann hätte er es sehen müssen. Die Ähnlichkeit mit Bri war viel zu deutlich, als dass ausgerechnet Paddy das nicht bemerkt hätte.

Aber wenn er es gesehen hatte und Lena Bescheid wüsste, wäre sie hier nicht so unbeschwert angekommen. Irgendetwas hätte sie doch sicherlich dazu gesagt. Oder doch nicht? Verschwieg sie es, weil sie im Inneren wütend auf Murphy und die anderen war? Wütend auf ihr Schweigen? Unwahrscheinlich, wusste Murphy fast sicher. Lena war, ebenso wie Brianna, nicht der Typ, der schweigend alles über sich ergehen lässt. Brianna hatte trotz Prügel immer gegen ihre Mutter aufbegehrt, hatte nie einfach den Mund gehalten, nur um dem Streit auszuweichen.

Der logische Umkehrschluss war nun, dass Patrick gegenüber Lena geschwiegen hatte. Erkannt hatte er die Verwandtschaft hundertprozentig, nur gesagt hatte er nichts. Und das war für Tom, Murphy und alle anderen der kleine Beweis, dass er es nicht anders wollte. Er hatte für sich die Entscheidung getroffen, einfach nichts zu sagen. Das mussten sie akzeptieren und würden daran nichts ändern.

Am Abend, als dann alle wieder zu Hause waren, bestimmte dieses eine Thema jedes Gespräch am Tisch und jedes Abendgebet. Stephanie war zu Hause geblieben an diesem Tag und erfuhr erst spät abends von Murphy, was passiert war. Sie konnte nicht glauben, dass Patrick O'Mara so eiskalt einfach geschwiegen hätte, wenn seine Tochter vor ihm gestanden hatte. Er mochte sich verschlossen haben, aus nachvollziehbarem Grund. Stephanie war allerdings bisher der felsenfesten Überzeugung gewesen, das würde Brianna und ihr gemeinsames Kind ausschließen.

***

Der Sonntag war der Tag des Herrn, da wurde nichts gearbeitet, das nicht sein musste. Sie konnten die Tiere der Höfe nicht verenden lassen und mussten sich um Gottes Geschöpfe kümmern, aber am Haus arbeitete niemand.

Mike hatte Lena zu einem Spaziergang eingeladen. Sie stiegen in aller Ruhe für ein gemütliches Picknick zum Ceann Sibéal hinauf. Aki war natürlich dabei, ansonsten blieben sie unter sich.

„Geschafft", schnaufte Lena nach dem Aufstieg. Das letzte Stück unter dem höchsten Punkt der Erhebung bestand lediglich aus Felsen, die sie hinaufklettern musste. Dazwischen liefen Schafe umher, die sie nicht verschrecken wollte.

„Ist es der Ausblick wert?", fragte Mike. Seine Stimme verriet, dass es keiner Frage und erst recht keiner Antwort bedurfte. Lenas Anblick war Grund genug für die felsenfeste Annahme, der Rundumblick war ihr die Anstrengung allemal wert.

„Auf jeden Fall", träumte sie in die Ferne. Sie sah über das Land, das hier so winzig wirkte. Die Halbinsel Dingle ist ja wirklich nicht groß, aber diese Landzunge, auf der auch die drei Schwestern zu finden sind, konnte Lena mit einem einzigen

Blick einfangen. Hinter ihr lag der unendlich wirkende Ozean. Irgendwo am Horizont, den man kaum ausmachen konnte, traf das sanfte Blau des Himmels auf die fast spiegelglatte Wasseroberfläche. Der Übergang war mit bloßem Auge nicht zu erkennen.

„Was ist da?", fragte Lena und zeigte an der Westküste ins Tal hinab auf eine lange, schmale Landzunge.

„Ein alter Wachturm. Zumindest die Reste davon."

„An der Spitze sieht es aus, als hätte jemand ein Stück abgebrochen."

„So sieht es hier an vielen Stellen aus", meinte Mike und drehte Lena Richtung offenes Meer. Vor ihnen lag ebenso ein abgebrochenes Stück Land im Wasser vor der Insel.

„Als hätte man ein Stück Kuchen abgebrochen und das sind die Krümel, die zurückbleiben."

„Ist Irland der Kuchen, von dem abgebrochen wurde, oder das abgebrochene Stück von Europa?", wollte Mike lachend wissen.

„Beides vielleicht." Lena war es peinlich, dass er darüber lachte. Ihr Vergleich war doch gar nicht so verkehrt. Es sah eben so aus. Sie ließ das Thema lieber fallen. „Wieso kamst du ausgerechnet hierher mit mir? Meine Ma erzählte von den drei Schwestern."

Nun war es an Mike, unangenehm berührt zu sein. Hätte er gewusst oder wenigstens geahnt, dass Lena die drei Schwestern bevorzugte, hätte er sie natürlich da hingeführt. Jetzt war es zu spät. „Wir können auch rüber gehen, aber ich finde es hier am schönsten. Mein Dad kommt auch gern her. Es erinnert ihn an glückliche Zeiten, hat er mal gesagt. Vielleicht fühle ich mich deshalb so wohl hier. Früher war er oft mit mir hier und hat an der Ruine mit mir gespielt. Hier hab ich ihm auch gesagt, dass ich meine Mutter nicht vermisse."

Lena fiel aus allen Wolken. „Du vermisst sie nicht?" Das war für sie eine absolut undenkbare Tatsache. Sie kannte aber auch die Gründe dafür nicht.

Mike hatte den Rucksack abgesetzt und breitete die Decke aus. „Nein, nie. Sie fehlt mir kein bisschen und ich habe mich dafür geschämt. Sie ist doch meine Mutter. Aber ich kann bis heute keine Situation benennen, wo sie uns wirklich fehlt."

„Wie ist das denn passiert?", keuchte Lena entsetzt. Sie musste sich setzen, sonst wäre sie vielleicht noch abgestürzt. Wenn ihre Ma nicht mehr da wäre … Sie traute sich nicht mal in Gedanken, dieses Szenario aufzubauen. Mike hatte wenigstens noch einen Vater, Lena hätte niemanden mehr. Außer Tante Maeve, aber kein einziger Elternteil würde für sie übrig bleiben. Und selbst wenn ihr Vater noch bei ihr wäre, würde ohne ihre Ma ihr Leben zusammenbrechen.

Mike setzte sich neben Lena. Niemandem gegenüber empfand er solches Vertrauen, sein Herz auszuschütten. Sein Vater wusste inzwischen Bescheid, aber einem Außenstehenden hatte Mike noch nie so viel Einblick in seine Gefühlswelt gewährt. „Meine Mutter war nicht wie deine, Lena. Sie war eh ständig unterwegs und hatte keine Zeit für uns und den Hof. Manchmal war sie zwei Monate weg, ohne auch nur anzurufen."

„Was hat sie gemacht?"

„Musik. Sie war der felsenfesten Überzeugung, sie würde den großen Durchbruch noch schaffen. Hat sie nie. Und gegen dich käme sie eh nicht an."

Lena lief rosa an und senkte den Blick. „Danke.

Ich hab mit meiner Ma schon immer viel gesungen. Ich glaube, es liegt uns im Blut. Ohne Musik wäre mein Leben sehr trostlos."

„Ich muss dafür das Radio anmachen", gestand Mike. Er liebte die Musik ebenso, nur lag sie kein bisschen in seinem Blut.

„Hat auch was. Ich glaube, man muss selbst nicht singen können, um die Musik zu leben, solange man sie in sein Herz lässt. Was hat dein Dad damals gesagt?"

Mike lächelte matt in Träumen versunken. „Er stellte sich neben mich an das Ende des Landes, legte seinen Arm um mich und sagte: ‚Wie sollst du jemanden vermissen, der nie da ist?'. Er hat mir keinen Vorwurf daraus gemacht. Seit ich denken kann, gibt es fast nur meinen Dad und mich. Und wenn meine Mutter mal zu Hause war, gab es meist nur Streit. Dad hätte das Haus verkommen lassen und einen Dorftrampel aus mir gemacht."

„Autsch", brummte Lena. Wie kann eine Mutter denn so mit ihrem Kind umgehen? Im gleichen Atemzug erinnerte sie sich an die Erzählungen ihrer eigenen Ma. Die hatte ja auch keine besonders schönen Erinnerungen an ihre Mutter. Lena lernte mehr und mehr zu schätzen, was sie an ihrer Mutter hatte.

„Es war abends", erzählte Mike. „Ich hätte das sicher nicht hören sollen, aber ich hab es gehört. Sie hat laut genug geschrien. Ich glaube, für meinen Dad ist es gut, dass sie weg ist und nicht wiederkommt. Noch besser wäre es für ihn, wenn er eine Frau hätte, die ihn liebt, wie er ist."

„Wie ist er denn?"

„Ein griesgrämiger Brummbär", lachte Mike. Es klang vielleicht hart, aber das war die beste Umschreibung seines Vaters, die er finden konnte. „Zu mir nie, aber er kann ganz schön brummig sein. Gemütlich, zufrieden mit dem Farmleben und abgeneigt allen Neuerungen gegenüber. Weißt du, wie der mich angesehen hat, als ich unseren alten Fernseher gegen einen Flachbildfernseher ausgetauscht hab? Der Röhrenfernseher war kaputt und ich sollte einen Neuen kaufen. Als ich damit nach Hause kam, hat er mich angeguckt, als hätte ich ein Ufo mitgebracht."

„Oh." Lena gab sich alle Mühe, ihn nicht auszulachen. „Was hält er von Instagram, Bluetooth und WLAN?"

Mike lehnte sich stöhnend zurück auf seine Unterarme und begann zu erzählen, wie anders sein Vater im Vergleich zu den Vätern seiner Klassenkameraden war. „Internet musste ich ihm erst mal erklären, wofür wir das brauchen. Hauptsächlich für die Schule, hab ich gesagt. Um für Referate zu recherchieren. Das hat ihn überzeugt. Ein Handy hat er keins und will auch keins. Ihm geht die stetig steigende Hektik auf die Nerven."

Lena hatte sich bäuchlings neben Mike gelegt und auf ihre Arme gestützt. „Unrecht hat er aber nicht. Das geht mir auch schon lange auf den Zeiger. Ich möchte weder mein Handy noch das Internet missen, aber die Leute haben keine Zeit mehr. Statt einen Brief zu schreiben, rufen sie lieber an. Tante Maeve freut sich immer, wenn ich ihr schreibe."

„Die ist ja auch alt", feixte Mike frech.

„Aber ich freue mich auch über ihre Briefe. Willst du mich jetzt alt nennen?"

„Nein!", lachte er. „Ich würde mich sicherlich auch freuen, aber mir schreibt niemand Briefe. Höchstens mein Dad die Einkaufsliste."

„Das zählt nicht. Ich verspreche dir, ich werde dir schreiben. Dann wirst du sehen, was für ein schönes

Gefühl es ist, diesen Brief aus dem Kasten zu nehmen, sich irgendwo gemütlich hinzusetzen und die Zeilen zu lesen, die eigenhändig auf ein Stück Papier gebracht wurden. Dann stelle ich mir immer vor, wie Tante Maeve vor mir in dem alten Schaukelstuhl sitzt und mir erzählt, was ich gerade lese. Dieses Gefühl kann keine SMS und keine E-Mail hervorbringen."

Wenigstens in der Theorie konnte Mike ihr folgen. „Glaube ich dir aufs Wort. Ich weiß leider, dass deine Abreise nicht aufzuhalten ist, und werde deinem Brief entgegensehen."

„Aber du musst antworten, verstanden?"

In Lenas Stimme lag eine so drängende Forderung, dass Mike sie nur zu gern erfüllte. Dafür hätte sie nicht mal ihren Zeigefinger so drohend auf ihn richten müssen.

„Versprochen. Ich werde extra Briefpapier kaufen."

„Musst du gar nicht. Nimm dir ein weißes Blatt Papier von einem Block und befülle es mit deinen eigenen Gedanken."

„Einfaches weißes Papier?" Mike runzelte die Stirn. Den Erzählungen nach setzte er voraus, sie hätte Briefpapier für jeden Anlass in Hülle und Fülle zur Verfügung.

„Versuch es einfach mal. Und jetzt hätte ich gern ein Stück von Stephanies Kuchen."

„Da sag ich nicht Nein." Sie hatten einen gemeinsamen Rucksack mitgenommen, in dem sie Limonade, Kuchen und andere Kleinigkeiten fanden. „Wusstest du, dass Stephanie die Kuchen für Maggies Café macht?"

„Nein, aber ich kann es verstehen. Die verkaufen sich bestimmt gut."

„Und wie. Vor allem seit der Dingleway in immer mehr Reiseführern erwähnt wird. ‚Wer ein Stück nimmt, kauft immer noch ein Zweites', sagt Maggie."

„Stephanie hat Spaß daran, oder?", vermutete Lena.

„Am Backen? Ja. Hat sie von ihrer Mutter, soweit ich weiß."

„Nicht nur das Backen. Die Hausfrau allgemein. Die Kinder, der Haushalt, Kochen und Backen ... Das scheint ihr Leben zu sein."

„Mama Stephanie", erzählte Mike im Plauderton,

während er ihr ein Stück Kuchen reichte. „Nicht jeder sieht das wie sie. Viele reden ihr zu, sie solle arbeiten gehen und sich ihr eigenes Leben aufbauen. Aber sie will nicht. Sie ist glücklich damit."

„So sehe ich das auch und finde nichts Falsches daran. Für mich wäre es nichts", gestand Lena. Sie fühlte sich bei Mike nie fehl am Platz. Es war egal, was sie dachte oder fühlte, ihm gegenüber musste sie sich für nichts schämen. Hin und wieder war ihr etwas peinlich, aber das hielt nicht lange an, weil sie mit absoluter Gewissheit wusste, sie war bei ihm in guten Händen. Ihre Geheimnisse, ihre Gedanken und ihre Gefühle waren nirgends so gut aufgehoben wie bei Mike. Ein seltsames Gefühl, das ihr bisher noch keiner geschenkt hatte.

Mike sah das ähnlich, deshalb verbarg er seine Verwunderung auch nicht. „Ach nein?" Er hätte Lena durchaus zugetraut, in der Hausfrau ihr Ziel im Leben zu sehen. Nicht ausschließlich, sie bräuchte eine erfüllende Tätigkeit nebenher.

„Nein, wäre mir zu langweilig. Außerdem sind Tiere meine Leidenschaft. Ich will Tierärztin werden und in ein Projekt zur Rettung bedrohter Tierarten einsteigen. Ich finde es großartig, wie Menschen ihr Leben dem Überleben opfern. Wenn sie sich um die bedrohten Tiere kümmern, dafür sorgen, dass ihr Nachwuchs überlebt und sich die Population erholt … So was will ich auch mal schaffen."

„Und ich bin mir sicher, das wirst du." Mike war absolut überzeugt davon. Allein Lenas Umgang mit Tieren und ihre Aufgeschlossenheit würden ihr alle Türen öffnen. „Aber bis dahin ist es ein weiter Weg."

„Ich weiß. Aber ich empfinde auch Glück dabei, wenn ich einem kleinen Jungen sagen kann, dass es seinem Kaninchen bald besser geht."

„Oder dass sein Schaf bald wieder richtig laufen kann."

„Oder das", nickte Lena amüsiert. Als *kleinen Jungen* hätte sie Mike ja nun nicht bezeichnet, aber so groß war der Unterschied in diesem Zusammenhang nicht.

Neben dem Kuchen hatten sie auch belegte Brote mitgenommen, falls sie länger unterwegs wären. Im Moment gab es jedoch keinen Grund, den Platz zu verlassen. Sie waren für sich, hatten eine umwerfende Aussicht in alle Richtungen und genug Gesprächsstoff für hundert Jahre.

Lena hatte ihre Hosentasche mit kleinen

Naschereien für Aki gefüllt. In der Praxis hatte sie auch für jede Tierart Naschereien in den Taschen versteckt. Rechte Hosentasche die Hunde, linke Hosentasche die Katzen und in der Brusttasche ihres Kittels die Nagetiere. Alle weiteren Tierarten waren entweder nicht geeignet für kleine Snacks zwischendurch oder das Futter wurde gesondert aufbewahrt. Wie die Heimchen für einige Reptilien zum Beispiel. Wer will die schon in der Hosentasche haben?

Aki hatte das natürlich schnell kapiert. Um an die begehrte Knabberei zu kommen, führte er jedes Kunststück vor, das Mike ihm beigebracht hatte. Das waren nicht gerade wenige. Sie hätten im Zirkus auftreten können. Und als Lena meinte, es sei nun genug, präsentierte Aki sich auch noch als winselnden Bettler. Er legte den Kopf in Lenas Schoß, schielte mit angelegten Ohren zu ihr hinauf und wimmerte so herzzerreißend, dass sie ihm lachend noch eines gab.

„Aber jetzt ist genug", legte sie fest und knuddelte ihn über die Phase hinweg, in der er weiterbetteln wollte.

Mike lag neben Lena, bettete seinen Kopf in ihrem Schoß, schob die Unterlippe vor und bettelte ebenso wimmernd.

„Willst du auch eins?", lachte Lena.

„Nein, aber ich hab gesehen, dass du Gummibärchen eingesteckt hast."

„Hier bleibt nichts verborgen", lächelte sie und holte die Tüte aus der Innentasche ihrer Jacke. „Meine Lieblingswegzehrung für lange Strecken."

„Du läufst viel?", fragte Mike interessiert und steckte das gelbe Gummiding in den Mund.

„Ja, am liebsten. Meine Freunde waren froh, endlich den Führerschein machen zu können, ich fahre immer noch am liebsten Fahrrad oder gehe auf meinen eigenen zwei Beinen."

„Du kannst nicht fahren?"

„Och … Können schon, ich hab die Prüfung auch gemacht, aber ich will nicht. Mein Fahrrad und meine Füße bringen mich überall hin, wo ich hin will. Und für alles andere gibt es entweder den Zug oder meine Ma."

„Und wenn sie sich nun das Bein bricht?"

„Dann muss ich mit dem Fahrrad zurechtkommen."

„Und einkaufen? Ich meine größere Dinge wie

einen Fernseher.“

„Lasse ich liefern. Oder er passt in den Anhänger meines Fahrrads.“

„Ist auf jeden Fall gut für die Umwelt, aber hier wäre ich aufgeschmissen.“

Dagegen sagte Lena auch gar nichts. „Glaub ich. Aber ich brauch es nicht. In fünf Minuten bin ich am Bus, der mich zur Schule oder in die Innenstadt bringt. Zehn Minuten Fahrrad trennen mich vom Supermarkt. Ich hab festgestellt, ich brauche keinen Führerschein, deshalb nutze ich ihn auch nicht.“

Beneidenswert und selten heutzutage, dachte Mike. Aber wenn sie wirklich alles so nah beisammen hatte, war es ja auch nicht nötig, die Erde mit unnötigen Abgasen zu verseuchen, nur um der Bequemlichkeit zu frönen.

Sie verbrachten den ganzen Tag unter meist blauem Himmel. Nach dem reichen Mahl legten sie sich in die Sonne, ließen sich bräunen und quatschten gemütlich weiter. Nicht einen Augenblick schwiegen sie, weil ihnen der Gesprächsstoff ausgegangen wäre. Sie schwiegen nur, um die idyllische Ruhe zu genießen.

Dabei schlief Mike ein. Neben Lena begann ein

leises Schnarchen und sie schlug die Augen auf. Er sah so friedlich aus, dachte sie. Ein leichtes Lächeln lag auf seinen Lippen. Er sah so aus, wie sie sich hier fühlte. Gefüllt von innerem Frieden, Zufriedenheit und dem Gefühl, ganz leicht zu sein. Wie eine Feder, die im Wind gewiegt wird. Sie kann sich vielleicht nicht immer aussuchen, wo sie hingetrieben wird, aber sie nimmt alles hin und empfindet dabei doch die Leichtigkeit in der Freiheit.

Lena stellte sich ans Ende der Welt, ganz nah an den Abgrund, sah übers Meer hinweg und begann leise zu singen. Rose Marie hatte es für sie auf den Punkt gebracht: *I'm going home to Ireland*. Lena hatte das Gefühl, zu Hause zu sein. Allein der Gedanke, sie würde wieder nach Deutschland zurückkehren, erfüllte sie mit Traurigkeit und Sehnsucht.

Eines stand aber auch felsenfest: Sie würde ihre Ma nie davon überzeugen können, hierzubleiben. Sie verband dieses Land mit Patrick und einer glücklichen Zeit als Verlobte, wenn sie auch kurz gewesen war. Es wäre Folter für sie, hier zu leben, deshalb würde Lena ihren Wunsch auch nicht aussprechen. Ihre Ma hätte sich vielleicht überreden lassen, um Lena den Gefallen zu tun, aber glücklich könnte sie hier nicht werden. In Deutschland auch nicht, aber da wäre das vergangene Glück nicht so nahe, dass sie es stets und ständig vor Augen gehabt hätte. Aber irgendwann, das versprach sich Lena selbst, würde sie wieder herkommen und bleiben.

Mike war von Aki geweckt worden. Der hatte nämlich auch geschlafen und offenbar geträumt, er würde Schafe eintreiben. Dabei hatte er Mike getreten und ihn geweckt. Mike war aber ganz still gewesen, hatte sich kaum bewegt und außer dem Atem kein Geräusch von sich gegeben. Jetzt lag er da, beobachtete Lena und lauschte den süßen Klängen eines sehnsüchtigen Herzens. Er würde sich wünschen, dass sie bleiben könnte. Ihre Ma schien sich doch hier auch wohl zu fühlen. Vielleicht gäbe es ja einen Weg, denn er konnte sich schon jetzt nicht mehr vorstellen, auch nur einen einzigen Tag ohne sie auszukommen.

Leise hing die letzte Note noch über dem Land und schwebte langsam aufs Meer hinaus. Irgendwo da draußen, dachte Lena, irgendwo dort war ihr Vater. Ihre Mutter wollte ihn nicht sehen, das musste sie akzeptieren, wenn sie es auch nicht hundertprozentig verstand. Aber sie selbst würde sich auf die Suche nach ihm machen, wollte ihm von Angesicht zu Angesicht gegenüberstehen und würde ihn fragen, ob er in all den Jahren auch mal an sie gedacht hatte, während er sich sein eigenes Leben aufgebaut hatte. Sie wollte wissen, ob sie wenigstens einen kleinen Teil seines Herzens bewohnte.

So, wie ihre Ma von ihm sprach, war er ein liebevoller Mensch gewesen. Lena konnte sich nicht vorstellen, dass er sie einfach vergessen hatte. Über Marco konnte sie sich als Vater nicht beschweren, wenn man mal das Ende herausnahm. Er hatte sie immer mit Liebe angesehen und ihr immer Zeit und Zuneigung geschenkt. Wie wäre das wohl mit ihrem leiblichen Vater gewesen?

Vorsichtig, um sie nicht zu erschrecken, trat Mike ganz nah hinter sie. „Woran hast du eben gedacht, als du gesungen hast?"

„Daran, dass ich gern bleiben würde. Und daran, dass ich meinen Vater gern kennen würde. Ich wüsste gern, ob er an mich denkt. Hin und wieder."

„Ich bin mir ganz sicher, dass er das tut."

„Wie kommst du zu der Überzeugung?"

„Ich hab deine Mutter kennengelernt. Glaubst du wirklich, sie hätte ihr Herz jemandem überlassen, der sein eigenes Kind einfach vergessen würde?"

„Mh...", machte Lena nur. Eigentlich hatte er Recht. Sie glaubte es nicht, konnte aber auch nicht einschätzen, was er von einem Aufeinandertreffen halten würde. Außerdem müsste sie ihn dafür erst mal finden und hatte nicht die leiseste Ahnung, wo sie anfangen sollte. Tante Maeve wüsste es vielleicht, aber würde sie Lena gegenüber ihr Schweigen brechen? Sie hatte nie auch nur ganz kurz angedeutet, dass Marco eigentlich nicht Lenas Vater war. Sie hatte sich auch nie anmerken lassen, dass Lena sogar in Irland gezeugt worden war. Sie hatte in all den Jahren ebenso geschwiegen. Aber nun, da Lena Bescheid wusste, würde ihre Tante Maeve vielleicht auch endlich etwas dazu sagen. Wenigstens einen Hinweis auf den letzten bekannten Aufenthaltsort von Patrick – das wäre ein Anfang.

Lena sah lächelnd zu Mike auf. „Ich werde ihn suchen. Und wenn ich ihn gefunden habe, schreibe ich dir, was alles passiert ist."

Auch Mike lächelte zufrieden. „Ich freue mich jetzt schon und bete, es sind schöne Gedanken, die du mir schreiben kannst. Wie stehen die Chancen, dass du gar nicht erst wieder gehst?"

„Sehr schlecht. Ma würde hier nicht ewig glücklich sein können."

Mike beließ es dabei. Er bedauerte die Tatsache der absehbaren Abreise. Aber Lena liebte ihre Mutter zu sehr, um ihr den Rücken zu kehren oder sie von einem Leben hier überzeugen zu wollen. Ihm ging es genauso. Eine deutsche Großstadt hätte er vielleicht hingenommen, wenn Lena eine Bewohnerin dort wäre. Sein Vater wäre dort aber niemals glücklich geworden, deshalb würde auch Mike nicht gehen. Vielleicht würden sie sich aber doch irgendwann wiedersehen. Lena könnte in den Ferien ja zu Tante Maeve kommen. Sie würden sich schreiben und übers Internet mit Webcam reden. Vielleicht würde diese fruchtbare Freundschaft aber auch im Sande der Entfernung verlaufen.

Diesen Gedanken wollte keiner von beiden haben, als sie sich ansahen, lächelten und ihnen die Herzen bis zum Hals schlugen. Mike war ein ganzes Stück größer und breiter als Lena. Er stand nahe an ihrem Rücken, hob eine Hand und legte den Arm sanft um dieses zarte Wesen. Er hatte das Bedürfnis, eine Schranke bauen zu müssen, die Lena vorm Absturz bewahren würde, denn neben ihr ging es ziemlich weit abwärts.

Unwillkürlich hoben sich ihre Mundwinkel noch ein Stück. Mit Höhenangst hatte sie bisher noch nie zu kämpfen gehabt, auch nicht mit Schwindel in der Höhe bei fehlendem Geländer, doch die Veränderung mit dieser Schranke seines Armes zeigte ihr eine Unsicherheit auf, die sie im Herzen getragen und nie wahrgenommen hatte, denn erst jetzt stand sie wirklich vollkommen sicher.

Langsam senkte Mike den Kopf und hoffte auf die stumme Zustimmung. Er hatte sich entschlossen, in diesem Augenblick alles auf eine Karte zu setzen. Und Lena war gern bereit zu einem Tanz aus Gefühl in der luftigen Höhe. Ein leichter Schwindel kam nun doch auf, aber der hatte rein gar nichts mit der Höhe zu tun ...

**

Lenas Tagebuch kannte nur noch Mike. Erst hatte sie ausführlich geschrieben, was ihre Ma ihr über ihre eigene Geschichte erzählt hatte, jetzt erwähnte sie alles, was sie mit Mike getan, gesprochen und unternommen hatte. So fühlt man sich, wenn man sich verliebt, dachte sie. Den ein oder anderen

Freund hatte sie schon gehabt, aber nie war es so gewesen wie mit Mike. Sie war mit einem Jungen gegangen, weil alle Freundinnen einen Freund gehabt hatten. Seine Zuneigung hatte in ihr Glücksgefühle ausgelöst. Bei Mike war das anders. Er löste keine Glücksgefühle in ihr aus, weil er sie umschmeichelte, sie anzugraben versuchte oder sonst etwas, sondern weil er einfach da war. Er musste nicht mal lächeln, sie nicht mal ansehen, nichts sagen … Nur zu wissen, dass er in ihrer Nähe war, genügte völlig. Lena schwebte im siebten Himmel.

Das entging natürlich auch Brianna nicht. „Mike?", vermutete sie schmunzelnd, nachdem Lena zum Frühstück getanzt war, und wurde bestätigt, als Lena rosa anlief und grinsend nickte. „Der hat meinem Töchterchen also den Kopf verdreht?"

„Hat er", lachte Lena. „Ich bin so kribbelig, wenn er da ist, Ma. Es ist so eigenartig."

„Wieso eigenartig?" Verliebt zu sein war doch nicht eigenartig, sondern das Normalste der Welt. Vor allem in dem Alter.

„Keine Ahnung. Es ist anders."

„Wie anders?", fragte Brianna skeptisch.

„Keine Sorge, ich werde nicht mit ihm durchbrennen. Aber es ist eben anders als vorher."

Brianna gab sich Mühe, ihre Sorgen nicht offen zu zeigen. Gelassen nahm sie ein Stück Butter aufs Messer und verteilte sie auf ihrem Brötchen. „Was ist denn so anders?"

„Ich weiß auch nicht so genau, wie ich das erklären soll. Vielleicht ist er so anders als die deutschen Stadtjungs. Er liebt die Natur ebenso wie ich."

„Und die Tiere", ahnte Brianna. Wer Tiere mochte und achtete, hatte den Weg in Lenas Herz schon so gut wie gefunden.

„Auch die, ja. Es ist irgendwie so einfach mit ihm. Nicht so kompliziert. Ich bin zerzaust, verschwitzt und dreckig. Und trotzdem sagt er mir, ich sehe gut aus."

„Er sieht dich mit anderen Augen", lächelte Brianna. So war es zwischen ihr und Pad auch immer gewesen. Wer den Stall ausmistet, riecht nicht unbedingt nach Veilchen. Entweder man liebt diesen Geruch oder man hasst ihn. An ihm hatte sie es immer geliebt, genau wie umgekehrt.

„Schon möglich. Ich weiß auch nicht so genau."

193

„Musst du ja auch nicht. Du hast alle Zeit der Welt, Kleines."

Lena verdrehte zutiefst genervt die Augen. Irgendwann hatte so ein Kommentar ja kommen müssen. Seit sie von ihrer eigenen Entstehung wusste, konnte sie die Sorge ihrer Mutter jedoch wesentlich besser verstehen und akzeptieren. Es nervte sie dennoch.

„Ma, bitte. Ich hab ja nicht gesagt, wir wollen morgen heiraten. Ich lasse mir genau so viel Zeit, wie ich brauche. Also keine Panik."

„Ich weiß", seufzte Brianna. „Tut mir leid. Ich vertraue dir und deinem Urteilsvermögen, das weißt du. Aber ich mache mir eben auch Sorgen, du könntest die gleichen Fehler begehen wie ich."

„Deshalb nehme ich es dir auch nicht übel."

„Danke. Ich wollte dir damit jedenfalls auch nur gesagt haben, du musst nicht alles in Worte fassen können. Manches kann man eben nur fühlen. Und im Laufe der Zeit werden die Gefühle entweder so intensiv, dass man sie in drei Worten aussprechen kann, oder eben nicht und man geht getrennte Wege. Dafür musst du dir Zeit lassen."

„Werde ich. Wir bleiben ja eh nicht lange. Er will

mir schreiben wie Tante Maeve. Auf Papier."

„Echt?", griente Brianna. Den Kerl hatte es ja voll erwischt! „Dein Vater hat mir nie Briefe geschrieben. Nicht mal Zettel in der Schule."

„Ach nein?"

„Nein. Nie. Wenn er mir was zu sagen hatte, kam er vorbei. Manchmal auch nachts heimlich. Er schlich sich aus dem Haus und bis unter mein Fenster."

„Wie romantisch ...", träumte Lena begeistert. Romeo und Julia fielen ihr ein. Das Ende war ähnlich tragisch wie zwischen ihren Eltern.

„Und wenn sein Vater ihn erwischt hat, gab es Ärger."

Es war der Morgen am Mittwoch der zweiten Woche und ein Stück von Lena und Brianna entfernt saßen Mike und Patrick ebenso beim Frühstück.

„Lena?", war Patricks ebenso amüsierte Vermutung. Sein Sohn hatte einen Glücksstrahl in den Augen stehen, den nur die Liebe erklären konnte. Bisher hatte Mike noch nie so ausgesehen. Soweit man als Vater da informiert wurde, hatte Mike noch keine richtig feste Freundin gehabt.

„Sie ist einzigartig, Dad", schwärmte der Junge.

„Was macht sie denn so einzigartig?"

„Alles. Sie ist so natürlich, verstehst du? Sie braucht kein Make-up, keine Maniküre, keine Markenklamotten, um gut auszusehen. Und zufrieden zu sein. Sie zeigt sich, wie sie ist, und nicht, wie sie einem falschen Schönheitsideal entsprechend sein sollte. Und sie ist immer so fröhlich, selbst wenn wir uns ganz normal unterhalten. Uns scheint nie der Gesprächsstoff auszugehen. Und ..."

Mike rang nach Worten, die für Patrick gar nicht nötig waren. „Sie ist eben einfach sie, wie es sie kein zweites Mal gibt."

„Genau. Dad, war das bei dir und Mum genauso? Am Anfang meine ich."

„Deine Mutter", schmunzelte Patrick. „Sie gibt es wohl auch kein zweites Mal."

„Aber du meinst es eher im negativen Sinne."

„Ein bisschen vielleicht." Er wollte sie ja nicht vor ihrem eigenen Kind so schlechtreden, wie er über sie dachte. „Als du noch klein warst, haben deine Mutter und ich oft im Garten gesessen und geredet, wenn du geschlafen hast. Ich habe ihr von Anfang an gesagt, für mich kommt ein Leben in der Großstadt oder auf Wanderschaft nicht in Frage. Sie hatte sich dafür entschieden, hierzubleiben.“

„Mehr oder weniger freiwillig“, warf Mike ein, denn er kannte seine eigene Geschichte sehr genau.

„Mehr oder weniger, ja. Ich kannte deine Mutter vor unserer Hochzeit kaum.“

„Aber du kanntest mal jemanden, der für dich etwas Besonderes war, richtig?“ Anders war für Mike nämlich nicht zu erklären, dass sein Vater so in sich gekehrt war.

„Ja, ich kannte mal jemanden. Mike, mein Junge.“ Patrick legte seine Hand auf die von Mike und beugte sich über den Tisch zu ihm. „Ich habe deine Mutter wirklich gemocht. Sie ist ein guter Mensch, wenn sie auch andere Ansichten hat als ich.“

„Und ich“, erweiterte Mike, denn er war mit seiner Mutter nie so richtig warm geworden. Nicht so wie mit seinem Dad oder Lena mit ihrer Mutter. „Aber geliebt hast du sie nicht.“

„Nein, ich denke nicht“, gab Patrick zu. In dem ernsten und offenen Gespräch kam es ihm nicht richtig vor, Mike anzulügen. „Mike, ich glaube daran, dass wir von Gott nur einen Menschen zugeteilt bekommen, den wir wirklich lieben und der uns liebt."

Jetzt ergab es vielleicht ein bisschen Sinn, wieso sein Dad war, wie er eben war. „Deshalb willst du niemanden sehen?"

„Auch. Ich habe sie gehenlassen, Mike. Ich habe nicht um sie gekämpft und habe sie für immer verloren. Mach nicht den gleichen Fehler wie ich. Versprich es mir. Überstürze nichts, aber lass dir auch nicht nehmen, was dir zugeteilt wurde."

Mike legte sein Messer auf den Teller, stützte die Ellenbogen auf den Tisch und lehnte sein Kinn darauf. „Und wie soll ich das anstellen? Sobald Maeve wieder da ist, fährt sie zurück nach Deutschland."

„Ach komm schon. Europa ist im Zeitalter der Flugzeuge doch keine große Entfernung. Und wenn ihr es wirklich wollt, dann wird es einen Weg geben, der euch früher oder später wieder zusammenführt. Nach der Schule und der Ausbildung." Schmunzelnd fügte er besonders abwertend hinzu: „Und bis dahin kannst du ja mit ihr *chatten*."

„Du hast dir gemerkt, wie das heißt? Ich bin

beeindruckt. Aber sie mag eher Briefe auf Papier."

Das überraschte Patrick dann aber doch. Wie ungewöhnlich für eine Siebzehnjährige. „Erwarte dabei von mir keine Hilfe. Ich hab nie Briefe geschrieben."

„Auch deiner Liebe nicht?"

„Nein. Wenn ich mich mitteilen wollte, hab ich es ihr ins Gesicht gesagt. Erst als sie fort war, hab ich ihr einen Brief geschrieben. Er liegt immer noch irgendwo rum und wartet auf einen Empfänger. So was lag mir nie. Aber dir bestimmt."

„Wieso?", fragte Mike überrascht. „Ich hab auch noch nie einen Brief geschrieben."

„Aber du hast das Talent deiner Mutter geerbt. Sie konnte mit Worten spielen und das kannst du auch, sonst würden dir nicht immer solche Kommentare und Sprüche einfallen. Genießt die Zeit, die sie noch hier ist, und geht offen in die Zukunft. Euch kann niemand etwas wegnehmen, das ihr euch nicht nehmen lasst." Leider kam diese Erkenntnis zu spät für ihn selbst. Er konnte also nur beten, dass er seinem Jungen die Erfahrung mit dem Rat ersparte.

An diesem Tag waren die beiden Teenies jedenfalls verabredet. Und zwar nicht zum Date und nicht für die Arbeit an Maeves Haus, sondern bei den Schafen. Lena hatte ihm per WhatsApp mitgeteilt, sie würden sich dort treffen. Ihr war nach einem Spaziergang zumute.

Als sie um die letzte Ecke bog, kam ein knallroter Sportwagen angerast. Er war viel zu schnell unterwegs auf der kurvigen Strecke, die links und rechts von hohen Büschen begrenzt wurde und keinen Blick auf den vor einem liegenden Verkehr zuließ. Der Raser war schon wieder weg, ehe Lena auf den Boden traf. Mike stand schon neben seinem Quad am Gatter und hatte mit angesehen, wie dieser Kerl Lena einfach von der Straße gefegt hatte. Für ihn war es wie im Zeitraffer mit anzusehen gewesen. Soweit er bei der Geschwindigkeit erkennen konnte, hatte sich Lena noch mit einem Sprung retten können, bevor sie wirklich vom Auto erfasst wurde.

„Lena!", schrie er erschrocken.

Sie setzte sich gerade auf. „Autsch. Was für ein Trottel."

„Lena." Mike fiel neben ihr auf die Knie und half ihr beim Aufsetzen. Einige Schrammen zierten ihre Arme und Beine, die Hose war zerrissen und Blut quoll aus ihrer Stirn. „Komm, ich bring dich zum

Arzt."

„Nicht nötig, es geht schon."

„Keine Widerrede", legte er besorgt fest. Er sah es ihr an. Ihre Augen schwammen im Schwindel, da würde er nicht mit sich reden lassen.

Das nächste Krankenhaus war weit und Mike fuhr relativ langsam, um Lena nicht zu verlieren. Sie saß vor ihm und er bot ihr seinen breiten Oberkörper als Sessellehne. Links und rechts fasste er an ihr vorbei an den Lenker des Quads und schuf damit einen Käfig, in dem sie sich kaum selbst halten musste.

So waren sie dennoch schneller im Krankenhaus, als wenn sie erst einen Krankenwagen gerufen hätten. Mike übergab seinen Schatz in die Obhut einer Krankenschwester, die sie in eines der Behandlungszimmer führte. Dort würde man sie richtig untersuchen.

„Kannst du meine Ma anrufen?", bat Lena noch.

„Mach ich", lächelte Mike und gab ihr einen Kuss auf die Hand zum Abschied.

Der Anruf fiel ihm nicht leicht. Er ging vor die Tür.

„Hallo?"

„Ich bin es." Mike musste schlucken. Es dauerte nur den Bruchteil einer Sekunde und genügte doch, um Brianna krank vor Sorge zu machen. „Lena geht es so weit gut. Sie wurde von einem Auto erfasst."

Brianna schnappte nach Luft und ließ sich fallen, wo sie war. „Lena? Wo seid ihr?"

„Im Krankenhaus. Ich hab sie gleich hergebracht. Sie ist so weit wirklich okay, ich wollte nur sichergehen."

„Ich komme vorbei."

„Nicht nötig. Ehrlich. Ich bleibe bei ihr. Sie hat ein paar Kratzer und eine Platzwunde, aber sie konnte sich gleich selbst hinsetzen und auch laufen. Ich will nur sichergehen, dass wirklich alles okay ist. Sie hat mich gebeten, dich anzurufen."

Brianna zweifelte ganz furchtbar. Sie sollte ihren kleinen Schatz der Obhut eines anderen überlassen? Andererseits … Wem, wenn nicht Mike? Er hatte sie vorsorglich gleich ins Krankenhaus gebracht. Das sprach doch für ihn, hoffte sie und entschied sich, daheim auf die Rückkehr ihrer Tochter zu warten.

„Bri", sagte Murphy leise. Sie saß auf dem Boden, starrte auf ihr Handy und rührte sich nicht. „Was ist los?"

„Lena wurde von einem Auto erfasst."

„Oh Gott!", rief es gleich aus mehreren Richtungen. „Wie geht's ihr?"

„So weit gut, sagt Mike. Er hat sie ins Krankenhaus gebracht."

Murphy kniete sich neben Brianna. „Bri, er ist ein guter Junge. Er wird sie nicht eher wieder mitnehmen, ehe er davon überzeugt ist, dass es das Richtige ist."

„Ich weiß. Aber … Na ja, sie ist doch meine Kleine."

„Und das wird sie immer bleiben", versicherte Rogan. „Aber auch sie wird erwachsen."

„Ich weiß. Mike meint, es sei nicht nötig, dass ich komme."

„Dann ist es auch nicht nötig", wusste Murphy. So verrückt der Kerl sein konnte, war er doch ein wirklich guter Mensch und ein echter Freund. Dass sich da mehr zwischen den beiden anbahnte, beziehungsweise schon entwickelt hatte, ahnte hier noch niemand.

Lena war geröntgt worden. Von oben bis unten, vor allem der Kopf. Sie war so weit wirklich heil geblieben. Nur mit dem Kopf war sie an die im Gebüsch versteckte Natursteinmauer geschlagen und die Wunde musste mit drei Stichen genäht werden. Super Andenken, das sie sich aus Irland mitbrachte. Eine Narbe am Haaransatz. Da war ihr der kleine Kobold mit Goldtopf und Kleeblatt, den Rogan ihr aus Dublin mitgebracht hatte, viel lieber.

Mike lief wie ein Irrer im Gang auf und ab. Er brachte schon alle anderen um den letzten Nerv. Im Wartezimmer rumzusitzen hätte er jetzt aber auch nicht gekonnt.

Als Lena dann endlich kam, sah sie besser aus. Das Pflaster und die Verbände trübten den ersten Eindruck, aber ihr Kreislauf schien sich stabilisiert zu haben.

„Wie geht's dir?", wollte er hektisch wissen. Als hätte es diese Hektik besser gemacht, das wusste er. Abstellen konnte er sie aber auch nicht. Er wollte in der gleichen Sekunde wissen, dass es ihr gutging.

„Ganz gut", lächelte sie zufrieden. „Heute ist noch Schonzeit angesagt, dann ist alles okay. Nur die Narbe wird wohl bleiben."

„Gott sei Dank", stöhnte Mike erleichtert und nahm sie vorsichtig in die Arme. Am liebsten wollte er sie in Watte packen, sie unter seiner Haut verstecken, dass ihr nur ja nie wieder etwas passierte.

Bei Tante Maeve wartete inzwischen schon das halbe Dorf auf Entwarnung. Sie sahen dem Quad entgegen und freuten sich, Lena auf ihren eigenen Beinen zu sehen. Sie musste dutzende Male versichern, dass es ihr gutging. Die schienen alle nicht zuzuhören. Sie wurde wie eine senile, alte Dame auf einen Liegestuhl verfrachtet, mit Getränken und Speisen versorgt und durfte nicht mehr aufstehen. Aki saß wie ein Wachhund neben ihr, dass sie sich auch nicht bewegte, und Murphys Jungs füllten ihr Glas nach jedem Schluck wieder auf. Sie merkte selbst, wie ihr Kreislauf von Minute zu Minute stärker wurde. Die Fahrt zum Krankenhaus war ihr schwergefallen, der Rückweg schon leichter. Und am Abend stand sie vollkommen sicher auf ihren Beinen und konnte beim Aufräumen helfen. Ganz langsam natürlich nur.

Mike kam recht spät nach Hause und wünschte sich, eher oder gar nicht gekommen zu sein. Schon von weitem sah er den knallroten Sportwagen vor seinem zu Hause stehen. Wer auch immer ihn da besuchte, würde gleich sein blaues Wunder erleben!

Er stellte das Quad ab, stürmte wie ein wild gewordener Stier ins Haus und holte schon Luft, um den oder die anzuschreien. Ihm blieb jedes Wort im Halse stecken. Seine Mutter! Sie stand mit seinem Vater in der Küche. So, wie er aussah, hatte Mike gerade bei einem der üblichen Streitgespräche gestört.

„Tickst du eigentlich noch richtig?", fuhr Mike seine Mutter an.

Die ließ sich davon nicht beirren, breitete die Arme aus und ging lächelnd auf ihn zu. „Mike! Wie schön, dich zu sehen!"

Er wich ihr aus und widerstand nur knapp dem Drang, ihr eine reinzuhauen! „Du hast einen Menschen überfahren!"

„Was?", fiel Patrick erschrocken dazwischen.

„Sie hat Lena einfach über den Haufen gefahren und im Graben liegen lassen! Wenn ich nicht da gewesen wäre, würde sie immer noch dort liegen!"

„Oh Gott." Seine Exfrau war vergessen, er wollte nur eines wissen: „Wie geht's ihr?"

„Ganz gut so weit. Ich hab sie ins Krankenhaus gebracht." Sein Blick füllte sich mit Hass, als er sich an seine Mutter wandte. „Verschwinde oder ich bringe dich um."

„Schatz ...", lächelte sie.

„Ich bin nicht dein Schatz!", betone Mike so laut, dass die Gläser klirrten. Ihm war so was von heiß vor Wut, dass er fürchtete, seine Kleider könnten Feuer fangen. „Und jetzt raus hier!"

„Nein. Nicht ohne dich."

Mike wurde starrer als eine Statue. Binnen eines winzigen Augenblicks war ihm bitterkalt. Das hatte die eben nicht wirklich gesagt! Nein! Auf keinen Fall! Er wollte mit der nicht mitgehen!

Patrick stand entschlossen zu seinem Sohn. Er legte ihm einen Arm um die Schultern. „Christy, du wirst den Jungen nur mitnehmen, wenn er es will."

„Nein!", rief Mike erschrocken. Sein entsetzter Blick hielt seinen Vater fest und wollte die Bestätigung, dass er ihn nicht fortschicken würde.

„Und ob", legte seine Mutter fest. „Ich bin immer noch seine Mutter und jedes Gericht würde mir Recht zusprechen!"

Bedrohte man seinen Sohn, wurde Patrick O'Mara zum Tier! „Jedes Gericht der Welt würde dir die

Mutterschaft aberkennen!", schrie er, wie es Mike noch nie zuvor bei seinem Vater erlebt hatte, und schob Mike hinter sich. Selbst Aki baute sich vor Mike auf und knurrte die Frau bedrohlich an. „Du wirst ihn nicht anrühren, sonst bringe ich dich um", drohte Patrick mit vollem Ernst. Lieber verbrächte er den Rest seines Lebens im Knast, als seinen Sohn zu dieser Frau zwingen zu lassen!

„Du willst mir drohen?", höhnte Christy. „Sieh ihn dir doch an! Du kannst ihm nichts bieten! Ich dagegen biete ihm die Chance, etwas aus sich zu machen! Er bekommt eine Chance, die ich nie hatte!"

„Die ich nicht will!", betonte Mike lautstark. Einfach unfassbar. Den Unfall ignorierte sie genauso wie seine Wünsche.

„Das Vagabundenleben nennst du eine Chance?", fragte Patrick herablassend. „Du willst ihn zu einem Schnorrer ohne feste Wurzeln erziehen? Und wenn du ihm überdrüssig bist, lässt du ihn irgendwo stehen. Auf keinen Fall werde ich das zulassen."

Für den Moment gab sie auf. „Ihr werdet schon noch sehen!", rief sie, verließ das Haus und raste mit dröhnendem Motor davon.

„Dad!", schluchzte Mike aufgeregt. Seit zwei Jahren hatte er seine Mutter nicht gesehen, jetzt sollte er mit ihr gehen?

Patrick drückte ihn an seine Schulter und gab sich alle Mühe, in diesem Irrsinn die Stärke aufzubringen, die seinen Sohn ebenso halten würde. Mike sollte sich an ihm festhalten können, wenn der Strom der Ereignisse ihn fortzutreiben drohte.

„Keine Sorge. Sie kann dich nicht mitnehmen."

„Sicher? Sie ist doch meine Mutter."

„Ich weiß. Aber so hat sie sich nie verhalten. Und du bist weiß Gott alt genug, da ein Wörtchen mitzureden. Vielleicht wird es einen komplizierten Rechtsstreit geben. Ehe der durch ist, bist du volljährig."

„Und wovon willst du den bezahlen?" Sie waren ja keine armen Schlucker, aber wer sollte denn einen Anwalt bezahlen und Verfahrenskosten und so weiter? Dafür reichte es sicher nicht. Außerdem wollte Mike für seinen Dad kein Kostenfaktor sein. „So lange ist es ja auch nicht. Dann komme ich wieder."

„Niemals", schoss Patrick sofort zurück, ohne auch nur einen Wimpernschlag darüber nachzudenken. „Ich meinte es ernst. Ich würde dich nur gehenlassen, wenn du es so willst. Ansonsten kämpfe ich um dich, mein Junge. Niemand soll dich mir wegnehmen." Zumindest nicht gegen seinen Willen. „Außer Lena vielleicht", lächelte er liebevoll. „Geht es ihr wirklich gut?"

„Ja, ich denke schon", lächelte auch Mike und erzählte von dem Unfall, dem Krankenhaus, den Verletzungen und so weiter.

***

Was für ein Tag, lautete Lenas erster Satz im Tagebuch am nächsten Morgen. Mike hatte sie noch mal angerufen und ihr erzählt, was passiert war und wer sie da umgefahren hatte. Sie hatte geglaubt, Mikes Mutter sei gestorben. Er hatte immer nur gesagt, sie sei fort, da hatte sie voreilig etwas Falsches angenommen. Am Telefon hatte Lena diese Erkenntnis erst mal aus Mikes aufgeregtem Geplapper filtern müssen und hatte ihm dann Mut zugesprochen. Er solle sich nicht unterkriegen lassen, für seinen Willen kämpfen und sich nicht herumschubsen lassen wie einen dressierten Pudel.

Mit siebzehn ist man wohl wirklich alt genug, seiner Meinung Bedeutung zuzuschreiben.

Sie hatte ihm auch vorgeschlagen, den Unfall als Zeichen ihrer Verantwortungslosigkeit anzubringen. Im Krankenhaus hatte sie diesbezüglich ja noch Fragen über sich ergehen lassen müssen. Zumindest das Gröbste, vor allem ihre Kontaktdaten. Die Polizei wüsste also Bescheid und der Bericht könnte ja als Beweis vorgebracht werden.

Mike war früh auf den Beinen an diesem Tag. Er wollte so schnell wie möglich zu Lena und machte seine Arbeit auf dem Hof einfach früher.

„Geh schon", hatte Patrick ihm angeboten, aber Mike hatte abgelehnt. Lena würde wohl eh noch schlafen.

Mike kam mit frischen Brötchen zum Frühstück und durfte erleichtert feststellen, Lena sah gut aus. Gesund und fit, trotz diverser Pflaster.

Brianna war hin und hergerissen. Einerseits sprach es tatsächlich für Mike, dass er sich so sorgte. Andererseits ging das hier vielleicht in eine Richtung, die ihr nicht gefiel. Sie würde Lenas Glück nicht im Wege stehen, aber sie selbst hatte nie nach Irland zurückkehren wollen. Allein würde sie aber auch nicht in Deutschland bleiben. Ihr zu Hause war da, wo Lena war.

Lena und Mike saßen noch am Frühstückstisch, als es klingelte. So früh waren die anderen sonst nie für die Renovierung gewesen. Vielleicht war es ihre Ma, dachte Lena. Sie war kurz einkaufen gegangen und hatte vielleicht die Hände voll?

Als Lena die Tür öffnete, staunte sie nicht schlecht und erschrak im ersten Moment: die Polizei.

„Guten Morgen."

„Guten Morgen", lächelte der Rechte. „Ich hoffe, wir stören nicht?"

„Nein. Kommen sie rein."

Sie fürchtete, die wären wegen Mike hier, aber dem war nicht so. Besonders schön fand sie, dass die Polizisten erst fragten, wie es ihr ginge, bevor sie die offizielle Befragung anfingen. Viel konnten sie leider nicht erzählen. Lena hatte nur einen roten Schleier vorbeifliegen sehen. Und Mike zögerte, entschied sich aber für den richtigen Weg und erzählte, wem der Wagen gehörte. Das würde seiner Mutter jede Menge Ärger bringen, deshalb hätte er es vielleicht gern verschwiegen. Andererseits war er der Meinung, wer solchen Mist baut, muss auch zu den Konsequenzen stehen.

Die beiden Polizisten gingen gerade, als Sully vorfuhr, direkt dahinter folgte Brianna. Seit Tagen ging es hier zu wie im Taubenschlag.

„Alles in Ordnung?", fragte Brianna aufgeregt. Die Polizisten stiegen gerade in ihr Auto und fuhren davon.

„Ja. Nur wegen des Unfalls", lächelte Lena und bot Sully eine Tasse Kaffee, die bisher noch niemand abgelehnt hatte.

Sie selbst wollte an diesem Vormittag aber erst mal nach dem Schaf sehen. Mike ließ keine Diskussion zu und lud sie auf sein Quad. Auf keinen Fall würde er sie laufen lassen, solange diese Irre noch hier irgendwo unterwegs wäre.

Lena war zufrieden mit dem Heilungsprozess ihres Patienten. Die Wunde hatte sich geschlossen und auch beim Abtasten schien das Tier keine Schmerzen mehr zu haben, deshalb entschied sie, dass der Verband nicht mehr nötig sei.

Lena kniete noch auf dem Boden und sah dem Schaf nach, wie es in die halbe Freiheit lief. Sie war zufrieden mit sich und aalte sich in diesem schönen

Gefühl. Auch in der Praxis, in der sie immer wieder aushalf, wo sie eigentlich nicht viel selbst zu tun hatte, fühlte es sich einfach unbeschreiblich schön an, wenn sie einen Patienten aus ihrer Obhut entlassen konnte.

Aki kam von der Seite zu ihr, leckte ihr die Wange ab und legte die Pfote auf ihren Oberschenkel. In dieser Hosentasche waren die Naschereien für ihn, das hatte er sich gemerkt.

„Du Nimmersatt!", lachte Lena und gab ihm ein Stück.

„Deine Verziehung", tadelte Mike ebenso lachend.

„Tierärzte sind nicht für die Erziehung da. Sie müssen ihre Patienten verwöhnen, damit sie keine Angst haben."

„Aber er ist nicht dein Patient."

„Macht das was?", lachte Lena zu Aki und knuddelte ihn zu Boden. Er rollte sich auf den Rücken und ließ sich den Bauch kraulen. „Siehst du, ich muss mal sehen, ob er Bauchweh hat."

Lachend packte Mike die arme Lena und kitzelte sie in den Seiten. „Hast du denn Bauchweh?"

„Nein!", kreischte sie und versuchte, diese starken

Pranken von sich zu schieben. Als er endlich abließ, wischte sie sich eine Strähne aus dem Gesicht. „Also wirklich. Was ist das denn für ein Benehmen?"

Sanft griff er nach ihrem Kinn und küsste sie. „Besser?"

„Viel besser."

„Na dann."

Wieder küsste er sie und entfachte ein Feuerwerk der Gefühle in ihr. Sie bekam nicht genug von ihm. Er hatte sich an diesem Morgen nicht rasiert und stachelte ein wenig. Bisher hatte sie das immer gestört, bei Mike nicht.

„Ich wollte dir danken", sagte er leise.

„Wofür?"

„Für gestern Abend. Ich weiß, es war spät."

„Dafür solltest du dich nicht bedanken. Für mich war es selbstverständlich. Ich hätte ebenso reden wollen."

„Ich danke dir trotzdem. Das hat gutgetan."

„Glaub ich dir. War sie heute Morgen da?"

„Nein." Zum Glück, dachte Mike, sonst wäre er womöglich doch noch zum Mörder geworden. „Ich hab sie seit gestern Abend nicht gesehen und bin auch nicht scharf darauf, das nachzuholen."

„Das wird sich nicht vermeiden lassen, Mike. So, wie du von ihr erzählst, wird sie versuchen, ihren Willen durchzudrücken. Ohne Rücksicht auf Verluste. Du musst stark bleiben. Und dein Dad steht hinter dir, hast du gesagt."

„Voll und ganz", wusste Mike mit absoluter, unumstößlicher Sicherheit. „Aber es wird ein schwerer Weg."

„Wenn wir den beschwerlichen Weg geschafft haben, verdienen wir auch, was am Ende steht."

„Ja aber…" Mike atmete schwer auf und ließ sich nach hinten fallen. „Es geht um mehr. Wer soll denn einen monatelangen Prozess bezahlen? Das bringt meinen Dad in echte Schwierigkeiten und das will ich für ihn nicht sein."

„Bist du auch nicht", wusste Lena mit beinahe der gleichen Sicherheit, nur weil Mike von ihm erzählt hatte. „Er liebt dich, sonst würde er sich die Mühe nicht machen. Und die, die wir lieben, sind niemals Schwierigkeiten. Er wird das mit dir an deiner Seite durchstehen."

„Aber das will ich nicht. Er hat genug mit dem

Hof zu tun. Ich hatte überlegt, einfach mit ihr zu gehen, bis ich volljährig bin."

„Mike." Lena hielt Mikes Gesicht in ihren sanften Händen und sah ihn beschwörend an. „Damit würdest du ihm keinen Gefallen tun, sondern ihn nur verletzen. Er würde glauben, dich verloren zu haben."

„Ja, vielleicht."

„Sei froh, dass er dich so liebt. Sei dankbar dafür und wirf es nicht weg."

Mike schlang die Arme um Lena und drückte sie ganz fest an sich. „Was würde ich nur ohne dich machen?", flüsterte er in ihr dichtes, langes, pechschwarzes Haar hinein. Sie hatte es zu zwei Zöpfen geflochten. Die trug sie auch in der Praxis am liebsten. Dann störten sie die Haare nicht und viele Patienten konnte sie damit von der Behandlung ablenken. Vor allem junge Hunde und Katzen spielten gern mit den zwei Zöpfen. Sie band sich meist noch Schleifen, kleine Schellen oder Ähnliches hinein.

Mike und Lena saßen noch ein paar Minuten zusammen und beobachteten die Schafe, ohne sie wirklich zu sehen. Mike hatte noch nie zuvor so intensiv über seine Zukunft nachgedacht. Seine Mutter spielte eine Rolle, aber keine so gewichtige. Lena war dafür umso mehr von Bedeutung. Hier im Dorf hatte er eigentlich niemanden, den er seinen *Freund* im Sinne der Jugend nannte. In der Schule hatte er Freunde, aber die sah er in den Ferien eigentlich nie. Bisher hatte ihm auch nie etwas gefehlt, es hätte nichts gegeben, worüber er mit einem gleichaltrigen Freund hätte reden wollen. Aber allein die Vorstellung der Einöde ohne Lena war grauenhaft. Mit wem sollte er sich über sie unterhalten? Mit wem sollte er überhaupt seine Zeit verbringen? Bei wem, neben seinem alten Vater, könnte er sich Rat in Beziehungsfragen holen? Vor allem bei einer Fernbeziehung?

„Na los", lächelte Lena schließlich und sah zu ihm auf. Sie hatte sich an ihn gelehnt. „Wir sollten dem Rentnerclub helfen."

„Werden wir", nickte Mike voller Tatendrang und stand auf.

Bevor Lena sich aufhelfen ließ, verwöhnte sie Aki noch kurz mit Albernheiten. Dabei verfing sich ihr Armband in seinem Fell.

„Aki, ruhig. Bleib sitzen."

Er gehorchte aufs Wort, setzte sich hin und bewegte sich nicht mehr, außer das Hecheln nach der Rangelei.

„Was ist los?", wollte Mike natürlich wissen und hockte sich dazu. Das Problem war schnell zu erkennen.

„Ich hänge eben an ihm."

„Jetzt bin ich auch noch eifersüchtig auf einen Hund." Mike schüttelte erschüttert den Kopf, ehe er Lena wieder anlächelte. „Lass mich", bat er liebevoll. Lena hatte nur eine Hand zur Verfügung, die andere war an Aki gefesselt. Mike konnte da schon mehr ausrichten. Eines der Kettenglieder war aufgebogen und hatte sich in Akis dichtem Fell verfangen. Mike konnte sie schnell befreien, aber die Kette war kaputt.

Lena hielt sie ehrfürchtig in den Händen. „Meine Ma hat es mir in Italien gekauft. Wir waren eine Woche dort, als Marco uns sitzengelassen hat. Sie sagte, diese Kette solle mich immer daran erinnern, dass ich niemals ganz allein sein werde, denn sie ist immer für mich da."

In Mikes Kehle steckte ein Kloß. So ein Verhältnis hatte er zu seiner Mutter nie gehabt. „Das ist wunderschön."

„Sie bedeutet mir sehr viel." Deshalb steckte sie sie auch vorsichtig in die Hosentasche und würde sie entweder selbst reparieren oder zu einem Juwelier bringen.

„Lass uns bei mir vorbeifahren. Mit einer kleinen Zange ist das schnell geschafft."

„Wenn du so eine Kleine hast? Zu Hause hab ich die auch, aber hier nicht."

„Na komm. Wäre doch gelacht, wenn wir das nicht wieder hinkriegen."

Lena folgte ihm auf den Fuß und konnte eine weitere Eigenart ihrer Beziehung benennen: Wo sie ein Problem sah, hatte er die Lösung. Und wo er ein Problem sah, hatte sie die Lösung. Vielleicht nicht immer die endgültige und alles-richtende Lösung, aber zumindest einen Weg, auf dem sie gemeinsam gehen könnten. Ein Weg, der dem anderen verborgen blieb, auf dem sie aber als gegenseitige Stütze jedes Ziel erreichen könnten. Im Moment die banale Reparatur eines Armkettchens.

Im Schuppen hatten Mike und sein Vater einen Teil zur Werkstatt umgebaut. Vieles konnten sie hier selbst reparieren. Das Werkzeug hatten sie für so gut wie alles vorrätig. Mike hatte das alles lernen wollen und Patrick war immer ein geduldiger Lehrer gewesen. Mike hatte gelernt, gewissenhaft zu arbeiten. Wenn er eine Leiter baute oder reparierte, konnte es zu schweren Unfällen kommen, wenn er nachlässig arbeitete. Das hatte Patrick ihm von Anfang an beigebracht.

Und nun stand Mike dort und schloss das Kettenglied wieder. Er ging auch sicher, dass kein Spalt mehr blieb, in dem sich wieder etwas verfangen könnte und die Kette erneut aufreißen würde. Und zur Sicherheit sah er sich auch die anderen Glieder gleich noch an. Dann konnte er das Kettchen wieder um das zierliche Handgelenk legen.

„Wow", staunte Lena begeistert. „Ich danke dir."

„Keine Ursache."

Er küsste sie auf die Stirn und räumte gleich noch alles weg, das er gebraucht hatte. Auch das war eine Lektion seines Vaters gewesen, sonst würde man hier nie etwas finden. So wie in Mikes Zimmer zum Beispiel.

„Mike?", hörte er seinen Vater rufen.

„Schuppen!"

Patrick hatte Stimmen gehört. Er hatte vorm

Abend nicht mit Mike gerechnet und wollte sichergehen, dass sich kein Fremder auf dem Grundstück aufhielt. Dem war offenbar nicht so, aber mit wem hatte Mike geredet?

Lena stand halb hinter Mike, als Patrick hineinkam. „Alles in Ordnung?"

„Ja. Das ist Lena. Und das ist mein Vater."

Lena trat aus Mikes Schatten und Patrick schliefen sämtliche Gesichtsmuskeln ein. Da stand sie! Leibhaftig vor ihm! „Bria", keuchte er.

„Äh ..." Lena stutze verwirrt. Noch jemand, der ihre Mutter gekannt hatte? „Bria? Brianna Fynn? Sie ist meine Mutter."

Stockend schüttelte Patrick den Kopf. Seine Augen waren riesig und allein auf dieses Mädchen gerichtet! „Nein", flüsterte er. „Nein." Das konnte doch nicht sein! „Wie alt bist du?"

Lena lächelte schüchtern. „So, wie du mich gerade ansiehst, weißt du das genauer als ich."

Immer noch stand er stocksteif in der Tür und schüttelte den Kopf. „Nein. Das kann nicht … Nein ..." Ihm gingen die Worte aus.

Dieses Mädchen, von dem Mike die ganze Zeit

schwärmte …

Lena …

Seine kleine Schwester …

Bria …

Sie war hier!

Das war nicht so ganz die Reaktion, die Lena sich erhofft hatte. Sie hatte sich ja dazu entschlossen gehabt, ihren Vater zu finden, aber diese Reaktion tat ihr unglaublich weh. Nach den Erzählungen ihrer Mutter hatte sie mit einem liebevollen Menschen gerechnet. Dieser Mann hier lehnte sie eiskalt ab. Und was noch schlimmer war: Er war Mikes Vater! Mike war etwa so alt wie sie selbst! Alle glücklichen Erinnerungen ihrer Mutter an diesen Mann wurzelten in einer Lüge!

Ihr stiegen Tränen in die Augen, als sie daran dachte, wie es ihrer Ma das Herz brechen würde. Seit siebzehn Jahren klammerte sie sich an die vergangene Liebe, dabei war es nichts als Lüge! Ihrer Ma würde die Krücke genommen, die sie zum Leben brauchte. Erst hier in Irland hatte Lena davon erfahren und es verstanden. Auf keinen Fall würde sie ihr davon erzählen! Niemals! In Liebe würde sie lieber ein Geheimnis zwischen sich und ihrer Ma annehmen.

Diesen Mann konnte Lena nicht länger ansehen. Der Mann, den sie sich in ihren Träumen durch die rosarote Brille ausgemalt hatte, hatte nichts mit dem zu tun, der vor ihr stand. Er war ein Lügner und Betrüger. Sie ließ Mike stehen, lief an ihrem offensichtlichen Vater vorbei und rannte vom Hof.

„Lena!", rief Mike ihr nach, folgte ihr aber nicht. Sein zorniger Blick klebte auf seinem Vater, der sich immer noch nicht regte. „Was in drei Teufels Namen war denn das?" Diese Reaktion war selbst für den griesgrämigen Brummbären ungewöhnlich.

„Sie ist … Du … Sie ..." Patrick konnte immer noch nicht klar denken, von Sprechen mal ganz zu schweigen.

„Egal, was es ist, du solltest mit ihr reden. Sofort!"

Mit aller Macht kämpfte sich Patrick zu seinem Hirn durch, das bitte die Funktion nach diesem Hammerschlag wieder aufnehmen sollte. Er strich sich mit der flachen Hand übers ganze Gesicht. „Oh Gott." Wie konnte er ihr nur so zusetzen? Wie hatte er sich nach dieser Begegnung gesehnt und jetzt … „Weißt du, wo ich sie finden könnte?"

„An den Klippen am Dingleway vermutlich. Oder auf dem Ceann Sibéal."

Die Kälte in Mikes Stimme war Patrick nicht entgangen. Da würde er wohl noch so einiges zu erklären haben. Für den Moment nickte er, ließ den Kopf und die Schultern hängen und schlurfte davon.

Mike sah ihm nach. Was hier los war, wusste er mal wieder nicht. Er schien der einzige Dumme in der Prärie zu sein, der von nichts eine Ahnung hatte!

„Dad!", rief er von der Tür aus. Patrick blieb stehen und drehte sich noch mal um. „Sei vorsichtig mit ihr! Sei ausnahmsweise mal nicht der griesgrämige Brummbär!"

Patrick zuckte zusammen. Der zweite Hammerschlag binnen Minuten. So hatte Mike ihn noch nie genannt. Er ging stockend zu ihm zurück. „Bin ich so griesgrämig?"

„Zu mir nicht, aber zu allen anderen schon. Was auch immer da gerade zwischen euch passiert ist, sei offen zu ihr und nicht so brummig."

Er gab seinem Jungen einen Kuss auf die Stirn. „Es tut mir leid, Mike."

„Dir sollte nur leidtun, wenn du das nicht wieder

hinbiegst."

Mit diesen Worten ging Mike ins Haus und ließ Patrick stehen. Der sah seinem Jungen noch nach und musste feststellen: Das Chaos war über ihm hereingebrochen. Wenn er sich überlegte … Mike und Lena … Das ging doch nicht!

Erst das eine, dann das andere, dachte er sich und machte sich auf den Weg. Seine Beine schienen federleicht und bleischwer. Theoretisch zog es ihn zu Lena seit siebzehn Jahren. An seinen Füßen wuchsen Flügel, die ihn schnell zu ihr bringen wollten. Aber nach dem Abgang eben fürchtete er sich vor der Begegnung. Sie hatte sich das wohl ein bisschen anders vorgestellt. Er hätte sich ohrfeigen können! Die Schuldgefühle machten ihn schwerfällig und träge, mehr als ihn der Anblick seiner Tochter beflügeln könnte, denn ausgerechnet sie hatte er verletzt.

Er lief den Dingleway Richtung Ceann Sibéal und hoffte, sie irgendwo zu finden. Lena hatte es tatsächlich an den Ort gezogen, von dem sie wusste, dass ihr Vater gern dort war. Mike hatte es ihr erzählt. Hier erinnerte er sich an glücklichere Zeiten und das wollte sie nun auch, es gelang ihr nur nicht.

„Lena", sagte Patrick leise. Sie saß so nahe am Abgrund, dass er sie nicht erschrecken wollte.

Sie erschrak dennoch zu Tode. Zum Glück saß sie und konnte keinen Schritt nach hinten machen, sonst wäre sie definitiv gestürzt.

Da stand er! Der Mann, den sie für ihren Vater hielt, stand in einigem Abstand vor ihr und trieb ihr nur neue Tränen in die Augen, dabei lächelte er so liebevoll.

„Es tut mir leid, Lena." Das mehrte die Tränen nur noch und Patrick trat vorsichtig einige Schritte näher. „Es tut mir unendlich leid. Ich war nur nicht darauf vorbereitet, vor dir zu stehen."

„Du wolltest mich nicht sehen", schluchzte sie ausgelöst.

„Das stimmt nicht", versicherte er ihr und wagte einen weiteren Schritt, bis er direkt vor ihr stand und in die Hocke ging. Sie war bildschön wie ihre Mutter. Nur die Tränen störten ihn gewaltig. Und er hatte sie auch noch zu verantworten. „Seit siebzehn Jahren bete ich zu Gott, er möge unsere Wege kreuzen." Seine großen Hände legten sich an ihre Wangen und auch er begann unter Tränen zu schluchzen. „Meine Gebete wurden erhört. Mein

227

Kind … Meine kleine Tochter…"

Schluchzend vor erleichterter Freude fiel sie ihm um den Hals. Sie warf sich so hart gegen ihn, dass sie geglaubt hätte, sie beide umzustoßen, immerhin hockte er an einem Abhang. Aber das geschah nicht. Er hockte so sicher, als wären seine Füße mit dem Felsen verwachsen, fing sie auf und drückte sie weinend an sich. Er konnte nicht glauben, dass das wirklich passierte. Um ihn herum drehte sich alles in hellen Farben! In seinen Armen hielt er ein Wesen, das er gezeugt hatte! Sein Kind! Sein eigen Fleisch und Blut ließ ihn die Liebe geben, die er seit siebzehn Jahren für sie angesammelt hatte.

„Oh Lena", schniefte er, stand auf, hielt sie fest und entfesselte in seinem Herzen eine Freude, die er nie in Worte fassen könnte.

Lena fühlte ähnlich. Seine Reaktion war nicht vergessen, aber das würde sie noch klären. Erst mal musste, wollte und durfte sie ein Kind in den Armen ihres Vaters sein. Ein Vater, der sie offenbar mehr liebte, als sie geglaubt hatte.

„Hast du ab und zu an mich gedacht?", hatte sie fragen wollen und flüsterte es nun voll Angst vor seiner Antwort. Diese Frage brannte ihr seit Tagen auf der Seele. Sie wollte unbedingt wissen, ob ihr Vater ein Mensch war, der sein Kind einfach vergessen konnte.

Patrick stellte sie vor sich ab und strahlte sie an. „An jedem einzelnen Tag."

„Warum kamst du nie?"

Sofort senkte er den Blick wieder und auch die Mundwinkel sanken. Jetzt würde es kompliziert werden. „Wie viel hat dir deine Mutter über mich erzählt?"

„Erst hier alles."

„Oh. Nimm es ihr nicht übel, bitte." Er hatte das Gefühl, Bria verteidigen zu müssen. Er konnte natürlich verstehen, dass Lena das nicht gefallen hatte, aber … Na ja, es war damals alles so schwer und voll Schmerz gewesen.

„Wo warst du, als sie ging?", fragte Lena leise. Sie hatte ihrer Mutter vergeben, wollte aber auch gern den zweiten Teil der ganzen Geschichte hören.

Patrick seufzte. Da musste er jetzt wohl durch und alles durchleben, was er vergessen wollte. Er nahm Lena an die Hand und setzte sich mit ihr wieder. Sie saß ganz nahe bei ihm und sein Arm lag um ihre Schulter. Den Kopf bettete sie vertrauensvoll an seiner Schulter und bevor er anfing zu erzählen, gab er ihr einen Kuss auf die Stirn. Sie roch so süß …

„Als ich meinen Eltern erzählte, ich würde Vater werden, steckte mich mein Vater im gleichen Atemzug in seinen Wagen und brachte mich bis ganz in den Norden der Republik in ein Internat. Ich wurde als Soldat ausgebildet und konnte das Gelände nicht verlassen. Drei Jahre später erst. Und als ich herkam, erfuhr ich, dass deine Mutter weg war. Und mein Vater eröffnete mir, er hätte eine Frau für mich gefunden."

„Autsch." Lena fragte sich ernsthaft, was die Eltern der beiden damals gedacht hatten. Was fiel denen eigentlich ein, sich so in das Leben ihrer Kinder einzumischen und nur Schmerz zu pflanzen, wo eigentlich Liebe gedeihen wollte?

„Ja, was sollte ich tun? Ich hatte keine Ahnung, in welcher Ecke der Erde ihr beiden ward, und hatte kein Geld, es herauszufinden."

„Du wolltest es?", fragte Lena leise.

„Jeden Tag der drei Jahre hab ich damit verbracht, mich nach euch zu sehnen und mich auf das Wiedersehen zu freuen, anders hätte ich es dort nicht überlebt. Wenn ich meine Leistung nicht brachte, wartete der Rohrstock oder Schlimmeres."

„Oh Gott", wimmerte Lena und hielt sich eine Hand vor den Mund. Sie wollte ihn nicht unterbrechen, aber sie sollte sich vielleicht vornehmen, bei Erzählungen ihrer beider Eltern ihr Mitgefühl abzuschalten.

„Es waren harte Jahre, aber der Gedanke an deine Mutter und unser Kind ließ mich alles überstehen. Und dann war sie weg."

„Aber Mike!" Lena sprang auf, als sie daran dachte, weinte noch immer, regte sich aber auch furchtbar auf. „Er ist so alt wie ich, wie passt das in deine Erzählung?"

Patrick schmunzelte und hätte gern erleichtert gelacht, denn diese Sorge konnte er ihr ganz schnell nehmen. „Weißt du, wer der Vater deiner Mutter ist?"

„Nein. Ihr Stiefvater war ihr Vater."

„Mhmh. Und dieser Mann war etwas ganz Besonderes. Ich erfuhr erst, als ich wieder hier war, dass er nicht ihr richtiger Vater war. Lena, davon hat man nie etwas bemerkt. Er hat sie abgöttisch geliebt. Und die Frau, die mein Vater für mich aussuchte, kam mit einem dreijährigen Sohn in die Ehe. Als ich den Kleinen zum ersten Mal sah, nahm ich mein Schicksal an und schwor mir, ich würde ihm ein Vater sein, wie Brias Vater. Ich wollte ihn lieben, ihn erziehen und ihm alles geben, was ich meinem Kind nicht geben konnte."

„Er ist nicht dein Sohn?", flüsterte Lena entsetzt und musste sich doch wieder setzen.

„Nein. Zumindest nicht biologisch."

„Weiß er das?" Ob sie das hätte vor ihm geheimhalten können? Wahrscheinlich nicht.

„Ja. Er wusste es von Anfang an. Vor zwei Jahren wollte meine Frau … Inzwischen übrigens meine Exfrau … Sie wollte die Welt bereisen und berühmt werden. Mike wollte unbedingt hierbleiben und sie war froh darüber."

„Deshalb vermisst er sie nicht." Langsam ergab so vieles Sinn für Lena. In ihrem Kopf drehten sich alle Gespräche und Informationen zu einem riesigen Gewirr zusammen.

„Nein", lächelte Patrick matt. Kaum zu glauben, mit wem er hier saß. „Ich konnte es ihm nicht verübeln. Sie war nie wirklich eine Mutter für ihn, deshalb hab ich mir umso mehr Mühe gegeben, ihm ein Vater zu sein."

Das war alles so verflixt kompliziert, dachte Lena versunken. Wenn sie Mike eröffnen würde, dass er ihr Halbbruder war … Sie mochte den Gedanken nicht mal selbst hören. Er liebte seinen Vater, der auch ihr Vater war. Von Mike wusste sie, dass er ein toller Vater war, der es wert war, geliebt zu werden. Und das tat sie auch irgendwie, auch wenn es merkwürdig klang. Sie kannten sich ja eigentlich nicht. Nur über Mikes Erzählungen. Es bildeten sich so viele kleine Knoten in Lenas Kopf, dass es ein einziges Knäuel aus Knoten ergab!

„Lena", fing Patrick an. Das klang schon blöd, bevor er es ausgesprochen hatte. „Ich … Also … Na ja ..."

„Ganz ruhig", lachte sie leise. „Ma sagte, du wüsstest, wie du dich und deine Gefühle ausdrücken kannst. Sieht grad nicht so aus."

Dem konnte er sich nicht entziehen. Selten kam es vor, dass er sich so umnebelt im Hirn fühlte und keine Worte fand. „Schon möglich. Deine Mutter kannte ich aber auch besser. Leider kann ich das von dir nicht behaupten, aber ..." Er nahm all seinen Mut zusammen und öffnete endlich den Verschluss seiner Kette. Es war nichts Besonderes, nur eine feine

Silberkette mit einer silbernen Muschel daran, aber für ihn sehr bedeutend und er hoffte, Lena würde es ebenso sehen.

Er legte sie Lena in die Hand. „Am Tag deiner errechneten Geburt … Ich weiß nicht, ob es wirklich so kam ...“

„Ma sagt, ich war pünktlich auf die Minute.“

„Dann war es der Tag deiner Geburt. Da hatte ich zum ersten Mal eine Stunde Freigang. Die meisten anderen sind in die Stadt in einen Pub gegangen. Ich dagegen bin zum Strand runter und wünschte mir, ein Vogel zu sein, der schnell genug fliegen kann, um zu euch zu fliegen und rechtzeitig zurück zu sein. Eine alte Frau saß am Pier. Vor ihr lagen verschiedene Ketten. Ich fragte sie, was wohl einem Jungen ebenso gefallen würde wie einem Mädchen. Sie gab mir diese Kette und sagte, die würde jedes Kind mögen, wenn es so gern an den Strand ginge wie ihr Vater. Ich wusste nicht, wie sie aus meiner kurzen Frage solche Zusammenhänge erkannte, aber ich kaufte diese Kette und legte sie nie ab. Nicht eine Minute wollte ich sie ablegen, erst wenn ich sie meinem Kind übergeben kann. Nachts hielt ich mich an der Muschel fest und betete für dich. Dir sollte es gutgehen und es sollte dir an nichts fehlen.“

Lena wollte nicht schon wieder weinen. Sie hatte sich gerade halbwegs beruhigt, jetzt ging es von vorn los. Neben ihr saß ein Fremder und überhäufte sie mit so viel Liebe, dass ihr schwindlig davon wurde.

„Ich werde sie nie ablegen", versprach sie, gab sie ihm wieder und hob ihre Haare. Sie ließ sie sich von ihrem Vater umlegen und würde sie garantiert nie abnehmen. Selbst im Grab wollte sie mit dieser Kette liegen. Und am Handgelenk das Armband ihrer Mutter. Sie sog den Kuss ihres Vaters auf ihrer Stirn ein und wollte in dem Moment die Zeit anhalten. Seine Lippen an ihrer Stirn gaben diesem Land eine Perfektion, die sie vorher nicht vermisst hatte, jetzt aber nicht mehr missen wollte.

„Ich hätte viel eher darauf kommen müssen", flüsterte Patrick gedankenverloren.

„Wie hättest du?"

„*Lena* … Deine Mutter hat dich nach meiner Schwester benannt. Ich hab sie sehr geliebt, aber sie starb mit vier Jahren an einer Lungenentzündung. Und als Mike mir erzählte, ihr hütet das Haus von Maeve, hätte ich auf den Zusammenhang kommen sollen. Bria ist die einzige wahre Familie, die Maeve noch hat, die sie sehen wollen würde."

„Lena", wiederholte sie leise. „Ma hat irgendwann mal gesagt, ich sei nach einem liebenswerten Mädchen benannt. Wer genau, wollte sie mir nie sagen."

„Jetzt weißt du es. Nimmst du mir übel, wenn ich frage, wie es euch ging?"

„Nein. Ich weiß nur nicht, was ich dir erzählen soll. Ma hat mir erzählt, wir hätten hier nicht leben können. Ihre Mutter hat sie aus dem Haus geprügelt und wollte uns umbringen."

„So kenne ich sie auch, ja. Murphy hat mir damals erzählt, was passiert ist. Ich wusste, euch beiden ging es körperlich so weit gut, das war das Wichtigste für mich."

„Ihr Vater hat sie dann zu einem Freund nach Deutschland geschickt, wo ich zur Welt kam und aufwuchs. Aber ich hab erst hier erfahren, was wahres Glück für sie bedeutet. Wenn sie von dir spricht, dann sieht sie anders aus. So einen Blick hat Marco ihr nie entlocken können." Ihn beim Vornamen zu nennen, baute eine Distanz auf, die es Lena leichter machte, den Verrat zu verarbeiten. Für die Verarbeitung dieses Schocks war es sogar ganz hilfreich, dass er nicht ihr leiblicher Vater war.

„Marco?", hakte Patrick ein und Lena lächelte schwach.

„Ihr Exmann. Ich wusste nicht, dass er nicht mein Vater ist. Tut mit leid, ich sollte nicht über ihn reden."

„Doch", beharrte Patrick aufgedreht, wie er seit über zehn Jahren nicht mehr gewesen war. „Bitte. War er gut zu euch? Hat er sich um dich gekümmert?"

„Hat er. Immer. Bis zum Schluss."

„Brachte er dir das Radfahren bei?"

„Ja. Inklusive blauen Flecken für ihn, weil ich nicht bremsen konnte und ihn umgefahren hab."

Patrick lachte auf. „Kommt vor. Hat er dir das Schwimmen beigebracht?"

„Das hat er. Und er hat auch meinen ersten Freund vergrault. Er hat mich daran erinnert, vor Mitternacht zu Hause zu sein."

„Das ist gut. Das sollte ein Vater tun und er hat all das getan, was ich hätte tun wollen."

„Aber nicht durftest, weil sich Menschen eingemischt haben, die das nicht hätten entscheiden sollen." Allein bei dem Gedanken an das, was ihre Eltern durchlebt hatten, gefror Lena das Blut in den Adern. Wie viel Liebe hätten sie zu dritt leben können, wenn man sie nur gelassen hätte?

„Das mag sein, aber die Vergangenheit können wir nicht mehr ändern. Wenn sie es nicht getan hätten, wärst du vielleicht hier geboren worden und aufgewachsen. Du würdest mich Dad nennen und ..."

„Ich glaube nicht", lachte Lena dazwischen. „Ich nenne sie immer nur Ma."

„Wieso?"

„Keine Ahnung. Schon immer. Ich mag ihr Lächeln, wenn ich sie anders nenne als alle anderen ihre Mütter. Auf dem Rummel riefen immer alle ihre Mama vom Karussell aus. Nur ich rief meine Ma und sie lächelte dann immer so stolz, dass ich mich gefreut hab. Du wärst also vermutlich eher mein Pa."

Auch Patrick lachte mit ihr und fühlte eine Befreiung in sich. „Pa ..." Mit jedem Wort, das er aus dem Leben seines Kindes erfuhr, sprengte er weitere Schellen von seinem Herzen, die es bisher vorm Zerbrechen bewahrt hatten. Nun waren sie nicht mehr nötig. „Pa ...", wiederholte er noch einmal. „Warum nicht? Klingt gut. Lena, mein kleiner Engel ..."

Noch einer, der sie als Engel bezeichnete, dachte sie verlegen. „Wieso hast du auch später nicht nach uns gesucht?"

„Weil ich nach all den Jahren gehofft hatte, deine Mutter hätte euch ein eigenes Leben aufgebaut, in dem ich nur gestört hätte. Außerdem brauchte mich Mike. Ein bisschen Angst war vielleicht auch dabei. Und mir fehlte der Ansatz. Ich hatte keine Ahnung, wo ich nach euch hätte suchen sollen. Der Einzige, der es gewusst hätte, war vor meiner Rückkehr gestorben."

„Tante Maeve wusste es."

„Und hat es mir nie gesagt. Vielleicht weil sie von Marco wusste." Das war nur eine vorsichtige Vermutung, die er aussprach. Patrick wusste mit absoluter Gewissheit, Maeve hatte einen guten Grund für ihr Schweigen gehabt. Ob er Lena davon erzählen durfte, wusste er jedoch nicht.

„Schon möglich", schnaufte Lena. Wie anstrengend solche Gespräche doch sein konnten. „Ich kann Mike jedenfalls verstehen. Ich vermisse

Marco auch nicht."

Das wiederum verstand Patrick überhaupt nicht. „Das solltest du, wenn er so gut zu dir war. Mikes Mutter war das nie."

„Egal, wie gut jemand ist, wenn er so geht, wird alles Vorherige zunichtegemacht. Und bevor du fragst: Er ist mit meiner besten Freundin durchgebrannt. Zu ihrem achtzehnten Geburtstag."

„Oh Gott." Patrick hielt sich eine Hand vor den Mund. Was musste das für eine Erschütterung im Leben der beiden gewesen sein? Nicht nur für Lena, auch für Bria musste es ein erneuter Schock gewesen sein.

„Du sagst es", nickte Lena. „Das kann ich ihm nicht verzeihen und kann auch nichts mehr glauben, was zuvor war. Alle wussten es und jeder wusste, da war schon vor ihrem Geburtstag was gelaufen. Ich war die Tochter des Kinderschänders, mehr nicht. Er ließ uns sitzen und ohne Tante Maeve hätten wir das Haus nicht halten können."

„Oh Gott", wiederholte Patrick entsetzt. „Wenn ich das gewusst hätte ..."

„Aber du wusstest es nicht", unterbrach Lena weich. Sie machte ihm daraus keine Vorwürfe. Wie hätte er davon erfahren sollen, wenn es ihm keiner sagte? Tante Maeve hätte es tun können, aber vielleicht hielt auch sie es für das Beste, einfach zu schweigen und dem Schicksal seinen Lauf zu lassen.

„Nein, ich hatte keine Ahnung. Lena, es tut mir leid, dass ich an deinem Leben keinen Anteil hatte. Ich wollte dir das Radfahren beibringen, dir Geschichten vorlesen, die Sterne bei Nacht zeigen, und dich auf die Welt vorbereiten. Glaubst du mir, wenn ich sage, ich wäre in jeder Sekunde seit deiner Entstehung für dich da gewesen?"

Wie sollte sie das denn verneinen? Tief in ihrem Inneren glaubte sie ihm jedes einzelne Wort. Erklären konnte sie es nicht. Wie das Vertrauen in ihre Mutter, trotz der Lügen, vertraute sie auch ihm auf einer Ebene, die man nicht erklären können muss, solange man sie fühlt.

Patrick wusste nicht, in welchen Gedanken Lena gefangen war, wenn sie leicht lächelte und vor sich hin starrte. Er wollte sie nur herausholen und mehr von ihr hören und sehen. „Hier war es übrigens", sagte er und stand auf. Er zeigte auf die Ruine eines alten Wetter- oder Wachhauses. „Genau dort liegen deine Wurzeln."

„Stopp!", rief Lena erschrocken. „Keine Details über meine Eltern bitte, die ich nicht wissen will!" Allein bei der Vorstellung, wie die beiden dort … Ihr stellten sich die Nackenhaare auf. So was wollen Kinder von ihren Eltern einfach nicht wissen! Aber dieses Kopfkino würde sie garantiert nie wieder loswerden.

Patrick lachte vergnügt. So hatte er sich lange nicht gefühlt. „Entschuldige. Ich erinnere mich nur an die Bria, die mir hier das Tanzen beibrachte."

„Das Tanzen?"

„Oh ja. Ich konnte kein bisschen tanzen und sie hatte sich in den Kopf gesetzt, mit mir zum Schulball zu gehen. Also musste ich tanzen lernen und hab sie andauernd getreten. Es war eine Katastrophe, aber sie gab nicht auf und nahm mir nicht einen Fehltritt übel."

Lena zog ihr Handy hervor. „Na dann ..."

„Könnt ihr jungen Menschen nicht ohne diese Dinger?"

„Doch, aber ich weiß die guten Seiten zu nutzen. Kannst du es noch?", fragte Lena herausfordernd. Ihr Handy hatte sie in der Hosentasche getragen und ließ es nun Musik abspielen.

Patrick reckte ihr seine Hand entgegen. „Ich habe es nie wieder gebraucht, aber auch nicht verlernt."

„Sie hat es mir auch beigebracht, also sollte das doch klappen."

Und wie es klappte. Die beiden konnten zusammen tanzen, als hätten sie schon zusammen gelernt. Hier, an genau diesem Ort, hatte Patrick auch schon mit Bria getanzt, nur ohne Handymusik. Nun tanzte er mit ihrer gemeinsamen Tochter und spürte endlich so etwas wie inneren Frieden in sich aufkommen. Die Vergangenheit konnte er tatsächlich nicht ändern. Die Zukunft wollte er jedoch beeinflussen. Er wollte seine Tochter nicht wieder aus den Augen verlieren. Für ihn und Bria war alles zu spät. Für ihn und Lena fing das Leben jedoch gerade erst an.

„Das hast du von deiner Ma", lächelte er. „Du hast letztens gesungen, nicht wahr?" Er hatte also doch nicht den Verstand verloren.

„Mit Murphy", lachte sie. „Seit ich denken kann, gehört die Musik in mein Leben."

„So war deine Ma auch immer. Sie hat eine wunderschöne Stimme, genau wie du. Und sie tanzte am liebsten den ganzen Tag."

„Du offenbar auch."

„Damals ja. Seit sie es mir beibrachte, haben wir oft getanzt, auch ohne Musik. Besonders gefiel es ihr, wenn ich sie zum Abgrund führte und sie nur von meinem Arm unter ihr vom Absturz abgehalten wurde. Sie lag bedingungslos in meinen Armen und hielt sich nicht fest."

„Sie hat dich geliebt und tut es heute noch", wusste Lena. Die gleiche Liebe sah sie in den Augen ihres Vaters, wenn er von ihrer Mutter sprach. Leider saß in seinen Augen auch der gleiche Schmerz.

Leider musste Patrick das ein wenig korrigieren. „Vielleicht die Erinnerung. Mich kennt sie nicht. Nicht mehr, genau wie umgekehrt."

Lena brach abrupt den Tanz ab. „Aber ihr könntet euch wieder kennenlernen."

Ihre Hand lag noch in seiner und er zog sie sanft in seine Arme. „Lena, es sind siebzehn Jahre vergangen. Sie hat ihr Leben aufgenommen und auch ich habe mir ein Leben geschaffen, abseits von ihr. Wir sind jeder unseren Weg gegangen und haben uns entsprechend verändert. Die Kinder von damals gibt es nicht mehr."

„Sie sieht noch so aus wie früher, sagt Murphy.

Und sie benimmt sich auch so. Mit Murphy und den anderen ist es, als wäre sie nie weg gewesen."

Sie sagte das so leicht. Und Patrick musste der Kleinen jetzt den Wind aus den Segeln nehmen. „Aber ich bin nicht mehr der, der ich mal war. Die Trennung von euch und die Zeit mit Christy … Ich hab mich eingeschlossen, Lena. So lebensfroh und aufgeschlossen, wie mich deine Mutter kennt, würde sie erschrecken vor dem Mann, der ich geworden bin. Ich möchte ihr diese Enttäuschung ersparen, verstehst du?"

„Mehr oder weniger", maulte sie. Einen griesgrämigen Brummbären hatte Mike ihn genannt. Das entsprach tatsächlich in keiner Weise den Erzählungen ihrer Ma, obwohl es sich ja offensichtlich um den gleichen Mann handelte.

„Wirst du es akzeptieren?", bat Patrick.

„Werde ich müssen", antwortete Lena und schaute aus ihren Kulleraugen zu ihm herauf, wie es Bria früher getan hatte.

„Danke. Kommst du mit zu uns?"

„Ich glaube, du solltest mit Mike reden." Wie der reagieren würde, wollte Lena vielleicht gar nicht so genau wissen.

„Das sollte ich wohl", seufzte Patrick. Das würde ein tolles Gespräch werden. „Aber da gehörst du dazu."

„Gegenvorschlag: Ich gehe zu Maggie und hole uns Kuchen. Dann komme ich nach."

„Einverstanden. Lena, ich liebe dich. Ich habe dich immer geliebt. Vergiss das nicht." Er musste es ihr einfach sagen. Er würde nie die siebzehn Jahre aufholen können, in denen er es ihr nicht direkt hatte sagen können.

„Niemals, Pa." Niemals könnte sie vergessen, wie ihr Vater sie liebte.

Ihm wurde so heiß, dass er glaubte, jeden Moment wie eine Sternschnuppe zu verglühen. *Pa* hatte sie ihn genannt und in dem Moment konnte er verstehen, wieso Bria es mochte, *Ma* genannt zu werden. Noch nie hatte Patrick ein Kind nach seinem Pa rufen hören. Noch nie! Der Ausdruck hob ihn in eine Sonderstellung, obwohl er nachweislich kein guter Vater für Lena gewesen war.

Die sah das aber nun wieder ganz anders. Das Leben hatte ihre Eltern auseinandergetrieben. Dass ihr Vater sie in all den Jahren so geliebt hatte, machte ihn in ihren Augen zum besten Vater auf der ganzen Welt. Wer konnte schon behaupten, jemanden so innig zu lieben, den er nicht einmal kennt, noch nie gesehen hatte?

Lena tanzte singend die Straße hinab. Nebenbei schrieb sie ihrer Ma eine SMS, dass sie später kommen würde. Den Grund dafür verschwieg sie. Ihre Ma ging sicher von Mike als Grund aus und so ganz falsch war es ja auch nicht. Die volle Wahrheit war es allerdings auch nicht. Aber ihre Ma hatte gesagt, sie wolle es nicht wissen, also würde diesmal Lena schweigen.

„Guten Tag alle zusammen!", sagte Lena in das gut gefüllte Café hinein. Die meisten Gäste waren ältere Leutchen, die ihren Tag mit Freunden hier in der Annehmlichkeit verbrachten.

„Guten Tag, Kind", strahlte ihr eine der Omis entgegen. „Du siehst aus, als hättest du den Regenbogen gefunden!"

„Hab ich auch", jauchzte sie fröhlich und stellte sich zu der Dame. „Und am Ende gibt es keinen Topf voll Gold, sondern einen Trog voll Glück und Liebe."

Der alte Mann auf dem zweiten Stuhl lachte mit den anderen Gästen, zupfte eine Blume aus dem

Tischgesteck und winkte Lena zu sich. Sie ließ sich das Blümchen ins vom Wind zerzauste Haar stecken.

„Ich korrigiere mich", verkündete sie. „Aus dem Trog wurde soeben ein ganzes Silo."

Lena gab ihm einen Kuss auf die Wange und tänzelte zum Tresen, wo Maggie ihr schon strahlend entgegensah. Brianna Fynn war früher auch so gewesen. Wo auch immer sie aufgetaucht war, hatte man die Leute lächeln sehen. Die Freude war in jedes noch so trübe Herz gezogen. Dieses Talent hatte sie offenbar an ihre Tochter weitergegeben.

„Was kann ich für dich tun?"

„Ich hätte gern sechs Stück vom besten Kuchen."

„Verschiedenes oder sechs Gleiche?"

Lena überlegte kurz. „Am besten drei Fruchtige und was mit Schokolade."

„Wie wäre es mit irischem Apfelkuchen und Schokokuchen mit Kirschen."

„Klingt traumhaft, nehme ich. Zum Mitnehmen bitte", feixte sie frech.

„Das dachte ich mir schon."

„Ach … Meinen sie, ich schaffe die nicht allein? Wollen sie mich herausfordern?"

„Besser nicht, sonst liegen wir am Ende beide im Bett und haben nichts mehr von dem Sonnenschein."

„Na gut, dann haben wir eben beide gewonnen."

Lena gab der netten Dame einen Schein und tanzte unter den zufriedenen Blicken aller Gäste wieder aus dem Café.

„Wie ihre Mutter", seufzten ihr so manche hinterher, die Brianna Fynn noch von früher kannten.

Wo Mike wohnte, wusste Lena ja inzwischen. Sie ließ sich dennoch viel Zeit. Sie wollte nicht zu früh hereinplatzen. Für Mike würde diese Nachricht nämlich auch nicht so leicht zu verkraften sein. Würde er sie überhaupt sehen wollen? Die leibliche Tochter seines Adoptivvaters … Konnte es das Leben eigentlich noch komplizierter machen?

Patrick war der Gang nach Hause auch nicht ganz leicht gefallen, aber Mike hatte ein Recht auf die volle Wahrheit. Die Worte, ihm diese Wahrheit zu erklären, fehlten Patrick allerdings immer noch. Wie sollte es dafür auch die richtigen Worte geben?

Mike erwartete ihn schon an der Tür. Seine Miene war todernst. „Hast du das geklärt?"

„Hab ich. Und ich sollte mit dir reden."

„Mit mir?", fragte Mike perplex. Wie kam denn da die Notwendigkeit eines Gesprächs mit ihm auf? „Alles, was ich wissen will, ist, ob Lena okay ist und ob du wirklich alles geklärt hast."

„Hab ich wirklich", versicherte sein Vater und Mike glaubte ihm. „Aber es ist kompliziert. Lena ist … Na ja, du kennst ihre Mutter?"

„Ja. Wir sehen uns ja bei der Renovierung."

„Brianna Fynn ..."

Er musste gar nicht weiterreden. Die Art und Weise, wie er diesen Namen ausgesprochen hatte, und der Glanz in seinen Augen, mit dem er nach Hause gekommen war, waren genug Andeutungen. Erst jetzt, mit einem Faustschlag in die Magengegend, ergab die Reaktion seines Vaters auf Lena Sinn.

„Sie war es", keuchte Mike starr vor Entsetzen. „Sie war die, die du hast gehen lassen!"

„Ja." Der Kloß in seinem Hals breitete sich unaufhaltsam aus. „Und Lena ist unsere gemeinsame Tochter." Um mal alle Schocks hinter sich zu bringen.

„Nein", hauchte Mike. Das ging doch nicht! Nein! Auf keinen Fall wollte er das akzeptieren! Sie war seine Schwester! Und sie hatten sich geküsst!

„Mike ..." Patrick wollte ihn auffangen, aber er wich ihm aus. „Mike, mein Junge … Ich hatte keine Ahnung, dass sie hier sind. Ich wusste es nicht, hörst du?"

Mike drängte sich ein ganz anderes Problem auf. Mit Tränen in den Augen sah er zu seinem geliebten Vater auf. „Ich bin nicht dein Junge, das wissen wir beide."

„Das bist du wohl", lächelte Patrick und nutzte die Schockstarre aus, um ihn an sich zu ziehen. „Ich habe dich immer wie meinen Sohn geliebt, Mike."

„Aber das bin ich nicht. Lena ist deine Tochter. Sie ist dein eigen Fleisch und Blut! Ich sollte mit meiner Mutter gehen und ...‟

Er wollte sich losreißen, doch Patrick hielt ihn unnachgiebig fest. „Auf keinen Fall! Mike, ich lasse dich nicht zu dieser Frau, solange du es nicht wirklich willst!‟

„Aber ich bin nicht dein Sohn. Ich würde euch nur im Weg sein!"

„Das ist Unsinn", lächelte Patrick weiterhin voller Liebe und Wärme, während er die Tränen von den Wangen seines Sohnes wischte. „Mike, ich liebe dich. Du bist mein Sohn, auch wenn nicht mein Blut in deinen Adern fließt. Oder liebst du mich nicht wie einen Vater?"

„Doch, Dad. Immer", schluchzte er verzweifelt. Dieser Mann hatte ihm nie das Gefühl gegeben, nicht sein Sohn zu sein. Aber rein biologisch war Mike eben nicht der Sohn. Lena war das richtige Kind. Das echte Kind.

„Na siehst du. Wieso kannst du mir dann nicht glauben, dass ich dich wie meinen eigenen Sohn liebe? Diese Liebe entspringt meinem Herzen und nicht meinen Genen. Deswegen liebe ich Lena nicht weniger, aber dich ebenso."

Schon zum zweiten Mal an diesem Tag sahen zwei Kinderaugen zu Patrick auf und waren nass von Tränen der Trauer. „Ich will nicht dein Mündel sein", flüsterte Mike. Das könnte er nämlich noch weniger ertragen als seine Mutter. Er wollte nicht aus Mitleid bei seinem Dad aufgenommen werden.

„Du warst mir nie ein Mündel, Mike. Niemals. Als du zum ersten Mal vor mir standest, konntest du kaum laufen. Du hast ganz ernst zu mir aufgesehen und mich gefragt, ob ich jetzt dein Daddy bin. In dem Augenblick war es um mich geschehen. Ich hab dich auf meinen Arm gesetzt und dir versprochen, ich würde dir immer ein zu Hause geben, dich lieben und dich in dein eigenes Leben begleiten. Ich habe Gott und dir versprochen, dein Vater zu sein. Und das habe ich in all den Jahren nach bestem Wissen und Gewissen getan."

Mike klammerte sich an seinen Vater, weinte ihm das Hemd voll und fühlte sich selten zuvor so geliebt wie in genau diesem Augenblick, da die Tränen flossen. Sein Dad war etwas ganz Besonderes! Der hatte ein so großes Herz, dass die halbe Weltbevölkerung hineingepasst hätte.

Lena schlich sich leise an. Sie hatte die Stimmen gehört, wollte eigentlich nicht lauschen, wäre aber vielleicht wieder gegangen, wenn sie gemerkt hätte, es wäre noch zu früh. Nun sah sie die beiden und konnte ihre eigenen Tränen wieder nicht halten. Ein Schluchzen, sie wollte es aufhalten, aber es kam zu laut.

Patrick schielte über seine Schulter nach dem Geräusch und erschrak erneut vor der Schönheit seiner Tochter. Sie sah aus wie ihre Mutter damals und die war auch schon eine Augenweide gewesen. Genau wie Lena. Mit ihrem Anblick überkam ihn erneut die Erkenntnis, dass sie seine Tochter war. Gott hatte ihm nach all den Jahren das Geschenk gemacht, sie kennenlernen zu dürfen. Er hatte sich so sehr danach gesehnt, seinem Kind gegenüberzustehen. Oft hatte er sich ausgemalt, was er sagen würde und wie er sein Fehlen im Leben des Kindes rechtfertigen könnte. Nie waren ihm die passenden Worte eingefallen. Und jetzt war sie trotzdem da.

Er breitete einfach einen Arm aus und lud sie ein, sich diesem Moment anzuschließen. Sie legte nur das Paket mit dem Kuchen im Vorbeigehen ab und fand in den großen Armen noch genauso viel Platz wie Mike.

„Meine Kinder", flüsterte Patrick stolz wie nie zuvor. Er gab jedem einen Kuss auf die Stirn und auch ihm wurden die Augen wieder feucht.

„Ich hab schon bessere Nachrichten gehört", sagte Mike zu Lena und versuchte wenigstens ein halbes Lächeln.

„Hast du was an mir als Schwester auszusetzen?"

„An dir nicht, aber an dir als Schwester jede

Menge."

Lena schlug die Augen nieder und suchte irgendwas, das sie ihm sagen konnte. Irgendwas, das ihm geholfen hätte. Aber was denn? Sie hielt seinem traurigen Blick nicht stand und fühlte sich unendlich schwach, nur weil sie nichts - rein gar nichts - gegen diese Traurigkeit tun konnte. Sie war hilflos zum Zusehen verdammt und musste ebenso hinnehmen, womit er zu kämpfen hatte. Sie hatte sich in ihren Bruder verliebt.

„Hey", fuhr Patrick mitleidig dazwischen. Er zog sie mit sich, setzte sich selbst auf einen Stuhl und ein Kind aufs rechte Bein, eines aufs linke Bein. „Kopf hoch, ihr zwei. Ich klinge vermutlich gleich wie ein Anwalt, aber ich muss es aussprechen: Mike, ich habe dich offiziell nie adoptiert. Das war auch nicht nötig. Und biologisch betrachtet seid ihr beiden so weit voneinander entfernt, wie man es nur sein kann."

Lena verschränkte bockig die Arme. „Das ist trotzdem alles blöd."

„Ja ehrlich", stimmte Mike ihr sofort zu. „Weißt du, was die Leute dazu sagen?"

Diese Antwort fiel Patrick sehr leicht. „Wenn euch

Briannas und meine Geschichte etwas gezeigt haben sollte, dann, dass man nichts auf das geben sollte, was andere von einem denken könnten. Ihr seid noch jung. Ihr habt noch das ganze Leben vor euch. Legt euch jetzt auf nichts fest. Aber - so blöd der Ausdruck klingt - rein juristisch gesehen, ist Mike mein Exstiefsohn, also dein Exstiefbruder. Die Scheidung ist rechtskräftig."

Lena hatte den Blick auf ihre Hände gesenkt und versuchte, Knoten in ihre Finger zu machen. „Das gibt seiner Mutter doch aber alle Rechte, oder?"

„Nein." Liebevoll legte er ihre Zöpfe zurück und strich den beiden Kindern über die Rücken. „Sieh mal, ab einem gewissen Alter wird immer auch der Wille des Kindes einbezogen. Mike kennt mich als seinen Vater seit vierzehn Jahren. Und ich wage die Behauptung, er liebt mich auch so."

„Ganz sicher", bestätigte er auch gleich.

„Na siehst du. Lässt sich deine Mutter wirklich auf eine Schlammschlacht ein, dann wird das Gericht deinen Willen berücksichtigen. Da geht es nicht nur um Blut, sondern um das Beste für das Kind. Du bist hier aufgewachsen, hast in der Schule all deine Freunde und willst hierbleiben. Deine

Mutter hat sich zwei Jahre überhaupt nicht blicken lassen, während ich mich um dich gekümmert hab und es gern getan hab. Welcher Richter sollte sich da entscheiden, dich in ein unbeständiges Künstlerleben zu geben?"

Er hoffte wenigstens, dass es wirklich so kommen würde, wenn sich Christy für diesen Weg entscheiden sollte. Zuvor wollte er sie aber aufsuchen und mit ihr reden. Er würde betteln, seinen Stolz vor ihre Füße werfen und vor ihr auf Knien kriechen, wenn sie Mike dafür nur bei ihm ließe.

„Na los", sagte Patrick. „Lena wollte Kuchen mitbringen?"

„Hab ich. Schoko-Kirsch und Apfelkuchen."

„Na dann … Tee oder Kaffee?"

„Tee. Sonst schlafe ich heute überhaupt nicht mehr."

„Kräuter oder Früchte?", fragte Mike, während er schon den Kessel mit Wasser füllte.

„Kräuter."

„Nehme ich auch", grinste Patrick. Früchtetee gab es nur für Mike.

„Da schlagen wohl die Gene zu", murmelte er. Weder in seinem Kopf noch in seinem Herzen waren die ganzen Informationen schon verarbeitet. Noch lange nicht. Das war alles viel zu verwirrend und chaotisch. Für den Moment war es aber auch nicht so wichtig.

Sie setzten sich gemütlich hinters Haus an den Tisch und sprachen über alles, das nicht ihre chaotischen Familienverhältnisse betraf. Patrick fragte, wie es dem verletzten Schaf ginge, und Lena konnte freudig berichten, dass alles in Ordnung sei. So rutschten sie ins Thema berufliche Zukunft, umschifften aber das Thema ihrer Familien. Lena würde mit ihrer Ma zurück nach Deutschland fahren. Mike und Patrick würden hier in der Farm weiterarbeiten. So schien es das Schicksal zu wollen.

Eine Sache war Patrick allerdings sehr wichtig. Er suchte noch Mut und fand ihn erst beim Abschied. „Lena, kann ich … Na ja, ich würde dich um einen Gefallen bitten wollen."

„Klar. Schieß los."

„Meine Eltern. Sie haben schon vor einigen Jahren eingesehen, dass ihr Handeln ein Fehler war und viele Menschen unglücklich gemacht hat. Ich habe ihnen vergeben und ich glaube, sie würden sich freuen, dich zu sehen."

Lena musste darüber nicht so lange nachdenken, wie Patrick es verstanden hätte. „Es wäre mir ein Vergnügen." Sie war ja schließlich neugierig auf ihre Großeltern. Und sie war sich sicher, er hätte das nicht erbeten, wenn es zu irgendwelchen Komplikationen, die über das allgemeine Chaos hinausgingen, kommen könnte.

„Wir könnten die Tage alle drei zu ihnen rauf fahren."

„Ihr nehmt mich mit?", staunte Mike übertrieben. Inzwischen hatte er halbwegs verstanden, dass sein Vater keinen Unterschied zwischen den beiden Kindern machte, aber so richtig … Er war und blieb nicht sein richtiger Sohn.

„Du willst mich doch nicht allein mit den ganzen alten Leuten lassen!", beschwerte sich Lena und hatte es geschafft, ihm wieder ein Lachen ins Gesicht zu malen.

Nur ihrem Vater nicht. „Alt?"

„Wir sind zusammen so alt wie du", grinste sie.

„Sehr charmant, Kleines." Er gab ihr einen Kuss auf die Stirn und musste sie wohl oder übel gehen lassen. „Gute Nacht."

„Gute Nacht", lächelte sie und ging mit Mike, denn der wollte sie nicht allein laufen lassen, falls seine Mutter hier noch herumspukte. Außerdem war das ein oder andere Wort auch zwischen ihnen noch fällig. Und zwar ohne ihren gemeinsamen Vater als Zuhörer.

Sie liefen langsam und nach ein paar Minuten nahm Lena ganz mutig Mikes Hand. Ihr Herz schlug Purzelbäume, weil sie nicht wusste, was gleich zur Sprache kommen würde. Sie konnte aber auch nicht leugnen, dass sie sich nach diesem Jungen sehnte. Und zwar nicht als Bruder! Sie wollte, dass er das wusste.

„Ist das wirklich richtig?", fragte er mit dem Blick auf die verschlungenen Hände.

„Wer will es uns denn verbieten, außer deinem oder meinem Willen?"

„Na ja, aber … Lena, das ist alles so verworren."

„Das kann ich nicht abstreiten." Sie blieb stehen und stellte sich ganz dicht vor ihn. „Mike, sag mir, was du denkst."

„Ich weiß nicht, was ich denken soll, das ist ja das Problem."

„Du *sollst* gar nichts denken. Ich schreibe dir deine Gedanken nicht vor. An dem Verhältnis zwischen dir und deinem ..." Sie stockte einen Moment und musste überlegen, ob das so richtig war. Es stimmte ja nicht ganz. „An dem Verhältnis zwischen dir und *unserem* Vater ... Das klingt total bescheuert, du hast Recht. Aber es hat sich nichts geändert. Ebenso wenig zwischen uns. Das Einzige, das neu ist, ist unser Wissen um die Zusammenhänge."

„Du hast ja Recht, denke ich." Mike sah Lena tief in die Augen, wollte darin versinken und alles ringsherum für einen Augenblick vergessen. Es gelang ihm nur bedingt, denn ihre Augen waren von einem Schleier der Unsicherheit getrübt. „Lena, wenn ich dich ansehe, fühle ich immer noch das Gleiche wie vor einigen Stunden. Ich möchte dir nahe sein, ich möchte dich küssen, ich möchte einfach nur in deiner Nähe sein dürfen. Ich möchte dich ansehen, mit dir reden, dir mein Herz übergeben. Aber wir nennen den gleichen Mann unseren Vater."

„Aber du nennst ihn Dad und ich nenne ihn Pa", antwortete Lena mit einer gewissen Spur Leichtigkeit in der Stimme. Sie nahm weder das

Thema noch Mikes Gefühle leicht, aber das Resultat dieses Tages war doch nur, dass sie Bescheid wussten. Mehr hatte sich für sie nicht geändert. Zumindest nicht zwischen ihr und Mike.

Leider konnte der sich dieser Leichtigkeit noch nicht anschließen. Ob nun *Dad* oder *Pa* – beides hatte die gleiche Bedeutung. „Ist unterm Strich das gleiche."

„Vielleicht. Aber bauen wir das Szenario mal anders auf. Er ist nicht dein leiblicher Vater, also hätte deine Mutter dich damals bei der Scheidung ja auch mitnehmen können. Du wärst mit ihr um die Welt gezogen, wo sie Konzerte geben würde. Und irgendwann hätte es euch nach Deutschland verschlagen. Meine Ma und ich wären ganz sicher gekommen, wenn sie irische Musik singt."

„Tut sie."

„Siehst du. Dann hätten wir uns vielleicht dort kennengelernt. Und wenn du keinen Kontakt mehr zu unserem Vater gehabt hättest, hätte ich ihn vielleicht nie kennenlernen dürfen. Du hättest ihm und mir das Glück verwehrt, uns zu begegnen. Die Situation zwischen uns beiden wäre genau die gleiche gewesen, nur dass wir es nicht gewusst hätten. Und mir ist es so lieber."

Sie sprach da aus Überzeugung, wusste Mike ganz sicher. Und wie sie es erklärte, konnte er ihr auch nicht widersprechen. „Er ist ein großartiger Vater, kann ich dir versichern. Und ich weiß, er hätte dir genauso viel Liebe geschenkt wie mir."

„Du hattest sie offenbar nötiger als ich, deshalb trieb das Schicksal deine Mutter zu ihm. Meine Ma hat mir mein ganzes Leben Liebe geschenkt."

„Weißt du was?", schmunzelte er frech und gierig zugleich. „Du hast Recht. Und die Liebe, die mir unser Dad gegeben hat, gebe ich an dich weiter, damit du was davon hast."

Mit dem Ende des Satzes unterband er jede Gegenwehr mit einem Kuss, der sich gewaschen hatte. Lena glaubte, jeden Moment ohnmächtig davon zu werden.

Es fühlte sich immer noch merkwürdig für beide an. Irgendwie falsch, obwohl es so unter die Haut ging und sich rein und richtig anfühlte. Alles Unbehagen kam aus ihren Köpfen, die mit der Moralvorstellung kämpften, dabei war diese Situation sicherlich nicht alltäglich.

„Hast du Lust auf einen Spaziergang?", fragte

Lena leise.

„Sicher. An den Klippen entlang?"

„Wenn du nichts dagegen hast."

„Wieso sollte ich?" Entschlossen nahm Mike ihre Hand und entschied damit, sich nicht um die Gerüchte zu kümmern, die garantiert aufkommen würden. „Willst du deiner Ma alles erzählen?"

Lena sog geräuschvoll die Luft in die Wangen und überschlug die Optionen im Kopf. Dabei war das eigentlich unsinnig, denn mit Mike konnte sie offen darüber reden. Es gab keine Geheimnisse und sie konnten ihre eigenen Gedanken teilen. Wirr waren die in beiden Köpfen.

„Ich weiß nicht genau. Ich hab Pa versprochen, es nicht zu tun. Er meint, sie würde vor dem Mann erschrecken, der aus ihm geworden ist."

„Vor dem griesgrämigen Brummbären", erkannte Mike. „Aber zu mir war er nie so. Und zu dir doch auch nicht, oder?"

„Nein. Aber er sagte, er hat sich verschlossen. Das kann ich ihm nicht verübeln. Und Ma meinte, sie würde lieber in dem süßen Traum der Erinnerung leben, statt mit der Gegenwart alles Vergangene zu zerstören. Und das kann ich nicht leugnen. Er ist garantiert ein anderer als damals, genau wie sie. Es war eine lange Zeit."

„Mh..." Mike bestaunte den Boden, der langsam unter seinen Füßen vorüberzog. Eilig hatte er es ausnahmsweise überhaupt nicht. „Aber sie könnten sich vieles geben, worauf sie in den Jahren verzichtet haben. Ich hab dir ja gesagt, ihm würde eine Frau guttun, die ihn wirklich liebt."

„Das hat sie", wusste Lena ja von ihrer Mutter selbst. Nur ob das in diesem Falle ausreichte? „Aber ob das heute noch so ist, weiß ich nicht. Sie liebt den Jungen. Den Mann kennt sie nicht."

„Umgekehrt genauso. Als er heute ihren Namen aussprach, hab ich es ihm angesehen. Er hat sie geliebt wie keine andere. Es würde ihm das Herz brechen, wenn diese Gefühle heute anders wären."

„Das ist total bescheuert", schimpfte Lena los. „Wir kennen sie nicht von früher. Ich weiß nicht, ob sie sich verändert hat. Und wie. Aber Murphy wüsste es. Er war ihr bester Freund, hat sie erzählt."

„Willst du ihn fragen?"

„Ich weiß nicht", jammerte Lena los. „Dann sagt er ihr vielleicht noch was."

Mike lachte auf. „Meinst du nicht, das ist ihm

lange klar? Er kennt Dad doch."

„Auch wieder wahr", stöhnte sie. „Ich sollte es mir aufschreiben, um den Überblick nicht zu verlieren."

„Lena", sagte Mike weich, blieb stehen und hielt sie sanft am Abgrund. „Wenn Murphy oder ein anderer mitkriegt, was wir beide füreinander empfinden, dann werden sie deine Ma sicherlich einweihen. Und Dad auch."

Das kam ja noch dazu, erkannte Lena hoffnungslos überfordert mit den ganzen Zusammenhängen. Jeder kannte jeden, aber nicht jeder wusste alles über jeden. Die Einzigen, die alles wussten, waren Lena und Mike, denn sie kannten über Lena auch die Gedanken und Wünsche von Brianna. Sie hatte ihrer Tochter Ehrlichkeit versprochen und sie gehalten. Die Abende hatten sie damit verbracht, Lenas Bild von ihrem Vater und der gemeinsamen Jugend mit ihrer Ma zu schärfen. An diesem Abend würde sich Lena auf die Zunge beißen müssen, um ja nicht zu viel zu sagen.

„Oh Gott, Mike", schluchzte sie und setzte sich auf einen der Felsen, die das Meer davon abhielten, über Irland hinwegzupreschen. „Ich dreh gleich durch. Wie soll ich mit Ma denn ein ordentliches Gespräch führen?"

„Mo rùn." Er hatte sich sofort neben sie gesetzt und ließ sie an seiner hoffentlich starken Schulter anlehnen.

Der Kosename gefiel ihr. Es drückte ganz einfache, unkomplizierte Liebe aus, obwohl zwischen ihnen gar nichts einfach und unkompliziert war. „Das klingt schön", seufzte sie leise. „Als wäre es ganz simpel."

„Kompliziert ist es wirklich, aber du bist nicht allein damit. Fakt ist, Murphy und Tom und so weiter wissen, wer deine Ma und unser Dad ist. Sie wissen, dass er auch dein Vater ist. Ein weiterer Fakt ist, dass die beiden sich nicht sehen wollen. Ob wir das gutheißen, ist eine andere Frage. Fakt ist auch, dass Murphy mit deiner Ma reden würde, wenn er uns zusammen sieht. Und Tom würde zu Dad gehen, ganz sicher. Wir beide sollten uns also einigen, was wir wollen. Für uns und für unsere Eltern, wenn ich mal so sagen darf." *Unsere* Eltern, war nicht so ganz korrekt, glaubte er, aber annähernd richtig.

Lena lachte schwach. „Nennst du sie dann Mum?"

„Klar. Die beiden heiraten und wir ziehen alle

zusammen. Weißt du, wie witzig das wird, wenn wir in der Stadt unterwegs sind, sie beide unsere Eltern nennen und uns küssen? Wir haben reihenweise Herzinfarkte zu verantworten."

„Vermutlich." Lena runzelte unsicher die Stirn, weil sie nicht wusste, ob sie seine Absicht jetzt richtig interpretiert hatte. Ansprechen musste sie es dennoch. „Wir sollen uns also verstecken?"

„Na ja, so würde ich es nicht ausdrücken. Aber in den letzten Tagen ist doch anscheinend auch niemandem etwas aufgefallen, oder?"

„Wir waren ja auch mit Arbeit beschäftigt. Wir müssen nur aufpassen, dass uns keiner sieht. Ich will weder Ma noch Pa unglücklich machen, verstehst du?"

„Das will ich auch nicht. Keinen von beiden."

„Vielleicht würden sie aber auch ihr Glück endlich finden."

„Möglich. Lass uns ein paar Tage verstreichen lassen. Ich hab noch so viele Würmer im Kopf, dass ich nicht sofort entscheiden möchte, ob es richtig wäre, uns da einzumischen. Ihre Eltern haben sich eingemischt und eine Katastrophe ausgelöst. Den Fehler möchte ich nicht auch machen."

„Klingt nach einem Plan", seufzte Lena und hoffte, sie würde sich daran halten können. Wenn sie an diesem Abend mit ihrer Ma zusammensitzen würde, dürfte es ein unangenehmes Schweigen geben, weil Lena nicht mal wusste, welche Fragen sie stellen könnte. Zumal ihr Pa die ihr ja auch selbst beantworten würde. Und wenn sie zufällig auf ein Thema kommen würde, das sie von ihm erfahren hatte? Das Tanzen zum Beispiel. Wie sollte Lena erklären, dass sie wusste, Brianna hatte mit Patrick da oben getanzt und es ihm dort beigebracht? Lena wusste Details, die vermutlich auch Murphy nicht erzählt haben könnte. Außerdem wollte Lena ihn nicht vorschieben, falls ihre Ma ihn darauf ansprechen würde. Sie würde bei jedem Satz vorher überlegen müssen, ob sie davon überhaupt wissen durfte. Das würden wohl noch sehr verkrampfte Tage werden ...

Lena schrieb ihrer Ma zwischendurch noch eine SMS, dass sie erst noch später kommen würde. Sie saß noch lange mit Mike an den Klippen, redete und sah schließlich der Sonne am wolkenlosen Himmel beim Sinken zu. Gemächlich senkte sie sich Richtung Horizont und färbte das ganze Himmelsgewölbe in herrliche Rot- und Goldtöne. Es ging ein angenehmer Wind vom Meer her. Das Schauspiel war so perfekt und wunderschön, dass es schwer war, überhaupt an verschenkte Liebe, Konflikte oder Probleme zu denken.

Es war schon dunkel, ehe Mike sie zu Hause ablieferte.

„Bleib stark", lächelte er liebevoll. „Und wenn du zu viel sagst, dann ist es eben so."

Sie hatten sich darauf geeinigt, dass es eben Schicksal sei, wenn ihnen etwas herausrutschen würde. Niemand könnte ihnen in diesem Durcheinander einen Vorwurf daraus machen. Nur die Absicht dazu hätten sie nicht.

Der Vorsatz geriet bei Lena schnell ins Wanken. Ihre Ma hatte schon halb geschlafen, als sie angekommen war. Ein richtiges Gespräch war also nicht mehr entstanden. Doch als Lena im Bett lag, aus dem Fenster in die Sterne sah und über den Tag nachdachte, kam in ihr das Bedürfnis auf, sich zu ihrer Ma zu flüchten. So mies sie sich auch je gefühlt hatte, wenn sie in den Armen ihrer Ma gelegen hatte, war es ihr besser gegangen. Reden wollte sie aber auch nicht.

Sie schlich leise durch Tante Maeves Haus und

versicherte sich, dass ihre Ma schon schlief. Erst dann tippelte sie zu ihrem Bett und kroch mit unter ihre Decke. Brianna wurde nur halbwach. Mehr musste aber auch nicht sein. Mit den automatischen Bewegungen einer liebenden Mutter schloss sie ihre Tochter in die Arme, küsste sie aufs Haar und begann, beruhigend zu summen.

Lena lag noch eine Weile wach, lauschte dem leisen Summen, genoss den vertrauten Rosenduft und überlegte, wie ihre Ma wohl auf die Neuigkeit reagieren würde. Ob sie es moralisch vertreten könnte, ihre Tochter an so etwas wie ihren Bruder zu geben? Sie würde bestimmt nicht die gleichen Fehler wie ihre Mutter machen, aber würde sie dem aufgeschlossen gegenübertreten oder eine Szene machen?

Genau diese Frage war auch das Erste, woran Lena dachte, als sie aufwachte. Sie würde mit ihrer Ma frühstücken und die würde wissen wollen, wo sie den ganzen vorherigen Tag verbracht hatte. Was sollte sie antworten? Bei ihrem Pa und ihrem *Exstiefbruder*?

„Guten Morgen", flüsterte Brianna, als sie merkte, ihre Kleine wurde langsam wach.

Lena wollte aber gar nicht aufwachen. Viel zu viele Probleme warteten auf sie! Sie zog sich knurrend noch tiefer in Briannas Arme hinein. Sie wollte noch nicht denken, nicht fühlen und kein Chaos stiften. Erst mal wollte sie wach werden.

„Hey mein Engel", flüsterte Brianna liebevoll. Sie drückte den kleinen zerzausten Kopf an ihre Brust und schirmte mit der Hand alles Unheil von ihrem Kind ab. „Was ist passiert?"

Genau diese Frage wollte Lena nicht beantworten!

„Ein Traum", brummte sie als erste Ausrede, die ihr einfiel. „Eher ein Albtraum."

„Erzähl mir davon."

Wie denn, dachte Lena genervt. Andererseits würde sie vielleicht die erste ihrer Fragen klären können.

Sie setzte sich auf. „Ma, wenn sich zwei Adoptivgeschwister verlieben, ist das verboten?"

Brianna schmunzelte. Wie war denn dieser Traum bitte in den Kopf ihrer Tochter gekommen?

„Keine Ahnung. Dass diese Art der Liebe zwischen Geschwistern verboten ist, hat ja schließlich einen Grund. Wenn Geschwister Kinder zeugen, kommt es meist zu körperlichen Schäden des Kindes. Deshalb ist Inzest generell unter Strafe gestellt. Auch zum Schutz des Kindes vor den eigenen Eltern."

„Aber die Biologie kann doch bei Adoptiv- oder Stiefgeschwistern keine Rolle spielen."

„Richtig. Die Moral verbietet es uns normalerweise, aber wenn es so kommt … Solange die beiden wirklich kein gemeinsames Blut in sich tragen ... Ich finde es ein Verbrechen der nächsten Generation gegenüber. Weißt du, was ich meine?"

„Ja, schon. Irgendwie zumindest. Sie würden quasi den Schaden des Kindes in Kauf nehmen."

„Genau. Und da finde ich sehr richtig, dass das bestraft wird."

„Aber es gibt doch sogenannte Patchworkfamilien. Ein Mann bringt einen Sohn mit, die Frau eine Tochter. Dann sind die Kinder doch nicht direkt miteinander verwandt, oder?"

„Nicht blutsverwandt. Auf dem Papier sind sie Geschwister. Wie genau das rechtlich gesehen wird, kann ich dir nicht sagen."

„Mh ..."

273

Lena hatte die Beine angezogen und die Arme darum geschlungen. Nun saß sie da, starrte auf die Bettdecke und dachte angestrengt nach, wie sie die Meinung ihrer Mutter auf ihr Problem anwenden könnte. Gar nicht, wie sich herausstellte, denn auch auf dem Papier waren Mike und sie selbst keine Geschwister. Ihr Pa war geschieden worden und somit theoretisch auch nicht mehr Mikes Vater. Oder doch? Sonst hätte Mike doch nicht einfach bei ihm bleiben können. Er hatte gesagt, es hatte nie eine Adoption gegeben.

Es war sieben Uhr morgens und ihr schwirrte der Schädel ...

„Schatz", seufzte Brianna und zog die kleine, verschlafene Maus wieder an sich. „Was ist passiert, dass du mir solche Fragen stellst? Wie kommt so ein Traum zustande?"

„Keine Ahnung. Ich kenne das Rezept für Träume nicht." Sie fuhr sich durchs Haar und atmete durch. Nur nicht die Nerven verlieren. „Ich geh duschen. Murphy dürfte gleich mit dem Frühstück kommen."

„Ich setz Kaffee an", lächelte Brianna ihr hinterher. Lena war schwankend und noch halbschlafend aus dem Zimmer gewankt. Die

Dusche würde sie wach machen und dann stünde wieder ihre fast erwachsene Tochter vor ihr, statt dem verschlafenen Kind.

Mike war auch nicht besonders gut drauf, als er aufwachte. Er schrieb kein Tagebuch, dem er alles hätte erzählen können. Er brauchte dringend jemanden, der ihn ablenkte. Er würde sich mit Feuereifer in die Arbeit bei Maeve stürzen, entschied er. Und am Abend würde er, wenn sie wollen würde, Lena nach Tralee einladen. Sie könnten für einen Abend einfach mal junge Leute sein - ein junges Paar, denn dort kannte sie niemand.

Mike verging die Lust auf Frühstück, als er in die Küche kam. Seine Mutter schon wieder.

Er verdrehte die Augen. „Was willst du denn schon wieder? Noch ein paar Leute umfahren?"

Das überging sie einfach. „Hast du alles fertig oder soll ich dir helfen?"

„Helfen?" Mike machte ein ratloses Gesicht. Er hatte noch nicht mal Kaffee gesehen heute Morgen. Als Erstes ging er zu seinem Dad und gab ihm einen Kuss. „Morgen."

„Hast du gut geschlafen?", lächelte Patrick weich.

„Geht so. Ich treib die Schafe auf die andere

Weide, dann bin ich bei Maeve."

„Auf keinen Fall!" Christy packte ihn am Oberarm und hielt ihn fest, als er aus der Küche hinaus in den Morgen gehen wollte. „Ich hatte dir gesagt, du wirst mich begleiten, und dabei bleibt es. Also pack deine Sachen."

Mike starrte nur auf die Hand, die ihn da festzuhalten versuchte. Die gesprochenen Worte hatte er nicht mal gehört. „Nimm die Finger von mir oder ich brech sie dir, bevor ich dich wegen Misshandlung anzeige."

Er entriss sich seiner Mutter und verließ das Haus. Er rannte nicht davon, denn Angst hatte er vor der nicht. Nicht körperlich. Sie könnte ihm nichts tun, da war er sich sicher, gestärkt durch das Wissen, dass sein Vater hinter ihm das nicht zugelassen hätte.

Mike war kaum um die Hausecke, da hörte er seine Mutter schreien. „Das ist alles deine Schuld!"

„Ist es nicht", antwortete Patrick ruhig.

„Ist es doch! Du kannst ihm hier nichts bieten! Du hast nichts und er wird auch nichts haben!"

„Doch, er hat etwas, das du ihm nicht bieten kannst. Ein zu Hause. Christy, ich liebe diesen Jungen wie meinen eigenen Sohn. Er hat hier sein

Leben, seine Freunde und sein zu Hause. Willst du ihm das wirklich alles wegnehmen?"

„Es ist besser für ihn, wenn er nicht so ein Dorftrottel wird", antwortete Christy kalt. „Ich werde ihn mitnehmen. Wenn es sein muss, mit Gewalt."

Sie wirbelte herum und ließ Patrick verzweifelt zurück. Irgendwas musste er tun. Er kannte Christy gut genug. Die würde das durchziehen, nur um nicht nachgeben zu müssen. So waren die ganzen Ehejahre abgelaufen. Ob sie Recht hatte oder nicht, spielte keine Rolle, solange sie ihren Willen bekam. Für den Frieden und Mikes Wohlergehen hatte Patrick so manches Mal einfach nachgegeben. Diesmal nicht! Auf keinen Fall würde er seinen Jungen kampflos aufgeben!

Mike schlurfte durch seine Heimat und wünschte sich, irgendwas tun zu können. Er fühlte sich so machtlos. Hilflos dem Treiben einer Frau ausgesetzt, die kein bisschen an sein Wohl dachte, sondern nur an sich selbst. Vermutlich brauchte sie ihn für irgendwas. Als hätte er im Moment noch nicht genug Probleme. Da wäre ihm eine Mutter wie Brianna lieber gewesen. Mit der könnte er reden, wie auch mit seinem Dad. Sie würde zuhören, mit ihm nachdenken und ihm helfen, sofern sie konnte. Sie würde ihn auch in Liebe zurücklassen, wenn es sein Wunsch wäre. Besser gesagt, sie hätte ihn nie verlassen.

Aber Brianna war ja nicht seine, sondern Lenas Mutter und auch noch die große Liebe seines Vaters. Er durfte nicht daran denken ...

Bei Maeve war schon einiges los. Zu Hause war Mike ja nun nicht zum Frühstück gekommen, daher führte ihn sein erster Weg zur Thermoskanne Kaffee.

„Guten Morgen", sagte Lena. „Was ist passiert?" Sie brauchte nur einen Blick, um seine Stimmung abzulesen. Er sah aus, als würde er jeden Moment explodieren. Deshalb nahm sie ihm auch nicht übel, dass er die Antwort knurrte wie ein wildes Tier.

„Meine Mutter war grad da."

„Oh. Wie ist es gelaufen?"

„Ich hätte ihr fast eine reingehauen. Sie wollte mich unbedingt mitnehmen." Mike lehnte sich an den Tisch, auf dem der Kaffee und Snacks von Francesca bereitstanden, und sah in seine Tasse. Er wollte so gern nur die Wut auf seine Mutter fühlen, aber eigentlich war er verzweifelt und sah keinen Grund, ausgerechnet seiner Liebsten etwas zu verschweigen. „Lena, ich weiß nicht, was ich machen soll. Die ist völlig irre und denkt, ich würde mich über ihre Rückkehr freuen, dabei ist es ein Albtraum."

„Was hat Pa ..." Lena zuckte erschrocken zusammen! Genau das durfte nicht passieren. „Was hat dein Dad gesagt?"

Mike lächelte schwach. „Das ist genauso ein Albtraum. Ich hoffe, ich verquatsche mich nicht."

„Geht mir auch so. Was hat er denn nun gesagt?"

„Als ich raus bin, hat sie ihn wieder angeschrien, wie ich es kenne. Lena, er tut mir so leid. Er war ganz ruhig und hat sie angefleht, das nicht zu tun. Er selbst ist sich egal und das tut mir leid. Das sollte so nicht sein. Nicht wegen mir."

„Er liebt dich eben und will dich nicht verlieren", versuchte Lena zu erklären.

„Ja, ich weiß. Aber doch nicht, indem er sich dieser Schnepfe vor die Füße wirft. Er legt seinen Stolz für mich ab und das gefällt mir nicht."

„Weil du ihn ebenso liebst." Langsam war sie mit ihrem Latein am Ende. Sie wollte ihren Freund unbedingt aufmuntern, aber wie denn? Sie selbst kannte die Lösung schließlich auch nicht.

Die verlangte Mike auch nicht. Nach Reden war ihm aber auch nicht zumute. „Ich mache die Dielen oben weiter. Vielleicht kann ich das dann alles eine Weile vergessen."

Er trank den letzten Schluck noch aus und ließ Lena ebenso stehen wie zuvor seine Mutter und seinen Vater. Lena seufzte ihm hinterher. Irgendwas mussten sie doch machen können. Ein Anwalt musste her, das war doch die beste Möglichkeit.

Ihre Ma kam zu ihr. Sie hatte gesehen, wie Mike gegangen war. „Hey. Alles in Ordnung?"

„Nichts ist in Ordnung. Ich bin mal kurz weg."

Sie lief schon los, aber Brianna hielt sie auf. „Lena, warte! Was ist los? Habt ihr euch gestritten?"

„Mike und ich?", fragte Lena überrascht. „Nein. Wieso?"

„Weil ihr so ausseht."

„Nein, zwischen uns ist alles okay." So halbwegs zumindest, dachte sie. „Ich beeile mich."

Sie gab ihrer Ma noch einen Kuss auf die Wange und lief dann die Straße hinab. Mit hängendem Kopf, wie es Brianna noch nie gesehen hatte. Lena tanzte nicht. Lena sang nicht. Sie summte nicht mal, trottete nur den Weg entlang zu einem direkten Ziel.

Und dieses Ziel war ihr Pa. Als sie kam, stieg er gerade auf einen Traktor.

„Guten Morgen", lächelte er liebevoll. War sie am Vortag auch schon so schön gewesen?

Er stieg gleich wieder ab, denn die Sorgenfalten auf ihrer Stirn gefielen ihm nicht. „Was ist passiert?"

„Mike hat mir grad erzählt, was los war."

„Oh." Patrick atmete schwer durch. „Was soll ich dazu sagen? Sie hat sich in den Kopf gesetzt, ihn mitzunehmen."

„Kennst du nicht einen Anwalt, der euch helfen könnte? Es würde Mike das Herz brechen, hier und von dir weggehen zu müssen."

„Ich weiß." Liebevoll legte Patrick einen Arm um seine Kleine. Leider schien sie ein zu weiches Herz für diese Welt zu haben. Ihr ging Mikes Schicksal näher, als ihr guttäte. „Ich hatte den Gedanken auch schon. Heute gegen fünf kommt ein Anwalt her. Er ist zufällig in der Gegend, da muss ich nicht erst nach Dingle. Vielleicht wollt ihr dabei sein?"

„Geht das? Ich glaube, es würde Mike guttun, wenn er nicht so hilflos zusehen müsste."

„Dann kommt her."

Lena nickte gedankenverloren und wandte sich ab zum Gehen. Sie hatte Patrick kaum angesehen und ihm zerriss dieser Anblick das Herz. Seine kleine Tochter wälzte Probleme, die sie gar nicht haben sollte. Und lösen könnte sie sie auch nicht.

„Lena!", rief Patrick. Sie drehte sich noch mal um, lächelte aber nicht. „Ich liebe dich."

Das gefiel ihm schon besser. Kleine, süße Grübchen gruben sich in ihre Wangen. Sie rannte das Stück noch mal zurück in seine Arme und freute sich, wie leicht er sie von den Füßen hob.

„So gefällst du nicht nur mir besser", flüsterte Patrick glücklich.

„Ich weiß. Aber es ist schwer, in der heutigen Gesellschaft daran zu glauben, dass Liebe genug ist, wenn es Leute gibt, die mit Hass mehr Rechte haben."

„Mehr Rechte haben sie nicht, nur keinen Skrupel, sie auch einzufordern, selbst wenn sie jemanden unglücklich damit machen."

„Ist doch das Gleiche. Ich würde Mike gern versprechen, es würde alles gut werden, aber ich hab keine Ahnung."

„Du kannst ihm vielleicht den guten Ausgang nicht versprechen, aber deine Unterstützung."

„Hab ich", beteuerte Lena hastig. „Aber ich glaube, das ist nicht genug. Er wüsste das gern schon überstanden."

„Nicht nur er, glaub mir." Patrick küsste Lena auf die Stirn und sog ihren Duft in sich auf, bevor er sie wieder absetzte. Mike konnte er nicht mehr so leicht hochheben. „Und jetzt muss ich an die Arbeit."

„Ich auch. Du solltest dir das Haus mal ansehen. Ist nicht wiederzuerkennen."

„Heute Abend vielleicht."

„Wenn Ma im Bett ist?", erriet Lena sehr richtig.

„Lena ..."

„Nein, schon gut", unterbrach sie sofort. „Es ist deine Entscheidung, aber ich glaube, es ist eine falsche Entscheidung."

Das war ihre Ansicht, dachte Patrick, in der vermutlich der Wunsch wurzelte, ihre Eltern wieder zusammen zu sehen. Er glaubte, er könnte das ein bisschen besser einschätzen. Aber auf die Wunder am Haus war er tatsächlich schon gespannt und würde sie sich am Abend mal anschauen. Was Mike erzählt hatte, schienen sie wahnsinnige Fortschritte zu machen. Maeve würde ausflippen!

Am späten Nachmittag setzten sich Mike und Lena schon wieder ab. Nachdem sie quasi den ganzen vorherigen Tag ausgesetzt hatten, überkam sie ein schlechtes Gewissen. Mike musste aber nur seine Mutter erwähnen, schon war allen klar, wieso die Stimmung so gedrückt war. Als sich dann auch noch herumsprach, dass es Christy gewesen war, die Lena umgefahren hatte, würde dieses Weib hier keinen Schritt mehr machen können, ohne dass es irgendwem auffiele. Tom hatte den roten Sportwagen auch schon vorbeirauschen sehen. Am Steuer hatte eine Frau gesessen, die er bei der Geschwindigkeit nicht erkannt hatte. Aber auf dem Beifahrersitz hatte noch jemand gesessen. Wer, wusste er aber nicht.

Der Anwalt war noch nicht da, als die beiden Kinder bei Patrick ankamen. Er hatte Kaffee gekocht und Kuchen geholt. Nun saßen vor ihm zwei lange Gesichter und warteten auf den Untergang.

„Kommt schon", bat er. „Kopf hoch. Wir lassen uns doch die Hoffnung nicht nehmen."

„Auch wieder wahr", seufzte Lena und sah zur großen Uhr über der Tür. Kurz nach fünf. „Kennst du den eigentlich?"

„Ja. Er hat mir auch bei der Scheidung schon geholfen. Ich dachte, das könnte nicht schaden. Er kennt Christy schließlich schon."

Mike erschauerte bei der Erinnerung. „Wie die den angegangen ist. Und da hilft der trotzdem wieder?"

„Tut er", lachte Patrick. „Eben deswegen ganz besonders."

„Was hat sie getan?", fragte Lena dazwischen. Sie wollte wenigstens mitreden können.

„Er saß hier, als sie ihn angerufen hat", erzählte Mike empört. „Ich wusste nicht, dass ein Mensch so viele Schimpfwörter kennen kann. Und wie die gebrüllt hat! Das hab ich drei Meter weiter gehört."

„Sehr nett, deine Mutter", feixte Lena frech. Dazu die zwei Zöpfe und man konnte sie sich auch in dem Alter noch vorstellen, wie sie heimlich Kekse aus der Büchse stibitzt.

„Du willst damit aber nicht andeuten, ich wäre nicht nett, oder?"

„Macho", lachte sie und auch Mike konnte lachen. Patrick war zufrieden, die Entspannung der beiden zu sehen. Wenigstens für ein paar Minuten, während sie warteten. Lena ließ es sich auch nicht nehmen, ihrem Pa das Kennenlernen mit Mike im Laden zu schildern. Dass Mike eine schnelle Zunge hatte, war nicht neu für Patrick. Dass er allerdings so dreist und offen auf ein fremdes Mädchen zugeht, erschreckte ihn doch ein wenig. Macho, traf es ganz gut. Das hatte Patrick in Mike jedoch bisher nie gesehen. Besser gesagt: Er hatte diese Seite seines Sohnes noch nicht gekannt.

Callum war ein kleiner, runder Mann mit Glatze und einem freundlichen Lächeln. Auf den ersten Blick sah er aus wie jemand, der gern jedem helfen wollte, an sein Recht zu kommen. Das gefiel Lena schon mal sehr gut und sie hoffte, sein Äußeres würde sich bestätigen.

Erst mal erzählten sie ihm alles. Dass Christy damals Hals über Kopf abgehauen war, wusste er. Er hatte mit ihr auch im Scheidungsverfahren festgelegt, dass Mike bei Patrick in Obhut bleiben durfte. Sicherheitshalber, hatte er gesagt. Nicht dass Christy, der er das durchaus zugetraut hätte, noch eine Anzeige wegen Kindesentführung und

Freiheitsberaubung gestellt hätte. Damals hatte sie, ohne einen Moment zu zögern, das Papier unterschrieben. Verhandelt hatte sie nur über Geld und Wertgegenstände. Ihr Sohn war ihr egal gewesen. Bis jetzt offenbar.

Nach der ganzen Erzählung lehnte sich Callum zurück, fuhr sich mit der Hand über den glatten Schädel und schnaufte erst mal durch. „Die ist nicht mehr zu retten."

„Sehe ich auch so", antwortete Mike sofort. „Die kann doch nicht nach zwei Jahren hier auftauchen und mich mitnehmen wie ein vergessenes Gepäckstück."

„Grundsätzlich ist sie deine leibliche Mutter und hat das Recht dazu. Aber!", betonte er schnell, bevor er von den beiden Teenies angeschrien worden wäre. „Unser Ziel muss es sein, ihre Zuverlässigkeit anzuknacksen."

„Und wie?", fragte Lena. „Ist die Geschichte an sich nicht schon Beweis genug?"

„Das ist sie. Ich hab die Akten alle noch und werde sie als Beweisstücke beifügen. Mike, ich brauch deine Zeugnisse seit damals. Ich hoffe, du bist nicht eingebrochen?"

„Nein. Gar nicht."

„Damit beweisen wir, dass sich dein Dad auch um deine Schulaufgaben kümmert und dass die Trennung von deiner Mutter keine Schäden angerichtet hat. Gebt mir mehr Beispiele. Alles, was wir wissen, können wir anfangen zu beweisen. Ich hab mich über sie erkundigt. Sie hat wieder geheiratet und sich einer Theatergruppe angeschlossen. Sie bietet also beide Elternteile, das müssen wir aufwiegen."

„Welcher arme Kerl hat die denn geheiratet?", stöhnte Mike genervt.

Lena legte ihm sanft die Hand auf seine. „Was ist mit dem Unfall? Sie hat mich umgefahren und liegenlassen. Wäre Mike nicht dort gewesen, würde ich vermutlich immer noch im Graben liegen."

Plötzlich war Callum kreidebleich. „Oh Gott. Bist du okay?"

„So weit schon, ja." Sie deutete auf die Naht an ihrem Kopf. Mit viel Mühe schaffte sie es inzwischen, jeden Morgen ihre Haare darüberzulegen. „Mike hat mich gleich ins Krankenhaus gebracht. Aber das macht doch ein verantwortungsbewusster Mensch nicht. Sie ist gerast wie eine Irre.“

„Habt ihr das der Polizei gemeldet?“

„Ja. Erst im Krankenhaus. Und am nächsten Morgen waren sie noch mal da. Sie wissen auch, wem der Wagen gehört.“

„Bestens“, grinste Callum. Das ging doch ganz einfach. „Ich hole mir die Akte dazu.“

Die Aktennummer konnte Lena ihm sogar geben. Sie hatte sie extra von dem Zettel abgeschrieben, den sie von der Polizei bekommen hatte. Den sollte sie aufheben, falls da noch mal etwas kommen sollte. Dann könnte sie über die Polizei auch die Kontaktdaten des Fahrers erfahren. Bei bleibenden Schäden oder der Krankenhausrechnung oder so was. Der offizielle Zettel der Polizei lag in ihrem Zimmer bei Maeve, sie hatte sich nur die Aktennummer abgeschrieben.

Callum kam so ein Vorfall natürlich gelegen, obwohl er als Mensch gern auf die Verletzungen des Mädchens verzichtet hätte. Die konnte er nicht rückgängig machen, sie nur für Mike ein bisschen ausnutzen.

„Wie schätzt du die Chancen ein?“, fragte Patrick vorsichtig.

Callum wiegte einen Moment den Kopf. „Eigentlich ganz gut. Hast du zufällig eine Freundin, die du schnell noch heiraten könntest?"

„Nein", lachte Patrick sehr zum Leidwesen der beiden Kinder. „Nie wieder werde ich so einen Fehler begehen, glaub mir."

„Schade, das hätte deren Argument ausgehebelt."

Mike und Lena sahen sich an und waren sich einig, ohne ein Wort zu sagen. Die beste Möglichkeit wäre es, Brianna und Patrick wieder zusammenzuführen. Es würde nicht nur den beiden die verlorene Liebe zurückbringen, es würde auch Mike helfen. Aber dann wären die beiden Teenies wirklich so was wie Geschwister.

Einen Wimpernaufschlag lang sahen sie sich in die Augen, blickten in die tiefsten Tiefen der anderen Seele hinein und erkannten den gleichen Wunsch wie in sich selbst: das Glück für Brianna und Patrick. Dafür würden sie fast jedes Opfer bringen. Auch ihre eigene Liebe ...

„Callum", sagte Patrick zum Abschied. „Was kriegst du?"

„Mach dir mal keinen Kopf", lächelte er zufrieden, obwohl er so schnell kein Geld kriegen würde. „Lass dir Zeit und zahl, was du zahlen kannst, wenn du es kannst. Deine Schafe gehen bald zur Schur, richtig?"

„Mhmh", nickte Patrick auch gleich. Es war nicht mehr lange hin.

„Na siehst du. Wenn du davon was abdrücken kannst, nehme ich es gern an. Keine Panik, Paddy. Ich lass euch nicht wegen Geld hängen. Wir sorgen schon dafür, dass dein Junge bei dir bleibt."

„Danke", sagte Patrick aus tiefstem Herzen erleichtert. Nicht nur wegen des Geldes, auch für die Zuversicht, die Callum zurückließ.

Zur Feier des Tages ließen sie die Korken knallen. Noch war der Sieg nicht errungen, aber immerhin die gedrückte Stimmung verscheucht. Besser gesagt, die Trübsal wurde mit Hoffnung weggespült.

Zum Abschied bekam Lena wieder einen innigen Kuss unter Liebenden. Im Haus ihres Vaters durften sie sich nähern, ohne einen Skandal auszulösen. Nur einen Herzinfarkt ihres Vaters. Er seufzte leise bei jeder zu sanften Berührung der beiden, die nichts mehr mit Geschwistern zu tun hatte.

Beim ersten Mal hatten sie ihn ernst angesehen. „Stört es dich?", hatte Lena gefragt.

Patrick hatte sie beide schmunzelnd an sich gezogen. „Nein. Wirklich nicht."

Auch Mike ließ sich damit nicht abspeisen. „Was hast du dann?"

„Na ja, ich sollte alle Verehrer meiner Tochter verabscheuen und alle Verehrerinnen meines Sohnes vergraulen. Ich kann weder das eine noch das andere und fühle mich, als hätte ich als Vater auf ganzer Linie versagt."

Lachend hatten sie sich an ihn gedrückt und er ebenso lachend versichert, es störe ihn kein bisschen. Seine Tochter hatte sich einen guten Jungen ausgesucht. Und über die Wahl seines Sohnes gab es auch keine Klagen. Was wollte er denn mehr?

Großeltern für einen Tag

Mike hatte ja geplant gehabt, mit Lena einen drauf zu machen. Im Laufe des Abends hatten sie sich aber zu dritt entschieden, den Samstag bei Patricks Eltern zu verbringen. Er hatte Lena versichert, sie würden keine Vorurteile gegen sie hegen und sich freuen über den Besuch. Er machte sich viel zu viele Sorgen. Lena war sich nämlich hundertprozentig sicher, er hätte diesen Ausflug nicht vorgeschlagen, nicht mal in Betracht gezogen, wenn für sie auch nur die kleinste Gefahr bestünde. So ward es beschlossen und das Feiern verschoben, sonst wären sie wohl nicht aus den Betten gekommen.

Brianna wusste nur die Hälfte. Lena hatte ihr gesagt, Mike und sein Vater wollten sie auf einen Ausflug weiter nach Norden mitnehmen. Brianna hatte natürlich nichts dagegen, dass Lena mehr von Irland zu sehen bekam. Wieso auch? Es würde ihr hoffentlich guttun, denn irgendwas schlummerte in dem Kind. Ein Kummer, den sie nicht mit ihrer Mutter teilen wollte. Das hatte es bisher noch nie gegeben, aber Brianna war nicht die Art von Mutter, die ihr Kind zur Offenheit drängte.

Nervös war Lena allemal. Zum Frühstück bekam sie keinen Bissen herunter, nur schweigend eine Tasse Kaffee. Das gefiel Brianna gar nicht und sie packte ihr noch was für die Fahrt ein.

„Ma", lächelte Lena. „Ich komme schon klar."

„Weiß ich doch. Aber die Sorgen einer Mutter um ihr Kind wirst du nicht abstellen können. Also steck es ein und mach mich glücklich."

„Wenn es so leicht ist", lachte Lena, küsste ihre Ma auf die Wange und machte sich auf den Weg zu Mike. Sie würden von dort aus starten, hatten sie ausgemacht. Mike hätte sie ja mit dem Quad abholen können, aber wenn sie eh mit dem Auto unterwegs wären, hätte es zu unschönen Fragen kommen können, wieso sein Vater sie nicht gleich abholte. Um alledem zu entkommen, lief Lena eben auf ihren eigenen Beinen. Das war ihr sowieso die allerliebste Fortbewegungsmethode. Sie musste sich nur vor irren Rasern in Acht nehmen.

„Guten Morgen", strahlte Patrick ihr entgegen. Hatte sie am Tag zuvor auch schon so schön ausgesehen? Sie trug heute keine kurze Hose und Trägershirt, sondern ein Sommerkleid. Eine Jacke hatte sie dabei, falls es kühl werden sollte. Mike verschlug es bei dem Anblick den Atem.

„Wie schön du bist", flüsterte er und erfüllte seine mehrstündige Sehnsucht nach einem Kuss. Und wieder seufzte Patrick, versuchte es lautlos, aber es gelang ihm nicht und beendete unsanft den Kuss.

„Er ist furchtbar", verriet Mike flüsternd. „Wir sind zwei Stunden unterwegs und der packt Essen fürs ganze Wochenende ein."

Lena hob lachend den Korb hoch, den ihr ihre Ma mitgegeben hatte. „Dann bleiben wir die ganze Woche?"

„Das hab ich von deiner Ma", verteidigte sich Patrick. „Wenn wir einen Tagesausflug gemacht haben, hat sie immer Wagenladungen eingepackt. Das färbt eben ab. Backt sie noch Schokokekse?"

„Hat sie extra für heute", grinste Lena. „Die liebe ich nämlich und bräuchte nichts anderes."

„Das wäre sehr ungesund, mein Kind", belehrte sie ihr Vater und löste wieder dieses Glücksgefühl aus, das jedes Mal dann in ihr aufkam, wenn er sich wie ein liebender Vater benahm.

Mike verdrehte darüber lieber die Augen. „Iss dein Gemüse auf", äffte er ihn nach. „Sonst wirst du nie groß. Und jetzt beschwert er sich, dass ich zu viel wachse. Hätte ich mal nicht so viel Grünzeug gegessen."

Patrick wuschelte ihm durchs Haar und scheuchte seine Kinder dann ins Auto.

„Wo sind die Kekse?", fragte er, bevor er losfuhr. Grinsend hielt Lena die kleine Tasche hoch, die sie gar nicht erst in den Kofferraum gepackt hatte.

„Gut vorbereitet, Kleines. Kaffee an der Tankstelle zum Mitnehmen?"

„Bin ich dabei", gähnte Mike von der Rückbank.

Patrick ließ den Motor an und startete ihren ersten Familienausflug. Auch nach mehreren Tagen fiel es ihm noch schwer, das zu realisieren. Seine Tochter saß neben ihm!

„Fahren wir den Wild Atlantic Way?", wollte Lena wissen. Sie hatte ihre Augen schon wieder auf eine Rundreise geschickt. Sie wollte nicht einen Zentimeter verpassen, den sie von Irland zu sehen bekäme.

„Zumindest ein Stück", brummte Mike, fläzte sich hin, schloss die Augen und döste vor sich hin.

„Schlafmütze."

„Ist spät geworden", murmelte er kaum verständlich.

Patrick und Lena ließen ihn schlafen und unterhielten sich leise genug. Sie kürzten die Strecke mit der Fähre zwischen Tarbert und Killimer ab. Die Fahrt über Limerick wäre wesentlich weiter gewesen. Mike wachte an der Fähre auch auf und stellte sich mit den beiden zusammen so hoch, wie es nur ging. Lena wurde alles Mögliche erzählt, was sie von hier aus sehen konnten. Bis auf den Regenbogen, den ihr niemand erklären musste.

Noch am Vormittag kamen sie in einem kleinen Ort an der Küste, in der Nähe von Galway an. Patricks Eltern hatten sich ein kleines Häuschen mit Garten hier gekauft. Für die Farmarbeit hatten sie keine Kraft mehr. Seine Mutter schneiderte und strickte. Sie verkauften das auf Märkten oder vom Hof aus. Auch die Töpferarbeiten seines Vaters. Eine kleine Werkstatt hatte Patrick ihnen eingerichtet, mehr brauchten sie nicht und wollten sie nicht.

In dem kleinen Gartenstück, das den schmalen

Weg vom Gartentor zur Haustür umschloss, blühten die schönsten Blumen, die Lena je gesehen hatte. Sie waren in keinen ordentlichen Beetreihen gepflanzt worden, sondern wild verstreut wie auf einer natürlichen Wiese. Unkraut gab es keines und die Erde wurde regelmäßig aufgelockert. Zwischen den Blumen standen allerlei Figuren aus Ton. Zwerge natürlich, aber auch kleine Elfen, Vögel und ein Reh entdeckte sie.

„Wie schön", flüsterte sie begeistert. Es sah traumhaft aus. An einer Vogeltränke saß eine Elfe mit zarten Flügelchen. Sie lachte und schien sich über die spritzenden Vögel zu freuen. Die waren bei der Ankunft der Gäste allerdings davongeflogen.

Lena schlug das Herz bis zum Hals. Sie war sich auf einmal nicht mehr so sicher, ob das wirklich eine gute Idee gewesen war. Sie würde die alten Leute doch furchtbar aufregen mit ihrer Anwesenheit.

Sowohl Mike als auch Patrick bekamen ihre Unruhe mit. Einer näherte sich von links, der andere von rechts und beide legten ihre Arme um ihre Schultern. So viel Platz war an der schmalen Lena aber nicht, um zwei kräftige Männerarme aufnehmen zu können. Sie schmunzelte nur kopfschüttelnd, als Patrick sich ebenso amüsiert zurückzog. Er wollte ja den jugendlichen Stolz seines Sohnes nicht herausfordern.

„Ganz ruhig", sagte Patrick weich zu seiner Kleinen. Sie brauchte keine Angst haben, aber die Nervosität war wohl normal.

Patrick hatte zumindest sich angekündigt. Theoretisch war das nicht nötig, die beiden waren eh immer da und er hatte einen Ersatzschlüssel. Er war aber auch kein Freund von Überraschungsbesuchen, deshalb rief er vorher immer kurz an und sagte Bescheid.

Er schloss auf und rief gleich „Ich bin es!". So war sichergestellt, dass seine Eltern nicht erschrecken würden.

„Paddy!", hörte Lena eine Frauenstimme freudig rufen.

Es roch nach Kaffee und Vanille, neben dem typischen Meeresgeruch. Es war eng, aber auf eine gemütliche Art. An den Wänden hingen Fotos von Patrick und auch von Mike in allen Altersstufen. Zumindest ab drei aufwärts. Auf einem sah er aus, als wäre er in ein Schlammloch gefallen. Lena konnte sich ein Grinsen nicht verkneifen.

„Wie peinlich", flüsterte er, fand es aber eher

witzig. Es gibt vermutlich von jedem Menschen mindestens ein Foto, das er gern vernichtet wüsste.

Zwei Füße kamen näher und Lena zog sich automatisch zurück. Ihr Gefühl als Angst zu bezeichnen, schien ihr nicht richtig. Etwas in der Art war es aber schon. Diese beiden Menschen hatten ihren Pa in ein Internat gesteckt, in dem er geschlagen worden war. Und sie hatten ihn von ihrer Ma ferngehalten. Und das alles nur wegen ihr. Nur weil ihr ein Leben gegeben worden war. Auf einmal kam ihr die Argumentation von Briannas Mutter nicht mehr so weit hergeholt vor. Lena war schuld am Unglück ihrer Eltern.

„Paddy!", freute sich Faye und trat in den Raum. Sie trug einen Stapel Teller herein, die sie dann in der Vitrine verstauen wollte, aber nicht würde.

„Hey Mum", lächelte Patrick. Lena stand inzwischen halb hinter ihm. „Ich möchte euch jemanden vorstellen. Das ist Lena."

Er schob sie sanft nach vorn und seiner Mutter schlief das Gesicht ein. „Brianna", keuchte sie und ließ vor Schreck die Teller fallen. Mit einem Poltern und Krachen zerbrachen sie in tausende Scherben, die sich weitläufig verteilten.

„Mum!", rief Patrick erschrocken. Sie würde sich noch verletzen.

Faye schenkte den Tellern keine Aufmerksamkeit. Genauso wenig ihrem Sohn oder ihrem Mann Keylam, der bei dem Lärm angestürzt kam und ebenso in der Bewegung verharrte. Langsam lief Faye über die Scherben auf Lena zu. Sie hatte weite Augen vor Schreck bei dem Knall.

„Lena", flüsterte Faye und ihre Augen füllten sich mit Tränen. „Sie hat dich nach meiner Tochter benannt."

„Hat mir Pa erzählt", antwortete Lena unsicher. Sie wusste die Reaktion nicht so recht einzuschätzen. War es ein Schreck vor Freude, wie ihr Pa angekündigt hatte, oder ein Schreck vor der leibhaftigen Sünde?

„Oh Lena", schluchzte Faye plötzlich los, überwand rasch die paar Meter und schloss das Mädchen in ihre Arme. „Ich danke Gott für diese Chance." Sie blieb ganz dicht vor Lena stehen und hielt das zarte Gesicht in ihren runzligen Händen. „Vergib mir, Lena."

Was sollte sie denn vergeben? Das Unglück ihrer Eltern? Um diese Vergebung sollte sie bei den beiden bitten, nicht bei Lena.

„Ich wüsste nichts, das *ich* vergeben könnte, aber ich würde, damit nur die Tränen versiegen."

Faye kämpfte, die unerwünschten Tränen zurückzuhalten. Jeden Gefallen wollte sie dem Kind tun. Sie bat um eine solche Kleinigkeit und Faye war kaum imstande, es ihr zu erfüllen.

„Oh Lena!", rief sie, drückte sie wieder an sich, schloss die Augen und dankte Gott im Stillen für diese Begegnung. Dem schloss sich dann auch Keylam noch schweigend an.

Patrick lächelte erst seinen Sohn kurz an, malte dann ein Kreuz auf seine Brust, sah nach oben und sagte nur „Danke", denn ihm war es auch für seine Eltern wichtig gewesen. Sie hatten sich viele Vorwürfe deshalb gemacht. Die machten nichts rückgängig, aber Patrick hatte ihnen vergeben, da er ehrliche Reue gesehen hatte. Und nun schien auch Gott ihnen zu vergeben.

„Und wer räumt hier jetzt wieder auf?", fragte Mike, dem der Anblick nicht weniger gefiel. Diese beiden Menschen hatten ihn immer als ihren Enkelsohn gesehen, behandelt und geliebt. Aber auch er wusste nun um die ganzen Zusammenhänge und die Selbstvorwürfe der zwei. Die Erlösung nach so langer Zeit war deutlich zu sehen. Er musste aber auch zugeben, ein wenig Neid war auch dabei. Ihn hatte man noch nicht mal angesehen, erst nach seinem Satz.

Faye strahlte ihn genauso an und kam mit ausgebreiteten Armen zu ihm. „Mike. Mensch, du wächst immer weiter. Bald wird es keine Hosen mehr für dich geben."

„Hallo Granny", lächelte er zufrieden bei der Umarmung. „Ich sollte doch immer Gemüse essen, um zu wachsen."

„Jetzt reicht es aber auch mal wieder. Hoffentlich passt die Hose."

„Die andere passt noch."

„Ach Quatsch. Du musst sie dann anprobieren. Wenn ich sie noch ändern muss, dann gleich."

Wenn sie zu seinen Großeltern fuhren, bekamen sie immer neue Klamotten mit. Vor allem die Hemden und Hosen für die Arbeit. Faye war ihr ganzes Leben lang Schneiderin gewesen und konnte das auch jetzt noch tun, wo ihr die Farmarbeit über den Kopf gewachsen war.

„Setzt euch", forderte sie aufgeregt. „Ich fege das

schnell weg, dann gibt es Quark."

„Schon wieder essen", schmunzelte Lena leise zu ihrem Pa hinauf. Sie hatten fast die ganze Fahrt mit essen verbracht, jetzt auch noch Quark und bald wäre Zeit fürs Mittagessen. Sie würde wohl bald aussehen wie eine Seekuh! Nicht dass sie das davon abgehalten hätte, den selbstgemachten Quark zu essen.

„Das haben Großeltern so an sich, das solltest du kennen", meine Patrick nur dazu. Käme er öfter zu seinen Eltern, hätte er auch schon diverse Pfunde mehr auf den Rippen.

„Oh ja."

„Na los", lachte Patrick vergnügt zu seiner Mutter. „Ich fege das weg und du suchst neue Teller."

Wo er Schaufel und Besen fand, wusste er. Lena und Mike halfen ihm. Die großen Scherben konnten sie besser aufsammeln als kehren. Bei sechs Tellern hatten sie eine Menge zu sammeln.

„Ich hoffe, wir haben alle", sagte Lena besorgt. Wenn nun jemand hineintreten würde?

„Lauft nicht barfuß", bat Patrick seine Eltern.

„Danke, Kinder", lächelte Faye und winkte sie zur

Bank am Esstisch. „Setzt euch."

Lena war immer noch nervös. Feinde schien sie hier nicht zu haben, aber sie war die Neue, die irgendwie gar nicht hineinpasste. Mike kannte sie seit ungefähr zwei Wochen, ihren Pa erst ein paar Tage und ihre Großeltern seit ein paar Minuten. Die vier kannten sich dafür seit Jahren!

Mikes Gedanken gingen in eine ähnliche Richtung. Nervös musste er hier nicht sein, er kannte sich hier aus und war auch mehr oder weniger zu Hause, wie es eben bei den eigenen Großeltern ist. Genau da lag aber der Knackpunkt. Er war nicht ihr Enkel. Nicht wirklich vom Blute her. Er war der Einzige, der nicht in die Familie gehörte. Sein Dad, dessen Eltern und seine Tochter - vereint an einem Tisch. Und daneben er, der ihn nur gebeten hatte, bei ihm bleiben zu dürfen, als seine Mutter gegangen war.

„Lena, Kaffee oder Tee?", fragte Faye. Sie fühlte sich ganz hibbelig. Sie wollte dem Kind einen normalen Umgang möglich machen, wie sich eine Enkelin bei den Großeltern fühlen sollte. Es gelang ihr nicht, weil sie zu wenig von Lena wusste. Am liebsten hätte sie innerhalb von Minuten alles erzählt bekommen. Das war natürlich nicht möglich, wie sie selbst wusste.

„Kaffee, wenn ich wählen darf."

„Deswegen frag ich ja. Ich trinke lieber Tee und dein Vater Kaffee, deshalb gibt es sowieso beides."

„Ma trinkt auch den lieben langen Tag Kaffee."

„Immer noch?", schmunzelte Keylam. „Maeve hat sie immer heimlich versorgt, weil ihre Mutter etwas dagegen hatte."

„Die hatte gegen alles und jeden irgendwas", bemerkte Patrick. „Übrigens sanieren Lena, Mike und alle anderen Maeves Hof."

„Nein!", staunte Faye begeistert. „Wie habt ihr sie denn davon überzeugt?"

„Gar nicht", grinsten die beiden Kinder frech, bevor Mike etwas ausführlicher wurde. „Sie ist im Unwetter vom Dach gestürzt und liegt im Krankenhaus."

„Und kommandiert die Schwestern herum?", vermutete Faye amüsiert.

„Und wie", lachte Lena. „Wir haben sie besucht auf dem Weg zu ihrem Hof. Ich hab sie vorher noch nie so stillliegen sehen."

„Glaub ich", sagte Keylam kopfschüttelnd. Maeve

war noch nie der ruhige Typ gewesen. Ihr Mann war ihr Gegenpol gewesen und hatte sie zur Ruhe getrieben, bevor sie umkippen konnte.

„Na ja, dann haben Lena und Murphy das angestoßen", erzählte Mike weiter. „War ich natürlich dabei."

„Wie sollte es anders sein." Faye legte ihre Hand auf Lenas, beugte sich zu ihr herüber und flüsterte mit einem frechen Glanz in den Augen. „Glaub mir, dein Vater dreht noch durch, wenn Mike nicht endlich einen Gang zurückschaltet."

Das hatte Lena doch schon mal gehört. Sie hatte sich wieder zwei Zöpfe geflochten. Sie trug die Haare gern so. Und nun flogen sie, als sie sich grinsend an ihren Pa wandte. „Ich fürchte, es geht noch schneller. Ich bin nämlich genauso. Immer auf Achse, immer bei allem dabei."

„Halleluja", stöhnte Patrick erschöpft, konnte seine Mundwinkel aber nicht halten. „Früher war ich auch so, also besteht noch Hoffnung für dich."

„Das wollen wir genauer wissen!", lachte Lena ihren Großeltern entgegen, die gern bereit waren, ihr Geschichten über ihren Pa zu erzählen.

Keylam fing allerdings mit einem ernsten

Kopfschütteln an. „Als kleiner Bursche, grad mal fünf, wollte er den größten Drachen von allen haben. Er hat ihn sich selbst gebaut."

„Aus meinem besten Kleid!", fiel Faye dazwischen und löste schon die erste Lachwelle aus. Nur Patrick saß leise lachend mit gesenktem Kopf daneben und hoffte, es wäre bald vorbei und keines seiner Kinder würde sich etwas zum Nachmachen aussuchen.

„Und dann lässt er ihn bei Sturm fliegen", erzählte Keylam weiter. „Es hat ihn glatt von den Füßen gehoben und ich musste ihn abholen, die Schnur immer noch fest in den Händen."

„So kenn ich dich gar nicht!", beschwerte sich Mike. „Mit mir willst du nicht mal über die Klippen klettern!"

„Inzwischen bin ich auch dreißig Jahre älter."

„Ausrede!", war Lenas Meinung. „Mit Ma bin ich letztens in einer Halle zum Klettern gewesen. War sehr witzig."

Sie hätte es sich verkneifen sollen, dachte sie bei dem Blick, den ihr Pa bekam. Weit weg und einsam. Gebrochen und verletzt. Sie bestätigte ihn damit in seiner Meinung, er sei nicht gut genug für ihre Ma, dabei stimmte das doch gar nicht! Er war der Einzige, den sie wollte.

„Entschuldige", sagte Lena leise und ebenso verletzt. Sie hatte ihn nicht kränken wollen, dabei hatte sie das nicht.

„Kein Grund", lächelte Patrick liebevoll und zog sie sanft an sich. „Deine Ma ist etwas ganz Besonderes und gehört seit Anbeginn in dein Leben. Schäme dich nicht dafür, über sie zu reden."

„Aber ich sollte es nicht vor dir, tut mir leid."

„Paddy hat Recht", lächelte auch Faye so herzlich und voll Liebe. Keiner machte der Kleinen einen Vorwurf. „Bri gehört seit siebzehn Jahren in dein Leben. Es gibt keinen Grund, dich dafür zu schämen. Und sollte jemand meiner Meinung Bedeutung zuschreiben ..."

„Nein", legte Patrick eisig fest. Er unterbrach seine Mutter, weil er wusste, was sie sagen wollte. Das vor den Kindern zu diskutieren, war für ihn absolut ausgeschlossen.

„Wieso nicht?", fragte Mike ebenso leise. Von ausgelassener Stimmung waren sie zum ernsten Thema gesprungen. Er hoffte, seine Großeltern würden seinem Vater ins Gewissen reden können.

„Du solltest sie besuchen."

„Auf keinen Fall. Und jetzt Schluss damit."

Er stand einfach auf und verließ das Haus durch die Hintertür. Er hatte ja geahnt, seine beiden Kinder würden sich das in den Kopf setzen. Er hatte auch geahnt, dass seine Eltern sich da in der gleichen Richtung einmischen würden. Es würde ihn jede Menge Kraft kosten, dem zu widerstehen. Es war besser für Bria, wenn sie, wie Mike es ausgedrückt hatte, den griesgrämigen Brummbären nicht sähe.

In seinem Herzen sah es anders aus. Seit er wusste, Bria war in seiner Nähe, schmerzte jeder Herzschlag, jeder Atemzug. Es zog ihn zu ihr und in der vergangenen Nacht war er schwach gewesen und zu ihr gelaufen. Vor sich selbst hatte er die Ausrede gehabt, sich das Haus anzusehen. Sie hatten wirklich wahnsinnige Fortschritte gemacht. Nichts davon war ihm so wichtig gewesen wie das Wissen, dass in diesen Mauern seine Liebe lag und schlief. Vielleicht hatte sie gerade schöne Träume gehabt. Vielleicht hatte sie sogar von ihm geträumt. Und er stand unter dem Fenster, in dem sie früher immer geschlafen hatte, wenn sie zu Hause mal wieder geschlagen worden war. Er hatte zum Fenster hinauf gesehen, geweint und sich gewünscht, er hätte sich nicht verändert. Zum ersten Mal wünschte er sich, er hätte sich nicht von den Menschen zurück in sich selbst gezogen, er hätte nicht seine lebensfrohe Art verloren und wäre noch der Junge, den sie einst geliebt hatte. Der Mann, der er heute war, würde sie abschrecken, sie enttäuschen und sie sehr tief verletzen. Es war besser für Bria, wenn sie ihm nicht begegnen würde, dabei wünschte er sich nichts anderes. Lena erwähnte sie immer mal wieder. Sie versuchte, es zu unterdrücken, aber manchmal rutschte ihr etwas heraus und Patrick war froh über jedes Detail, das er von seiner Bria erfuhr. Er liebte sie noch immer, da war er sich nun sicher.

Für ihr Wohl verzichtete er auf sie und war schluchzend wieder nach Hause gegangen, ohne eine Spur bei Maeve zurückgelassen zu haben. Brianna hatte keine Ahnung, dass er so nahe gewesen war. Zum Greifen nahe ...

Lena und Mike sahen ihrem Vater seufzend nach. Er setzte sich auf die kleine Mauer der Veranda, stopfte sich eine Pfeife und sah zum Meer hinüber.

„Scheiße", fluchte Lena unglücklich und stand ebenfalls auf, um mit ihrem Pa zu reden.

„Lass, Kleines", bat Faye. „Er hat einen

Dickschädel wie ein Stier. Genau wie sein Vater. Aber er liebt dich. Er hat dich immer geliebt, genau wie Mike. Wir haben damals einen großen Fehler begangen und unseren Sohn nie wieder so glücklich gesehen wie an der Seite deiner Mutter."

„Noch ein Grund mehr", brummte Mike.

Und Lena war ganz seiner Meinung. „Eben! Er müsste nur zu ihr gehen!"

„Wieso geht sie nicht zu ihm?", fragte Keylam.

„Weil ich ihm versprechen musste, ihr nichts zu sagen." Im Nachhinein war Lena klar geworden, es wäre besser gewesen, dieses Versprechen zu umschiffen. Jetzt war es zu spät.

„Eines solltest du über deinen Vater wissen und nicht vergessen:", kündigte Keylam an. „Er ist dickköpfiger als ein Esel. Auf ihn einzureden, bringt gar nichts."

„Bei Ma auch nicht. Aber was dann? Ich bin der felsenfesten Überzeugung, es würde beiden guttun."

„Genau!", stimmte Mike sofort zu. „Ich sag auch immer, ihm fehlt eine Frau, die ihn liebt, wie er ist. Und was macht er? Lässt sie ein zweites Mal gehen! Das geht doch nicht! Es war bestimmt kein Zufall, dass sie mit Lena herkam. Das ist Schicksal."

„Ihr solltet vorsichtig sein", riet Faye, hatte sich aber dazu entschlossen, sie nicht aufzuhalten. „Auf ihn einzureden, bringt wirklich nichts, genau wie bei Brianna. Aber ihr könntet Schicksalsengel spielen."

„Wie denn?", brauste Lena auf. „Er geht nirgends hin, außer auf seinem Hof. Und Ma bleibt auch bei Tante Maeve, weil wir da genug zu tun haben. Sie geht maximal einkaufen, aber Pa eben nicht."

„Also von Mike weiß ich, dass er sich was einfallen lassen kann."

„Danke", feixte er zufrieden. Diese Beschreibung seiner Person gefiel ihm richtig gut. „Und Lena kann das auch."

„Ich?", fragte sie empört. Ihr gefiel das nämlich gar nicht. „Frechheit!"

„Willst du es abstreiten?"

„Ja", antwortete sie entschieden. „Ich habe bisher noch keine Erfahrungen bei Verschwörungen gesammelt."

„Klar! Gegen Maeve!"

„Das ist keine Verschwörung."

„Sondern?"

Lena suchte irgendein Wort, das nicht auf das Gleiche hinauslief. „Ein Gefallen."

„Wenn du meinst." Mike seufzte, als käme er gerade von einer Vierundzwanzig-Stunden-Schicht. „Dann bleibt wohl wieder alles an mir hängen."

„Na einen Vorschlag möchte ich bringen, um dich zu entlasten."

„Schieß los", freute sich Mike. Einen richtigen Ansatz wusste er nämlich auch noch nicht.

„Wie stehen die Chancen, den griesgrämigen Brummbären in einen Pub zu schleifen? Dann komme ich zufällig mit Ma vorbei. Kann ja keiner was dafür, wenn wir uns zufällig über den Weg laufen."

Mike lachte auf. „Das ist gut. Die Frage ist nur, wie wir den Einsiedler davon überzeugen. Der war seit Jahren in keinem Pub mehr."

„Dann wird es Zeit", grinste Faye zuversichtlich. Die beiden Kinder würden das schon machen. „Euch schlägt er bestimmt keinen Wunsch ab, dafür liebt er euch zu sehr."

„Abgemacht?", fragte Lena und reckte Mike die Hand entgegen, um ihn zur Verschwörung einzuladen. Er nahm natürlich sofort an. Die Besiegelung mit Lena hätte er lieber mit einem Kuss begangen, aber sie hatten sich entschieden, den Großeltern nicht so einen Schrecken einzujagen. Patrick wusste natürlich Bescheid, damit er nichts Falsches sagte.

„Weißt du, was jetzt passen würde?", fragte Mike an Lena gewandt, hatte dafür den Kopf leicht gesenkt und schielte wie ein frecher Junge durch seine Wimpern zu ihr auf. Bei dem Anblick hätte sie ihm beinahe alles gegeben.

Skeptisch war sie dennoch. „Was?"

„Rose Marie."

Sie hatte ihm erzählt, dass es einer ihrer Lieblingssongs war. Seither bat er sie immer mal um ein Stück, kam aber auch ohne Bitte oft in den Genuss. Während der Arbeit summte sie es vor sich hin oder sang auch leise. Manchmal auch lauter, dass andere mitsangen. Sie hatte eine umwerfende Stimme, fand Mike. Inzwischen wusste er auch schon, dass sie die von ihrer Ma geerbt hatte. Wer von zwei musikalischen Seelen gezeugt wird, kann die Musik nur im Blut haben.

Als Lena zu singen begann, lächelten Faye und

Keylam. Es klang tatsächlich wie Brianna. Faye nahm sich aus einem Schrank die Lyra und Keylam eine Mundharmonika. Lena begann von vorn zu singen und gab sich alle Mühe, die sie aufbringen konnte. Ihr Gesang bekam selten instrumentale Unterstützung, da sollte es etwas Besonderes werden.

Und das wurde es. Patrick konnte sich den süßen Klängen nicht entziehen. Im Schrank über der Garderobe fand er seine alte Geige und setzte mit ein. Lena musste so viel Kraft in ihre Stimme stecken, um die Instrumente zu übertönen, dass sie endlich das Gefühl hatte, dem Lied den richtigen Kick zu geben. Sonst sang sie nicht so laut - warum auch?

Am Ende gab es Applaus. Erst von Mike, da er nichts aus der Hand legen musste, dann auch von allen anderen, die sich gemeinsam freuten, etwas so Schönes zu erschaffen.

„Könnt ihr was Flotteres?", fragte Lena vorsichtig und Patrick setzte sofort die Geige an. Es war ewig her, dass er gespielt hatte. Ein wenig eingerostet war er, aber er konnte es noch und beeindruckte sein Töchterchen damit. Und seinen Sohn, denn der sah das auch nicht alle Tage.

Lena kannte das Lied und übernahm die Gesangseinlage. Patrick und Faye sangen mit ihr. Keylam mit der Mundharmonika konnte das natürlich nicht. Mike sang auch nicht mit. Er hätte das Stück ruiniert. Er fragte sich ernsthaft, wie seine Mutter eine Gesangskarriere anstreben wollte. Er selbst war kein bisschen musikalisch veranlagt. Gut, seine Mutter konnte wenigstens singen, aber nicht so herausragend. Da hatten Faye und Lena mehr Talent. Mike war in dieser Runde der Einzige, der nicht sang und kein Instrument spielte. Da wurden die Gene sichtbar, dachte er geknickt. Wenn er seinen Vater jetzt ansah, stand ein Glück in seinen Augen, das seine Tochter auslöste, nur weil sie singen konnte. Wie sich später herausstellte, konnte sie nicht nur singen, sondern auch tanzen mit ihrem Vater und sogar die Lyra spielen.

„Bravo!", rief Faye und klatschte für Lena an der Lyra.

„Vielen Dank", lächelte sie und sah gedankenversunken auf das Instrument. „Meine Ma hat es mir beigebracht." Wie automatisch glitten ihre Finger wieder über die Saiten. Es war ein sehr trauriges Stück und drückte die Sehnsucht aus, die ihre Ma im Herzen trug. Lena hatte das nie geahnt, jetzt wusste sie, wo diese Sehnsucht herkam.

Patrick kannte dieses Lied. Er hatte es von einem Straßenmusiker auf der Geige gelernt, deshalb konnte er auch mit ihr spielen. Er hatte es seiner Bria vorgespielt und sie hatte es auf die Lyra übertragen. Und wenn sie auf einer der drei Schwestern gestanden und dieses Lied aufs Meer hinaus geschickt hatten, war es ein Liebesgeständnis zwischen ihnen gewesen. Patrick spielte es mit ihrem gemeinsamen Kind und konnte Bria vor sich sehen, wie sie ihn anlächelte, als sie es gespielt hatte. Tränen brannten in seinen Augen. Er konnte nicht abstreiten, dass er sie auch nach so langen Jahren immer noch liebte. Für ihn gab es keinen Zweifel daran, dass er sie liebte, egal wie die Jahre sie verändert haben mochten. Nur umgekehrt konnte er ihr diese Liebe nicht bieten, weil er sich eingeschlossen hatte.

„Wow", schniefte Mike. „Das war wunderschön."

„Sie spielt es heimlich", erzählte Lena. „Wenn sie denkt, ich schlafe schon, dann höre ich sie manchmal leise spielen. Es verbindet euch irgendwie, oder?", fragte sie ihren Pa.

„Ja. Ich hab es ihr beigebracht und wir haben es

oft zusammen gespielt. Zum letzten Mal haben wir es gespielt, als wir von dir erfahren haben. Sie erzählte es mir und ..." Patrick schluckte schwer und sah in eine weit zurückliegende Vergangenheit. „Sie hatte Angst davor, nach Hause zu gehen. Sie freute sich auf dich, aber sie wusste auch, dass ihre Mutter ausrasten würde. Sie weinte und ich spielte ihr dieses Lied. Ihr und dir. Seitdem hab ich es nie wieder gespielt." Er lächelte seine Kleine schwach an. „Ich wusste nicht, dass sie es dir weitergegeben hat."

„Ich glaube, sie hat mir vieles weitergegeben, das sie an dich erinnert, damit du nicht so weit weg bist. Lieder und Geschichten, Weisheiten und Vorlieben. Seit ich denken kann, gibt es regelmäßig Schokoladenkekse, die sie dir gebacken hat, wie du erzählt hast. Seit ich denken kann, singt sie mir Lieder, von denen ich jetzt weiß, dass du sie mit ihr gesungen hast. Sie erzählte mir Geschichten, die auf den drei Schwestern spielen."

„Die berühmte Prinzessin der Winde?", schmunzelte Patrick.

„Zum Beispiel, ja. Du kennst es, ich hab es gewusst."

„Sicher. Ich hab es ihr erzählt. Wenn wir Picknick da oben gemacht haben, wünschte sie sich oft Geschichten. Während meiner Arbeit auf dem Hof hab ich mir schon immer was überlegt, das ich ihr erzählen könnte. Die Prinzessin der Winde war ihre Lieblingsgeschichte. Ich weiß nicht, wie oft ich sie ihr erzählt hab."

„Ich hab sie auch immer am liebsten gehört. Ich hab sie mal in der Schule erzählt, dann haben wir in der Pause auf dem Schulhof gespielt, wir wären die vier Winde. Und ich durfte die Prinzessin sein."

„Das sind wunderschöne Erinnerungen", sagte Faye leise. Sie spürte die Schuld mit einer Wucht auf ihre Schultern schlagen, die ihr die Beine einknickte.

„Das sind sie und davon gibt es mehr, die ich erst jetzt richtig zu deuten weiß. Ma sagte immer zu mir, ich bin mehr geliebt, als ich mir vorstellen könnte. Pa, du warst immer in ihren Gedanken und bist es noch."

„Früher vielleicht, aber nicht der Mann von heute. Und jetzt Themawechsel. Braucht ihr noch Holz?", fragte er seine Eltern. Seine Stimme klang gelassen, aber alle Anwesenden wussten, er war angespannt. Er wollte unbedingt das Thema wechseln und hoffte, irgendwer würde ihm den Gefallen tun.

Seine Mutter tat es, auch wenn sie es nicht guthieß. „Wenn du so viel Energie übrig hast?"

„Mache ich schon", lächelte Patrick erleichtert und verließ das Haus schon wieder zum Holzhacken.

Lena stellte sich langsam ans Fenster und beobachtete ihn, wie er anscheinend spielend die Scheite hackte. Er war so, wie sie sich einen Vater immer ausgemalt hatte. Groß und stark, aber im Kern weich und voller Liebe. Marco war deutlich kleiner und sehr schmächtig. Ein Kontrast wie Licht und Schatten.

„Er tut mir so leid", flüsterte Lena. „Ma sieht genauso aus. Sie stürzt sich in Arbeit und versucht, ihn zu vergessen. Aber sie wird ihn niemals vergessen. Genau wie umgekehrt."

„Du hast Recht", stimmte Keylam zu und stellte sich zu Lena ans Fenster, um seinen Sohn zu beobachten. Arbeiten konnte der Kerl wirklich wie ein Gaul. Aber er tat es, um sich zu beschäftigen und abzulenken. Es gab keinen anderen Grund für seine Arbeit. Keylam hatte seinen Sohn gebrochen, wie er nun wusste. Das Internat an sich war ein Fehler gewesen. Ihn von Bri zu trennen, war weit schlimmer gewesen!

„Geht etwas raus", schlug Faye vor und scheuchte Mike vom Tisch auf. „Du kannst Lena ein bisschen die Umgebung zeigen."

„Mach ich doch glatt." Er reichte der Kleinen die Hand. „Darf ich bitten?"

„So höflich warst du erst beim zweiten Anlauf."

„Besser spät als nie", lachte er und nahm sie mit sich. Sie winkten Patrick noch und liefen geradeaus vom Haus weg über die große Wiese. Dahinter lagen gleich die Klippen und Mike wusste, Lena liebte das Meer und die Klippen. Solche Anblicke kannte sie aus Deutschland gar nicht.

Ohne es bemerkt zu haben, hielten sie sich weiterhin an den Händen. Für sie selbst war es eine Nebensächlichkeit, die ihnen eine gewisse Ruhe und Zugehörigkeit vermittelte. Nachgedacht hatten sie nicht darüber, hätten es aber vielleicht tun sollen. Faye und Keylam beobachteten das mit größter Sorge.

„Paddy", sagte Faye, als sie mit einem Glas Limonade aus dem Haus kam.

„Danke", keuchte er. Immer, wenn er herkam, hackte er ihnen einen ordentlichen Vorrat. Bei strahlendem Sonnenschein war das eine schweißtreibende Arbeit. Zum Glück war Holz nur der zweite Rohstoff, der im Kamin verfeuert wurde. Hauptsächlich setzten seine Eltern, genau wie die meisten anderen, auf Torf. Ab und zu leisteten sie sich jedoch eine Ladung Holz für besondere Anlässe. Patrick gönnte es ihnen und teilte die großen Blöcke in handliche Scheite.

„Setz dich doch mal", bat Faye und drängte ihren Sohn sanft zur Bank, die sie hinters Haus gestellt hatten, um der Sonne beim Sinken über dem Meer zusehen zu können. Kalt oder warm - spielte das Wetter mit, sahen sie sich dieses Naturschauspiel jedes Mal an.

„Was ist los?", fragte Patrick skeptisch. „Wenn es um Bria geht, ist alles gesagt worden."

„Es geht um Mike und Lena. Sie verstehen sich gut."

Er ahnte, was jetzt kommen würde. „Und ich bin froh darüber."

„Das glaube ich dir. Aber ich sehe da mehr als zwei Geschwister."

„Und?" Patrick merkte, wie er wütend wurde. Zickig, weil sie sich schon wieder einmischten und zwei Liebende auseinanderreißen würden. „Lasst sie in Ruhe, sonst lernt ihr mich kennen."

Er wollte schon wieder aufspringen, aber Faye hielt ihn fest. „Paddy, bitte. Lauf nicht weg. Ich denke ja nur ..."

„Es ist egal, was du denkst. Sie sind keine Geschwister, darauf kommt es an. Macht den Fehler kein zweites Mal. Das lasse ich nicht zu, verstanden? Wenn ihr ihnen ihr Glück nehmen wollt, handle ich, als wärt ihr nicht meine Eltern."

Knallhart, dachte Faye erschrocken. Ihr Sohn mochte ihr vergeben haben, dennoch blieb er eiskalt bei diesem Thema. Sie konnte es ihm nicht verübeln. Schon als er damals zurückgekehrt war, war er so kalt zu ihr gewesen. Er war nicht gleich zu ihnen gekommen, sondern zu Murphy gegangen und hatte die ganze Gegend nach jemandem abgesucht, der ihm hätte sagen können, wo Brianna hingegangen war. Maeve hatte nichts gesagt und Briannas Vater war bereits gestorben. Erst zwei Tage nach seiner Rückkehr war er nach Hause zu seinen Eltern gekommen. Mit hängenden Schultern und als gebrochener Mensch.

Keylam hatte geglaubt, mit Christy etwas Gutes

für ihn als Buße zu tun. Faye hatte da schon gesehen, dass sie ihren Sohn verloren hatte. Zum Wohl des kleinen Mike hatte er der Hochzeit zugestimmt, so lautete seine offizielle Variante. Faye als seine Mutter wusste aber, er hätte allem zugestimmt, denn sein Leben war ohne Brianna nichts wert, glaubte er. Mit Mike hatte er eine Aufgabe bekommen, die ihm wenigstens den Sinn zum Existieren zurückgegeben hatte, aber nicht zum Leben.

Nach der Hochzeit hatten Faye und Keylam ihren Sohn ewig nicht gesehen. Aus dem Internat hatte er nicht einen Brief an sie geschrieben. Nicht einen Einzigen in drei langen Jahren! Dann hatte Faye ihn kurzzeitig bei sich gehabt, bis die Hochzeit vorüber gewesen war und sie in das neue Haus gezogen waren. Drei weitere Jahre vergingen ohne ein einziges Wort. Hatten sie sich im Laden getroffen, hatte er weggesehen und sie keines Wortes, keines Blickes, nicht mal eines Gedankens gewürdigt. Seine Gedanken und sein Herz waren immer bei Brianna und ihrem Kind gewesen. Schon allein deshalb war die Ehe mit Christy zum Scheitern verurteilt gewesen.

Faye hatte so lange auf ihren Mann eingeredet, bis

er es endlich eingesehen hatte. Es war sein eigener Geburtstag gewesen. Fünfzig Jahre - ein halbes Jahrhundert. Das ganze Dorf hatte ein riesiges Fest gefeiert. Alle waren da gewesen. Alle außer einem. Patrick. Weinend und um Vergebung flehend war Faye zu ihm gegangen. Die Vergebung hatte sie gefunden, ebenso wie ihr Mann. Aber nicht ihren Sohn. Er war alt geworden in den paar Jahren. Müde von einem Leben, das ihm nicht lebenswert erschienen war.

Als er nun an diesem Tag angekommen war, hatte er anders ausgesehen. Frisch und jung. Mit Mitte dreißig ist man auch noch nicht so alt, dass man gezeichnet vom Leben aussehen sollte. Lena hatte ihm die Jugend mit Brianna zurückgebracht.

Seine Drohung war vollkommen ernst gemeint gewesen, das wusste Faye ganz sicher. Würde sie sich in irgendeiner Weise einmischen, was die beiden Kinder anging, würde sie ihren Sohn und ihre beiden Enkelkinder endgültig verlieren. Dieses Risiko wollte und konnte sie nicht eingehen und übergab es Gottes Willen, was mit den beiden Kleinen geschehen würde.

Eines war auch ganz deutlich: Patrick liebte seine Tochter über alles. Mike nicht weniger, aber Lena brachte ihm ein Stück Brianna wieder. Wenn er sie ansah, lächelte er das Lächeln eines jungen Mannes, der seine Geliebte betrachtet und langsam zu verstehen beginnt, dass sie ihn ausgewählt hatte.

„Pa!", rief Lena lachend zum Haus herüber und als Patrick den Kopf hob, war es genau jenes Lächeln, das Faye nie wieder bei ihm gesehen hatte. Bis jetzt.

„Was ist passiert?"

„Kleiner Unfall!", lachte sie ihm entgegen. Sie kam mit Mike zurück, der auch schon lachte. Lena war triefend nass.

„Um Himmels willen!", rief Faye und ging ihnen mit einer Decke entgegen. Sie legte sie Lena um die Schultern. Das Mädchen hatte schon ganz blaue Lippen. „Wie ist das denn passiert?"

Sie lachte immer noch. „Ich hab nicht gerade die passenden Schuhe an." Sie war von einem der glitschigen Steine gerutscht, hatte sich nicht halten können und war im Wasser gelandet. Wenigstens nur in einem kleinen Flutbecken, nicht in den rauschenden Wellen, die sie gegen die Felsen geschleudert hätten.

„Und sie hat sich verletzt", erzählte Mike. „Wir

sollten es reinigen. Übrigens: Wie ist das Meerwasser?"

Lena breitete lachend die Arme aus und umarmte Mike, bevor er fliehen konnte. „Kalt und nass."

„Ich jetzt auch", schmunzelte er. „Danke."

„Du wolltest es doch wissen." Sie wandte sich immer noch gutgelaunt an Faye. „Habt ihr zufällig ein Hemd oder so für mich?"

„Klar doch. Du musst aus den nassen Sachen raus, sonst holst du dir noch den Tod."

„Zeig mal her", forderte Patrick nicht weniger amüsiert, aber ebenso besorgt und liebevoll. Er hob Lena mit Leichtigkeit auf den Arm, trug sie zur Bank und setzte sie auf seinen Schoß. Sie hatte sich an einem der Felsen das Bein aufgeschürft. „Sieht schlimmer aus, als es ist."

„Ich weiß, danke", griente sie. Ob ihm bewusst war, dass sie siebzehn Jahre alt war, keine sieben?

Es war wirklich nur ein Kratzer, aber auf die Desinfektion bestanden alle. Lena als angehende Tierärztin sagte ja auch gar nichts dagegen. Unangenehm war es trotzdem und sie zuckte. Sie saß vollkommen sicher auf dem Schoß ihres Pas, der sie festhielt und mit Küssen auf die Wange von der

Behandlung ablenkte. So ließ sich doch alles ertragen, dachte sie glückselig. Ganz sanft wischte er das Blut um die Wunde herum weg und klebte ein Pflaster darauf.

„Chic", grinste Lena. „Danke."

„Gern geschehen. Und nun zieh dir was Trockenes an."

„Ja, Pa."

Faye hatte ihr schon eines von Keylams Hemden herausgesucht. Sie bot ihr auch ein Kleid von sich an, aber die waren noch größer als die Hemden. Darin ging es wohl besser, obwohl sie witzig anzusehen war. Ihr nasses Kleid hängte ihr Pa in der Zwischenzeit im Garten auf die Leine. In der Sonne sollte es bis zu ihrer Abfahrt getrocknet sein.

„Du bist eiskalt", stellte Mike fest. Er hatte Lena nur leicht berührt und bekam Gänsehaut. Ihre Haut war schneeweiß, dafür ihre Lippen blau verfärbt.

Lena ließ sich davon aber nicht die gute Laune verderben. „Es gibt eine gute Möglichkeit, daran etwas zu ändern", lachte sie und zerrte ihren Pa an der Hand in die Sonne auf die große Wiese. „Tanzt du mit mir?"

Musik von Faye und Keylam bekamen sie auch

noch und im Handumdrehen war Lena gar nicht mehr kalt. Patrick musste irgendwann das Handtuch werfen. Dieses Kind hatte Energie wie er in jungen Jahren, aber die Zeit war für ihn vorbei. Er übergab an Mike, der ebenso tanzen konnte. Er hatte es lernen wollen für ein Schulfest und Patrick hatte ihn unterrichtet. Danach war Lena dann so außer Atem, dass sie die Limonade nur so hinterkippte.

Für sie war es ein besonders schöner Tag, den sie gern in ihren Erinnerungen behalten würde und immer wieder hervorholen könnte, wenn es ihr nicht so gut ginge. In so etwas wie einem zweiten Tagebuch sammelte sie solche Erlebnisse. Es war ein dickes Notizbuch, in dem auch allerlei Erinnerungen zum Anfassen aufbewahrt wurden. Eine Serviette zum Beispiel. Darauf war das Logo eines Restaurants zu sehen, in das ihre Ma und Marco sie eingeladen hatten, nachdem sie ihre erste Beurteilung vom Praktikum mitgebracht hatte. Eine Kurzfassung stand auch in dem Buch. Man war sehr begeistert von ihr gewesen und freute sich, sie wiedersehen zu dürfen, stand darin. Eine Blume von ihrer Klassenfahrt war auch im Buch gepresst. Ein Junge hatte ihr die Blume geschenkt und sie ihm dafür ihren ersten Kuss. Diesmal schrieb sie einen ausführlichen Bericht des Tages bei ihren Großeltern und verzierte die Ränder mit Noten.

Während sie den Eintrag schrieb, spielte sie mit einer Haarspange, die Faye ihr gegeben hatte. Sie hatte sie von ihrer Mutter und hatte sich gewünscht, sie eines Tages an ihre zuerst geborene Enkeltochter weitergeben zu können. Ihr war das sehr wichtig gewesen und Lena würde sie in Ehren halten. In Gedanken baute sie eine Szene auf, in der sie sie tragen würde: die Hochzeit ihrer Eltern…

Seufzend schrieb sie weiter.

Die Zukunft

Den Sonntag verbrachte Mike ohne Arbeit bei Lena und ihrer Mutter. Sie machten ein Picknick an den Klippen, spielten Badminton hinterm Haus und hatten jede Menge Spaß zu dritt. Für Lena und Mike wurde es nur langsam anstrengend.

„Fall nicht wieder rein", hätte Mike fast zu Lena gesagt, als sie über die felsigen Klippen geklettert war.

„Schade, dass Faye grad nicht hier ist", hatte Lena sagen wollen, als sie mit ihrer Ma angefangen hatte zu summen. Das Lied hätte auf der Lyra unter Fayes Fingern sicher toll geklungen.

Andauernd mussten sie sich auf die Zunge beißen, um nichts zu sagen, das sie besser für sich behielten. Sie mussten überlegen, was Brianna alles wusste. Und zwar bevor sie selbst den Mund aufmachten. In so ausgelassener, fröhlicher und vertrauter Atmosphäre ist das nicht leicht. Innerhalb der Familie und auch unter Freunden sollte man sich nicht überlegen müssen, was man sagt und welche Meinung man hat. Grundsätzlich war das auch zwischen Brianna, Mike und Lena nicht so, aber die Situation mit Patrick verkomplizierte vieles.

***

Am Sonntagnachmittag saß Christy bei Maggie im Café an einem Außentisch in der Sonne. Sie hatte in der Nähe ein Hotelzimmer gebucht. Dort war ihr das Café empfohlen worden, weil sie ein Stück Kuchen essen wollte. Obwohl sie jahrelang hier gewohnt hatte, war sie noch nie zu Gast in dem Café gewesen. Die meiste Zeit der Ehejahre war sie sowieso durchs ganze Land getourt.

Sie saß in der äußersten Ecke des Außenbereichs und wurde von einem Blumenkübel halb verdeckt. Sie war so unscheinbar, dass Rogan sie nicht erkannte, als er seine Familie ausführte. Seine beiden Kinder verlangten sowieso die meiste Aufmerksamkeit. Im Alter von fünf und sieben hat man den lieben langen Tag nur Unsinn im Kopf.

Die Kleinen gingen nach dem Kuchen zum Spielplatz und gaben ihren Eltern die Möglichkeit, halbwegs in Ruhe einen Kaffee zu trinken.

„Was für ein Sonntag", lachte Rogan und gab seiner Frau Lydia einen Kuss. Sie sah gestresst, aber glücklich aus.

„Sind ja auch von dir."

„Frechheit. Willst du noch was?"

„Nein, ich platze. Danke. Bist du morgen wieder bei Maeve?"

„Wenn du keine anderen Pläne hast."

„Nein", lächelte sie weich. „Sie hat es verdient. Wie sieht es denn aus?"

Er raufte sich schnaufend die letzten Haare, die ihm noch geblieben waren. „Ein Wunder, dass das Haus noch stand. Kannst du dir vorstellen, dass sie die Schläuche vom Boiler mit Klebeband verbunden hat? Schichtenweise. Die Frau ist nicht mehr zu retten!"

„Ruhig!", lachte Lydia erschrocken. So einen Ausbruch sah man bei Rogan selten. Allerdings hatte er Maeve auch schon dutzendfach angeboten, den Boiler und alles drumherum zu reparieren. Nie hatte sie ihn gelassen. Er solle seine Zeit lieber mit seiner Familie verbringen, hatte Maeve immer gesagt. „Jetzt kannst du ihr doch helfen."

„Und tue das auch. Ich hab den neuen Boiler drin und will mir noch die anderen Leitungen ansehen."

Lydias Stimme wurde mit einem Mal sehr kalt. „Weiß Bri inzwischen Bescheid?" Sie war nämlich der Auffassung, jemand müsste Brianna wenigstens sagen, dass Patrick wieder im Ort wohnte. Aber Rogan hatte es ihr mehr oder weniger verboten.

„Nein. Und sie will es auch nicht wissen", wiederholte er mal wieder. „Also halte dich daran."

„Werde ich. Aber sie kann nicht wissen, ob sie das wirklich nicht wissen will. Rogan ..." Sie rutschte ein Stück näher und legte ihre Hand auf seinen Arm. „Sei vernünftig. Ob sie zu ihm geht oder nicht, ist ihre Entscheidung. Ihr das Wissen vorzuenthalten, das sie für diese Entscheidung braucht, ist nicht fair. Paddy und Bri gehören einfach zusammen, das war schon immer so."

„Du hast Recht, sie waren füreinander bestimmt und wären garantiert glücklich zusammen geworden. Mit ihrer Tochter. Aber wir können die

Vergangenheit nicht ändern. Was geschehen ist, ist geschehen. Darauf hatten wir damals keinen Einfluss und heute erst recht nicht mehr. Bri hat sich entschieden, nichts über Paddy wissen zu wollen seit damals. Das sollten wir respektieren, es ist so schon schwer genug. Und jetzt lass uns unseren Sonntag bitte nicht mit Streiten verbringen."

„Ich wollte ja nicht streiten", antwortete Lydia bockig und er lachte nur ein „Ja ja" hervor, bevor sie das Thema fallenließen.

Schade, dachte Christy. Sie hatte die Ohren gespitzt. Das klang überaus interessant. Das war vielleicht die kleine Information gewesen, die sie gebraucht hatte. Sie würde diesen wertlosen Dorftrottel so fertigmachen, dass sie Mike ohne Probleme mitnehmen könnte. Sie war zufrieden mit sich, bestellte sich noch einen Kaffee und wartete auf eine günstige Gelegenheit, unbemerkt zu verschwinden.

***

Zwei Tage später, es war mitten in der Nacht, wurden Brianna und Lena von hämmerndem

Klopfen an der Haustür und Sturmklingeln geweckt. Sie hatten die Zimmer nebeneinander und schraken zeitgleich hoch.

„Was ist denn hier los?", fragte Brianna aufgeregt, als sie Lena auf dem Flur traf. Sie rannten die Stufen hinab und rissen die Tür auf. Sie erwarteten Todesnachrichten! Genau so sah Mike auch aus. Im Schlafanzug, eine Jacke drüber, völlig zerzaust und außer Atem.

„Gott sei Dank", keuchte er. „Lena, wir brauchen deine Hilfe."

„Was ist denn passiert?", fragte sie aufgelöst.

„Unsere Stute bekommt ihr Fohlen und irgendwas stimmt da nicht. Ich weiß, du bist keine Tierärztin, aber der könnte frühestens in zwei Stunden da sein. Ich fürchte, das überlebt sie nicht. Und das Fohlen auch nicht."

Schon während er gesprochen hatte, warf sich Lena auch nur eine Jacke über, die sie zu greifen bekam, und verließ das Haus. „Bis dann!", rief sie über die Schulter zu ihrer Ma und stieg aufs Quad. Mike raste los wie ein Irrer.

„Seid vorsichtig!", rief Brianna ihnen noch nach. Vermutlich hatten sie es nicht gehört. Ob sie ihnen folgen sollte? Bei dem Tier könnte sie nichts tun, das erfahrene Bauern nicht selbst tun könnten. Aber vielleicht könnte sie Kaffee kochen? Das würden sie wohl auch allein schaffen. Wäre es nicht höflicher, wenigstens Hilfe anzubieten? Oder würde sich Lena melden, wenn Brianna gebraucht würde?

Lena klammerte sich an Mike wie ein Koala an den Baum. Sein Fahrstil war nicht gerade magenverträglich. In dem steckte ein Rennfahrer. Sie musste aber auch zugeben, dass er trotz des schweren Nebels, der einen feuchten Film auf die Straße legte, nicht ein einziges Mal nur ganz leicht ins Schlingern geriet. Er hatte die volle Kontrolle bei der Geschwindigkeit und bremste abrupt direkt vorm Stallgebäude.

Lena dachte nicht nach, sie rannte einfach hinein und sah auf einen Blick, was das größte Problem war.

„Alle raus hier!", schrie sie aus Leibeskräften. Ihr Pa und zwei andere Männer vom Nachbarhof waren bei der Stute in der Box. Sie war unruhig und nervös. Solange so viel Gewusel um sie herum wäre, würde sich das auch nicht ändern, wusste Lena.

Gehört hatte sie trotzdem keiner. Sie zerrte zuerst

am Arm ihres Vaters, der sich mit irgendwem anschrie. „Raus hier!"

„Lena?", fragte Patrick erschrocken. Was machte sein Töchterchen denn hier?

„Raus jetzt!", befahl sie erneut, schob ihn einfach aus der Box und einen der anderen Männer gleich hinterher.

„Was?", machte er und sah sich verwirrt um. „Äh … Was?"

„Raus jetzt! Alle! Sofort!"

Sie sah sich nicht noch mal nach ihnen um. Sie hatte sie aus der direkten Nähe des Pferdes gescheucht und ging langsam auf sie zu. „Hey. Ganz ruhig." Sie hob vorsichtig die Hand und näherte sich weiter dem nervösen Tier. „Ganz ruhig. Du wirst heute etwas ganz Wunderbares erleben und ich werde dir helfen, wenn du meine Hilfe brauchst. Nur wir beide."

Sie wurde tatsächlich ein wenig ruhiger. Lenas sanfte Tonlage senkte merklich den Stresslevel der Stute. Lena wagte es, ihre Finger an den Kopf des Pferdes zu legen. Sie wich wieder ein Stück zurück und schnaubte.

„Ganz ruhig", flüsterte Lena. „Und ihr geht jetzt

endlich!", zischte sie mit eisiger Stimme zu den Männern hinter ihr.

Immerhin Mike unterstützte sie und vertraute ihr. „Los jetzt!"

Patrick wusste gar nicht, wie ihm geschah. Mike packte ihn am Oberarm und zerrte ihn unsanft aus dem Gebäude. Die beiden Nachbarn folgten ihnen. Sie schlossen die Tür und es herrscht absolute Stille. Aus dem Stall war nichts zu hören. Lena hatte so leise geredet und tat es auch jetzt, dass es nicht bis nach draußen drang.

Die vier Männer liefen vor dem Gebäude auf und ab. Die beiden Nachbarn waren Brüder. Es war ihr Hengst, der die Stute gedeckt hatte. Zum ersten Mal. Sie wollten das Fohlen verkaufen und - wenn alles gutginge - eine zusätzliche Einnahmequelle schaffen. Dafür musste das Fohlen überleben und auch die Stute selbst.

Sie traten von einem Bein aufs andere und wurden von Minute zu Minute nervöser. Es dauerte etwa eine halbe Stunde, bis die Tür aufging.

„Lena", sagte Patrick aufgeregt.

„Ihr sollt ruhig bleiben." Wie oft würde sie denen das eigentlich noch sagen müssen? „Mike, kannst du mir einen Kaffee machen?"

„Klar. Wie geht's ihr?"

„Gut so weit. Das Fohlen liegt nicht richtig und muss sich noch drehen. Das kann es aber nicht, wenn die Stute so angespannt ist. Ihr habt sie völlig verrückt gemacht. Habt ihr noch eine Stute? Eine, die sie kennt?"

„Ihre Mutter", nickte Patrick. „Sie steht oben auf dem Hügel."

„Dann hol sie her. Sie ist zu nervös, so wird die Geburt nie was. Es ist ihr Erstes, richtig?"

„Ja", nickte der Nachbar erstaunt. „Woher weißt du das?"

„Ich arbeite bei einem Tierarzt. Ich hab sie so weit beruhigt, dass sich das Fohlen drehen kann. Keine lauten Geräusche bitte. Und niemand betritt den Stall. Klar?"

Auch Patrick musste wohl oder übel zugeben, hier stand nicht sein kleines Mädchen, sondern eine angehende Tierärztin, die wusste, wovon sie sprach. Gerade wusch sie sich die Hände und Arme in einer Regentonne, als wäre sie auf einem Bauernhof aufgewachsen.

„Ich hole ihre Mutter", schnaufte er und gab Lena einen Kuss auf die Stirn. „Danke."

„Keine Ursache. Ich bleibe bei ihr, damit sie mich auch bei sich sein lässt, wenn es richtig losgeht. Dauert aber noch mindestens eine Stunde. Deshalb brauch ich bitte bitte bitte Kaffee", schmunzelte sie zu Mike, der auch gleich ins Haus ging. Er kochte gleich genug, um die große Thermoskanne zu füllen. Das würde eine lange Nacht für alle werden.

Lena stand ganz nah bei der werdenden Mutter, als Patrick die zweite Stute hereinführte. Lena ging ihm gleich entgegen und übernahm das.

„Danke. Ich hoffe, es wirkt."

„Wie bist du auf die Idee gekommen?"

„Einmal die Woche machen wir eine Rundreise über die Bauernhöfe mit dem Tierarzt. Da hat er mir mal erzählt, dass viele Tiere nervös bei der ersten Geburt sind. Vor allem Kühe und Pferde. Da kann es helfen, eine erfahrene Stute dabei zu haben. Es dürfte nicht mehr lange dauern. Wir brauchen heißes Wasser und ein paar Tücher." Nur für den Notfall, falls sie irgendwelche Wunden reinigen müsste.

„Hole ich dir", lächelte er stolz wie nie zuvor. Das war seine kleine Tochter! „Und einen Mantel für dich." Sie hatte Gänsehaut.

„Ist ganz schön kalt im Nachthemd. Eine Hose wäre mir lieber."

„Bringe ich dir auch. Noch was?"

„Ein Gebet", lächelte sie schwach, übernahm die Zügel und führte die zweite Stute langsam in die Nebenbox, damit das Fohlen nicht aus Versehen noch zertreten werden würde. Die beiden Pferde erkannten sich und stellten sich gleich so nah, wie es eben gerade ging mit der Trennung der Abteile.

„Na siehst du", sagte Lena weich und ging wieder zu ihrer Patientin. „Es ist alles in Ordnung."

Sie hatte auch keine Probleme mehr damit, sie anzufassen. Das Tier blieb völlig ruhig. Damit das so blieb und sie nicht erschreckte, kam Lena immer so, dass die Stute sie sehen konnte, bevor sie sie berührte. Dann zog sie ihre Hand vom Kopf über den Hals bis zum Bauch. Würde sie direkt am Bauch anfassen, würde die Stute erschrecken und sich wieder verkrampfen. Damit hätte das Fohlen nie eine Chance, sich gegen die angespannten Muskeln des Mutterleibs zu drehen. Aber Lena war zufrieden. Es hatte sich gedreht und die Mama blieb ruhig.

„Sehr schön. Es wird bald losgehen."

Sie verwöhnte sie mit weiteren Streicheleinheiten, redete die ganze Zeit auf sie ein und hoffte, sie hatte in der kurzen Zeit genügend Vertrauen aufgebaut, um auch während der Geburt keine Schäden mit ihrer Anwesenheit anzurichten.

Geschlagene zwei Stunden mussten die vier Männer draußen warten und drehten beinahe durch vor Anspannung. Patrick hatte Lena noch Kleider gebracht und ihr eine eigene Thermoskanne Kaffee hingestellt. Aber er war den Pferden nicht zu nahe gekommen. Er hatte alles nur hinter der Stalltür abgelegt und Lena hatte es sich geholt. Dabei waren auch ein paar Kekse gewesen ...

Die Männer hörten lautes Wiehern und spannten sich an. Das Scharren der Hufe war bis zu ihnen zu hören. Von Lena hörte man nichts. Ging es ihr gut? War sie getreten worden und lag irgendwo verletzt? Hätte sie nicht geschrien? Sie sollten ja alle nicht reinkommen, aber Patrick und Mike waren verrückt vor Sorge um Lena.

Als Lena nun endlich herauskam, war sie von oben bis unten eingesaut. Es war auch eine ganze Menge Blut dabei.

„Lena!", riefen sie erschrocken und stürzten auf

sie ein.

„Ganz ruhig", lachte sie und wich aus, bevor sie jemand anfassen konnte. „Es geht allen gut. Ein starker junger Hengst. Und Mama geht es auch gut."

Für einen Moment hatte sie die Herren tatsächlich sprachlos gemacht. Sie wurde einfach nur angestarrt, dann brach es aus Patrick heraus. Er fiel ihr lachend um den Hals. Sein Kapital war dabei nicht so vordergründig wie der Stolz auf seine Tochter.

„Du hast es geschafft", gluckste er. „Ich bin so stolz auf dich."

„Und jetzt genauso dreckig wie ich. Kann ich mich bei euch ein bisschen waschen?"

„Nimm ein Bad", strahlte ihr Pa sie an. „Deine Verwöhnung liegt in unseren Händen."

„Allerdings", lächelte ein ihr Fremder. „Thomas Kelly von nebenan. Vielen Dank, junge Dame."

„Keine Ursache. Und keiner könnte solchen Dank aufbringen, der das Glück da drin aufwiegt."

„Können wir rein?", fragte Mike ebenso glücklich, erleichtert und wahnsinnig stolz.

„Aber langsam und leise. Sie hat sich so weit beruhigt, das sollte so bleiben. Für ein paar Tage sollte sie sonst keinen Besuch bekommen."

„Geht klar", legte Thomas fest. „Aber sehen würde ich ihn schon gern mal."

„Na los", lachte Lena leise und öffnete das Tor wieder.

Die Stute stand ganz nah bei ihrem Fohlen. Lena hatte es mit dem Stroh trocken gewischt, damit es nicht noch krank würde. Es hatte genug Anstrengung hinter sich und ein bisschen Erholung nötig.

„Wahnsinn", flüsterte Patrick. „Er ist wunderschön."

„Das ist er", stimmte Thomas ihm nur zu gern zu. Aus dem würde ein richtiger Zuchthengst werden. „Wie soll er denn heißen?"

„Ich würde sagen, das kann Lena bestimmen", schlug Mike vor. Ohne sie wäre der Kleine nämlich gar nicht mehr am Leben.

„Gott sei dank", schnaufte sie lachend, aber immer noch leise. „Ich hab ihn die ganze Zeit Leo genannt."

„Leo?", grunzte Thomas angestrengt, um ja keinen Ton zu viel von sich zu geben. „Ein Löwe sieht aber anders aus."

„Danke für den Hinweis. Aber seine Färbung sieht aus wie ein Löwe. Und wenn er eine richtige Mähne hat, wird er ein richtig stolzer Löwenkönig." Deshalb hatte sie ihn ja so genannt.

„Na schön", schmunzelte Patrick. „Dann soll er Leo heißen."

„Na los", bat Lena leise und ließ die junge Familie wieder allein.

Für die bereits Anwesenden und später auch für das ganze Dorf hatte sie ein wahres Wunder vollbracht. Der Tierarzt kam kurz darauf angerast und sah noch mal kurz nach den beiden, aber es ging ihnen hervorragend.

„Bleibst du?", fragte er Lena mit spöttischem Glanz in den Augen.

„Leider nein."

„Schade. Du hättest bei mir sofort anfangen können. Auch während des Studiums. Es gibt nicht viele Tierärzte, die auch wirklich so mit Tieren umgehen können."

„Mein Lehrmeister sagt immer: Tiere beherrschen vielleicht die menschliche Sprache nicht, aber mitteilen können sie sich trotzdem."

„Sehr weise, das muss ich mir merken." Er überreichte ihr eine Visitenkarte. „Wenn du doch noch Interesse hast, ruf an. Ich hab einen so weiten Radius abzudecken, dass ich unmöglich überall gleichzeitig sein kann."

Patrick verabschiedete ihn und die Kelly-Brüder, dann herrschte wieder Ruhe und Frieden auf seinem Grundstück. So viel Trubel gab es hier sehr selten. Abgesehen von Geschäften hatte Patrick sowieso mit keinem Menschen mehr zu tun. Nur die Milch seiner Kühe und die Wolle seiner Schafe musste ja irgendwer kaufen, wenn sie davon leben wollten. Dafür ließen sich persönliche Kontakte nicht vermeiden.

„Das klingt nach einem Traum", flüsterte Mike hinter Lena. Er schämte sich für seine Gedanken, aber er wollte, dass sie sie kannte. Er wünschte sich, sie würde bleiben, das Studium in Irland machen und beim ansässigen Tierarzt lernen, sich später mit ihm eine Praxis teilen und … Vor Mikes geistigem Auge baute sich eine richtige Zukunft auf, die es nicht gab.

„Du hast Recht", gab Lena sofort zu. „Es wäre ein

Traum. Aber für meine Ma ein Albtraum."

Wer konnte schon von sich behaupten, ein Jobangebot vorm Studium zu bekommen? Sie hatte noch nicht mal ihr Abitur gemacht. Ihr Ferienjob hatte ihr auch schon Zukunftsaussichten nach dem Studium geboten, aber das hier war anders. Hier konnte sie es sich schon direkt vorstellen. Sie würde einen Radius abdecken, jedes Tier und jeden Menschen beim Namen kennen, sich um sie kümmern und ihnen helfen. Sie würde hier wirklich gebraucht werden, wie sie es sich immer gewünscht hatte. Mehr als in Deutschland, wo es quasi in jedem größeren Dorf einen Tierarzt gibt.

Aber nicht ohne ihre Ma! Da gab es für Lena keine Kompromisse.

Patrick und Mike nahmen ihr Versprechen sehr ernst. Sie legten Lena in ein heißes Bad und bedienten sie anschließend mit allerlei Köstlichkeiten. Das tat gut, dachte sie. Sie war wie ausgehungert. Und todmüde. Sie schlief auf dem Sofa ein, an ihren Pa gekuschelt. Mike schrieb Brianna eine SMS, dass sie sie schlafen lassen würden. Das gute Ende hatte Lena schon selbst mitgeteilt, als sie in der Wanne gelegen hatte. Nun sollte sie auch schlafen. Patrick traute sich kaum, vom Sofa aufzustehen. Ganz vorsichtig legte er sein Kind neben sich, deckte sie sanft zu und verließ mit Mike das Zimmer. Sie hatten andere Tiere, um die sie sich noch kümmern mussten.

Unterdessen saß Brianna allein beim Frühstück. Nach der Nachricht, es sei alles gutgegangen und Lena wäre eingeschlafen, hatte sie sich auch noch mal für eine Weile hingelegt.

Beim Frühstück klingelte es schon. Da war aber jemand sehr zeitig dran, dachte sie, knotete ihren Bademantel zu und öffnete die Tür. Vor ihr stand eine Frau wie Francesca, die kein bisschen in diese Gegend passte. Unecht blond, gestylt, geschminkt und in feinem Hosenanzug.

„Guten Morgen", sagte Brianna skeptisch. Was sollte denn jetzt kommen?

„Guten Morgen", lächelte sie. „Mein Name ist Christine und ich würde gern kurz mit ihnen reden."

„Und worüber?" Ein unangenehmes Gefühl überkam Brianna. Irgendwas stimmte an der Situation nicht. Vielleicht war es auch die Ahnung einer schlechten Nachricht.

Christy sah kurz über ihre Schulter. Noch niemand zu sehen. „Können wir uns setzen? Das ist nicht leicht für mich."

„Um was geht es denn?", fragte Brianna, gab der Höflichkeit aber nach und bat sie herein. „Kaffee?"

„Gern", lächelte Christy zufrieden. Das hatte doch bestens geklappt.

Sie setzten sich an den Frühstückstisch und Brianna servierte ihrem Gast einen Kaffee. Das Essen lehnte sie jedoch ab.

„Also", begann sie. „Glauben sie mir, das ist mir wirklich unangenehm, aber ich musste einfach herkommen. Es geht um Paddy. Patrick O'Mara."

Brianna schnappte nach Luft und rutschte um Haaresbreite unter den Tisch. Alle ihr bekannten Menschen hatten respektiert, dass sie darüber nichts wissen wollte. Niemand hatte sie wieder darauf angesprochen. Sie hatte Pad wieder halbwegs in ihrem Herzen eingeschlossen, soweit es in dieser Umgebung überhaupt möglich war. Und jetzt? Jetzt kam da eine Wildfremde und brachte Pad mit einem Faustschlag zurück.

„Bitte", bat Christy mit einem weichen Lächeln. „Ich hab gehört, was mal zwischen ihnen war."

„Was geht sie das an?", fauchte Brianna und stand so schnell vom Tisch auf, dass ihr Stuhl über den

351

Boden schabte und gegen einen Schrank knallte.

„Ich bin seine Frau."

Ein Blitz zog sich durch Briannas ganzen Körper. Von Kopf bis Fuß setzte für einen Augenblick sämtliche Funktion aus. Diese Frau! Dieses Weib war die Ehefrau ihres Geliebten? So war Brianna selbst nie gewesen! So unecht! So aufgedonnert! Sie konnte nicht glauben, dass er sich wirklich so sehr verändert haben sollte! Er hatte Make-up bei den Mädchen früher absolut abgelehnt. Brianna hatte nie welches getragen, weil er sie natürlich schön fand. Dem war sie treu geblieben. Nie trug sie auch nur Wimperntusche! Und was machte Pad? Sich ein Modepüppchen ins Haus holen?

„Bitte", bat Christy. Sie war ebenfalls aufgestanden und schaute mitleidig zu Brianna auf. „Ich bin nicht hier, um mit ihnen zu streiten. Ich möchte sie nur bitten, nicht zu zerstören, was wir uns aufgebaut haben. Was damals war, ist Vergangenheit."

Erst jetzt sickerte die Erkenntnis langsam in Briannas Hirn und schließlich auch in ihr Herz. Er war hier! Pad war wieder hier! In dem Ort, in dem sie beide so glücklich gewesen waren und absolutes

Glück in ihrem Kind gefunden zu haben dachten, war er nun glücklich an der Seite dieser Christine.

Konnte sie ihm daraus einen Vorwurf machen? Wohl kaum, denn auch sie hatte geheiratet und eine Familie mit Marco gegründet. Dass die so unschön auseinandergebrochen war, konnte Pad ja nicht ausbaden müssen. Wäre das nicht geschehen, wäre sie immer noch mit Marco verheiratet wie Pad mit dieser Christine. Einen Vorwurf konnte sie ihm daraus nicht machen. Es war sein Recht, sein Glück mit einer anderen zu finden. Und Brianna wünschte sich für ihn, dass er glücklich war und blieb, wenn auch nicht an ihrer Seite.

Heftige Eifersucht breitete sich in ihr aus. Sie hatte kein Recht dazu, aber Gefühle lassen sich nicht steuern wie in einer Schaltzentrale. Diese Christine hatte das, was Brianna hatte haben wollen! Sie hatte den Mann geheiratet, den Brianna stets und ständig an ihrer Seite haben wollte.

Er war tatsächlich hier in ihrer Nähe!

Damit breitet sich auch die Erkenntnis in ihr aus, dass Murphy und die anderen Bescheid wussten. Sie wussten, dass Pad hier war. Vielleicht wusste er inzwischen auch von ihrer Rückkehr und hatte seine

Frau vorgeschickt, um ihr nicht gegenübertreten zu müssen. Brianna konnte hören und fühlen, wie ihr Herz in tausende Scherben zerbrach.

„Ich ..." Sie schluckte den dicken Kloß der Enttäuschung herunter. „Ich wusste nicht, dass er wieder hier lebt. Und ich habe nicht vor, zu ihm zu gehen."

„Danke", sagte Christy erleichtert und umarmte Brianna auch noch. „Ich danke ihnen", flüsterte sie. „Es war damals nicht leicht für sie beide, aber er hat doch jetzt eine Familie. Unser Sohn ist siebzehn und es würde ihm das Herz brechen. Wir sind doch eine Familie."

„Die ich ihm nicht nehmen werde", legte Brianna fest und erkaltete in dem Moment endgültig. Sie wusste nicht mal selbst so genau, ob sie die Wärme noch spüren könnte, wenn Lena vor ihr stünde, denn die Illusion von Pad war soeben zerstört worden. Genau aus diesem Grund hatte sie Stephanie und die anderen abgeblockt. Jetzt wusste sie, Pad hatte sich tatsächlich völlig verändert, sonst hätte er diese Frau niemals geheiratet. Er war nicht mehr der Junge, den sie geliebt hatte. Er war ein Fremder, den sie auf der Straße vermutlich nicht mal erkannt hätte.

Zu dem Schmerz, der Enttäuschung und der Eifersucht mischte sich auch noch unglaubliche Wut, als Christines letzte Worte in Briannas müdem Hirn verarbeitet waren. Pad hatte einen Sohn! Einen siebzehnjährigen Sohn! Er war so alt wie Lena, also musste Pad diese Christine damals schon gekannt haben! Er hatte Brianna von vorn bis hinten verarscht! Und sie hatte ihr Leben damit verbracht, an ihn zu denken und sich nach ihm zu sehnen.

Sie kam sich unglaublich töricht vor!

Vielleicht würde es das irgendwann leichter machen. Mit diesem Wissen könnte sie vielleicht irgendwann akzeptieren, dass sie beide getrennte Wege gingen, die sich nicht mal mehr kreuzen würden. Zusammen würden sie garantiert nie wieder verlaufen. Dieser Traum war für Brianna kaputtgemacht worden und eine dicke Schicht Eis bildete sich um ihr Herz. Nur der Traum hatte ihr Herz vorm Erfrieren bewahrt.

Als Murphy kam, war Brianna alles andere als ausgeschlafen und gutgelaunt. Sie war so mies drauf, dass sie Mühe hatte, diese Laune nicht an den anderen auszulassen. Denen konnte sie auch keine Vorwürfe machen, nachdem sie sie alle unterbrochen hatte, wenn sie über Pad angefangen hatten. Sie hatte es ja nicht wissen wollen, wie sollte sie ihnen dann ihr Schweigen vorhalten? Jetzt wusste sie nur wieder, wieso sie es nicht hatte wissen wollen.

Für den Einstieg über ihre abgeschweiften Gedanken und ihre schlechte Laune hinweg, war die vergangene Nacht hervorragend geeignet. Sie musste erst mal allen erzählen, was passiert war. Bis zum Mittag wusste es die ganze Gegend und eine kleine Heldin war geboren.

Lena hatte nach dem Aufwachen noch mal nach ihren beiden Patienten gesehen. Sie waren wohlauf und Lena zufrieden. Die Stute erkannte sie und kam gleich zu ihr, als sie sich näherte. Sie hatten eine Freundschaft begonnen. Die Stute vertraute ihr, das wollte Lena mit einer Möhre unterstützen, die sie ihrem Pa aus dem Gemüsegarten geklaut hatte.

Sie wollte zurück zu Maeve laufen, hatte sie entschieden. Etwas Bewegung tat ihr gut bei dem verschobenen Tagesrhythmus. Unterwegs kam ihr ein Bauer auf dem Traktor entgegen.

„Hallo Heldin!", rief er ihr entgegen und Lena stutzte, bevor sie ihn grüßen konnte.

„Wieso Heldin?"

Er lachte. „Halb Irland weiß schon von deiner Heldentat heute Nacht. Ich muss weiter. Schönen Tag!"

„Gleichfalls", murmelte sie und drehte sich mit ihm. Er fuhr pfeifend einfach weiter. Was hatte der da gesagt? Wie war das denn bitte schön so schnell durch den Ort gegangen?

„Die Pferdeflüsterin!", wurde sie ein Stück weiter gerufen. Ein junger Kerl stand auf einem Weidengatter und winkte grinsend zu ihr herüber.

So ging das den ganzen Weg über. Wo Lena auch auf Menschen traf, kannte man sie und sprach sie an. Bis zu Maeves Haus war sie so durch den Wind, dass sie die Zwangsjacke erwartet hätte und es niemandem übelgenommen hätte.

„Was ist denn mit dir passiert?", fragte Brianna besorgt. Ihre Tochter sah völlig verwirrt aus.

„Ich werde immerfort angesprochen. Heldin und Pferdeflüsterin nennen sie mich. Wieso?"

Brianna umarmte Lena lachend. Es fiel ihr nicht ganz so leicht, wie es schien, aber sie hatte genug Gräuel im Inneren gegen Pad aufgebaut, um das Schauspiel zu meistern. „Das ging heute Vormittag schon durch alle Münder."

„Allerdings", bestätigte Rogan. „Ich hab es im Laden von Kelly persönlich gehört."

Lena schlug sich eine Hand vor die Augen. „Das ist doch nicht wahr. Wie ist das denn passiert?"

Rogan legte ihr einen Arm auf die Schulter und drängte sie zum Kaffeeausschank. „Der einzige Tierarzt hat so viel zu tun, dass wir vieles selbst machen müssen oder unseren Tieren den Gnadenschuss geben müssen. Mit der Stute wäre es genauso gewesen, wenn du nicht geholfen hättest. Bleibst du und machst eine Praxis hier auf?"

„Langsam!", lachte Lena völlig überfordert. „Ich hab noch nicht mal mein Abitur gemacht! Bevor ich an eine eigene Praxis denke, muss ich das Studium schaffen. Und jetzt ziehe ich mich um und helfe euch erst mal."

„Sieht doch chic aus", grinste Murphy und musterte sie von oben bis unten. Sie trug eines von Mikes Hemden und eine kurze Hose ihres Pas. Chic war ganz bestimmt etwas anderes!

„Meinst du, ich werde Miss Ireland?"

„Hundertprozentig!", prustete Sully los. „Kleiner Muck passt eher! Wieso hast du deine Schuhe behalten?"

„Ihr seid alle blöd!", lachte sie mit ihnen und ging sich wirklich erst mal umziehen. In ihren eigenen Kleidern fühlte sie sich dann doch viel besser.

Das einzige Problem: Sie hatte kein Nachthemd mehr. Für den Arbeitsurlaub hatte sie ja nur eines mitgebracht und das war nicht nur völlig verdreckt, sondern auch kaputt. Sie war irgendwo am Holz hängengeblieben und hatte es sich zerrissen. Sie überlegte noch, was sie am besten in der Nacht tragen sollte, als ihre Ma klopfte.

„Komm rein!"

„Was ist los?", fragte Brianna. Lena stand vor dem Schrank und suchte irgendetwas, dabei war sie schon angezogen.

„Ich brauche ein Nachthemd. Meins ist völlig hinüber."

„Oh. Fahr doch nach Tralee oder so und kauf dir eins."

Brianna wollte ihr schon Geld geben, aber Lena lehnte ab. „Nicht heute, aber danke. Was hältst du davon?"

Sie hielt sich ein Shirt vor, das relativ lang und weit war. Sie mochte in der Nacht keine engen

Sachen tragen, das wusste Brianna natürlich.

„Was hältst du von meinem Strandshirt?"

„Das Pinke?"

„Genau. Wäre der beste Ersatz, oder?"

„Gibst du es mir ab?"

„Sicher", lächelte Brianna, gab Lena einen Kuss auf die Stirn und ging das Shirt holen. Es war wie ein T-Shirt, nur fast knielang. Der Stoff war dünn genug, um es am Strand zu tragen, aber dick genug, damit die Sonne keine Chance hatte, die Haut zu verbrennen. Perfekt ...

Brianna beobachtete Lena noch eine ganze Weile unbemerkt aus dem Augenwinkel heraus, während sie ihren Teil an Maeves Haus renovierte. Es beruhigte Brianna, dass Lena noch immer diese Liebe hervorrief, wenn sie sie ansah. Auch wenn der Traum von Patrick zerplatzt war wie eine Seifenblase, war Lena noch immer die sichtbar gewordene Liebe Briannas, denn sie hatte Pad aufrichtig geliebt. Und wenn er schon so ein Modepüppchen an seiner Seite bevorzugte, war Brianna ihm doch dankbar, dass er ihr Lena geschenkt hatte.

Maeves Rückkehr

Etwa fünf Wochen hatte Maeve im Krankenhaus verbracht. Sie war tatsächlich kurz vorm Kollaps gewesen. Sie musste hier raus, sie musste sich bewegen, sie brauchte frische Luft, sie wollte ihr Land sehen! Das trostlose Krankenhauszimmer ging ihr tierisch auf die Nerven. Wenn sie aus dem Fenster sah, hatte sie nichts als Häuser im Blick. Keine Wiesen, Felder oder Hügel weit und breit zu sehen. Ihr fehlten der Geruch des Landes und des Viehs. Ihr fehlten die Sonne, der Nebel, der Wind und der Regen. So lange hatte sie noch nie ohne Regen auf ihrer Haut überstanden.

Die Menschen im Krankenhaus waren auch alles andere als ihre Dorfgemeinschaft. Die Frau im Bett neben ihr redete den lieben langen Tag. Meistens mit Maeve, dabei hörte sie nicht mal hin. Das Pflegepersonal war ja wirklich nett, aber die hatten nie Zeit. Alles musste immer schnell gehen. Kaffee konnten die auch nicht kochen und von den ungenießbaren Mahlzeiten wollte sie gar nicht erst anfangen.

Maeve war heilfroh, als ihre Bri sie endlich abholte!

Brianna kannte ihre geliebte Tante und lud sie aus dem Krankenhaus direkt ins nächste Café ein. Leckerer Kuchen und ordentlicher Kaffee - Maeve war im Himmel! Für Brianna war es Grund genug, andauernd vor sich hin zu kichern.

„Hör jetzt endlich auf!", lachte Maeve. „Wie seid ihr zurechtgekommen?"

„Alles bestens, keine Sorge. Deinem Hof geht es gut."

„Glaub ich dir. Bist nicht aus der Übung gekommen, was?"

„Nein, ging alles gut." Mehr wollte Brianna dazu nicht sagen. Noch nicht.

Ein Stock würde noch eine Weile zu Maeves ständigen Begleitern gehören. Die Verletzungen waren so weit abgeheilt, dass man sie aus der ärztlichen Dauerüberwachung entlassen hatte. Sie müsste dennoch für die nächsten zwei Monate regelmäßig einen Arzt aufsuchen. Ihr Bein blieb noch geschient, daher auch der Stock. Sie sollte die Mobilität langsam wieder aufnehmen. Als Brianna das gehört hatte, hatte sie den Arzt lachend gefragt, ob er Maeve nicht noch ans Bett fesseln könne. Den Begriff „langsam" kannte die Frau nämlich nicht.

„Bloß nicht!", hatte Maeve sich heftigst gewehrt. „Du bringst mich jetzt gefälligst nach Hause! Dann will ich nach meinen Tieren sehen und meinem Land!"

Brianna hatte dem Arzt versichert, sie würde darauf achten, dass sie es langsam anginge. Und wenn sie sie an ihr eigenes Bett fesseln müsste. Der Sturz war nicht ohne gewesen und nach fünf Wochen liegen sollte sich auch der Kreislauf langsam wieder aufbauen. Sie würde nicht am gleichen Tag in ihren Alltag einsteigen können. Das ging nun mal nicht und Brianna würde dafür sorgen, dass es die sture alte Dame einhalten würde!

Lena war nicht mitgekommen, denn sie hatte noch zu tun gehabt. Die Arbeiten waren abgeschlossen und am Vortag hatten sie alles noch auf Hochglanz geputzt. Stephanie hatte Kuchen für ganz Irland gebacken und von Murphy bringen lassen. Sie selbst würde mit den Kindern etwas später kommen. Bis dahin ging Murphy der kleinen Lena noch zur Hand.

Auf den Gedanken waren auch noch andere gekommen und Lena sah sich dem halben Dorf gegenüber, als sie die Tür öffnete. Auch nicht schlimm, dachte sie und freute sich.

Sie hängten ein riesiges Laken über die Tür, das Tante Maeve herzlich willkommen hieß auf ihrem Hof. Lena hatte es mit allen Dorfkindern bemalt. Auf einem großen Tisch stapelten sie das Geschirr und dann auch die abgedeckten Kuchen. Fürs Abendessen hatten Lena und Brianna schon alle möglichen Sachen eingelegt und Lydia, Rogans Frau, hatte die Salate übernommen. Es würde ein Fest auf dem Hof geben.

Brianna wusste natürlich Bescheid und hielt Maeve hin. Pünktlich halb drei Uhr nachmittags fuhren sie nun vor und Maeve wurden die Augen immer größer. Das ganze Dorf hatte sich versammelt und lächelte ihr entgegen.

Murphy öffnete ihre Tür und half ihr aus dem Wagen heraus. „Herzlich willkommen, Tante Maeve.“

Noch niemand hatte Maeve bisher Tränen vor Rührung vergießen sehen. Niemand! Diesmal hatten sie es geschafft! Sie staunte an ihrem Haus hinauf zu dem Dach, hielt auch an den neuen Fenstern inne und blieb an den Blumenkästen auf den Fensterbrettern hängen. Sie waren so verblichen gewesen, dass man die schöne Farbenpracht, die Brianna als Kind aufgetragen hatte, kaum mehr erahnen konnte. Und jetzt? Brianna höchst persönlich hatte sie neu gestrichen und Maeve empfände es als Beleidigung, dort irgendwelche Blumen hineinzusetzen.

Ihre herrische Art hatte sie im Krankenhaus allerdings nicht verloren. Mit tränennassen Augen überflog sie all ihre Freunde. „Wer zum Henker hat das zu verantworten?", schimpfte sie.

Lena ging breit grinsend auf sie zu. „Hallo Tante Maeve." Sie umarmte sie und wurde so fest gedrückt, dass ihr beinahe die Rippen brachen.

„Du bist ungehorsam, Kleines!", schimpfte Maeve, aber ihre Stimme war nur ein liebevolles Wispern. „Wie konntest du mir das nur antun?"

Immer noch grinsend drehte Lena ihren Kopf zu Murphy. „Distel trifft es ganz gut, du hattest Recht."

Maeve war so überwältigt, dass sie das einfach mal überging. Sie zog Lena wieder an sich. „Wieso hast du das getan?", flüsterte sie. „Ihr solltet ein bisschen Urlaub hier machen, jetzt hast du deine ganzen Ferien für mich geopfert."

„Ein Opfer wäre es nur gewesen, wenn du es mir nicht wert wärst. Aber du bist es wert. Nicht nur für mich."

Maeve küsste ihre Kleine auf die Wange, gab sie frei und zog sich Brianna heran. Auch da fielen … na ja … mehr oder weniger nette Worte. Aber sie alle kannten Maeve und hörten mit anderen Ohren. Beim Rundgang durchs Haus wurden so viele Neuerungen offenbart, dass es Maeve tatsächlich die Sprache verschlug. Die alten und morschen Dielen waren im ganzen Haus ersetzt worden. Das Dach war komplett neu gemacht worden. Die Dachrinnen und der Schornstein waren frei. Die Fenster waren neu gestrichen und abgedichtet. Sie könnte wieder Kerzen anzünden. Einen neuen Boiler gab es auch und die Leitungen waren fachmännisch überprüft und erneuert worden. Sogar die Tür ihres Kleiderschranks war repariert worden. Das musste ein Vermögen gekostet haben!

„Ich hätte meinen Hof keine fünf Minuten unbeobachtet lassen dürfen!", beschwerte sich Maeve beim Anblick des neuen Boilers. „Seid ihr eigentlich noch ganz bei Trost? So viel Geld und Zeit für eine alte Frau zu verschwenden! Gott, vergib ihnen, denn sie wissen nicht, was sie tun!"

Keiner von ihnen kannte sie anders. Sie meckerte und schimpfte die ganze Zeit. Aber nur, weil sie so ihren Dank ausdrückte. Das gehörte eben zu ihr. Sie umarmte jeden einzeln und dankte ihnen auch mit Worten, musste aber auch jedem sagen, dass es unvernünftig und nicht in ihrem Sinne gewesen war. Sie lachten gemeinsam über die Distel und feierten bis in die Nacht hinein.

Bevor Mike sich auf den Weg machte, setzte er sich mit Lena noch zu einem kleinen Spaziergang zu den Klippen ab. Sie mochte es und war gern dort, deshalb lag ihr Ziel für einen Spaziergang immer an den Klippen.

„Wie lange bleibt ihr noch?", fragte er leise. Er wollte eigentlich gar keine Antwort hören.

„Keine Ahnung. Die Schule geht bald wieder los. Zwei Tage sind wir mindestens unterwegs. Vermutlich nächstes Wochenende."

„Das ist noch eine Woche", stellte Mike entsetzt fest, blieb stehen und schloss Lena in seine Arme ein. „Ich vermisse dich jetzt schon."

„Ich dich auch", schniefte sie und schob sich noch tiefer in seine Arme hinein. Sie wollte so nahe bei ihm sein, dass kein Luftzug mehr zwischen ihnen wäre und sie trennen würde. In einer Woche wären es tausende Kilometer, die sie trennen würden. „Ich werde dir schreiben."

„Ich dir auch", versprach Mike. „Und wir telefonieren, ja? Mit Webcam. Dann kannst du mir zeigen, wie du so lebst."

„Nicht so wie hier. Mike, wollen wir es nicht versuchen?"

In den letzten Tagen vor Maeves Rückkehr hatten sie sich entschlossen, sich nicht ins Schicksal einzumischen. Wenn Lena Fragen an ihre Ma über ihre gemeinsame Vergangenheit mit ihrem Pa gestellt hatte, war sie so kalt gewesen. Abweisend. Sie hatte keine lustigen Geschichten erzählt, die sie erlebt hatten. Sie hatte nur knappe Antworten gegeben und alle weiteren abgeblockt. Es war so eigenartig für Lena gewesen, dass sie aufgehört hatte, überhaupt noch zu fragen.

Mit Mike hatte sie darüber gesprochen und beschlossen, es sei wohl sinnvoller, sich nicht einzumischen. Wenn Lenas Ma ihrem Geliebten so gegenübergetreten wäre, hätte das mehr zerstört, als es geholfen hätte. Bisher war Lena aber auch nicht dahintergekommen, was geschehen war. Von einem Tag zum nächsten hatte es die Veränderung gegeben, ohne einen offenkundigen Anlass.

„Ich weiß nicht", zweifelte Mike, obwohl auch er sich die Frage nicht zum ersten Mal stellte. „Weißt du inzwischen, was passiert ist?"

„Nein. Sie streitet ab, dass überhaupt was passiert ist."

Brianna hatte sich entschieden, Lena den Besuch von Pads Frau zu verschweigen. Auch dass er einen Sohn in ihrem Alter hatte. Dieser Sohn mochte Lenas Halbbruder sein, aber Brianna wollte das von ihr aufgebaute Bild im Kopf ihrer Tochter nicht zerstören. Sie wollte sie nicht dem gleichen Schmerz und der gleichen Enttäuschung aussetzen, wie sie es in sich spürte. Brianna hatte nur aufgehört, Pad so liebevoll und gutherzig darzustellen. Sie brachte es einfach nicht fertig, ihre Tochter bewusst anzulügen.

„Andererseits", überlegte Mike laut, „wird es wohl nie wieder so eine Chance geben, oder?"

„Nein, vermutlich nicht. Aber es kann auch ganz gewaltig in die Hose gehen."

„Ich weiß, aber was würde sich zu jetzt ändern?"

„Auch wieder wahr", gab Lena zu. Ihre Ma und ihr Pa redeten ja nicht miteinander, mehr könnte auch nach einem Zusammentreffen nicht passieren. „Was hältst du davon, Tante Maeve einzuweihen?"

„Hey." Ein zuversichtliches Grinsen zierte Mikes Gesicht. „Das ist doch die Idee. Sie kennt beide und könnte uns sagen, ob es gut wäre oder nicht."

„Dann schicke ich Ma morgen einkaufen und rede mit Tante Maeve."

„Geht klar. Sag mir dann Bescheid. Oder soll ich vorbeikommen?"

„Kannst du auch. Hast du einen Handwagen oder so?"

Mike runzelte verständnislos die Stirn. Wozu brauchte Lena denn einen Handwagen? Was hatte sie denn nun schon wieder vor? „Äh. Ja, wieso?"

„Wir könnten Tante Maeve mitnehmen an die Klippen. So weit soll sie nicht laufen, aber ich weiß, sie würde sich freuen."

„Dann tun wir das. Ich komme nach dem Frühstück zu euch."

Damit hatten sie immerhin einen kurzfristigen

Plan. In dieser Nacht liefen sie noch ewig an den Klippen entlang, setzten sich hier und da und quatschten die ganze Zeit. Sie genossen aber auch die Zärtlichkeit und Nähe eines verliebten Pärchens. Sie küssten sich und hielten sich an den Händen. Sie kosteten jede Minute aus, die ihnen noch geschenkt wurde.

Maeve war natürlich begeistert von der Aussicht, etwas raus zu kommen. Mike brachte auch nicht einfach einen Handwagen mit, sondern eine verdammt alte, aber immer noch funktionstüchtige Kutsche mit einem ihrer Pferde. Er und Lena liefen neben der strahlenden Maeve her. Sie hatte das Gefühl, sie wäre so lange weg gewesen, dass sich alles verändert hatte. Es sah irgendwie so fremd aus, obwohl es doch so vertraut war. Sie streifte gerade über ihr eigenes Land, das sie seit Jahrzehnten in- und auswendig kannte. So schnell würde es ihr hier nicht wirklich fremd vorkommen. Nach fünf Wochen Abwesenheit hatte es aber dennoch Veränderungen gegeben. Büsche waren ein wenig gewachsen, Gras war in die Höhe geschossen oder vom Vieh abgeweidet worden. Und die natürlichen Veränderungen der Jahreszeiten hatte Maeve in diesem Jahr auch nicht Stück für Stück miterlebt. Sie liebte es, wenn sie an jedem Tag, den sie über ihr Land streifte, eine weitere Veränderung Richtung Sommer oder Herbst sehen konnte. Diesmal hatte sie ein unübersehbares Stück einfach übersprungen.

Die drei plauderten gemütlich über dies und das, bis sie an den Klippen ankamen. Den ersten Blick genossen Mike und Lena immer in Schweigen. Maeve hielt es gleich, so sagte keiner mehr etwas. Sie sahen einfach übers Meer hinweg und träumten vor sich hin.

Für Tante Maeve hatten sie einen Gartenstuhl an die schmale Kutsche gebunden. Dort saß sie besser als die Kinder auf dem Boden.

„Und jetzt raus mit der Sprache", forderte sie. „Ihr habt was auf dem Herzen, das Bri nicht wissen soll."

Es war unglaublich, dachte Lena. Die wusste immer, wenn jemand etwas loswerden wollte, deshalb war es auch so schwer gewesen, sich mit ihr zu unterhalten, ohne ihr von den Bauarbeiten zu erzählen, ihr nicht mal eine Ahnung einzupflanzen! Sie hatten das Thema Hof komplett ausgelassen und auf keine ihrer Fragen reagiert, außer ihr zu sagen, es sei alles in Ordnung.

„Na ja ...", fing Lena unsicher an.

Maeve streichelte den beiden sanft über die Wangen. „Na kommt schon. Raus damit."

„Okay", schnaufte Lena und entschied sich, es einfach rauszulassen. „Ich bin mir sicher, du weißt, wer sein Vater ist."

Maeve senkte den Blick und wünschte sich, nicht mit ihnen gegangen zu sein. „Ja."

„Du weißt auch, dass Mike nicht sein biologischer Sohn ist."

Maeve schluckte schwer. „Ja."

„Und du weißt auch, dass er mein Pa ist."

Maeve kniff die Augen zusammen und zog den Kopf ein. „Ja."

„Genau wie alle anderen und ich auch."

Maeve hob den Kopf wieder, brachte es aber nicht fertig, Lena anzusehen. Sie fürchtete die Anklage darin und schickte ihren Blick lieber übers Meer hinweg. „Es tut mir leid, Lena. Deine Mutter wollte nicht, dass du das weißt."

„Ich weiß. Inzwischen hat sie mir erzählt, was damals war. Tante Maeve ..." Lena kniete sich neben den Stuhl ihrer Tante und hielt sich an ihrer Armlehne fest. „Sie liebt ihn immer noch."

„Das tut sie und er sie." Was würde Bri mit ihr machen, wenn sie das gehört hätte … „Du willst von mir wissen, wieso ich nie etwas gesagt habe, richtig?"

„Ich kann es mir denken."

„Kannst du nicht", stellte Maeve mit hundertprozentiger Sicherheit fest. Sie sah Lena wieder an und hatte nie zuvor für Lena und Mike so traurig und alt ausgesehen. „Bris Mutter ist meine Schwester und ich verabscheue mich, dass ich sie so sehr hasse. Gott möge mir vergeben, aber ich kann nichts anderes als Hass für sie zu empfinden, weil sie ihre Tochter so gefoltert hat. Ich wusste, Bri und Paddy wären nie wieder so glücklich wie zusammen, aber es gab keinen anderen Weg. Ich hätte Bri damals aufgenommen, aber ihre Mutter … Sie hätte Bri und dich nie in Ruhe gelassen. So wusste sie nicht, wohin sie ging. Das war der einzige Schutz, den ich euch geben konnte. Ich gab Gott und dir das Versprechen, dass mir euer Aufenthaltsort nie über die Lippen käme."

„Du hast es versprochen?", flüsterte Mike.

„Ich habe es geschworen, am Grab meines Mannes. Zu Lenas und Bris Schutz. Ich hatte keine

Ahnung, dass dein Vater zurückkommen würde. Er war fort und Keylam sagte, er würde nicht wiederkommen. Und dann war er wieder da. Als ich davon erfuhr, stand die Hochzeit mit deiner Mutter schon fest und Bri hatte Marco geheiratet. Ich glaubte, es sei das Beste so. Sie fügten sich beide in die endgültige Trennung. Außerdem brachte ich es nicht fertig, meinen Schwur zu brechen."

„Und dann?", fragte Lena aufgeregt. „Ich meine, du weißt, was Marco getan hat. Und du weißt von Christy."

„Allerdings", schnaubte Maeve mit einer Verachtung, die keiner der beiden Teenies ihr je zugetraut hätte. „Murphy hat mir erzählt, sie wollte dich mitnehmen?", fragte sie Mike.

„Und sie hat Lena umgefahren!", regte er sich auf.

Maeve schnappte erschrocken nach Luft, denn das war ihr noch nicht erzählt worden. „Um Gottes willen!"

„Halb so schlimm", lächelte Lena und wollte, dass sich ihre Tante ganz schnell beruhigte. „Ganz ruhig, nichts passiert. Mike hat mich ins Krankenhaus gebracht und ich durfte auch gleich wieder gehen."

„Gott sei dank", keuchte Maeve erleichtert.

„Mike, entschuldige, wenn ich es so ausdrücke, aber deine Mutter ist eine Furie."

„Das war sie schon immer", griente er. Nicht viele der Erwachsenen hätten ihm gegenüber ausgesprochen, was sie dachten. Nicht mal sein Dad.

„Tante Maeve", fing Lena unsicher an. „Wir waren zu dritt bei Pas Eltern. Es war ein schöner Tag und sie sind ebenso wie wir der Meinung, Ma und Pa müssten sich sehen."

„Halt halt halt!", rief Maeve erschrocken. „Ihr wollt mich aber nicht in irgendwelche krummen Dinger reinziehen!"

„Was ist an Liebe so krumm?", fragte Mike unschuldig und nahm provokativ Lenas Hand.

Die Erkenntnis schob sich wie eine Wolke in Maeves Gesicht. Sekundenlang stand ihr Mund offen und sie starrte die beiden Kinder an. Dann schlug sie sich eine Hand vor die Augen. „Das hätte ich nicht wissen sollen!"

„Wieso nicht?", fragte Lena genauso unschuldig. „Pa weiß es."

„Aber der muss auch nicht deiner Mutter gegenübertreten. Oder willst du mir sagen, sie weiß es auch?"

„Na ja, nicht alles."

„Dachte ich mir. Sie hat keine Ahnung, wer Mikes Vater ist, richtig?"

„Mhmh", nickten die beiden synchron und sahen auf das schöne Gras unter ihnen.

„Ich hab ja geahnt, ihr bringt mich in Schwierigkeiten. Wie soll ich denn durch die Gespräche mit deiner Mutter kommen?"

„So wie wir seit ein paar Wochen", antwortete Lena sofort. „Wir halten uns ja zurück. Aber Tante Maeve, wir brauchen deinen Rat. Ma hat mir die Geschichte von damals erzählt und ich hab die Sehnsucht in ihr gesehen, genau wie in Pa. Seine Eltern sind der Meinung, wir sollten dem Zufall helfen, dass sie sich begegnen."

Maeves Meinung nach gab es da ein riesengroßes Problem: „Wie wollt ihr den Einsiedler denn unter Menschen kriegen?"

„Da lassen wir uns was einfallen", legte Lena entschlossen fest. „Aber vor ein paar Tagen war Ma auf einmal so kalt irgendwie. Sie redet nicht mehr über ihn. Wir wissen nur nicht, wieso nicht. Meinst du, sie sind sich begegnet?"

„Das hättet ihr anders bemerkt. Hat euer ...“ Maeve stockte und ihr Blick huschte zu den verschlungenen Händen der beiden. „Ich möchte ihn nicht *euren* Vater nennen, also bleiben wir bei seinem Namen. Hat sich Paddy verändert?“

„Nein“, lachte Mike. „Ich bin ja froh, dass es nicht nur uns so geht.“

„Na ja ...“ Maeve schmunzelte etwas verlegen und sprach einfach mal aus, was sich in ihrem Kopf gerade verknotete. „Richtige Geschwister seid ihr ja nicht, aber merkwürdig ist es dennoch. Und wenn ich mir eure Gesichter jetzt so ansehe, sucht ihr bei mir die Wunderlösung, dass ihr bleiben könnt und Bri und Paddy wieder zusammenfinden.“

„Ja!“, riefen sie energisch.

„Da erwartet ihr Wunder, für die ihr weiter oben nachfragen müsst. Ich hab Paddy ewig nicht gesehen. Er wollte keinen Menschen mehr sehen, vor allem nach der Scheidung. Und was Bri angeht: Sie hat ihn in ihrem Herzen begraben und einen Schlussstrich gezogen. Deshalb hatte ich sie auch nicht direkt gebeten, herzukommen, als ich im Krankenhaus lag. Ich wusste, was es für sie bedeuten würde, wieder herzukommen. Meine

Schwester lebt nicht mehr hier, deshalb wusste ich, es bestand keine direkte Gefahr. Aber es reißt alte Wunden auf und ich weiß nicht, ob es das besser macht, wenn sie sich treffen. Sie haben sich beide sehr verändert."

„Ma gar nicht, sagt Murphy", antwortete Lena bockig.

„Äußerlich vielleicht", musste Maeve leider sagen. „Du darfst nicht vergessen, dass auch sie sich siebzehn Jahre nicht gesehen haben. Meine Schwester wurde kälter als ein Eisblock nach dem Vorfall damals in ihrer Jugend. Sie hat diese Kälte immer nach außen gekehrt. Sie hat es in Wut und Hass auf ihre Tochter gewandelt. Die Trennung von Paddy hat Bri genauso kalt gemacht. Nur mit einem Unterschied: Sie schloss die Kälte in ihrem Herzen ein und meisterte ihr Schauspiel. Wenn sie dich ansieht, Lena, dann fühlt sie wahre Liebe. Aber sonst lässt sie niemanden mehr so nahe an sich heran, dass sie Liebe empfinden könnte. Daraus dürfen wir ihr keinen Vorwurf machen. Es ist ein Selbstschutz."

„Aber das ist falsch!", legte Mike fest. „So geht das doch nicht weiter. Ich denke, Dad könnte das Eis schmelzen. Er liebt sie."

„Ich weiß. Er hat sie immer geliebt, wie auch umgekehrt."

„Warum hat sie Marco dann überhaupt geheiratet und nicht versucht, Pa zu finden?", fragte Lena unglücklich. Das Schicksal ihrer Eltern ging ihr sehr nahe, das sah auch Maeve. Die beiden Kinder hatten offenbar die ganze Zeit verschiedene Seiten gehört, aber nicht alles im Zusammenhang. Diese Lücken musste Maeve nun versuchen zu füllen. Keine leichte Aufgabe, denn beide Kinder hingen an ihren Eltern und wollten kein Leid über sie bringen.

Maeve seufzte tief. „Für dich", antwortete sie auf Lenas Frage und entschied sich für die volle Wahrheit. Bri würde sie köpfen, wenn sie das erfahren würde, aber damit musste sie jetzt zurechtkommen. Sie konnte Lena und Mike nicht mit den Fragen stehenlassen. „Sie wollte für dich eine normale Familie gründen, einen Vater für dich. In Paddys Sinne, musst du wissen, denn ihm war immer wichtig, dass du ein liebevolles zu Hause hast, einen Vater, der dich lehrt und schützt, ein Heim, in dem du behütet aufwächst. Er durfte dir dieses Geschenk nicht machen und gab seine Liebe und sein Heim an Mike. Bri weiß, dass ihm immer wichtig war, dass es dir nur gutginge, Lena. Als Bri heiratete, hoffte sie also, dass sie Paddys Wunsch erfüllte, dir ein familiäres Heim zu bieten, wie du es hier nicht gefunden hättest. Nicht in der Nähe meiner Schwester."

Während der Erzählung lehnte sich Lena an Mike und ließ ihren Tränen freien Lauf. Sie fühlte sich schuldig am Unglück ihrer Mutter. Sie war dafür verantwortlich, obwohl ihre Ma ihr nie einen Vorwurf gemacht hatte, wie sie sie selbst von ihrer Mutter gehört hatte. Lena fühlte es nur in ihrem Herzen. Wäre sie nicht zum Leben erwacht, wäre die gemeinsame Nacht ihrer Eltern eine Sünde geblieben, die sie nicht auseinandergerissen hätte.

„Also meinst du, wir sollten es nicht tun?", fragte Mike nach einigen Minuten Schweigen.

„Das hab ich nicht gesagt. Ich weiß nur nicht, ob Liebe in diesem Falle reicht. Bri ist kalt geworden und Paddy ein Einsiedler. Kennt man die beiden heute, würden sie kein bisschen zusammenpassen."

„Pa kommt aber aus sich heraus", bedachte Lena. „Wir haben auf dem Ceann Sibéal getanzt. Wir haben Lieder gesungen und Musik gespielt. Wir sind über die Klippen geklettert. Er hat mit uns gelacht und hatte Spaß."

„Deine Anwesenheit dürfte ein Grund dafür sein, obwohl er auch Mike gegenüber nie so verschlossen war wie jedem anderen gegenüber. Vielleicht ist es genug, wenn er Bri sieht, auch die letzte Blockade zu brechen. Aber ob es andersherum funktioniert, weiß ich nicht."

„Du weißt nicht, ob der griesgrämige Brummbär genügt, das Eis zu schmelzen", fasste Mike zusammen.

„Genau. Weiß Paddy, dass sie hier ist?"

„Ja. Aber er will sie nicht sehen."

„Weiß Bri, dass er hier ist?"

„Nein, ich glaube nicht", antwortete Lena. „Sie hat nur gesagt, sie weiß nicht, wo er hin ist, und ich könne ihn suchen, soll sie aber da raushalten."

„Das ist typisch." Maeve stützte die Ellenbogen auf die Armlehnen ihres Gartenstuhls, faltete die Hände und legte ihr Kinn darauf ab. Mit dem Blick gen Meer suchte sie die eine Lösung, die die Kinder zufriedenstellen würde, vielleicht Bri und Paddy wieder zusammenführen würde, aber bitte den Schaden von damals nicht vergrößern würde. Gab es diese Lösung mit Gewissheit? Nein. Egal, was sie machten, es bestand immer ein Risiko. In die eine oder auch die andere Richtung.

„Na schön", sagte sie schließlich. Sie hatte eine Entscheidung getroffen. „Ich bin seit siebzehn Jahren der Meinung, sie gehören zusammen. Das finde ich immer noch. Bri könnte ihm den Einsiedler austreiben und er ihr Herz erwärmen. Aber sie haben Angst vor Enttäuschung und ich weiß ehrlich nicht, ob sie die überwinden können. Christy und Marco haben nicht gerade dazu beigetragen, ihren Glauben an die Liebe zu festigen. Aber meiner Meinung nach sollten sie die Entscheidung dazu gemeinsam von Angesicht zu Angesicht treffen, nicht jeder für sich. Wenn sie sich in sich selbst zurückziehen, ist es leichter, sich abzuwenden. Wenn sie sich gegenüberstehen, wird das nicht mehr so leicht."

Lena und Mike strahlten schon übers ganze Gesicht. Sie hatten eine Verbündete!

„Und wie stellen wir das an?", fragte Mike schon ganz hibbelig. Er war überzeugt, dass es klappen würde. Immerhin innerlich. Er setzte seine ganze Hoffnung darauf, dann könnte Lena nämlich vielleicht auch bleiben.

„Ihr habt euch schon was ausgedacht", wusste Maeve.

„Na ja, wir wollten in den Pub in Dingle", erzählte Lena. „Nicht so viele bekannte Gesichter, die ihnen zusehen wie im Theater."

„Gute Überlegung." Da hätte Bri nämlich aus Selbstschutz auf Abwehr gestellt. Und Paddy vermutlich auch.

„Aber Pa will nicht", maulte Lena niedergeschlagen. „Er will nicht so viele Menschen um sich haben."

Sie hatten ihn nämlich schon gefragt, nachdem Faye ihnen zugeredet hatte. Ihren Pa zu überzeugen, war bei diesem Plan die größte Hürde, deshalb hatten sie mit ihm angefangen und waren gescheitert. Er hatte sie liebevoll angesehen und erklärt, dass er sich zwischen so vielen Menschen nicht wohlfühle. Er hatte ihnen Geld gegeben und gesagt, sie sollten sich einen schönen Abend machen. Toll, so war das nicht geplant gewesen! Das wiederum durften sie sich nicht anmerken lassen und waren in Dingle gewesen. Im Pub waren sie auch mal kurz gewesen, dann hatten sie einen Spaziergang im Ort und an der Strandpromenade gemacht. Es war ja wirklich schön gewesen, aber eben nicht ganz perfekt.

Diesbezüglich würde sich Maeve einmischen. „Ich krieg ihn schon dazu, mit euch zu gehen."

„Und Ma?", fragte Lena. Ihre Augen glänzten wieder in Hoffnung. Maeve sah Lenas Augen meist mit lebensfrohem Glanz. Hier in diesem Urlaub hatte sie schon viele Tränen vergossen und ihre Augen getrübt. Doch nun, da Maeve ihr wieder einen Weg bot, glänzten sie wie zwei kleine Sternchen. „Wir wollten uns zufällig treffen. Mike bringt Pa mit und ich Ma."

„Deine Ma überlässt du mir", legte Maeve fest. Nein, sie konnte die beiden Kinder einfach nicht hängenlassen. „Ich muss eh morgen zum Arzt in Dingle und noch ein paar Besorgungen machen. Dann kann ich sie in den Pub zerren. Und ihr werdet mit eurem ..." Wieder stockte Maeve. Es widerstrebte ihr, vom gemeinsamen Vater der beiden zu sprechen, wenn sie vor ihr saßen wie ein Liebespaar!

„Mach es so wie wir", schmunzelte Mike. „Mein Dad und ihr Pa."

„So kriegt ihr das hin?", lachte Maeve. Es beruhigte sie ein wenig, dass es ihnen wohl doch nicht ganz so leichtfiel, wie man auf den ersten

Blick meinen könnte. Sie schienen aber auch schon etwas Übung darin gefunden zu haben.

„Sicher. Ich wollte auch nicht sagen, wir gehen zu *unserem* Vater, bevor ich sie küsse. Das kommt nicht so gut an."

Lena lachte auch schon leise vor sich hin. Am Anfang hatten sie auch immer mal wieder ihre Sätze abgebrochen, weil die Formulierung eben merkwürdig war.

„Lacht mich nicht aus!", forderte Maeve empört. „Auf meine alten Tage verlangt ihr wirklich viel von mir."

„Tut mir leid!", brach es aus Lena heraus und sie kringelte sich halb vor lachen.

„Ja ja. Also ich schleppe Bri an und ihr Paddy. Ihr müsst mir nur sagen, in welchen Pub ihr gehen wollt."

So stand der Plan, der das Glück besiegeln sollte. Ob er es wirklich schaffen würde oder für noch mehr Leid sorgen, sollte sich zeigen.

Der Plan

Sie fuhren zurück zu Maeves Hof und Maeve nahm den Pferdewagen, um noch weiter zu Paddy zu fahren. Laufen würde sie das Stück nicht so schnell können. Weit war es ja nicht, aber mit dem geschienten Bein doch nicht so leicht zurückzulegen.

Patrick kam aus dem Stall, als er das Geräusch der Hufe hörte. Er wollte seinem Jungen helfen, das Pferd auszuspannen, dabei war es gar nicht Mike.

„Maeve", staunte er. Die hatte er lange nicht auf seinem Hof gesehen. „Was machst du denn hier?"

„Dir den Wagen bringen und dich besuchen", lachte sie und brauchte doch tatsächlich seine Hilfe beim Absteigen. Er hob sie mit Leichtigkeit herunter. „Danke."

„Kein Problem. Wie geht's dir?"

„Wird schon wieder. Hast du ein paar Minuten?"

„Klar. Willst du einen Kaffee?"

„Ein Spaziergang wäre mir lieber", verriet Maeve flüsternd. „Erst die Leute im Krankenhaus, jetzt Bri. Irgendwer will mich immer aufhalten."

„Sie sorgt sich eben um dich", schmunzelte Patrick. Er hatte beinahe vergessen, wie Maeve war. Aber er tat ihr den Gefallen. „Na komm", lächelte er und bot ihr seinen Arm. Den Stock auf die andere Seite, schon konnte sie über seinen Hof laufen.

„Du bist der Größte, sag ich dir. Aber verrat es Lena und Mike bitte nicht."

„Mach ich nicht. Bist du wegen ihnen hier?" Er vermutete ja, sie habe mitbekommen, was zwischen den beiden Teenies lief, und war deshalb hier.

„Indirekt. Sie haben mir alles erzählt."

„Bei Tante Maeve war man schon immer willkommen."

„Das wird sich auch nicht ändern, glaub mir. Paddy, ich bin froh, dass es so gekommen ist."

„Du hast es gehofft, als sie kommen wollten, richtig?", vermutete Patrick. So kannte er Maeve nämlich von früher. Sie hatte nie direkt gegen den Wunsch eines Anderen gehandelt, aber wenn sie der

Meinung war, ein anderer Weg sei besser für alle Beteiligten, dann hatte sie den Lauf der Dinge auf diesem besseren Weg nicht aufgehalten. Sie hätte Brianna sagen können, dass Patrick wieder hier wohnte. Sie hätte ihre Nichte wenigstens vorbereiten können, doch das hatte sie nicht getan, denn dann wäre die Gefahr groß gewesen, dass Brianna gar nicht erst hergekommen wäre. Das hielt Maeve aber für besser und hatte gehofft, es würde zu einem Kontakt kommen. Auch zwischen Patrick und Lena. Und immerhin in diesem Punkt war er ihr unglaublich dankbar. Der Kontakt zu seiner Tochter war Grund genug, Maeve in Patricks Augen in den Stand eines Engels zu erheben.

Für ihre Art schämte sich Maeve auch nicht. „Schon möglich. Es hat dir und Lena auf jeden Fall gutgetan."

„Das hat es", träumte Patrick mit vor Glück strahlenden Augen. „Sie ist ein wunderbares Mädchen."

„Das ist sie wirklich." Sie kamen in den Stall zu dem Fohlen. „Ist es das? Bri hat es mir erzählt."

„Das ist er. Die beiden wären ohne Lena nicht mehr am Leben." Patrick beobachtete den kleinen

Leo, wie er quietsch vergnügt durch die Box hüpfte, und seine Mutter, wie sie ständig besorgt um ihn herum war.

„Du kannst stolz auf deine Tochter sein, Paddy."

„Das bin ich. Das war ich in all den Jahren, ohne zu wissen, was sie tut."

„Es tut mir leid, ich konnte es dir nicht sagen."

„Ich weiß", lächelte er verständnisvoll. Natürlich hatte er damals auch bei Maeve nachgefragt, wo Bria war. Sie hatte ihm gesagt, sie habe einen Gottesschwur geleistet. Danach hatte er nie wieder nachgefragt und warf ihr nichts vor, denn sie hatte zum Wohl von Lena und Bria gehandelt. Ihm war sehr deutlich bewusst, dass Brias Mutter sonst nie aufgehört hätte, sie zu löchern, sie zu striezen und zu quälen, bis sie es aus Maeve herausgequetscht hätte. Nach diesem Schwur hatte auch Brias Mutter nie wieder nachgefragt. Bria und Lena waren sicher vor ihr gewesen. Wie sollte ein liebender Vater und Mann Maeve einen Vorwurf aus ihrem Schweigen machen?

„Hör zu", sagte Maeve beschwingt. „Lena hat schon ewig mal Urlaub hier machen wollen, aber Bri wollte nicht. Wie es das Schicksal so wollte, kam es nun doch dazu, obwohl die beiden wohl nicht viel außer Arbeit von ihrem Urlaub hatten."

„Das haben sie gern getan, glaub mir", versicherte Patrick.

„Ich glaub es auch, das ist ja das Schlimme. Sie sollten sich hier ein bisschen erholen und abschalten. Stattdessen haben sie mit dem ganzen Dorf geschuftet. Und auch noch für mich!" Maeve war immer noch nicht darüber hinweg, dass man sie so hintergangen hatte und sie nicht mal die leiseste Ahnung gehabt hatte. „Sei es, wie es sei. Das kann ich nicht mehr ändern. Aber du solltest wissen, dass du deine Tochter ziemlich traurig gemacht hast."

Patrick fiel aus allen Wolken und musste sich an einem Holzbalken festhalten. „Was?" Wieso wusste er das nicht? Ihm war nicht mal was aufgefallen und Mike hatte auch nichts gesagt.

„Für Lena hat dieses Land schon immer eine gewisse Anziehung bedeutet, musst du wissen. Und dazu gehört ein echt irischer Pub." Patrick ließ den Kopf hängen, weil er wusste, was kommen würde. „Paddy, sie hätte sich das sehr gewünscht. Sie hat nicht mit einem Vater hier gerechnet und fand ihn in Liebe und Freundschaft. Sie hat erzählt, ihr habt zusammen gesungen."

„Mit meinen Eltern", brummte er.

„Hat sie erzählt. Sie liebt dich, Paddy. Und sie will mit ihrem Pa angeben, solange sie noch hier ist."

„Pa", wiederholte er und fühlte dabei noch genau wie beim ersten Mal diesen Stolz in sich.

„Ja, ihr Pa. Jetzt gerade siehst du genauso aus wie Bri, wenn sie Ma genannt wird."

Er fühlte sich vermutlich auch so. „Maeve, was willst du von mir hören? Ich war seit Jahren in keinem Pub mehr und bin nicht scharf darauf. Die vielen Leute, der Lärm und der Trubel - das ist nichts für mich."

„Ich kannte da mal einen Jungen, der sich nachts heimlich weggeschlichen hat, um mit den anderen Lausebengeln in den Pub zu gehen. Der hatte immer viel Spaß daran."

„Das ist zwanzig Jahre her, Maeve. Der Junge existiert nicht mehr. Ich bin froh, wenn ich sie alle nicht sehen muss."

„Weil dich jeder Einzelne an Bri erinnert", erkannte Maeve sehr richtig. Das wusste sie seit

Jahren und hatte schon damals gewusst, wieso er sich immer mehr zurückgezogen hatte. Das Schicksal der beiden ging ihr sehr nahe, denn tief in ihrem Herzen sah sie Brianna schon lange nicht mehr als Nichte. Sie hatte schon in Briannas Kindheit angefangen, Muttergefühle zu entwickeln, weil das Mädchen so oft Schutz und Hilfe bei ihr gesucht hatte. Und als Brianna dann mit Patrick zusammen war, hatte sich Maeve gefühlt, als würde sie zur Schwiegermutter werden. Sie empfand Patrick gegenüber ebenso viel Liebe wie einem Sohn gegenüber. Und dann musste sie zusehen, wie ihre beiden Kinder fast zwanzig Jahre lang zum stillen Leiden verurteilt worden waren. Wie es im Moment aussah, würde es ein lebenslanges Leiden bleiben. Maeve legte all ihre Hoffnung in ein Aufeinandertreffen der beiden Liebenden.

„Ja", gestand Patrick. „Wenn ich Murphy sehe, sehe ich Bria. Wenn ich Stephanie und die Kinder sehe, zerreißt es mir das Herz. Ich habe mich damals so darauf gefreut, verstehst du? Ich wollte sehen, wie der Bauch wächst. Ich habe Bria versprochen, bei der Geburt dabei zu sein, weil sie Angst hatte. Ich wollte mein Kind in der Welt begrüßen. Ich wollte sie halten, sie aufwachsen sehen. Ich wollte ihre ersten Schritte sehen, sie zum ersten Schultag begleiten und so weiter. Ich habe nichts von alledem getan und hab das Gefühl, etwas verpasst zu haben, das mir keiner wiedergeben kann. Niemals."

„Ich weiß", flüsterte Maeve betroffen. Es gibt nicht viele Väter, die ihr Kind so geliebt hätten wie dieser Mann. Und ausgerechnet ihm war es genommen worden. Maeve legte ihre runzlige Hand auf den strammen Unterarm von Patrick. „Du würdest ihr damit einen großen Gefallen tun. Und Mike auch, denn er sieht dich zum ersten Mal so aufgeschlossen und hat gehofft, du würdest den Weg zurück ins Leben finden. Lena und Bri fahren in ein paar Tagen. Überleg dir, ob es dir das Opfer wert wäre. Ihr könntet nach Dingle fahren, wo du keinen kennst."

„In ein paar Tagen", murmelte Patrick. Alles andere war kaum angekommen, nur dass seine Tochter in ein paar Tagen wieder wegfahren würde. Es hatte sich hier alles so eingespielt in den letzten Wochen, dass er den Abschied verdrängt hatte. Aber der war unausweichlich. Sie würde wieder wegfahren und er sie nicht so schnell wieder in seinen Armen halten können. Mit Mikes Hilfe würde er sie vielleicht übers Internet sehen können, aber nicht berühren und nicht riechen. Wenn er ihr dann zum Abschied so ein Geschenk machen könnte, wäre es das doch wert, oder nicht? Es wäre nichts, das sie in ihren Koffer packen könnte, aber in ihrem Herzen würde es lebendig bleiben.

Und Mike? Patrick liebte ihn, als wäre er sein eigener Sohn. Ihm war nie bewusst gewesen, dass er sich so um seinen Dad sorgte. War es nicht ganz leicht, ihm diese Sorge zu nehmen? Es wäre doch nun wirklich kein zu großes Opfer, mal einkaufen zu gehen oder eben in einen Pub. Was wäre schon dabei, wenn er dafür seinem Jungen eine Last nehmen könnte? Mit siebzehn sollte man keine solchen Probleme haben.

Als Patrick jetzt aufsah, war er allein. Maeve hatte seinen verträumten Moment ausgenutzt und sich davongeschlichen. Das war typisch. Sie tauchte auf, half und verschwand. Man könnte meinen, sie sei ein guter Geist. In gewisser Weise war sie das auch. Nicht nur für Patrick, wie er selbst wusste.

Maeve war mit dem Wagen zurück zu ihrem Hof gefahren und hatte Mike die Zügel überlassen. Er brachte den Wagen zurück nach Hause. Er wurde schon erwartet.

„Hey."

„Hey Dad!" Im Gegensatz zu Maeve kurze Zeit zuvor sprang Mike leichtfüßig vom Wagen wie ein junger Kerl.

Patrick blieb dicht vor ihm stehen. „Schön, dass du kommst."

„Oh oh", machte Mike misstrauisch. „Was hab ich angestellt?" Ihm war nichts bekannt, von dem sein Dad wissen dürfte.

„Nichts. Ich hoffe wenigstens. Mike, es tut mir ehrlich leid."

Mike fühlte sich ein wenig vor den Kopf gestoßen. Er wusste ja, dass Maeve hier gewesen war, aber wie da eine Entschuldigung zustande kam, war ihm unbegreiflich.

„Was tut dir leid?"

„Der griesgrämige Brummbär und der Einsiedler. Du hast Recht, ich hab mich zurückgezogen. Inzwischen weißt du besser, wieso das passiert ist. Aber es ist kein Grund, dass du dich deshalb sorgst."

Langsam dämmerte Mike, welche Schiene Maeve gewählt hatte. Er hatte nicht vor, in diesem ehrlichen Moment zwischen ihnen, mit irgendwas hinter dem

Berg zu halten. „Sorge ist nicht ganz richtig, Dad",
lächelte Mike und machte sich daran, das Pferd
auszuspannen. „Ich glaube nur, du verpasst eine
Menge. Freundschaft. Ein Leben. Nicht alle
Menschen sind schlecht und du bist noch zu jung,
um dich in die Einsamkeit zu verziehen. Ich fürchte,
irgendwann bereust du es."

„Mein Junge", lächelte Patrick kopfschüttelnd.
„Mal ehrlich, das sollte nicht deine Sorge sein."

„Ist es aber, denn ich liebe dich."

„Ich weiß. Aber sieh mal, ich hab es mir so
ausgesucht. Das macht den großen Unterschied. Ich
lebe nicht zurückgezogen, weil mich jemand
eingesperrt hat, sondern weil ich es so wollte."

„Das ändert nichts daran, dass dir was entgeht."
Mike nahm die Zügel und führte seinen
Lieblingshengst auf die Weide am Hügel. Der
Zugang lag direkt an ihrem Hof. Dort fühlten sich
die Pferde meist am wohlsten. „Lauf, Junge", sagte
er, gab ihm einen liebevollen Klaps auf den Hintern
und der Hengst jagte davon zu den anderen. Für
Mike sah es immer aus, als würde er seinen
Pferdefreunden erzählen wollen, was er erlebt hatte.

Patrick war Mike gefolgt. „Ich gelobe Besserung",

versprach er.

„Das solltest du nicht meinetwegen tun, sondern für dich selbst", erwiderte Mike leise, obwohl er sich damit vermutlich den Plan selbst verbaute. „Ich denke nur, eine wahre Freundschaft würde dir guttun. Nicht nur alles Geschäftliche wie mit den Kelly-Brüdern."

„Bis dahin wird sich die Erde wohl noch ein paar Mal drehen müssen. Aber immerhin könnten wir Lena ein Abschiedsgeschenk machen."

Mikes Herz setzte einen Moment aus. Jetzt nur nichts anmerken lassen, dachte er. „Und was?", fragte er unschuldig.

„Wir könnten mit ihr nach Dingle fahren und uns ein bisschen amüsieren."

Patrick wusste in dem Moment, da er ausgesprochen hatte, dass es die richtige Entscheidung war. Mikes Augen begannen zu glänzen vor Glück.

„Ehrlich?", grunzte er halb erstickend.

„Ehrlich. Aber erst morgen. Sag ihr Bescheid, dann geh duschen. Ich bring den Wagen noch rein und hole die Schafe, dann will ich ins Bad."

„Oh Dad!", jauchzte Mike und sprang ihm um den Hals. Mike war ja nun weit größer und schwerer als Lena und doch brachte es seinen Dad nicht ins Wanken. Wie für Lena und früher für Brianna stand er auch für Mike wie angewurzelt und fing die Freude auf.

„Lass uns die Schafe morgen reinholen", bat Mike aufgeregt.

„Nein, die müssen heute noch rein, damit sie nicht im Regen stehen, der heute Nacht kommen soll. Montagmorgen geht die Arbeit los. Kann ich auf dich zählen?"

„Aber sicher", versprach Mike sofort. Er würde doch seinen Vater nicht hängenlassen.

„Danke. Wir müssen uns dieses Jahr beeilen."

„Wieso eigentlich erst so spät dieses Jahr?" Sonst wurden die Schafe immer schon eher geschoren und die Wolle abgeholt.

„Weil Grady Papa geworden ist und seine Runde später angefangen hat. Mittwochmorgen ist er hier. Er hat vorhin angerufen und gefragt, ob wir das schaffen."

„Das wird eng, aber wir packen das schon."

Schnell machte Mike ein paar Schritte von seinem Dad weg. „Und hättest du Freunde, würden wir es locker schaffen", grinste er und ging zügig ins Haus, ehe Patrick sich gefangen hatte. Der Kerl würde ihm wirklich irgendwann noch den letzten Nerv rauben. Auf liebevolle Art allerdings. Patrick lachte leise vor sich hin, als er sich auf den Weg zu seinen Schafen machte.

Selbst während er mit Aki die Herde in den Stall trieb, konnte er nicht glauben, dass er in die Stadt fahren würde! Freiwillig wäre er nicht so schnell auf die Idee gekommen. Ihm graute jetzt schon vor den Menschenmassen. Wer geht schon zum Samstag gern in eine Touristenhochburg? Und das auch noch während des Sommers, wenn man kein Hotel oder B&B mehr fand, das noch ein Bett frei hätte, und die Touristen scharenweise in großen Bussen angekarrt wurden. Aber gut, Patrick würde es überleben. Und ab sofort, das schwor er sich, würde Mike nur noch einkaufen gehen, wenn Patrick selbst aus irgendwelchen Gründen ausfallen würde. Krankheit oder anderweitige Arbeit. Er würde sich langsam dem Dorf stellen und sich alle Mühe geben, niemandem zu offenbaren, wie es in ihm wirklich aussah. Einsam und kalt! Er wollte keine

Freundschaften, keine Bekanntschaften, keinen Tratsch über sich. Er wollte nichts weiter als eine Familie und seine Farm. Den Rest der Welt hätte er gern wegradiert.

Das ging aber nicht und er hatte zum Wohl seiner Kinder eine Entscheidung getroffen. Er würde sein Versprechen nicht brechen. Niemals! Nicht von sich aus.

Seine Standhaftigkeit wurde auf eine harte Probe gestellt. Mike war gerade dabei, Lena abzuholen. Sie wollte gern noch mal nach Leo sehen. Es ging ihm gut, das wusste sie, aber sie hatte eine gewisse Bindung zu ihm aufgebaut, immerhin hatte sie ihn im Leben begrüßt. Patrick konnte das natürlich verstehen und hatte rein gar nichts dagegen.

Kurz nach dem Frühstück war Mike verschwunden und würde in etwa einer halben Stunde zurück sein. Wofür er so viel Zeit für eine Strecke brauchte, die er in zehn Minuten hin und zurück hätte fahren können, hatte Patrick gar nicht erst gefragt. Er konnte sich denken, wofür zwei Frischverliebte Zeit brauchten ...

Er selbst wäre auch lieber mitgegangen, wenn er vorher gewusst hätte, dass Christy schon wieder bei ihm aufschlagen würde. Dabei hatte sie extra gewartet, dass Mike raus wäre. Sie wollte ihren Exmann allein antreffen.

„Was willst du denn schon wieder?", seufzte Patrick und stellte sich seelisch und moralisch schon mal auf die neuesten Beschimpfungen ein. Etwas anderes hatte sie ihm eh nicht zu sagen. Schon lange nicht mehr. Seit er Lena kannte, hatte er nur ein dickeres Fell bekommen. Es fiel ihm leichter, dem Sturm standzuhalten.

„Mit dir reden", antwortete Christy mit einem Lächeln, dass er ihr nicht glaubte. Die wollte irgendwas.

„Und worüber?"

„Dein Anwalt hat mir geschrieben."

„Das muss nicht so enden, Christy", sagte Patrick besonders ruhig. Er versuchte es mit Freundlichkeit und einer leisen Beschwörung. „Ich bitte dich. Mike ist doch zu Hause hier."

Auch sie blieb für ihre Verhältnisse sehr ruhig. „Paddy, du kannst ihm nichts bieten. Ich biete ihm eine wirkliche Familie."

„Ein Mann und eine Frau bilden noch lange keine Familie. Dazu gehört ein bisschen mehr. Und das findet Mike nur hier. Er ist siebzehn und du willst ihn aus seinem gewohnten Umfeld nehmen? Das ist doch unvernünftig."

Sie lachte auf, als hätte er einen Scherz gemacht. Bei ihm kam jedoch nur Hohn an. „Patrick, du solltest die Augen aufmachen. Du lebst hier im Dreck allein und von allen abgeschottet." Sie hob die Hände, um eine Waage zu imitieren. „Auf der anderen Seite steht ein großes Haus in der Stadt und eine Privatschule. Nicht zu vergessen seine leibliche Mutter mit ihrem Ehemann."

Langsam senkte sie die rechte imaginäre Waagschale bis ganz nach unten. Patricks Blick klebte an der unteren Hand. Er suchte irgendeine Erwiderung, die sie überzeugen würde, doch die gab es nicht. Mal abgesehen davon, dass er kein Argument fand, das seine Waagschale nur ein Stück angehoben hätte, war Christy durch und durch bösartig. Ihr machte es Spaß, ihn leiden zu sehen. So war nahezu ihre ganze Ehe verlaufen. Umso mehr Verzweiflung in seinem Blick stand, desto mehr erfreute sie sich daran.

Einmal hatte sie seinem besten Hengst Futter gegeben, von dem sie gewusst hatte, dass er es nicht vertrug. Das Pferd hatte elendiglich gelitten und

Patrick hatte ihn erlöst. Es hätte keine Hilfe für das Tier gegeben, selbst wenn der Tierarzt sofort gekommen wäre. Patrick hatte neben dem toten Tier gestanden und Tränen in den Augen gehabt. Christy hatte am Tor des Stalls gestanden und zufrieden vor sich hin gegrinst. Um Haaresbreite hätte Patrick das Gewehr noch einmal angesetzt, aber Mike war mit im Stall gewesen. Ebenso weinend hatte der achtjährige Junge neben dem toten Pferd gekniet. Mike liebte alle Tiere auf dem Hof und eines von ihnen auf diese Art zu verlieren, hatte ihm beinahe das Herz gebrochen. Der einzige Grund, warum er an der Gemeinheit seiner Mutter noch nicht gänzlich kaputtgegangen war, war sein Vater. Patrick hatte ihn in den Arm genommen und ihm Trost gespendet. Umso schlimmer sich Christy verhalten hatte, desto enger war das Band zwischen Patrick und Mike gebunden.

Auch jetzt spürte Patrick Tränen aufsteigen, die er Christy nicht gönnen wollte. Sie war nicht eine einzige Träne wert. Aber die Vorstellung, Mike für immer zu verlieren, brach ihm das Vaterherz. Christy hatte ja nie Zeit gehabt. Seit ihrer Hochzeit war Mike immer an Patricks Seite gewesen.

„Du hast keine Chance", erklärte sie erhaben mit

eben jenem zufriedenen Grinsen im Gesicht, das er ihr gern ausgeprügelt hätte, aber der Typ für Gewalttätigkeit war er eigentlich noch nie gewesen. Nur ein einziges Mal hatte es ihn überkommen. Damals hatte er geglaubt, Murphy hätte ein Date mit Bria ...

Christy ergötzte sich noch einen Moment an dem Anblick, dann wandte sie sich zur Tür. Sie blieb aber noch mal stehen, denn einen wollte sie ihm noch reinwürgen. „Übrigens hab ich gehört, Brianna ist wieder hier."

Patrick zuckte, kniff die Augen fest zusammen und wünschte sich, Christy würde nichts von alledem wissen. Aber sie wusste es, denn sie hatte sich die Informationen geholt, die sie brauchte.

„Sie weiß, dass du hier bist", sagte sie leichthin. „Und sie ist froh, dir noch nicht über den Weg gelaufen zu sein, deshalb bleibt sie meist auf Maeves Hof. So wie du hier. Sie hat ihr Leben aufgebaut und du könntest ihr genauso wenig bieten wie Mike. Also lass den Unsinn und überzeuge ihn, mit mir zu kommen. Du weißt, dass es besser so ist, wenn du nicht so stur wärst."

Dann ging sie einfach. Aber das Fenster war einen

Spalt geöffnet und sie hörte das unterdrückte Schluchzen aus dem Haus strömen. Patrick konnte es nicht sehen, es war wieder ein Grinsen, das nur zu deutlich zeigte, dass sie zufrieden mit ihrer Leistung war.

Patrick musste sich gestehen, so ganz Unrecht hatte sie nicht. Er hielt sich von Bria fern, weil er der Überzeugung war, nicht gut genug für sie zu sein. Er hatte nichts und konnte ihr tatsächlich nichts bieten. Nicht mal mehr den Mann, den sie geliebt hatte. Wie konnte er sich dann einbilden, Mike zu genügen? Für ihn hatte er doch auch nichts. Ein schickes Haus und Privatschule passten vielleicht nicht ganz zu Mike, aber auch nur, weil Patrick ihm andere Werte beigebracht hatte. Für seine Zukunft wäre diese Schule bestimmt nicht schlecht.

Mike und Lena waren gerade auf dem Weg zu Patrick, als der rote Sportwagen an ihnen vorbeifuhr. Der Anblick genügte, um bei den beiden Teenagern eine Gänsehaut und eine böse Vorahnung auszulösen.

„Oh oh", machte Lena mit großen Augen.

„Das kann ja nichts Gutes bedeuten", wetterte Mike, stellte sein Quad neben die Tür und stürmte ins Haus.

Patrick hatte sich gerade einen Schwall kaltes Wasser ins Gesicht geschlagen. Sobald er das Quad gehört hatte, musste er sich irgendwas einfallen lassen. Mit dem Handtuch trocknete er sich ab und zog es so weit in die Länge, dass er sich halbwegs gefangen hatte, bevor er seine Kinder ansehen konnte.

„Was ist passiert?", wollte Mike aufgeregt wissen.

„Nichts. Alles okay."

„Lüg mich nicht an. Wolltest du ihr ein paar reinhauen oder wofür brauchst du kaltes Wasser?"

„Verlockende Vorstellung. Lasst uns aufbrechen."

„Hey", beschwerte sich Lena. „Wie wäre es mit ‚guten Morgen'?"

„Entschuldige", lächelte Patrick, ging zu ihr und befriedigte ihren Wunsch nach einem liebevollen Kuss auf die Stirn. „Ich wünsche dir einen wunderschönen guten Morgen."

„Schon besser. Und jetzt die Wahrheit bitte: Was wollte die schon wieder hier?"

„Was wohl", stöhnte Patrick. Er musste einsehen, seine Kleinen ließen sich nicht abwimmeln. „Mir sagen, dass es besser für Mike wäre, wenn er mitgeht."

„Das lässt du doch aber hoffentlich nicht zu."

„Nicht so schnell wenigstens." Patrick sah auf zu Mike. „Sie bietet dir ein großes Haus in der Stadt und eine Privatschule."

„Pff!", machte er mit besonders viel Abscheu. „Was soll ich denn damit, wenn ich dafür die ertragen muss?"

„Sie ist immer noch deine Mutter und so eine Schule würde dir auf jeden Fall gute Chancen bieten. Du solltest wenigstens darüber nachdenken."

„Überlegung abgeschlossen, Angebot abgelehnt. Die Schule bringt mir das Gleiche bei, das ich jetzt auch lerne. Und was ich für die Farm wissen muss, lerne ich von dir. Also alles bestens."

„Ganz ruhig", lachte Lena überrascht von diesem Ausbruch. „Er wollte dir doch nur sagen, dass dieser Teil wirklich eine Chance ist."

„Die ich nicht will. Thema beendet."

Mike verließ das Haus und Lena folgte ihm lachend. Ihren Pa zog sie an der Hand hinterher. In Bezug auf Christy reagierte der eine emotional und verzweifelt, der andere mit Zorn. Das würde früher oder später noch eine Explosion geben, in der Christy vermutlich eins auf den Deckel kriegen würde. Wer von beiden als Erster austicken würde, wusste Lena noch nicht. Sie traute es beiden zu.

„Ich fahre", legte Patrick fest und hielt bei Mike die Hand auf. Er hatte den Autoschlüssel auf dem Weg nach draußen vom Brett genommen, aber das kam nicht in Frage!

„Ach Dad ...", jammerte er los.

„Keine Chance. Du schuldest mir immer noch fünfzig Euro für das letzte Ticket. Solange die nicht bezahlt sind, fahre ich. Außerdem fürchte ich um Lenas Magen."

„Ach!", lachte sie. „Kleiner Rennfahrer?" Sie hatte ja den Verdacht schon im Kopf formuliert, als er sie mitten in der Nacht abgeholt hatte, um einem Fohlen auf die Welt zu helfen.

„Klein?", erwiderte Patrick empört. „Glaub mir, es ist besser so."

Er hatte den Schlüssel ja auch bekommen und Mike war kichernd hinten eingestiegen. Lena setzte sich neben ihn, da hatte er wenigstens eine Ablenkung. Allerdings ließ sie keine Möglichkeit aus, über ihn herzuziehen. Sie selbst wusste nicht mal so genau, wo ihr Führerschein herumlag. Noch dürfte sie in Deutschland eh nur mit ihrer Ma fahren, aber selbst nach ihrem Geburtstag würde sie lieber mit dem Fahrrad fahren oder laufen.

Dingle war nicht nur voll, es war überfüllt. Klar, es war herrliches Wetter. Strahlender Sonnenschein an blauem Himmel. Die Läden mit allen möglichen Souvenirs hatten auch geöffnet, da kamen jede Menge Touristen.

Die kleine Familie startete auf dem großen Parkplatz am Hafen. Schon auf dem Weg dorthin wurde Patrick angst und bange. Diese Menschenmassen! Sie schoben sich durch die Straßen, drängelten und schubsten. Es behagte ihm gar nicht, überhaupt aus dem Wagen zu steigen, aber er ließ sich nichts anmerken. Mike stand schon am Parkautomaten für das Ticket.

Lena tauchte gleich neben ihrem Pa auf und hakte sich bei ihm unter. „Na?", feixte sie. „Lebst du noch?"

„Halbwegs, glaub ich", schmunzelte Patrick. „Und das macht dir Spaß? Ich glaube, es ist lebensgefährlich, sich da hineinzustürzen."

„Ach ..." Sie winkte gelassen ab und grinste dann erst richtig breit. „Ich gehe davon aus, du beschützt mich."

„Werde ich", lachte er und stupste ihr auf die Nase. „Was hältst du von einem Eis?"

„Finde ich gut."

Mike hatte auch nichts dagegen einzuwenden, so lud Patrick sie ein und hatte seine erste Prüfung bestanden. Er hatte ja den Umgang mit anderen Menschen nicht verlernt, es war eben nur ungewohnt und einschüchternd für ihn, der das Farmleben in der Einöde liebte.

Auf eine der angebotenen Bootsfahrten mit dem Delfin Fungie verzichteten sie einstimmig. Sie sahen lieber vom Ufer aus zu, wie das handzahme Tier mit den Booten schwamm und offenbar seinen Spaß hatte. Er tauchte immer mal wieder ab und woanders wieder auf. Einmal verschwand er einige Minuten und als Lena ihn wieder sah, zeigte sie aufgeregt in die Richtung und wäre beinahe noch mit ihm schwimmen gegangen. Patrick hatte sie gehalten und lachte sich scheckig über seine Kleine.

Sie lachte einfach mit. „Das erste Mal hast du mich schon gerettet! Aber wenn du mich weiter auslachst, landest du da drin."

„Kein Bedarf, danke", schnaufte Patrick, legte seinen Kindern je einen Arm um die Schulter und spazierte mit ihnen in die Touristenmeile hinein.

Lena und Mike hatten wirklich Spaß, das konnte Patrick ihnen ansehen. Er ließ auch beinahe alles mit sich machen. So trugen sie seit diesem Tag alle das gleiche Armband. Es bestand aus Leder und war mit keltischen Knoten verziert. Typische Touristen-Massenware, aber Lena hatte festgelegt, sie würden die jetzt alle kriegen. Mike und Patrick hatten sich über ihren Kopf hinweg angesehen und nur geschmunzelt. Ihnen ging dieser Zirkus wirklich auf den Senkel, weil für die Touristen einfach alles aufgebauscht wurde. Für Lena war es jedoch kein Alltag, von diesen Symbolen und Mustern umgeben zu sein. Die beiden Männer gönnten es ihr beide. Sie würden das Band auch nicht abnehmen, wenn Lena weg wäre, nahmen sie sich unabhängig voneinander vor.

Einen Hut bekam Lena auch noch, dann hatten sie die ersten etwa zwanzig Meter Straße geschafft. Neben dem Hafen war ein Jahrmarkt aufgebaut worden und auch den ließen sie nicht aus. Sie spielten alles Mögliche mit und gewannen hauptsächlich Plunder.

„Pa!", rief Lena fröhlich und zog Patrick schon zum nächsten Stand. „Lass uns mitfahren!"

„Auf keinen Fall!", lachte er laut. „Ihr könnt ja gern mitfahren, aber ich hab Karussell als Kind schon nicht gemocht."

„Ach echt?", staunte Mike. Das hatte er auch nicht gewusst.

„Allerdings. Also fahrt mit und ich warte hier auf euch."

Das ließen sie als Ausrede gelten und stiegen zusammen ein. Patrick stand neben dem Fahrgeschäft und lächelte zu seinen Sprösslingen hinauf. Er fühlte echtes, wahres, tiefes Glück in seinem Herzen, sie nur zu sehen. Sie waren so aufgeregt und fröhlich. So sollte es sein und nicht anders. Dafür ließ er sich auch ständig anrempeln. Er bemerkte es kaum, weil er auch in dieser Situation mit dem Boden verwurzelt schien. Brianna war immer ein Wildfang gewesen und hatte ihm früh beigebracht, standhaft zu bleiben, wenn sie ihm mit Anlauf in die Arme gesprungen war. Einmal war sie auf einen Baum geklettert und nicht wieder runtergekommen. Patrick hatte unter dem Baum gestanden, sie liebevoll ausgelacht und schließlich ihren Sprung gefangen.

„Er sieht glücklich aus", sagte Lena zu Mike. Ringsherum war es laut genug, dass ihr Pa es nicht gehört hatte. Jetzt in diesem Augenblick sah er unbeschreiblich glücklich aus. Woran er wohl dachte?

„Allerdings", lächelte Mike zufrieden. „Vielleicht reicht es ja, ihn aus seiner Einsamkeit zu ziehen."

„Ich hoffe es für ihn. Ich bin ehrlich: Ich hab Bammel wegen nachher."

„Ich auch. Mach dir keine Sorgen, was soll denn schlimmstenfalls passieren? Dass sie getrennte Wege gehen? Das tun sie jetzt schon."

„Auch wieder wahr", seufzte Lena und musste einsehen, im Moment konnte sie rein gar nichts tun, außer den Ausflug zu genießen. Und das tat sie in vollen Zügen.

Mittag aßen sie bei einem Straßenhändler und spazierten dann noch gemütlich durch die etwas ruhigeren Gebiete der Stadt. Patrick war ewig nicht hier gewesen. Vom Grunde her hatte sich nichts verändert, es war nur alles mehr auf den Tourismus eingestellt worden.

Es fiel ihm schwer, aber er hielt sein Versprechen. Er lud seine zwei Kleinen in einen Pub ein. Mike wusste, welchen sie ansteuern sollten, und sie folgten seiner Eingebung. Er traf sich öfter hier mit Freunden, das wusste Patrick und vertraute auf die aktuellen Kenntnisse seines Sohnes. Patricks eigenes Wissen um gute und schlechte Lokalitäten war eindeutig zu alt und schon lange nicht mehr gültig.

Maeve hatte Brianna ebenso von einem Stadtbummel überzeugen können. Am frühen Nachmittag hatte sie sich zu dem Arzt in der Klinik fahren lassen, der die weiterführende Behandlung nach dem Krankenhaus übernehmen würde. Er wollte sie mindestens einmal pro Woche sehen und den weiteren Heilungsprozess genau beobachten. So könnten sie handeln, ehe etwas akut würde.

Anschließend verurteilte Maeve ihre Nichte zu einem Spaziergang durch die Stadt ihrer Kindheit. Auch Brianna fielen die Veränderungen im Sinne des Tourismus auf. Früher waren auch schon viele Urlauber hier gewesen, aber nicht solche erdrückenden Massen.

Die Verletzung kam Maeve eigentlich ganz gelegen. Nach einer Weile konnte sie es rechtfertigen, eine Pause einlegen zu wollen. Bei dem angeschlagenen Gesundheitszustand und nachdem sie so lange im Bett gelegen hatte, fiel Brianna auch nicht auf, wie sie direkt in die Falle tappte.

An der Bar bestellten sie sich etwas zu trinken. Brianna, die noch fahren musste, blieb bei Limonade, aber Maeve gönnte sich ein kleines Guinness. Das Lokal war ganz schön voll, aber zum Samstag um die Uhrzeit war das wohl normal.

Maeve ließ ihre Nichte vorangehen. Ihr schlug das Herz bis zum Hals. Das könnte gleich in einer Katastrophe enden. Brianna war so ahnungslos, das tat Maeve leid. Lena hatte nur gesagt, sie würde mit Mike und seinem Vater einen Ausflug machen. Brianna ahnte nicht mal in ihren kühnsten Träumen, dass sie überhaupt Gefahr lief, Patrick zu treffen. Maeve schickte ein Stoßgebet zum Himmel, es möge doch bitte in Liebe vonstattengehen.

Brianna trug nichtsahnend die Getränke durchs Gedränge. Sie bahnte sich den Weg und ließ ihre Tante in ihrem Schatten mitlaufen. Lena hatte sie als Erste entdeckt und ihr Glas schnell geleert. Ihr Pa war eben was Besonderes. Er stand gleich auf, um Nachschub zu besorgen. Auch für Mike und sich selbst. Es war ziemlich warm und sie nach den vielen Abenteuern wie ausgetrocknet, da wollte er schnell für Linderung sorgen und blieb wie angewurzelt stehen.

Da stand sie - direkt vor ihm!

„Bria", keuchte er mit Augen so groß, dass sie beinahe hinausfielen. Wie man den Mund wieder schließt, war ihm entfallen.

Brianna brauchte noch einen Wimpernschlag länger, ehe sie realisierte, dass sie überhaupt angesehen wurde und von wem. Als Erstes sickerte der Name in ihr Hirn. Bisher war sie nur von einem einzigen Menschen Bria genannt worden. Die meisten nannten sie nur Bri.

Ihr klappte der Kiefer runter und die Gläser rutschten ihr aus den Händen. Mit dem Klang ihres Kosenamens zog sich ein eiskalter Blitz durch ihren Körper und machte die Gläser bleischwer. Sie konnte sie einfach nicht mehr halten.

Vor ihr stand der eine Mann, den sie immer geliebt hatte. Siebzehn Jahre hatten sie sich nicht gesehen, jetzt stand er leibhaftig vor ihr.

Auch er war älter geworden, aber in ihren Augen immer noch der schöne Junge. Seine Haare trug er immer noch recht lang. Kleine, kaum sichtbare Fältchen um die Augen waren zu erkennen und er schien noch mal gewachsen zu sein, aber sonst … Er sah aus wie damals. Er hatte nur aus der jungenhaften Schönheit die Schönheit und Stärke eines Erwachsenen gemacht.

Es war kaum mehr als eine Sekunde vergangen, bis die Gläser auf den Boden schlugen, ihren Inhalt in hohem Bogen verteilten und in tausende Scherben zerbrachen.

Brianna und Patrick hatten für einige Augenblicke die Zeit in ihrem Universum angehalten und sich einfach nur angesehen. Ihre Blicke verschlungen sich wie damals und sie glaubten, auf spirituelle Weise ineinander eintauchen zu können, bis auf den tiefsten Grund der Seele des anderen. Nur für einen einzigen Augenblick flackerte ein Licht in seinem und Wärme in ihrem Herzen auf. Nur für diesen winzigen Moment konnten sie beide daran glauben, dass ihre Liebe die Trennung überdauert hatte.

Ihre Herzen konnten den Anblick nicht so schnell verarbeiten wie Briannas Hirn.

Er war verheiratet!

Mit einer gestylten Mode-Tussi!

Er hatte einen siebzehnjährigen Sohn!

Mike und Lena waren aufgestanden und Brianna nahm sie im Augenwinkel wahr. Mike … Brianna wurde schmerzlich bewusst, dass sie mit dem Sohn ihres Geliebten sehr viel Zeit verbracht und Spaß gehabt hatte.

Tränen stiegen ihr auf, die er nicht sehen sollte. Er hatte ein Leben und eine Familie, er sollte nicht wissen, dass sie nichts von beidem hatte. Sie wandte sich ab, lief Maeve noch beinahe über den Haufen und rannte aus dem Pub, hinaus auf die Straße und am liebsten bis ans andere Ende der Welt. Für einen ganz kurzen Augenblick war Wärme in ihrer Brust aufgeflammt, wo sonst nur Kälte war. Nur für einen ganz kurzen Moment hatte sie geglaubt, die Liebe hätte Jahre überbrücken können, doch das waren Illusionen. Ihr Herz vermochte immer noch Liebe für ihn empfinden, aber er hatte eine Familie. Wie Christine gesagt hatte, sollte sie das nicht zerstören.

Auch Patrick hatte für einen winzigen Augenblick im Meer bunter Blütenblätter gestanden und war von Farben erstrahlt worden. Aber auch er erinnerte sich an Christys Worte. Bria hatte ihr eigenes Leben und wollte ihn nicht sehen. Dieser Abgang bewies es doch. Sie wollte ihn nicht sehen, hatte ihn nun gesehen und vermutlich auch erkannt, dass er nicht mehr das war, das er mal für sie gewesen war. Ein aufgeschlossener junger Mann, der offen und fröhlich in sein Leben gehen wollte. Sein Anblick nach siebzehn langen Jahren hatte sie zum Weglaufen animiert und er fühlte sich hundeelend dabei. In diesem Augenblick verabscheute er den griesgrämigen Brummbären, der ihn von seiner Liebsten fernhielt.

Mike und Lena hatten gebetet, jetzt waren sie starr vor Entsetzen, als Patricks Schultern und Kopf noch weiter absackten.

Maeve hatte Brianna hinterhergesehen und wandte sich nun an Paddy. „Du solltest ihr folgen."

„Besser nicht", flüsterte er, legte den Autoschlüssel auf den Tisch und verließ ebenfalls den Pub. In welche Richtung Bria gelaufen war, hatte er noch gesehen und ging genau in die entgegengesetzte Richtung. Er hatte das Gefühl, die Welt sei eben zusammengebrochen, denn nun hatte er nicht mal mehr einen Traum, an dem er sich festhalten konnte. In den dunklen Nächten, wenn er allein mit sich und seinem Schatten war, gestattete er sich manchmal die Schwäche eines Traums, in dem er Brianna gegenüberstehen und sie ihn anlächeln würde. In diesem Traum stellten siebzehn Jahre keine Hürde dar. Sie lagen sich in den Armen, Bria schmiegte sich an ihn und war glücklich. Einen Traum lebendig zu erhalten, wenn er in der Realität zerplatzte, war unmöglich. Ihm würden nicht mal mehr die Träume seiner Bria bleiben.

Ein Schluchzen hing in Lenas Kehle, das sie nicht aufzuhalten vermochte. Es brach einfach aus ihr heraus und sie fand in Mike die Stütze, die sie auffing. Sie weinte an seine Schulter und bereute, was sie getan hatte. Ein Risiko waren sie eingegangen, das hatten sie gewusst, aber sie hatten es in Kauf genommen und waren gescheitert, jetzt kam die Reue auf. Die machte es aber nicht ungeschehen.

Mike fuhr Lena und Maeve nach Hause. Von dem Rennfahrer war weit und breit nichts zu sehen. Maeve saß neben ihm und starrte auf ihren Schoß. Lena saß hinter ihm und sah stur aus dem Fenster, nur dass ein unaufhörlicher Strom Tränen über ihre Wangen lief. Gesprochen wurde nicht. Kein einziges Wort. Bis sie zu Maeves Hof kamen.

„Ich versuche, mit ihr zu reden", sagte Lena leise.

„Bei Dad hat das keinen Sinn", wusste Mike. „Noch nicht."

„Bei Ma auch nicht, aber ich will nicht, dass sie die Gedanken, die sie jetzt aufbaut, noch stärken kann."

„Auch wieder wahr." Mike gab seiner Lena einen liebevollen Kuss und streichelte ihr sanft über die Wange. „Ich rede mit ihm, ob er will oder nicht."

Ob es das besser machen würde, fragte sich Maeve. Sie hätte zwar auch nicht geglaubt, Paddy und Bri wären sich in die Arme gefallen und hätten sich geküsst, aber wenigstens ein Wort hätte sie erwartet. „Wie geht's dir?", oder „Was machst du denn hier?", oder irgendwas in der Art. Aber gar nichts? Das bestätigte sie dahingehend, dass sie einander immer noch liebten, egal wie sie die Zeit verändert hatte. Sie sahen nur keinen Weg für diese Liebe.

Ob das Gerede der beiden Kinder da helfen könnte, wagte Maeve stark zu bezweifeln. Brianna wollte aus Angst nicht und Patrick fühlte sich bestätigt, dass sie ihn nicht mehr wollte. Den Weg zueinander würden sie aber nur selbst finden können, über keinen Mittelsmann, wenn sich die

Teenies es auch wünschten.

Lena klopfte vorsichtig an die Tür zum Zimmer ihrer Mutter. „Ma?"

„Komm rein", schniefte Brianna und versuchte, sich innerhalb eines Augenblickes zu beruhigen. Sie schloss kurz die Augen, atmete durch und wollte, dass sie sich fing, bevor sie ihrer Tochter gegenübertrat. Lena sollte ihre Mutter nicht so sehen. So verzweifelt und einsam, denn das war sie nun noch mehr als zuvor.

Lena atmete ebenfalls noch mal tief durch. Das würde kein leichtes Gespräch werden, wusste sie. Dennoch öffnete sie die Tür und fand ihre Ma zusammengefallen auf der Bettkante sitzen. Einige Taschentücher lagen schon neben ihr, ein anderes zog sie gerade aus der Verpackung.

„Ma", seufzte Lena mitleidig.

„Du wusstest es, nicht wahr? Du wusstest es die ganze Zeit."

Lena kam die Situation seltsam bekannt vor, nur umgekehrt. „Ja", gestand sie dennoch. „Aber du wolltest es ja nicht wissen."

Brianna nickte nur. Jetzt wusste sie auch, was in ihrem Kind für Kummer geschlummert hatte. Sie hatte es als Mutter gespürt, aber Lena hatte es für sich behalten. Außerdem ergab plötzlich Sinn, dass sie über Mike nicht mehr so gesprochen hatte, wie man eben spricht, wenn man sich verliebt. Sie verstanden sich gut, aber mehr … Brianna wurden die Augen geöffnet, wieso sich die beiden nicht näher kamen und Lena nichts mehr erzählte. Sie waren Geschwister! Brianna fühlte sich furchtbar, weil sie ihrer Lena nicht hatte beistehen können, als sie das erfahren hatte. Das musste doch ein Schock gewesen sein! Dabei wusste Brianna den Tag der Erkenntnis genau zu benennen. In der Nacht war Lena zu ihr ins Bett gekrochen und hatte sie gleich am Morgen mit diesem eigenartigen Traum gelöchert!

„Du solltest mit ihm reden", riet Lena leise. Sie hatte sich neben ihre Ma gesetzt, die gleich einen Arm um sie gelegt hatte.

„Das will ich nicht und das weißt du auch. Er und ich - das gibt es nicht mehr." Brianna gab Lena einen liebevollen Kuss auf die Stirn. „Aber ich freue mich, dass du dich mit ihm verstehst."

„Ziemlich gut, ja. Wir waren bei seinen Eltern."

„Oh." Brianna runzelte die Stirn. Fand sie das

jetzt gut? „Sie haben dich empfangen?"

„Haben sie", lächelte Lena. „Sie haben schon vor Jahren eingesehen, dass sie falsch gehandelt haben. Es war schön."

„Das freut mich, Kleines. Wirklich. Ich will dir weder deinen Vater noch deine Großeltern vorenthalten, aber ich bin raus aus der Sache. Ich kann nicht, verstehst du?"

„Nein, nicht wirklich. Ich glaube, es würde euch beiden guttun."

„Vielleicht. Vielleicht auch nicht. Es ist besser so, denke ich. Das heißt aber nicht, dass ich aufgehört habe, deine Ma zu sein. Du kannst immer zu mir kommen, Lena."

„Ich weiß", seufzte sie. Das war nicht so ganz die Aussage, die sie hatte hören wollen, obwohl ihr der letzte Satz natürlich schon gefiel, nur der Anfang ganz und gar nicht.

„Du hättest es mir erzählen können", flüsterte Brianna ins Haar ihrer Kleinen. Sie roch anders, seit sie hier waren. „Das war bestimmt nicht leicht zu verkraften, oder?"

„Mh...", machte Lena und überlegte, wie sie das beantworten sollte. Der erste Kontakt zu ihrem Pa war ja wirklich nicht so schön gewesen. Davon wollte sie ihrer Ma aber auch nichts erzählen, sonst hätte sie ihm noch unnötige Vorwürfe gemacht. Und dann auf den Klippen oben war es schön gewesen. Sie hätte ihrer Ma gern erzählt, dass sie mit ihm dort getanzt hatte, aber sie wusste, das hätte alte Wunden noch weiter aufgerissen, als es dieser Tag schon getan hatte. Das wollte Lena nicht. So sagte sie schließlich gar nichts weiter.

„Versprich es mir", bat Brianna liebevoll. „Wenn du reden willst, dann komm zu mir. In deinem Alter will man nicht alles mit den Eltern teilen, das weiß ich. Aber halte nichts vor mir zurück, nur weil du denkst, es könnte mich verletzen. Okay?"

„Okay", gab Lena sich geschlagen. Ihrer Ma war es wirklich ernst, das wusste Lena ganz sicher. Ob sie es dann aber wirklich über sich bringen würde, war eine andere Frage.

„Ich geh noch etwas raus." Lena gab ihrer Ma einen Kuss auf die Wange. „Willst du mitkommen? Wir könnten ausreiten."

„Du solltest zu deinem Vater gehen", riet Brianna lächelnd. „Wir fahren bald."

„Ich weiß", seufzte Lena schon wieder und hätte

gern gesagt, sie würde bleiben wollen, aber das würde ihre Ma nicht wollen. Für Lenas Wohl hätte sie sie bei ihrem Pa zurückgelassen oder wäre mit ihr geblieben, aber dann wäre sie immer so traurig wie jetzt gewesen. Das wollte Lena noch weniger, als wieder zurück nach Deutschland zu fahren.

Aus dem Stall holte sie sich eines von Maeves Pferden, sattelte es nicht mal und ritt in die Wildnis hinaus. Das fand sie an diesem Land und dieser Gegend besonders schön. Sie ritt auf die mittlere der drei Schwestern hinauf und sah auf das grüne Land hinab. Hier und da waren kleine Dörfer hingetupft, sonst war kaum etwas von Menschenhand zu sehen. Es war so weitläufig, grün und frisch. Das Gras um sie herum hätte kaum saftiger aussehen können. Sie ließ sich einfach sinken, zog die Beine an und dachte nach.

Wie Tante Maeve prophezeit hatte, war ihr Plan voll nach hinten losgegangen. Sie hatten Brianna und Patrick weiter voneinander entfernt, statt sie zusammenzuführen. Das wieder auszubügeln, war unmöglich. Leider. Es gab kein Zurück, nur für Lena das Zurück nach Deutschland.

Zu der gleichen Erkenntnis war auch Mike gekommen. Sein Dad wollte nicht reden und stürzte sich in die Arbeit. Seine Stirn war zerfurcht, sein Gesicht ganz ernst und sein Herz gebrochen. Es würde Tage dauern, bis er wieder lächeln oder mit Mike richtig reden würde. Bis dahin wäre Lena weg. Mike wollte die Zeit nutzen, die ihm noch blieb.

Sie nahm nicht ab, als er anrief, und er glaubte, sie würde noch mit Brianna reden. Vielleicht war sie aber auch an den Klippen. Das konnte er ja herausfinden und fand sie tatsächlich auf den Schwestern am Ende des Landes. Sie war allein und sah traurig zu den Bergen hinüber.

Mike versuchte es noch einmal und rief sie an. Dabei beobachtete er sie immer noch und konnte sehen, dass sie auf seinen Anruf reagierte. Sonderlich glücklich sah sie nicht darüber aus.

„Hey", ging sie dennoch heran.

„Hast du was gegen Gesellschaft?"

„Nein. Soll ich vorbeikommen."

„Nein, ich komme hoch zu dir."

Er kicherte, als er den Schreck in ihrem Gesicht sah. Unsicher blickte sie den Hügel hinab, kniff sogar die Augen zusammen, aber sehen konnte sie ihn nicht.

„Woher weißt du, wo ich bin?", fragte sie skeptisch.

„Ich seh dich", lachte Mike. „Lächle doch mal."

Das tat sie nicht. Sie hatte nur den ersten Satz wirklich wahrgenommen. „Wo bist du?"

„In meinem Zimmer. Ich erklär es dir später. Also, was ist? Hast du was gegen Gesellschaft?"

„Nein. Bringst du Gummibärchen mit?"

„Wenn ich noch welche finde. Bis gleich."

Immerhin hatte er sie zu einem leichten Schmunzeln animiert. Für die Vorkommnisse war das äußerst zufriedenstellend. Er nahm ausnahmsweise auch nicht das Quad, sondern eines seiner Pferde, nachdem er gesehen hatte, dass auch Lena mit einem PS unterwegs war. Er brauchte nicht lange bis zu ihr.

Als Allererstes wollte sie von ihm wissen, wie er sie hatte sehen können. Während des Wartens hatte sie sich so ihre Gedanken gemacht, aber sie waren so weit von seinem Haus entfernt, dass ihr keine Möglichkeit sinnvoll erschien. Aber auch nur, weil er ihr seine Leidenschaft noch nicht offenbart hatte.

„Ich bin dem Sternenhimmel und den unendlichen

Weiten des Universums verfallen", gestand er. Schon als Kind hatten ihn der Himmel und seine Geheimnisse fasziniert. Und zu seinem vierzehnten Geburtstag hatte sämtliche Verwandtschaft zusammengelegt und ihm ein Teleskop geschenkt. Es war sehr teuer gewesen und er hegte und pflegte es. So schnell würde er sich kein Neues leisten können. Dafür war es aber gut genug, um Lena zu finden. Sie wollte am Abend mit zu ihm gehen und mit eigenen Augen den Sternenhimmel von nahem betrachten.

Die Sünde

Die wenigen noch verbliebenen Tage verbrachte Lena von der ersten bis zur letzten Minute bei ihrem Pa und Mike. Am liebsten hätte sie ihre Ma und Tante Maeve dabei gehabt, aber das war leider ausgeschlossen. Sie musste es akzeptieren und Maeve redete ihr zu, ihre kostbare Zeit nicht mit einer alten Frau zu verbringen, sondern sie ihrem Vater und ihrem Geliebten zu schenken. Lena war schwach und konnte nicht widerstehen.

Zu dritt unternahmen sie jede Menge Ausflüge. Auch Patrick wusste um die begrenzte Zeit und schob einfach alles beiseite. Die Schur der Schafe wurde verschoben. Grady, sein Abnehmer der Wolle, nahm es nicht übel, war eigentlich froh darüber. So konnte er Patrick als Letzten ansteuern und stand nicht so unter Stress.

So wanderten sie einen Tag durch die Berge, am

nächsten fuhren sie mit dem Auto bis zum Shannon und dort mit dem Boot ein Stück. An einem Abend grillten sie im Garten und saßen noch lange bei Wein zusammen. Sie redeten sich heiser, lachten viel, lernten sich noch besser kennen und noch tiefer lieben. Sowohl zwischen Vater und Tochter, als auch zwischen den beiden Verliebten zog sich das Band der Liebe immer enger.

Lena fiel es von Minute zu Minute schwerer, sich wenigstens in der Illusion vorzustellen, sie würde wieder in ihrem Haus in Deutschland ankommen. Ihre Schule, ihre Freunde, die Nachbarn und die bekannte Stadt - alles war weit weg und entfernte sich immer mehr von ihr. Es war so merkwürdig und sie konnte es nicht mal ihrem Tagebuch richtig erklären. Die Erinnerungen schienen zu verblassen. Das Zimmer ihres zu Hauses bleichte immer mehr aus, während die Häuser von Maeve und Patrick strahlend in Lenas Gedanken waren. Ihre Heimatstadt kannte sie gut und fühlte sich doch fremd. Schon jetzt – aus der Ferne. Hier dagegen in der ruhigen Einöde fühlte sie sich freier und geborgener als je zuvor.

Am Donnerstag wollten sie aufbrechen. Das Frühstück würden sie noch gemütlich und in Ruhe bei Maeve genießen, danach ginge es an den Abschied. So wären sie, wenn es keine Probleme gäbe, am Samstag wieder in Deutschland und hätten noch Zeit zum Koffer auspacken, Wäsche waschen, gedanklich richtig ankommen und umstellen. Lena bezweifelte, dass ihr die Zeit reichen würde, obwohl sie das immer so handhabten. Eigentlich brauchte sie nicht viel Zeit zur Umstellung zwischen Urlaub und Alltag. Diesmal würde es mehr Zeit brauchen, als bis zum Schulabschluss bleiben würde.

Am Mittwochvormittag war sie auf dem Weg zu ihrem Pa und Mike. Zum letzten Mal, deshalb tanzte sie auch nicht so leichtfüßig durch den Ort, wie man es von ihr gewohnt war. Inzwischen hatte sich ihr geplanter Abschied aber schon herumgesprochen und niemanden wunderte die gedrückte Stimmung.

Brianna hatte die letzten Tage noch mit ihren alten Freunden aus Kindertagen verbracht. Murphy wusste inzwischen, dass Lena und Patrick ihre enge Bindung kannten und sich gut damit arrangierten. Sie hatten ein gutes Verhältnis aufgebaut, das war nicht nur für Murphy das Wichtigste. Seine geliebte Frau war zu Tränen gerührt, als er ihr davon erzählte. Immerhin diesen Seelenfrieden konnte Patrick erfahren, wenn Brianna sich ihm auch nicht öffnen konnte oder wollte. Gegenüber ihren Freunden verlor sie kein Wort darüber und im Laufe der gemeinsamen Tage hatten sie alle irgendwann aufgegeben, sie darauf ansprechen zu wollen.

Lena war beinahe bei ihrem Pa angekommen, als ihr Handy klingelte. Den Ton hatte sie ausgestellt, aber den Vibrationsalarm nicht, falls ihre Ma sie erreichen müsste. Ihre erste Vermutung lag auf Mike, der es wohl nicht erwarten konnte, sie zu sehen. An diesem Morgen hatte sie länger gebraucht als sonst und kam etwas später, da machte er sich wohl Sorgen.

Ein Blick auf das Display schloss Mike als Anrufer aus. Sie hatte sich seine Handynummer und auch das Festnetz eingespeichert. Dort konnte sie ja auch ihren Pa erreichen. Aber keiner der beiden Namen wurde angezeigt. Es war auf jeden Fall keine deutsche Nummer. Die Ländervorwahl passte nicht. Wer rief sie denn jetzt an? Murphys Nummer war gespeichert, ebenso wie Rogans und alle anderen, die sie hier gebraucht hatte. Binnen Bruchteilen einer Sekunde überschlug sie, wessen Nummer sie nicht hatte. Murphys Frau zum Beispiel, weil Lena ja ihn und darüber auch Stephanie erreichen könnte, wenn es nötig werden würde. Und sonst? Ihr fiel niemand ein, der sie anrufen könnte, daher nahm sie sehr unsicher ab.

„Hallo?"

„Hallo!", freute sich eine unbekannte Frauenstimme. Lena erkannte sie nicht. Allein von der Stimme her tippte sie aber auf eine ältere Frau.

„Äh ..." Sie überlegte noch mal, aber sie kannte die Stimme nicht. „Wer spricht denn da?"

„Mein Name ist Grace. Grace Fynn." Lena schnappte schon mal nach Luft. Doch noch irgendwelche Verwandtschaft? „Ich ..." Sie schluckte und musste einen Moment Mut sammeln. „Ich hab erfahren, Bri hat dir alles erzählt. Ich bin deine Großmutter."

Lenas Gehirn konnte nicht so schnell verarbeiten, was sie gleichzeitig dachte. Schon allein der Anblick, wie ihre Ma und auch ihr Pa unter der Trennung noch heute litten, waren Grund genug für Lena, diese Frau zu verabscheuen. Andererseits traf das theoretisch auch auf Faye und Keylam zu und mit denen verstand sie sich prächtig. Nahm sie nun die Erzählungen ihrer Ma hinzu, wie sie in ihrer Kindheit geschlagen und tyrannisiert worden war, stieg die Abneigung in Sphären, die es kaum aufzuholen ginge. Dabei klang sie ganz freundlich.

„Äh ...", machte Lena wieder und überlegte, was sie auf dieses unerwartete Gespräch sagen sollte.

„Schon gut", lächelte Grace matt. „Ich erwarte nicht, dass Bri oder du mir vergebt. Ich hätte es mir nur nie verziehen, wenn ich jetzt nicht endlich den Schritt gewagt hätte. Ich habe viele Fehler gemacht, aber die Zeit lehrte es mich besser. Das bringt mir meine Tochter nicht wieder und gibt mir keine zweite Chance, meiner Kleinen eine gute Mutter zu sein."

Ein Schluchzen drang in Lenas Ohr und auch ihr wurden die Augen feucht. Offenbar bereute ihre Großmutter, was sie getan hatte. Ebenso wie die Eltern ihres Pas es bereut hatten und Vergebung gefunden hatten.

Grace atmete tief durch und fing sich halbwegs. „Entschuldige. Ich wollte dich auch nicht belästigen. In meinem Herzen brannte nur der Wunsch, mich meiner kleinen Enkelin wenigstens vorzustellen. Und wenn du ... Na ja, ich weiß ja nicht, wie lange ihr da seid, aber wenn du ... Vielleicht würdest du einen Kaffee mit mir trinken. Ich würde dich gern sehen, Lena. Nur einmal, bevor Gott mich zu sich nimmt. Viel Zeit bleibt mir nicht mehr."

„Oh Gott", flüsterte Lena dem Erstickungstod nahe. Die arme Frau! Wer wusste schon, wie lange ihr die Erkenntnis, dass sie falsch gehandelt hatte, bereits auf der Seele lastete.

„Ich bin schwerkrank und habe mich damit abgefunden, dass meine Zeit bald gekommen ist. Deshalb musste ich dich einfach anrufen."

Lena versuchte krampfhaft, Ordnung in ihre grauen Zellen zu bekommen. Ihre Ma würde sie nicht überzeugen können, zu Grace zu gehen, aber sie selbst? Was spräche denn dagegen, einer alten, kranken Frau den Gefallen zu tun und mit ihr einen Kaffee zu trinken? Es würde sie nicht viel Zeit kosten und Grace dennoch von einem Teil der Last befreien, bevor sie für immer gehen würde. Noch einmal würde Lena diese Chance nicht kriegen.

„Ich komme vorbei", hörte sie sich sagen. Ihr Unterbewusstsein hatte die Entscheidung wohl schneller getroffen, als ihr bewusst war. Sie hörte ihre eigene Stimme wie von einem anderen. Aber Grace freute sich so sehr darüber, dass es Lena unmöglich war, die Entscheidung zu bereuen oder gar zurückzunehmen. Sie schrieb sich die genaue

Adresse auf und musste sich etwas einfallen lassen, wie sie da hinkäme. Ihre Ma oder Tante Maeve würden sie bestimmt nicht fahren. Ihr Pa auch nicht, da war sie sich ebenso sicher. Und Mike wollte sie nur ungern mit hineinziehen. Nach den Erzählungen würde er sie wohl eher irgendwo anketten, statt sie gehenzulassen.

„Lena!"

Sie schrak hoch. Inzwischen war sie schon an ihrem Ziel angekommen, stand nur noch ein wenig neben sich und brauchte einen Moment, um Mike zu erkennen.

„Guten Morgen", lächelte sie, aber er sah ganz eindeutig, dass irgendwas nicht war wie immer.

„Was ist passiert?"

„Nichts. Sag mal, wie komme ich alleine nach Dingle?"

„Mit dem Bus. Die Haltestelle ist gleich dort vorn. Wieso? Soll ich dich fahren?"

„Nein, danke. Aber du könntest mich mit einem Kuss begrüßen."

Das hatte er wohl glatt vergessen, weil sie so verloren vor seinem Haus gestanden hatte. Er glaubte auch immer noch, in ihren Augen einen Schleier zu sehen, der da nicht hingehörte. Vermutlich war es die anstehende Trennung, dachte er und erfüllte ihren Wunsch nach einem sanften Kuss zum Morgen. Darüber schaffte sie es dann auch, über seine Ahnung zu springen und hineinzugehen, ohne dass er noch mal fragte.

Patrick wusste natürlich auch um den Abschied. Lena wollte bis zum Mittag bleiben, dann müsste sie ihre Sachen packen. Nach mehreren Wochen hatte sie sich überall in Maeves Haus verteilt. Das alles wieder einzusammeln, dauerte seine Zeit, aber sie wollte am Morgen, bevor sie losfahren würden, noch mal vorbeikommen.

Patrick würde es nicht aufhalten können. Ihm waren die Hände gebunden, aber das Versprechen seiner Tochter, mit ihm in Kontakt zu bleiben, ihn in den nächsten Ferien auch wieder zu besuchen, beruhigte ihn ein wenig. Dennoch war es ein sehr schwaches Lächeln, mit dem er ihr ein Geschenk reichte.

„Für mich?", staunte sie ehrlich überrascht.

„Für wen sonst, wenn ich es dir gebe? Ich hoffe, du denkst an uns, wenn du wieder in Deutschland bist.“

Dafür wäre kein Geschenk nötig gewesen, obwohl sie sich natürlich darüber freute und das Papier gleich aufriss. Es war eine wunderschön verzierte Holzschachtel. Ihr Pa und Mike hatten sie selbst gebaut und selbst verziert, wie sie ihr verrieten. Dabei ging es hauptsächlich um das, was in der Schachtel lag. Ein Hufeisen, ebenfalls eine Eigenproduktion. Eingraviert stand ein gälischer Segenswunsch und dahinter *Mike und Pa in Liebe*. Lena war zu Tränen gerührt. Ehrfürchtig hielt sie das schwere Geschenk in ihren Händen, las die Gravur immer und immer wieder und wünschte sich, die Tränen aufhalten zu können.

„Ich danke euch“, schluchzte sie und drückte einfach beide an sich.

„Du wirst uns fehlen“, flüsterte Patrick und nahm den Duft seiner Tochter noch mal besonders bewusst in sich auf. Frühestens im Herbst, in den nächsten Ferien würde er wieder in den Genuss kommen. Allerdings begann jetzt Lenas Abschlussjahr. Es war fraglich, ob sie die Zeit finden würde. Die Schule sollte ja nicht leiden. Sie brauchte den guten Abschluss, um in ihren Traum der Veterinärmedizin starten zu können. Das wünschte sich Patrick für seine Kleine und würde auch weitere Jahre warten.

An diesem Tag waren sich die drei sehr nahe. Im Hintergrund lief leise Harfenmusik. Sie hatten sich gemütlich auf die Couch gesetzt, Lena in die Mitte genommen und rückten zusammen, um alle drei in die Fotoalben sehen zu können, die Patrick herausgekramt hatte. Sie lachten viel dabei und bekamen kaum mit, wie eine Stunde um die nächste verflog.

Das Mittagessen kochten sie auch gemeinsam und Lena konnte nicht leugnen, dass es ein typischer Männerhaushalt war. Das Geschirr war sauber, aber nicht weggeräumt. Wurde es abgewaschen, blieb es auf der Ablage liegen, bis man es wieder brauchte. Ein sonderlicher Koch steckte in keinem der beiden, daher übernahm Lena das Kommando und zauberte aus den spärlichen Zutaten, die sie im Kühlschrank fand, ein richtig leckeres Mahl, wie es die zwei Männer lange nicht gehabt hatten. Grund genug, schon wieder zu lachen.

Die Zeit konnte Lena nicht zurückdrehen und hätte es wohl auch nicht fertiggebracht, Grace zu enttäuschen, daher verabschiedete sie sich am frühen Nachmittag bis zum nächsten Morgen. Dann würde sie aber auch wirklich nur ein paar Minuten haben.

Erst als sie sicher war, die beiden sahen ihr nicht mehr nach, änderte sie die Richtung zur Bushaltestelle. So richtig wusste sie nicht mal zu beschreiben, wieso sie die Zeit mit ihrem Pa und Mike für eine Frau opferte, die sie schon vor ihrer Geburt hatte umbringen wollen. Genauso wenig hätte sie beantworten können, wieso sie nicht mal Mike eingeweiht hatte. Er hatte ihr Telefonat ja fast mitbekommen, aber eine innere Stimme riet ihr, es ihm nicht zu erzählen. Vielleicht, um in ihm keine falsche Hoffnung wachsen zu lassen, gegen die sie selbst sich nicht wehren konnte. Verbieten wollte sie es sich, aber jetzt, da sie allein war, formte sich der Gedanke, sie könnte ihre Ma mit ihrer Mutter zusammenführen und vielleicht eine Umgebung hier schaffen, in der sie sich wohlfühlen würde. Vielleicht würde der neu aufkommende Kontakt zwischen Mutter und Tochter ausreichen, Lena bei ihrem Pa und ihrem Geliebten zu lassen und sie nicht schmerzhaft auseinanderzureißen.

Sie lehnte den Kopf an die Scheibe des Busses, beobachtete gedankenverloren das vorbeiziehende Land und spielte das Gespräch mit ihrer Ma durch. Den Teil dazwischen mit Grace überging sie in ihren Überlegungen. Sie schien aufrichtige Reue gefunden zu haben, also würde dieser Teil nicht zu schwer werden. Ihre Ma war da eine größere Hürde. Die würde nämlich ausflippen, wenn sie nur von Lenas Ausflug erfahren würde.

Der Busfahrer war so nett gewesen, Lena zu sagen, wo sie aussteigen musste. Sie hatte ja nur die Adresse, in der ihre Großmutter wohnte. Und jetzt war der Busfahrer sogar so nett, sie aus den Gedanken zu reißen und ihr zu sagen, sie hätte ihre Haltestelle erreicht. Er erklärte ihr noch kurz, wo sie langgehen musste, und sie bedankte sich gerührt. So einen Busfahrer hatte sie in Deutschland noch nie gehabt. Na gut, da hatte sie auch noch nie eine Fahrkarte ohne Angabe einer Haltestelle kaufen wollen.

Sie lief zielstrebig los, aber schon bald wurden ihre Beine wie automatisch langsamer. Was tat sie hier eigentlich? Ihre Ma würde ihr den Kopf abreißen! Sie kannte Grace doch gar nicht. Was wäre denn, wenn Lenas Anblick sie zu sehr aufregen würde? So, wie es geklungen hatte, war sie krank. Ihre Enkelin nach siebzehn Jahren zum ersten Mal zu sehen, war bestimmt nicht leicht zu verkraften. Das war ja ihrem Pa schon so gegangen und sogar Murphy und den anderen. Sie hatten es überspielt, aber anfangs hatte ihr Auftreten überall für Aufsehen gesorgt. War es da wirklich richtig, das einer alten und kranken Frau zuzumuten?

Andererseits hatte sie ja angerufen. Sie hatte den ersten Schritt gewagt. Lena würde sich also theoretisch aus der Verantwortung ziehen können, aber wenn Grace jetzt bei ihrem Anblick einen Herzanfall kriegen würde, würde sie sich das trotzdem nie verzeihen.

Sie klingelte trotz aller Bedenken und wartete stotternden Herzens darauf, dass ihr jemand die Tür öffnete. Und dann stand sie vor ihr. Faye und Keylam waren deutlich älter, da sie nicht mit sechzehn Eltern geworden waren. Grace sah trotzdem aus wie eine Großmutter. Die Krankheit schien sie älter gemacht zu haben, dachte Lena. Nur das Lächeln machte sie zu einer schönen, jungen Frau.

„Lena", flüsterte sie begeistert. „Du bist wirklich gekommen."

„Hatte ich doch versprochen", lächelte auch Lena. Sie war erleichtert, dem Herzanfall ausgewichen zu sein.

Grace bat sie aufgeregt herein. Sie lief gebückt

und langsam, brauchte einen Stock, um sich fortzubewegen, aber sie machte auf Lena den Eindruck eines Menschen, der so viel wie möglich selbstständig bewältigen wollte. Mit dem Stock konnte sie kein Tablett tragen, dafür hatte sie sich einen Servierwagen zugelegt. Türschwellen gab es nicht und der Boden war nicht mit Teppich ausgelegt, auf dem die Räder schwerer gerollt wären. Sie ließ sich auch nichts abnehmen und scheuchte Lena sanft ins Wohnzimmer zum Sofa. Lena tat ihr den Gefallen und widerstand dem Drang, einer schwachen Frau zu helfen. Ihr war ihre Selbstständigkeit anscheinend sehr wichtig und Lena wollte sie nicht kränken.

Grace setzte sich auf den Sessel, stellte eine Keksschale vom Wagen auf den Tisch, Tassen und Teller dazu und goss den Tee ein. Kräutertee für Lena und für sich selbst eine zweite Kanne.

„Heiltee", seufzte sie. „Wenn der Körper nicht mehr will, muss man ihn eben ein bisschen unterstützen."

„Besser als Chemie allemal", schmunzelte Lena.

Sie war sich noch nicht so sicher, wie sie sich fühlen sollte. Bei Faye und Keylam war es irgendwie entspannter gewesen. Da waren allerdings Mike und ihr Pa als Bindeglied dabei gewesen. Hier saß sie allein bei einer Fremden. Sie hätte sonst wer sein können. Lena hätte sie im Vorbeigehen auf der Straße garantiert nicht als ihre Großmutter erkannt. Sie selbst sah ihrer Ma verdammt ähnlich, deshalb hatte man sie hier ja auch gleich überall erkannt. Bei ihrer Ma und Grace war das nicht so. Die groben Züge waren bei Grace früher vielleicht ähnlich gewesen. Ihre Ma trug die Haare allerdings entweder offen oder in einem lockeren Zopf. Grace hatte sie zu einem strengen Knoten gebunden. Dadurch wirkte auch ihr Gesicht irgendwie strenger und älter. Brianna wurde oft als Elfe bezeichnet, weil sie so weiche Gesichtszüge hatte, genau wie Lena. Grace dagegen überhaupt nicht. Neben den Falten war auch die Struktur kantiger. Maeve erkannte man darin schon eher, obwohl die nicht so streng aussah.

Worüber sie reden sollte, wusste Lena auch nicht. Worüber spricht man mit der eigenen, aber fremden Großmutter? Ihr die Fehler der Vergangenheit vor Augen zu führen, fand Lena nicht richtig, deshalb schied die Frage aus, wieso sie das damals alles getan hatte. Lena wollte auch nichts zu Persönliches mit ihr teilen, dafür war sie zu fremd. Und was sie interessierte, wusste Lena auch nicht.

Sie suchte in der Umgebung einen Anreiz, fand aber nichts. Es hingen keine Fotos an den Wänden, auf die sie hätte eingehen können. Auch sonst gab es einfach keine Bilder und keine Dekorationen. Keine Figuren, Vasen, offene Bücherregale oder Sonstiges. Es sah kaum so aus, als würde überhaupt jemand hier wohnen.

Grace schwieg ebenfalls. Das hatte allerdings einen anderen Grund. Sie beobachtete Lena und sah ihr das steigende Unwohlsein an. Das hatte jedoch nichts mit dem eisigen Schweigen zu tun. Lena fühlte sich wirklich nicht gut. Schläfrig, was sie vielleicht noch auf die angespannte Stille schieben konnte. Nur einige Minuten später wurde sie so träge, dass sie kaum die Tasse halten konnte. Ihre Lider wurden immer schwerer. So sehr sie sich auch dagegen zu wehren versuchte und aufzustehen, um das Haus zu verlassen, war sie machtlos dagegen und kippte schließlich zur Seite weg, als wäre sie einfach eingeschlafen ...

***

Am nächsten Morgen kam Brianna in die Küche und roch schon Kaffee. Maeve hatte den Tisch gedeckt und Brianna biss sich auf die Zunge. Eigentlich sollte Maeve noch gar nicht wach sein, aber so, wie sie aussah, hatte sie kaum geschlafen. Brianna wusste aber auch, was die Antwort gewesen wäre. Ab heute würde Maeve sowieso wieder für sich allein sorgen müssen, also könnte sie am Morgen schon damit anfangen und ihrer Nichte mit ihrer Tochter ein schönes Frühstück bereiten. Jede noch so gut gemeinte Gegenwehr wäre zwecklos, deshalb versuchte es Brianna gar nicht erst.

„Ist Lena schon weg?" Brianna wusste ja, dass sie sich von Mike und Patrick verabschieden wollte. Vermutlich hatte sie schon lange vor Sonnenaufgang die Familie aus den Betten geholt.

„Ich hab sie noch nicht gesehen", lächelte Maeve.

„Ich seh mal nach, ob sie alles gepackt hat."

„Weil du nicht einsehen willst, dass sie alt genug ist, das selbst zu tun?"

Brianna streckte ihrer geliebten Tante mit einem Schmunzeln die Zunge heraus. Ja, bisweilen fiel es ihr schwer, Lenas Wachsen zu akzeptieren. Am liebsten hätte Brianna ihr immer noch alles hinterhergeräumt und überhaupt alles abgenommen. Das schien auch nötig zu sein, wenn man sich das Zimmer ansah. Gepackt war hier noch gar nichts und von Lena fehlte jede Spur.

„Nicht zu fassen", kicherte Brianna und tat es nun doch. Sie zog den großen Koffer unter dem Bett hervor und stapelte die Kleider darin. Und auch alles andere, das hier nicht her gehörte. Dazu zählte auch Lenas Tagebuch. Für Brianna wäre es vielleicht interessant gewesen, aber in keinem einzigen Augenblick kam das für sie in Frage. Niemals hätte sie dieses Tagebuch gelesen. Darin vertraute sich Lena mit Dingen an, die sie nicht mit ihrer Mutter teilen wollte. Ob es Brianna gefiel oder nicht, akzeptierte sie das und dachte nicht mal daran, es aufzuschlagen, als sie das Buch zwischen die Kleider packte. Lena wusste das und versteckte das Buch nie. Es lag immer auf ihrem Nachtschrank.

Eine Stunde später waren Lenas Sachen gepackt und Brianna saß mit Maeve noch immer am Frühstückstisch bei einem Kaffee. Sie waren inzwischen mit allem fertig, nur von Lena sah man immer noch nichts, deshalb rief Brianna sie an.

„Mailbox", flüsterte sie und langsam stieg Panik in ihr auf. „Sie hat das Handy sonst nie aus, höchstens lautlos."

Auch in Maeve stieg die Sorge. „Vielleicht ist sie noch bei Mike und Paddy?"

„Immer noch? Sie weiß doch, wann wir losfahren wollen. Das passt nicht zu ihr."

„Ich fahre zu ihnen."

„Ich komme mit", legte Brianna fest, ohne einen Wimpernschlag daran zu denken, was sie sich da vorgenommen hatte. Sie hätte alles ertragen, wenn sie Lena nur wieder bei sich gehabt hätte. Dafür ging sie, ohne daran zu denken, auch das Risiko ein, Pad mit seiner Frau und ihrem gemeinsamen Sohn zu sehen.

Patrick und Mike waren natürlich wach. Sie warteten schon auf Lena, weil sie sich viel zeitiger angekündigt hatte. Als es jetzt klingelte, sprangen sie beide auf und Mike riss die Tür auf.

Er stutze. „Oh." Mehr fiel ihm im ersten Moment nicht ein, denn mit Brianna und Maeve hatte er am allerwenigsten gerechnet.

Patrick stand hinter ihm und kämpfte mit dem Anblick einer betörend schönen Frau. Er hatte auf Lena gewartet und nicht mit Bria gerechnet. Der Anblick traf ihn unvorbereitet. Und dann auch noch mit zusammengeschobenen Brauen und Maeve neben ihr.

„Ist Lena hier?", fragte Brianna aufgeregt.

„Nein", antwortete Mike verstört, da es seinem Dad die Sprache verschlagen hatte. „Ich dachte, sie verspätet sich."

„Sie ist nicht da", jammerte Brianna verzweifelt. „Ihre Sachen hat sie auch nicht gepackt."

„Was?", schrie Patrick entsetzt. „Aber sie ist doch nach dem Mittag gestern weg!"

„Wie bitte?", schrie Brianna nicht weniger. Wo in drei Teufels Namen steckte ihre Tochter?

„Sie war nicht da", sagte Maeve verwirrt. „Wir dachten, sie sei so spät gekommen, dass wir schon geschlafen haben." Das war vor allem in den letzten Tagen vorgekommen, weil sie jede Minute mit ihrem Pa und Mike auskosten wollte, deshalb hatten sich die beiden Frauen auch nichts dabei gedacht.

„Oh Gott", schluchzte Brianna und wandte sich dem Ort zu, als könnte sie um Ecken sehen und Lena finden. „Wo könnte sie denn nur sein?"

„Sieh oben nach", forderte Patrick von Mike. Mit dem Teleskop konnte er schneller und weiter sehen, als sie zu Fuß oder Pferd absuchen könnten. Vielleicht hatte Lena an den Klippen die Zeit aus den Augen verloren? Den Gedanken, dass sie sich etwas angetan haben könnte, verdrängten sie alle. Das war absurd! Nicht ihre Lena!

Mike lief aber gar nicht erst los. „Dingle."

„Hä?", machte Maeve. „Was will sie denn dort?"

„Keine Ahnung. Sie hat mich gestern gefragt, wie sie allein dort hinkommt. Mit dem Bus, hab ich gesagt."

„Und warum?", wollte Patrick wissen.

„Keine Ahnung. Sie stand schon vorm Haus, mit dem Handy in der Hand. Sie war ziemlich verwirrt, aber dann wieder völlig normal."

Patrick wurde kreidebleich. „Ein Anruf aus Dingle?", keuchte er geschockt.

Maeve war es nicht weniger. „Du meinst Grace?"

„Meine Mutter?", keifte Brianna erschrocken. Was hatte die denn mit Lena zu tun? Die kannten sich nicht und sollten nichts voneinander wissen! Wie hätte Grace also Lena anrufen können?

Patrick griff neben der Tür ans Schlüsselbrett und drückte Mike den Wagenschlüssel in die Hand. „Du fährst. Wir haben es eilig. Ich bezahle jeden Strafzettel."

Nebenher hatte er schon die Tür ins Schloss gezogen. Mike wusste gar nicht, wie ihm geschah, aber die Sorgen der Erwachsenen machten ihm zu schaffen. Außerdem kannte er ja die Erzählungen zu Briannas Mutter. Maeve und Brianna saßen schon auf der Rückbank und sein Dad nahm tatsächlich auf dem Beifahrersitz Platz. Das sollte schon was heißen!

„Bist du sicher, was du tust?", schrie Brianna erschrocken, als Mike mit quietschenden Reifen vom Hof fuhr.

„Hundertprozentig", nickte Patrick. „Er kennt seine Grenzen. Und die des Autos."

Na wenn er das sagte … Brianna zweifelte daran. Sie wurden so durch den Wagen geschleudert, verloren immer wieder den Bodenkontakt und reizten ihre Mägen, dass sie kaum aufrecht ankommen würde. Aber selbst wenn. Sie würde auch auf allen vieren zu ihrer Tochter kriechen. Patrick würde seinen Sohn ja wohl gut genug kennen, hoffte sie. Eigentlich durfte sie nicht so genau darüber nachdenken. Wo Pads Frau war, wollte Brianna gar nicht wissen, aber da am Steuer saß der Beweis seiner Untreue. Und doch lagen all ihre Hoffnungen auf Mike.

Er schien nicht ein einziges Mal die Kontrolle zu verlieren. Nicht mal ganz leicht. Er war hochkonzentriert, sein Gesicht vollkommen hart und auf die Aufgabe gerichtet, er nahm die meisten Kurven mit Handbremse und riss brutal an dem Lenkrad herum, aber er wusste wirklich, was er tat. Mindestens ein teures Foto würde Patrick wohl bezahlen müssen.

So schnell wäre kein Notarzt der Welt gewesen, dachte Brianna. Dafür schwankte sie ganz schön, als sie ausstieg. Sie versuchte dennoch, ihren Körper davon zu überzeugen zu rennen. Patrick wusste, wo Grace wohnte, also rannte Brianna ihm hinterher. Maeve war mit dem Stock langsamer, aber auch Mike gab, was seine Beine konnten.

Wie ein Irrer hämmerte Patrick an die Tür, hinter der er seine Tochter vermutete. Lena war am vergangenen Nachmittag verschwunden. Inzwischen konnte Grace ihr schon sonst was angetan haben. Mit Schrecken erinnerte er sich daran, wie übel Bria manchmal ausgesehen hatte, wenn sie von Grace geschlagen worden war. Umso älter Bria geworden war, desto häufiger hatte sie bei Maeve gewohnt, bis die Blessuren abgeheilt waren.

„Mach auf!", rief Brianna wütend. Sie hielt den Finger auf dem Klingelknopf.

Auch nach endlosen Sekunden war von drinnen keine Reaktion zu hören. Keine Schritte, kein Gemurmel, einfach gar nichts.

Bei Patrick brannten alle Sicherungen durch. Er schob Mike und Bria etwas zur Seite, holte aus und trat die Tür ein. Er brauchte nur einen einzigen Tritt, da splitterte das Holz und die Tür sprang auf.

Sie stürmten hinein, durch den Flur ins Wohnzimmer, dann in die Küche und ins Schlafzimmer. Nirgends war ein Mensch zu sehen. Wie Lena schon bemerkt hatte, sah es hier nicht mal aus, als würde überhaupt jemand die Zimmer bewohnen, aber das wusste Maeve mit Sicherheit. Grace hielt nur nichts von Fotos, die sie an etwas erinnerten, denn Erinnerungen waren etwas für Menschen mit Gefühlen, die Grace nicht hatte und nicht haben wollte.

„Der Keller", murmelte Maeve und humpelte wieder aus der Wohnung heraus. Sie hatte ihre Schwester seit Jahren nicht gesehen und wäre auch nicht so schnell hergekommen. Eigentlich konnte sie immer noch nicht glauben, was sie da für einen Verdacht hatten. Dass Grace keine Grenzen kannte, wusste Maeve. Aber wie hatte sie davon erfahren, dass Lena hier war? Und wie hatte sie ihre Telefonnummer bekommen? Das war doch kein Zufall.

Maeve hatte die Wohnung für Grace eingerichtet und sie mehr oder weniger hierher abgeschoben. Weit genug weg von Maeve, sonst hätte sie ihr wohl schon eher mal eine reingehauen. Oder Schlimmeres, aber ob sie das als gottesfürchtige Frau wirklich über sich gebracht hätte, wusste Maeve nicht mal selbst zu beantworten, obwohl seit ein paar Minuten die Hemmschwelle in dieser Sache enorm gesunken war. Beinahe kam Reue in ihr auf. Hätte sie Grace schon vor einigen Jahren abgeknallt wie einen alten Gaul, würde Lena jetzt nicht in Gefahr schweben.

Maeve führte ihre Begleiter zum Keller hinab. Eine schwere Tür am Ende der Treppe führte zu dem Gewölbe mit den verschiedenen Kellerräumen der Mieter. Schon als Patrick diese schwere Tür aufriss, hörten sie einen Schrei aus Lenas Kehle und verzweifeltes Schluchzen.

„Oh Gott", keuchte Brianna und warf Mike beinahe um, als sie ihn zur Seite schob.

Sie folgten den Geräuschen, die eindeutig von Lena in Verzweiflung kamen. Sie hatte schon schwer einzustecken gehabt seit dem vergangenen Nachmittag. Aufgewacht war sie in dem geschlossenen Kellerraum. Er war auch nicht nur mit Holzwänden von den anderen Abstellräumen getrennt, sondern mit richtig gemauerten Wänden und fester Tür. Natürlich hatte sie zu fliehen versucht, aber wie denn? Sie konnte doch keine Mauern einreißen.

Dann war Grace gekommen. Die gekrümmte Haltung war offenbar nur vorgespielt gewesen. Sie lief aufrecht und ohne Probleme. Sie war kein bisschen krank. Lena musste einsehen, sie hatte sich hereinlegen lassen. Sie war dieser Frau voll auf den Leim gegangen.

Wie hatte sie nur so dumm sein können?

Nach den Erzählungen ihrer Ma hätte sie nicht herkommen sollen. Zumindest nicht allein, ohne irgendwem Bescheid zu sagen. Auch das wurde ihr erst beim Aufwachen so richtig bewusst. Niemand wusste, wo sie war. Früher oder später würde auffallen, dass sie nicht da war, aber wo sollte ihre Ma sie denn suchen? Bei Grace würde sie niemand vermuten.

„Du bist eine leibhaftige Sünde", hatte Grace herablassend gesagt und ihr ein Buch vor die Füße geworfen. Sie sah noch immer so viel älter aus im Vergleich zu Faye. Eine Krankheit war jedoch nicht schuld daran, sondern der kalte Hass in ihrem Herzen. Hoch erhobenen Hauptes, stolz und voller Abscheu blickte sie zu Lena am Boden hinab.

Lena hatte Stunde um Stunde aus der Bibel vorlesen müssen. Weigerte sie sich, bekam sie den Stock zu spüren. Versagte vor Durst ihre Stimme, weil ihre Kehle so ausgetrocknet war, spürte sie den Stock auf ihren Körper niedergehen. Brach sie unter Weinen und Schluchzen zusammen, kassierte sie neue Prügel, bis sie weiterlas. Kein Flehen und kein Betteln zeigte bei Grace irgendeine Wirkung. Die war völlig verrückt, erkannte Lena verzweifelt.

Patrick hatte Brianna überholt, ohne darüber nachzudenken. Er hatte sie einfach an der Hand gefasst und hinter sich gezogen. Schon früher hatte er sie vor ihrer Mutter beschützt und tat es heute instinktiv immer noch. So bewusst war das in dem Moment keinem der beiden, aber sein Innerstes kannte immer nur Brianna als Zentrum seines Seins, seines Herzens, seiner Seele und seines Lebens. Um sie herum hätte er alles aufbauen wollen. Sie zu beschützen war seit über zwanzig Jahren in ihm verankert und brach in dieser außergewöhnlichen Situation einfach durch.

Auch die letzte Tür, die ihn von seiner Tochter trennte, riss Patrick einfach auf. Grace hatte ganz eindeutig nicht damit gerechnet, dass man Lena hier suchen würde. Wieso auch? Hätte Mike das Telefonat nicht zufällig mitbekommen, wäre niemand so schnell auf diese verrückte Idee gekommen.

„Ma", wimmerte Lena und rappelte sich schwerfällig auf die Beine. Über Grace in der Ecke dachte sie keine Sekunde mehr nach. Ihr Pa würde sie nicht wieder an sie heranlassen, so stolperte sie in die Arme ihrer Ma.

„Lena", schluchzte Brianna erleichtert. „Oh Schatz."

„Es tut mir so leid!", rief sie aufgeregt. „Sie sagte, sie sei schwer krank, und ich wollte ihr einen Gefallen tun! Ma, verzeih mir."

„Alles", weinte Brianna nicht weniger. Sie hielt

ihre Kleine in den Armen und wünschte sich, sie niemals loslassen zu müssen. „Lass uns verschwinden."

Patrick stand mit dem Rücken zu seiner Familie und richtete seinen hasserfüllten Blick auf Grace. Sein ganzer Körper war angespannt und seine Hände zu so strammen Fäusten geballt, dass die Haut zu reißen drohte. „Wie konntest du nur?", knurrte er bedrohlich. So was hatte Mike in der Stimme seines Dads noch nie gehört und bekam beinahe Angst. Nicht mal Christy hatte ihm jemals solche Töne entlockt.

„Sieh mal einer an", höhnte Grace. „Der ritterliche Vater! Sie ist eine Sünde, das solltest du am besten wissen!"

In den nächsten zwei Sekunden geschah so viel auf einmal, dass sie sich beinahe gegenseitig überschlagen hätten. Patrick erreichte zum ersten Mal in seinem Leben den Punkt, an dem er ausflippte. Das ahnte auch Maeve und stürzte zu ihm, so schnell es die Verletzung zuließ. Sie bekam seine erhobene Faust gerade noch zu fassen.

„Nein!", rief sie energisch. „Das ist sie nicht wert! Das war sie nie wert! Wirf nicht deine Prinzipien wegen ihr über Bord!"

Ein wenig entspannte sich Patrick und richtete seinen drohenden Zeigefinger auf Grace. „Wage es dir nie wieder, meiner Familie zu nahe zu kommen, sonst dreh ich dir den Hals um."

Sie gab einen verachtenden Zischlaut von sich. „Ich werde die Ausbreitung der Sünde zu verhindern wissen! Meine Sünde vermehrte sich, das wird eurer Sünde nicht gelingen!"

Bevor hier doch noch jemand den Kopf verlor, wovon nicht nur Patrick bedroht wurde, schob Maeve mit ihrem Stock einfach alle aus dem Kellerraum. Dort nahm Patrick das zarte Gesicht seiner Tochter in die Hände, obwohl sie immer noch in Briannas Armen stand und er ihr damit ebenfalls sehr nahe kommen musste. Nahe genug, um den typischen Rosengeruch aufzunehmen. Schon früher hatte Bria immer dezent nach Rosen gerochen.

„Wie geht's dir? Brauchst du einen Arzt?", wollte Patrick wissen.

Sie schüttelte immer noch weinend den Kopf. „Ich hab nur Durst und will hier weg."

Das war verständlich.

In der Tür drehte sich Maeve allerdings noch mal

zu ihrer Schwester um. So eine Kälte in ihrem Blick hatte außer Grace noch nie jemand gesehen.

„Du bist das Letzte. Was du Bri und nun auch Lena angetan hast, übersteigt alles, was dir angetan wurde, und ich hoffe, du büßt spätestens nach deinem Tod."

Grace plusterte sich noch weiter auf. „Wage es dir nicht, so mit mir zu reden!"

Maeve blieb wenigstens äußerlich ruhig. „Du hast noch ganz anderes verdient. Du hast dich für die Einsamkeit in Kälte entschieden, also lebe damit. Ab sofort zahle ich keinen Penny mehr für dich. Sieh zu, wie du zurechtkommst."

Mit diesen Worten wandte sich Maeve zum Gehen ab, doch Grace brachte auch bei ihr beinahe das Fass zum überlaufen.

„Du bist immer noch meine Schwester und musst für mich sorgen!", schrie sie ihr nach und Maeve wirbelte mit solchem Zorn im Herzen herum, dass sie am liebsten selbst auf diese Frau losgegangen wäre.

„Du bist nicht mehr meine Schwester, seit du sechzehn warst! Auch dafür wirst du nach deinem Leben büßen müssen! Trotz allem, was du Bri angetan hast, ist sie gefüllt mit Liebe, während du in deinem Selbstmitleid badest! Und auch Lena kam her, um einer alten und kranken Frau eine Last von den Schultern zu nehmen! Wie kannst du die beiden als Sünde bezeichnen, wenn du die Sünden begehst? Nimm dein Leben auf oder beende es, es ist mir völlig egal, solange ich dich nie wieder sehen muss!"

Diesmal ging Maeve wirklich und wurde von einem Wutimpuls überrollt, den sie nicht unterdrücken konnte. Mit einem Aufschrei des abgrundtiefen Hasses packte sie die Tür und schlug sie so heftig ins Schloss, dass die Farbe von den Wänden blätterte und ihre Zuschauer zusammenzuckten. Das hätte Maeve niemand zugetraut. Ebenso wie niemand wirklich geglaubt hätte, dass Patrick O'Mara mal rohe Gewalt als letzte Lösung einfiele.

„Bist du wirklich okay?", flüsterte Mike ängstlich. Lena sah furchtbar aus. Verweint und mit Blutergüssen überzogen, aufgeplatzter Lippe und einer Schramme an der Stirn.

„Ich will hier nur noch raus", wimmerte Lena und ließ sich von ihrer Ma und ihrem Pa stützen. Einer links und einer rechts kam es sogar zur Berührung der beiden. Ohne es zu bemerken, beruhigte dieser Körperkontakt die besorgten Eltern. Im Moment lagen alle Gedanken auf Lena.

Sie war froh, den Himmel über sich zu sehen und frische Luft zu atmen. Noch besser ging es ihr, als sie im nächsten Café ein Glas Wasser bekam. Einen halben Liter leerte sie, ohne ein einziges Mal abzusetzen.

„Mach langsam", lächelte Brianna und strich ihrer Kleinen die Haare glatt. Sie selbst hatte jahrelang unter ihrer Mutter gelitten und kannte das Gefühl, wenn man das Haus endlich verlassen hatte. Es glich einem Befreiungsschlag. Für Brianna waren ihre Freunde immer eine Stütze gewesen, um zu Hause alles zu ertragen. Für Lena waren es ihre Ma, ihr Pa, Mike und auch Maeve. Am liebsten wäre sie mit allen zusammengezogen, dann wären sie unbesiegbar.

„Wir sollten dich zu einem Arzt bringen", meinte Patrick besorgt.

„Nicht nötig, danke. Es ist nichts gebrochen und für den Rest reicht die Zeit."

„Eine Ärztin, die sich selbst untersucht?"

„Wieso nicht? Gegen Prellungen können die eh

nicht viel machen. Ich danke euch. Euch allen. Hätte ich gewusst, dass die mich so dreist anlügt ..." Lena konnte nur mit dem Kopf schütteln. Wie naiv sie doch gewesen war ...

„Sei froh, dass ich dein Telefonat mitbekommen hab", lächelte Mike schwach. „Wenigstens dein Ziel hast du mir genannt."

So waren sie also dahintergekommen, erkannte Lena. „Und wie seid ihr auf Grace gekommen? Das ist so abwegig."

„Wer sonst hätte dich aus Dingle anrufen können?", antwortete Patrick. „Das Einzige, was ich nicht verstehe, ist, woher die deine Nummer hat."

„Das würde mich auch mal interessieren", brauste Brianna auf. „Wer zum Henker würde das tun?"

Sie schwiegen eine Weile, aber ihnen fiel niemand ein, der Lenas Nummer hatte und sie ausgerechnet an Grace weitergeben würde. Murphy und die anderen aus dem Dorf hätten das nie getan. Und die Einzige, der es zumindest Patrick und Maeve zugetraut hätten, bedachten sie nicht, weil sie Lenas Nummer nicht hätte haben sollen:

Christy!

Abschied

Für den Rückweg übernahm Brianna das Steuer und ließ Maeve neben sich setzen. Lena saß hinten zwischen ihrem Pa und Mike. Die beiden Männer hielten jeder eine Hand ihrer Lena und wünschten sich, die Zeit anhalten zu können. Lena und Mike, in gewissem Maße auch Maeve, wünschten sich, die Zusammenkunft zwischen Patrick und Brianna hätte irgendwas geändert, doch dem war nicht so. Sie schwiegen sich an, sahen sich nie direkt an, wenn der andere den Blick erwiderte, und vermieden jeglichen Kontakt. Dabei wünschten sich gerade die beiden Kinder so sehr, dass die Gemeinschaft, wie sie jetzt im Auto saßen, ihr Alltag werden würde. Als wären sie als große Familie auf dem Weg zum Einkaufen oder so, aber das blieb ein Wunschtraum.

Leider auch für Patrick. Er hielt Lena im Arm, sah zum Fenster hinaus und suchte einen Weg, den es nicht gab. Er würde nicht versuchen, auf Bria einzureden. Er würde ihr nur alles Gute wünschen und beten, dass sie das Glück finden würde. Bei ihm würde sie es nie finden, das war ihm klar, wenn es auch schmerzte.

Auch Brianna überlegte, wie sie mit dem unverhofften Aufeinandertreffen umgehen sollte. Im Augenblick hoffte sie, um die Begegnung mit Christine einen Bogen machen zu können, wenn sie sich verabschieden würden. Sie hatte ein Bild der Frau im Kopf, das genügte. Sie musste sie nicht auch noch leibhaftig neben Pad stehen sehen.

Nur eines brannte Brianna wirklich noch auf der Seele: „Danke", sagte sie, sah Patrick aber nicht an, wandte sich ganz um und stieg in ihren eigenen Wagen. Patrick wollte ihr noch alles Gute wünschen, da saß sie schon und die Tür ging zu.

Lena stellte sich vor ihren Pa. „Willst du es wirklich so enden lassen?"

„Es ist besser so, Kleines. Pass gut auf dich und deine Ma auf, okay?"

„Mach ich", seufzte sie enttäuscht. Das wäre doch die Gelegenheit gewesen! Die letzte Chance! Aber nein, er hielt an seiner Meinung fest, obwohl Lena ihre Ma inzwischen wohl besser kannte und besser einschätzen konnte!

„Und schreib uns, wie es in der Schule läuft", bat Mike. „Du wolltest alles genau berichten, als säßen wir zusammen."

„Das werde ich", versprach Lena lächelnd. „Es werden wohl dicke Briefe werden. Ich schicke euch Fotos von unserem Haus, der Schule und so weiter."

Auf die Idee waren sie alle drei gekommen. Lena würde ihnen Fotos von allem schicken, das in ihrem Leben wichtig war, damit die beiden ein Bild vor Augen hätten, wenn sie was erzählen oder schreiben würde. Mike wollte Gleiches von seiner Schule tun und zusammen mit seinem Dad ihre Lena auf dem Laufenden halten, was hier so passierte. Vor allem natürlich auch bezüglich Christy und Leo.

Schweren Herzens musste Patrick sein Töchterchen wieder loslassen. „Ich liebe dich", flüsterte er in ihr Haar hinein, nahm noch einmal ihren Duft auf und gab sie schließlich frei.

In seinem rechten Arm hielt er nun nur noch eines seiner Kinder und es fühlte sich absolut falsch an. Die beiden Männer sahen dem Wagen nach und wünschten sich, irgendetwas an der Szene ändern zu können.

Lena saß hinten und winkte ihnen noch tränenreich. Die Tränen versiegten auch nicht, als sie Maeve absetzten, ihr Gepäck einluden und sich auch von ihr noch verabschieden mussten. Der Weg zur Fähre führte noch mal am Grundstück von Patrick vorbei. Er und Mike hatten eigentlich nur darauf gewartet und winkten Lena noch ein letztes Mal.

Solange es ging, sah Lena nach hinten zu ihrem Pa und Mike. Erst als sie um die Ecke bogen, setzte sie sich mit einem verschluckten Schluchzen wieder richtig hin. Nun war es soweit. Sie würde in ein Haus zurückkehren, das niemals wieder ihr zu Hause sein könnte. Wie auch, wo sie doch einen Ort gefunden hatte, an dem sie sich tausendmal wohler fühlte? Ein Ort, an dem ein liebevoller Vater auf sie wartete. Ein Ort, an dem sie ihren Freund zurücklassen musste. Es fühlte sich einfach alles falsch an!

Schon zuvor hatten sich Brianna und Lena darauf geeinigt, wieder den weiteren Weg über England zu fahren. Sie hätten ebenso im Süden Irlands mit einer Direktfähre nach Frankreich übersetzen können. Andererseits bot Ihnen der Umweg die Möglichkeit, Abschied von Irland und dem langen Urlaub zu nehmen. Sie hätten zwei Tage Zeit, sich von Urlaub auf Alltag umzustellen.

Bis Tralee sprachen sie kein Wort und ertranken in Stille, weil niemandem auffiel, dass sie das Radio nicht angeschaltet hatten. Von der guten Laune der Hinfahrt war überhaupt nichts geblieben. Lena sah auch nicht aus dem Fenster in das Land ihrer Träume. Die Hände in ihrem Schoß hatten ihren Blick gefangen.

Auch Brianna hing ihren Gedanken nach. Für sie war es eine Befreiung, den Ort zu verlassen, das Land und am liebsten das gleiche Sonnensystem, in dem Pad lebte. Bloß weg von ihm! Wie vor siebzehn Jahren floh sie aus Irland. Diesmal vor ihm, damals vor ihrer Mutter.

Im Vorbeifahren hatte sie Pad und Mike noch mal gesehen. Christine war wieder nicht dabei gewesen, aber vermutlich genauso froh, dass sie wieder weg waren wie Brianna selbst. Wer hatte schon gern die Ex des eigenen Ehemannes in Reichweite? Und dann auch noch die uneheliche Tochter?

Und Mike? Tja … Mike … Er war ein netter Junge, das konnte Brianna nicht abstreiten, obwohl sie ihn verabscheuen wollte. Es gelang ihr nicht, dafür war der Spaß zu klar in ihrer Erinnerung, den sie gemeinsam bei der Sanierung gehabt hatten. Hätte sie ihm sein Leben zum Vorwurf gemacht, wäre sie keinen Deut besser als ihre Mutter.

Mike würde Lena fehlen, das war sicher. Sie hatten den Weg einer richtig engen Freundschaft betreten. In gewissem Sinne freute sich Brianna natürlich, dass sich Lena so mit ihrem Halbbruder verstand. Andererseits hätte sie es auch gern gesehen, wenn sich die drei überhaupt nicht zusammengefunden hätten und ihre Kleine jetzt keine Tränen vergießen würde.

Im einundzwanzigsten Jahrhundert ist die Kommunikation allerdings so einfach, dass sie sich sogar sehen könnten. Brianna wollte ihrer Tochter den Kontakt nicht verweigern. Weder zu ihrem Vater noch zu ihrem Bruder, aber sie selbst würde nichts wissen wollen. Würde Lena etwas erzählen, würde sie natürlich zuhören, aber freiwillig würde sie dieses Thema nicht anschneiden.

„Wollen wir was essen gehen?", fragte Brianna, um endlich das Bild von Pad aus ihrem Kopf zu scheuchen. Er hatte ja seinen Sohn, also hatte Brianna nicht mal ein schlechtes Gewissen, ihm seine Tochter zu nehmen. Na gut, sie war auf dem

Wege, es sich einzureden, denn ihr Gewissen meldete sich unüberhörbar.

Lena antwortete nicht. Sie schüttelte nur andeutungsweise den Kopf und behielt den Blick auf ihrem Schoß. Aus ihrer kleinen Tasche, die im Fußraum stand, holte sie ihre Musik, steckte die Kopfhörer in die Ohren und baute sich einen Traum auf, in dem ihre Ma nicht so stur wäre. Und ihr Pa, denn es war unfair, alle Verantwortung auf einen abzuschieben.

Bis Limerick hatte Lena dann noch immer kein Wort gesprochen. Brianna konnte diese Stille schon lange nicht mehr ertragen und hatte das Radio eingeschaltet. Es dudelte leise vor sich hin. Sie wollte es nicht zu laut machen, um Lena nicht zu stören. Sie wollte nur die Stille brechen. Wo ihre Kleine mit den Gedanken war, ahnte sie: hinter ihnen. Und langsam breiteten sich Zweifel in Brianna aus, ob es wirklich gut gewesen war, hierher zu kommen. Sie hätte allein fahren sollen, aber das wäre auch nicht fair gewesen.

Kurz vor Dublin hielt Brianna es dann nicht mehr aus. Lena sprach nicht, Lena sah nicht aus dem Fenster, Lena tat einfach gar nichts, außer Musik zu hören und stumm zu weinen. Das musste jetzt aufhören!

Brianna war kurz vorm Durchdrehen und zog sanft an dem Kabel, bis einer der Ohrstecker aus Lenas Ohr fiel. „Schatz, rede bitte mit mir."

„Was willst du denn hören?", fragte sie ohne jegliche Emotion in der Stimme. Nichts! Es war einfach gar nichts zu hören! Keine Trauer, keine Wut - nichts! Brianna rieselte es eiskalt den Rücken herunter und ihr wurden die Augen ebenso feucht, weil sie fürchtete, ihre Tochter könnte ein genauso kaltes Loch in ihrer Brust aufbauen wie sie selbst.

„Lena, sprich mit mir. Was geht in deinem Kopf vor? Willst du alles hinter dir lassen und in die Einöde ziehen? Ist es das, was dich zu einem Lächeln bringen würde?"

„Erwarte so schnell kein Lächeln von mir", seufzte Lena, nahm den Ohrstecker wieder auf und wollte ihn ins Ohr stecken, doch ihre Ma ließ sie nicht.

„Lena!", rief sie und musste aufpassen, vor Tränen die Straße noch zu erkennen. „Was erwartest du von mir? Dass wir zu Maeve ziehen?"

Endlich hob Lena den Blick zu ihrer Mutter. Brianna konnte nur kurz zu ihr sehen, sie musste sich auf den Verkehr konzentrieren. Das war ihr aber auch ganz recht so. Solche kalte Distanz hatte sie von ihrer Tochter noch nie empfangen!

„Was ich will? Dass du deine Feigheit überwindest. Du kannst dir einreden, was du willst, aber du liebst Pa immer noch."

„Lena", jammerte Brianna am Ende mit den Nerven. Sie hatte nicht geahnt, dass ihre Tochter das immer noch so belastete. „Wir waren Teenager damals. Wir haben jeder für sich unser Leben aufgenommen. Das passt einfach nicht mehr zusammen und es fällt mir jetzt schon schwer, die Erinnerung aufrecht zu halten, also verlange nicht von mir, dass ich noch mehr davon zerstöre."

„Ausrede! Du bist einfach feige." Bei diesen harten Worten musste Brianna schwer schlucken. Und Lena hatte nicht vor, jetzt zu schweigen. „Du schiebst Ausreden vor und lügst mir auch noch ins Gesicht. Rede dir das ein, aber versuche nicht, mich für dumm zu verkaufen!"

„Tue ich nicht!", schrie Brianna tief verletzt und hielt mit quietschenden Reifen am Straßenrand, um sich ganz ihrer Tochter zuzuwenden. Sie musste wohl doch deutlicher werden. „Lena, ich will dich nicht anlügen!"

„Du tust es aber!", schrie Lena nun ebenso
zurück. Noch nie zuvor waren sie sich so
angegangen. „Du liebst ihn, aber du lässt ihn gehen!
Schon wieder! Und warum? Weil du Angst vor Nähe
hast! Gestehe es dir wenigstens ein!"

Brianna ließ die Schultern fallen. Ihre Kleine war
stinksauer. Dabei hatte Brianna doch nur versucht,
sie zu schützen. „Schatz, ich will dich nicht anlügen.
Es tat damals so weh, verstehst du? Und auch heute
noch. Ja, ich liebe ihn noch immer, das würde ich
gern abstreiten und mir etwas anderes einreden, aber
du zwingst mich zur Wahrheit und für dich würde
ich alles tun. Also spreche ich es aus: Ich liebe ihn."
Wie weh es tat, sich das einzugestehen! „Aber er hat
ein Leben, in dem ich keinen Platz habe."

„Wieso nicht?", wimmerte Lena. Sie hatte die
harte Schale ihrer Ma tatsächlich geknackt und
wurde endlich mit Ehrlichkeit belohnt. Dafür sah sie
ihre Ma nun leiden. Das hatte sie auch nicht gewollt.

„Lena ...", Brianna brach es das Herz, die Kleine
so zu sehen. Die Wangen voller Tränen und das Herz
voll Trauer. Sie zog sie sanft an sich. „Seine Frau
war bei mir", erklärte Brianna flüsternd. „Ich habe

475

keinen Platz in seinem Leben, das musst du akzeptieren."

Für sie kam es einem Geständnis gleich. Das hatte sie Lena nämlich eigentlich ersparen wollen.

Lena dagegen fuhr erschrocken hoch. „Seine Frau?" Was war denn da passiert?

„Ja", lächelte Brianna schwach. „Versteh doch. Ich möchte ihm nicht kaputtmachen, was er sich aufgebaut hat."

Lena war von einer Sekunde zur nächsten wieder völlig klar im Kopf. „Er ist seit zwei Jahren geschieden."

Brianna schnappte nach Luft und war froh, nicht mehr im Verkehr zu sein. Sie wäre vermutlich von der Straße abgekommen. „Was?", hauchte sie geschockt. Wer war denn dann die Frau, die bei ihr gewesen war? Das hatte sie sich doch nicht eingebildet!

Lena dämmerte, dass hier noch jemand mitgespielt hatte, der eigentlich kein Recht dazu hatte. „Wie heißt sie denn, die bei dir war?"

„Christine."

In Lenas Händen knackte es, als sie sie zu Fäusten

ballte. „Christy!", presste sie angestrengt hervor. Diese Wut auf ihrer Ma abzuladen, wäre nämlich wirklich nicht fair gewesen. „Sie ist Mikes Mutter! Die mich umgefahren hat! Nach zwei Jahren tauchte sie jetzt auf und wollte ihn mitnehmen wie ein vergessenes Gepäckstück!"

Lena gefiel der Ausdruck, den Mike gewählt hatte. Er brachte es auf den Punkt.

Auch in Brianna baute sich Wut auf, die sich nicht gegen ihre Gesprächspartnerin richtete. „Dieses Weib traut sich tatsächlich, mir gegenüberzutreten, nachdem sie dich umgefahren hat?"

„Die ist nicht mehr ganz dicht!", regte sich Lena auf. „Pa und Mike haben sich einen Anwalt genommen. Er will auch den Unfall als Beweis für ihre Verantwortungslosigkeit anbringen. Ma, die hat dich voll gelinkt."

„Ich merke es. Das ändert nur nichts."

Wieder diese Kühle in der Stimme, dass Lena die Galle zu platzen drohte. Tante Maeve hatte von der Kälte in Briannas Herzen gesprochen, doch Lena hatte davon noch nie etwas gesehen. Bis jetzt.

„Das ändert nichts?", fauchte Lena entsetzt. „Wieso ändert das nichts? Er ist nicht verheiratet!

Und aus seiner vergangenen Ehe kannst du ihm keinen Vorwurf machen, du warst schließlich auch verheiratet!"

„Ich mache ihm doch keinen Vorwurf aus der Ehe. Hätte ich auch nicht, wenn sie noch halten würde."

„Was ist es dann? Ich bin von zwei sturen Eseln gezeugt worden, also erwarte nicht, dass ich meinen Dickschädel ablege! Ich will jetzt wissen, was in dir wirklich vorgeht! Und zwar nicht nur Ausreden und halbe Wahrheiten!"

Autsch, dachte Brianna. Den Dickschädel hatte sie tatsächlich von beiden Elternteilen bekommen. Das hatte sich schon früh gezeigt. Wollte Lena etwas, kämpfte sie erbittert darum. Nicht in dem Sinne, dass sie anderen etwas weggenommen hätte oder bockig geworden wäre. Schon als Kind war sie eher andere Wege gegangen. In der Schule hatte ein Junge immer ihr Pausenbrot geklaut. Das war ihr so auf die Nerven gegangen, dass sie zurückgeschlagen hatte. Der Kerl wäre viel zu groß gewesen, als dass sie wirklich körperlich hätte zurückschlagen können. Viel mehr hatte sie eine Sprungfeder in ihre Brotbox gebastelt, die eine Tomate ins Gesicht des Diebs geschleudert hatte. Er war vom ganzen Pausenhof ausgelacht worden und hatte nie wieder die Brote seiner Mitschüler geklaut. Das war Lena! Sie bekam gern ihren Willen und hatte unglaubliches Durchsetzungsvermögen. Und im Moment, das wusste Brianna ganz sicher, wollte sie die volle Wahrheit aus dem Herzen ihrer Ma. Brianna würde sich nur darum drücken können, wenn sie ihre Tochter aufgeben würde. Das kam aber nicht in Frage.

„Na schön", schnaufte sie, ließ sich zurück in ihren Sitz sinken, lehnte den Kopf an und starrte auf den weiteren Straßenverlauf. Vermutlich war Lena eh schon auf die Erkenntnis gestoßen, also sollte es kein neuer Schock sein. Aber sie verdiente die Wahrheit.

„Es geht um Mike."

„Mike?", fragte Lena verwirrt. Was hatte der denn jetzt damit zu tun?

„Wie alt ist er?", lächelte Brianna matt und Lena erkannte ein gebrochenes Herz in diesem Blick. Das einzige, was ihr dazu einfiel, war ein leises Lachen.

„Du bist so dämlich", kicherte sie. Damit hatte ihre Ma natürlich nicht gerechnet und sah sie erschrocken an. Zumal sie so eine Einschätzung auch noch nie aus dem Mund ihrer Tochter gehört hatte. „Sieh mich nicht so an, du bist wirklich dämlich. Als Pa damals drei Jahre später zurück aus dem Internat kam, warst du weg und Maeve war die Einzige, die wusste, wo du warst."

„Sie hatte einen Schwur abgelegt, ich weiß."

„Genau. Faye und Keylam dachten, es wäre gut, ihrem Sohn eine Frau zu suchen. Christy. Sie brachte einen dreijährigen Sohn mit in die Ehe."

„Mike", keuchte Brianna entsetzt. Ihre großen Augen waren einzig auf Lena gerichtet, die nun wieder ein liebevolles Lächeln auf den Lippen hatte.

„Genau. Mike ist nicht Pas richtiger Sohn, deshalb ist es auch so schwer, Mike gegen Christys Willen bei ihm zu lassen. Aber Pa hat damals einen Jungen gesehen, der einen Vater brauchte. Wie dein Vater damals wollte er den Jungen nicht ausbaden lassen, was euch widerfahren war, und gab ihm ein zu Hause. Er liebt ihn wie seinen eigenen Sohn, aber das ist er nicht. Deshalb stört es ihn auch nicht, dass Mike und ich … Na ja, du weißt schon."

„Also doch", hauchte Brianna. Sie hatte doch gewusst, Lena hatte sich verliebt, aber von einem Tag zum nächsten hatte es nicht mehr so ausgesehen. Brianna war davon ausgegangen, dass sie ihre

Verwandtschaft erkannt hatten, aber dem war nicht so.

„Mhmh", schmunzelte Lena. „Murphy und die anderen wissen natürlich, wer unser beider Vater ist, wenn auch nicht biologisch. Wir wollten nur niemanden in Verlegenheit bringen. Weder vom Blute her noch auf dem Papier sind wir wirkliche Geschwister."

„Oh Gott, Lena", lachte Brianna leise und zog sie doch wieder an sich. Das musste doch zu vielen Knoten im Kopf und im Herzen geführt haben. Brianna erinnerte sich an die Nacht, als Lena in ihr Bett gekrochen war und am Morgen von dem merkwürdigen Traum erzählt hatte. Und niemandem hatte sie sich wirklich anvertrauen können, außer ihrem Pa. „Du hättest mit mir reden können", flüsterte sie liebevoll. „Ich bin immer für dich da, Kleines. Das war bestimmt nicht leicht."

„Anfangs war es kompliziert. Wenn wir an den Klippen unterwegs waren und von *unserem* Vater anfingen, klang das immer total blöd. Deshalb ist er mein Pa und Mikes Dad."

Brianna lachte auf. „Ah ja."

Lena musste noch mal ernst werden. „Ma, er liebt

dich immer noch. Er hat nie damit aufgehört. Er glaubt nur, er könnte dir nichts mehr bieten, vor allem nicht den Jungen von damals. Er hat sich zurückgezogen aus dem Leben. Und mit deiner Abweisung hast du ihn bestätigt."

Brianna hatte ja geahnt, dass das Thema noch nicht beendet wäre. Trotz der neuen Erkenntnisse änderte sich daran nichts. „Lena", seufzte sie und startete den Wagen wieder. „Das ist siebzehn Jahre her. Wir haben uns beide verändert. Er hat sich zurückgezogen und ich auch. Wir kennen uns nicht mehr und würden uns vermutlich nicht so verstehen wie damals. Ich behalte lieber den Jungen in Erinnerung."

Und nach den Enthüllungen fiel ihr das auch wieder leichter. Er hatte sie damals nicht betrogen! Mike war gar nicht sein richtiger Sohn! Und verheiratet war er auch nicht! Diese Christine stand also jetzt nicht an seiner Seite!

„Du tust es schon wieder", stöhnte Lena genervt. „Du belügst dich selbst und willst mir das auch noch einreden, dabei hast du einfach Angst. Daran ist nichts falsch und du musst dich dafür nicht schämen, aber lüg mich nicht an."

„Du hast Recht, eine gewisse Angst ist dabei. Kannst du das nicht verstehen? Wir waren damals so glücklich und …"

„Und jetzt werft ihr eure zweite und vermutlich letzte Chance einfach weg. Da kann man nichts schönreden, es ist feige. Und das Schlimme daran ist, dass du mich zu der gleichen Feigheit verurteilst."

„Wie bitte?", rief Brianna entsetzt. Was sollte das denn jetzt heißen?

„Aber sicher", antwortete Lena kalt. Sie hielt ihre Kopfhörer schon wieder in der Hand. „Ich liebe dich, aber ebenso liebe ich Pa. Und Mike. Und statt über deinen Schatten zu springen und deine Angst zu überwinden, machst du es wie deine Mutter und wir fahren zurück in ein Leben, das du eigentlich gar nicht willst. Und ich auch nicht", fügte sie hinzu, steckte die Knöpfe in die Ohren und wandte sich von ihrer Ma ab. Mehr gab es für sie nicht zu sagen.

Brianna brauchte noch viele Kilometer, um zu verdauen, was sie eben gehört hatte. Wie ihre Mutter … Sie war doch kein bisschen wie ihre Mutter! Na gut, eigentlich schon, wenn sie ehrlich war. Ihre Mutter hatte sich in sich selbst eingeschlossen und nach außen immer nur Hass und Gewalt gekannt. Brianna spielte nach außen ihr Schauspiel und war imstande, aufrichtiges Glück zu empfinden, wenn sie Lena ansah. Aber innerlich hatte sie sich genauso verschlossen und ließ niemanden zu nahe an sich heran. Ihr war zu viel widerfahren, als dass sie das Risiko hätte eingehen wollen. Erst ihre Mutter, dann die Trennung von Pad und schließlich Marco. Irgendwann aktiviert man eben den Selbstschutz.

Lena das ausbaden zu lassen, war aber wirklich nicht der richtige Weg. Sie hatte gesagt, sie würde nicht in das deutsche Leben zurück wollen. Sie liebte ihren Pa und hatte ihre eigene Liebe hier gefunden. Ob sie von Dauer war, würde sich zeigen, aber Lena war nicht der Typ für schnelle Flirts. Sie hatte sich aufrichtig verliebt. Und was machte Brianna? Ihre Tochter von ihrem Freund trennen, dabei hatte sie selbst damals so unter der Trennung gelitten. Lena hatte viel von ihr und würde ebenso leiden. Sie würde niemals einfach darüber hinwegkommen.

Sie hatten den Hafen in Dublin schon fast erreicht. Dort wartete ein Schiff, das sie von der Insel bringen würde. Allein der Gedanke, sie würde sich wieder so wortlos von Pad trennen wie damals, brach Brianna das Herz. Wenigstens eine Unterhaltung hätte sie doch mit ihm führen können. Sie war mehrere Wochen hier gewesen und hatte kaum ein Wort mit ihm gesprochen. Wieso nicht? In all den Jahren hatte sie sich danach verzehrt, ihn zu sehen und mit ihm zu reden, in seinen starken Armen Halt zu finden und sich ihm anzuvertrauen … Jetzt war er zum Greifen nahe und sie ging ohne ein liebes Wort?

Lena kannte die Gedanken ihrer Mutter natürlich nicht und erschrak zu Tode, als sie im letzten Kreisverkehr vorm Hafen nicht die Ausfahrt in Richtung Schiff nahm. Sie fuhr daran vorbei und dann die gleiche Ausfahrt hinaus, zu der sie hineingefahren waren.

„Ma!", strahlte Lena hoffnungsfroh.

„Du hast Recht, ich bin feige. Aber das solltest du nicht ausbaden müssen. Und wenn es dein Wunsch ist, ziehen wir eben in die Einöde!", antwortete Brianna so entschlossen, dass Lena wusste, sie hatte den Dickkopf ihrer Mutter endlich in die richtige Richtung gedreht!

***

Wie Mike befürchtet hatte, stürzte sich sein Dad in die Arbeit. Gut, sie musste gemacht werden, aber sie waren doch keine Roboter! Sein Dad machte im Moment aber genau diesen Eindruck.

Die Schafe hatten sie ja schon von der großen Weide geholt gehabt, jetzt stand die Schur an. Das war schweißtreibende Arbeit, aber Mike machte sie gern. Er hatte als Junge seinem Vater zugesehen und es lernen wollen. Damals noch an Jungschafen, heute nahm auch er die Großen.

Die Lautstärke der Schurmaschinen machte Unterhaltungen zwecklos. Nicht dass an diesem speziellen Tag ein Gespräch zustande gekommen wäre … Patrick schwieg und die Falten auf seiner Stirn würden wohl für ewig dort bleiben. Er überlegte, was er hätte anders machen können und was jetzt der richtige Weg war. Ein paar Meter weiter stand sein Junge und erntete die Wolle, als wäre es das Selbstverständlichste der Welt. Er war auf dem Hof mit der Arbeit aufgewachsen, aber die Welt bot mehr. Dinge, die Patrick ihm nicht bieten könnte. Christy bot ihm vielleicht kein Heim, aber eine gute Ausbildung. Vielleicht würde es Mike irgendwann bereuen, das nicht angenommen zu haben.

Wenn Patrick eine gute Fee getroffen hätte, die ihm einen Wunsch erfüllen könnte, egal was, dann hätte er sich Bria und Lena zurückgewünscht. Die beiden zusammen mit ihm und Mike auf dem Hof und alle sollten bitte glücklich damit sein. Das hätte er sich gewünscht, aber gute Feen gab es nicht und in der Realität war Bria fortgefahren und hatte Lena mitgenommen. Sie hatte sich gegen das Landleben entschieden und kehrte zurück in die deutsche Stadt. Sie wäre hier nicht glücklich und das war alles, was Patrick wollte.

Nach gut zwei Stunden war Mike schweißgebadet und brauchte etwas zu trinken. Er brachte seinem Dad eine Flasche Wasser mit, reichte sie ihm kommentarlos und verließ für einige Minuten den Stall. Nur kurz zu Atem kommen und frische Luft schnappen, etwas trinken und seine Gedanken auf eine Reise schicken.

Patrick stellte sich neben ihn, lehnte an der Stalltür und sah über sein Land, das er immer hatte haben wollen, das ihm nun aber nicht genug erschien. „Wir kommen gut voran."

„Versuch keinen Smalltalk", wiegelte Mike ab und ging. Er konnte nicht mit seinem Dad reden. Dass er Brianna nicht aufgehalten hatte, würde er ihm nicht so schnell verzeihen.

Patrick sah ihm verdutzt nach. Mike stellte sich ans Gatter zu den bereits geschorenen Schafen und sah niedergeschlagen aus. Er vermisste Lena jetzt schon, genau wie Patrick selbst.

Er folgte ihm. „Was wirfst du mir vor?"

„Feigheit", antwortete Mike freiheraus. „Du hast sie wieder gehenlassen."

„Mike ..."

„Nein!", schnitt er ab und wurde nun doch noch richtig wütend. „Ich kann nicht glauben, dass du so blöd bist! Du liebst sie und sie liebt dich! Siebzehn Jahre hat eure Liebe überdauert und ihr werft sie zum zweiten Mal weg!"

Patrick lehnte sich seufzend auf den Zaun. „So einfach ist es nicht, Mike. Ich möchte, dass sie glücklich ist, und das wird sie hier nie sein können."

„Schwachsinn! Wie kommst du denn auf solchen Unsinn?"

„Es ist so", lächelte Patrick traurig. Er hätte nicht

gedacht, dass seinem Jungen das Schicksal von Brianna und Patrick noch so nahe ging. „Sie hat sich für ein Leben in der Stadt entschieden. Bestimmt nicht ohne Grund."

„Stimmt, es hat einen Grund: Marco ist Makler und kein Farmer. Der hätte nie so einen Hof führen können. Auf den Dörfern gibt es aber nur große Häuser mit viel Grundstück. Deshalb sind sie in eine Kleinstadt am Rande in ein Haus mit weniger Grund gezogen, weil sie es nicht brauchten." Lena hatte ihm davon erzählt, als er gefragt hatte, wie sie denn wohnte. „Ist das Antwort genug?"

„Es ändert nichts", sagte Patrick leise und wandte sich ab, um wieder an die Arbeit zu gehen.

Das wütende Zischen von Mike folgte ihm. „Es ändert nichts? Dir fallen nur keine neuen Ausreden mehr ein!"

„Sie ist weggelaufen!", schrie Patrick und sah Mike sogar wieder an. In Patricks Augen war nichts als Schmerz zu sehen. „Sie will nicht, das muss ich akzeptieren, also du auch!"

„Du bist so ein Esel", schmunzelte Mike. Wie konnten Erwachsene nur so verbohrt sein? „Sie ist weggelaufen, weil sie dich noch genauso liebt wie damals, sich aber deiner Liebe nicht sicher ist. Sonderlich nett war deine Begrüßung ja auch nicht. Und was machst du? Ziehst dich feige zurück und lässt sie gehen, statt um sie zu kämpfen! Und ja, das nehme ich dir übel und werde ich nicht so schnell akzeptieren!"

Wie ein wütender Stier stapfte Mike an seinem Dad vorbei und wollte wieder an die Arbeit gehen, kam aber nicht weit. Eine Hand schloss sich um seinen Oberarm und drehte ihn zu Patrick herum. Er war ruhiger geworden, dafür vergoss er Tränen. „Du hast Recht, ich liebe sie wie damals, als hätte es die Trennung nie gegeben. Genau deshalb möchte ich aber auch, dass sie glücklich ist, verstehst du das nicht?"

„Nein, kann ich nicht, weil du sie eben nicht glücklich machst, sondern ihr verdammt wehtust. Kein Wort hast du verloren, um sie zu halten. Nicht ein Einziges! Natürlich glaubt sie nicht, dass du sie noch liebst. Woher auch? Hast du es ihr gesagt?"

Diesmal wurde Mike nicht aufgehalten und widmete sich wieder den Schafen. Ihm war es ein Rätsel, wie die beiden Dickköpfe früher zusammengefunden hatten, wenn jeder auf den ersten Schritt des anderen wartete. Das konnte doch nichts werden!

Und jetzt? Mike war so was von geladen, dass ihm die Arbeit noch schneller von der Hand ging. Am liebsten hätte er irgendwo draufgehauen. Am besten auf den Hinterkopf seines Vaters, um das Hirn wieder in Gang zu kriegen. Seinen Stolz schmiss er seiner Exfrau vor die Füße, aber für seine Liebe tat er gar nichts? Wieso verstand Mike diese Logik nicht?

Auch Patrick hatte die Arbeit wieder aufgenommen. Es musste ja gemacht werden. Seine Gedanken waren aber ganz weit weg, nicht mal mehr in diesem Land. Die Worte von Mike hallten noch in seinem Kopf wieder. Er wollte bis aufs Blut um seinen Sohn kämpfen, aber Bria ließ er einfach gehen. Wieso? Er hätte doch wenigstens mit ihr sprechen können; ihr wenigstens sagen, was er fühlte. Das war er ihr nach so vielen Jahren schuldig. Damals waren sie von Außenstehenden getrennt worden, ohne sich verabschieden zu können. Heute hätten sie es gekonnt, hatten es aber nicht getan. Wieso nicht? Sie waren doch erwachsen und sollten sich unterhalten können. Er hatte ihr doch noch viel Glück wünschen wollen, wieso hatte er es nicht getan?

Weil er feige war, wie Mike sagte.

„Du hast Recht!", rief Patrick schließlich über den Lärm hinweg. Er hatte sich aufgerichtet und sah Mike voller Entschlossenheit an.

„Womit?", kicherte Mike. Er hatte die Maschine abgestellt, aber selbst ohne diesen Lärm hätte er die Gedanken seines Dads nicht gehört.

„Komm schon!", forderte Patrick, ließ einfach alles stehen und lief aus dem Stall Richtung Auto. Wenn Mike fahren würde, könnten sie sie noch vor der Fähre in Dublin erreichen, ansonsten würde er ihnen auch bis Deutschland folgen!

***

Es war schon Abend, als Lena und Brianna zurück in ihre Heimat kehrten. Lena wusste zwar nicht, wie es ab morgen weiterginge, aber diesmal wusste sie, sie kam wirklich nach Hause. Es war nicht nur das Gefühl, es würde wirklich ihr zu Hause sein. Vorerst würden sie Tante Maeve um Asyl bitten, hatten sie unterwegs beschlossen. Dass Tante Maeve zustimmen würde, stand für die beiden Frauen außer

Frage. Zuvor wollten sie aber die beiden Männer aufsuchen, die ihre Familie komplettieren sollten.

Womit sie nicht gerechnet hatten, war ein völlig dunkles Haus. Das Auto stand auch nicht da. Die beiden waren nicht zu Hause. Das passte nicht so ganz in ihren Plan und Lena rief Mike an.

„Lena!", ging er fröhlich ran.

„Hey. Wo bist du?"

Er lachte ausgelassen. „Auf dem Weg, euch einzuholen!"

„Was?", schrie sie erschrocken, freudig, entsetzt und furchtbar verwirrt. Hatte er es tatsächlich geschafft, den griesgrämigen Brummbären zu überzeugen?

„Ja!", lachte Mike. „Wo seid ihr?"

„Wir stehen vor eurem Haus", schmunzelte Lena und Mike brach in schallendes Gelächter aus.

„Das ist nicht wahr!"

„Doch!", lachte Lena mit ihm. „Wo seid ihr?"

„Etwa auf der Hälfte Richtung Dublin. Wir müssen aneinander vorbeigefahren sein."

„Das ist doch nicht zu fassen", gluckste Lena.

„Wir warten hier auf euch."

Als sie das den beiden Erwachsenen übermittelten, war das Gelächter natürlich groß. Konnten die Wege zweier Liebender eigentlich noch komplizierter zueinander führen?

Ebenso mischte sich aber auch Erleichterung hinein. Sowohl Brianna als auch Patrick kamen nämlich zu der Erkenntnis, dass die Kinder Recht hatten und sie feige waren. Diese Feigheit hätte sie vielleicht um etwas sehr Schönes bringen können, hätte sie aber vielleicht auch vor Enttäuschung geschützt, denn eine Garantie gab es nicht. Vielleicht würde sich ihre Sorge auch bestätigen und sie nicht mehr zusammenpassen wie damals.

Lena und Brianna schlugen nun doch zuerst bei Maeve auf. Die fiel zwar aus allen Wolken, hatte aber natürlich nichts dagegen, die beiden aufzunehmen. Sie hatte fast damit gerechnet, weil Lena verdammt starrsinnig sein konnte. Außerdem war Maeve natürlich nicht entgangen, dass sie gern geblieben wäre. Das dürfte der ausschlaggebende Punkt für Bri gewesen sein, das Leben in Deutschland aufzugeben. Dass Mike bei Paddy die gleiche Erkenntnis errungen hatte, grenzte für Maeve jedoch an ein Wunder, denn der war sogar noch dickköpfiger als Bri und nicht leicht von seinem Standpunkt abzubringen.

Im Haus herumzusitzen, hätte Lena verrückt gemacht. Sie hatte zu ihrer fröhlichen Lebenslust zurückgefunden und die musste raus! Sie war nicht in der Lage, dieses Glück in sich zu behalten, deshalb entführte sie ihre Ma und Tante Maeve in den Pub zu Tom.

Dort rechnete natürlich auch keiner mit ihnen. Das machte aus Wiedersehensfreude eine riesige Party. Einer nach dem nächsten, bei Tom angefangen, schmiss eine Lokalrunde zur Feier des Tages. Sie wurden mit offenen Armen und voller Freude empfangen.

„Lena!", rief Murphy. „Dann könnt ihr ja jetzt im Duett singen!"

Und das taten sie. Seit Jahren sangen sie alle möglichen irischen Lieder zusammen und bekamen hier sogar instrumentale Unterstützung. Schon früher war Brianna hier gern gesehener Akteur gewesen, das würde sie wieder werden. Vielleicht gemeinsam mit Lena und Paddy.

Patrick und Mike hörten die beiden schon singen, als sie am Pub vorbeifuhren.

„Wahnsinn", staunte Mike. Die beiden hatten traumhaft schöne Stimmen.

Lena war von Mike per SMS informiert worden, wann sie ankommen würden, so wusste sie genau, wann die richtige Zeit für Rose Marie war. Diesmal stimmte es sogar wirklich. Sie kehrten zurück nach Hause nach Irland.

Patrick schlug das Herz bis zum Hals, als sie zum Pub gingen. Aber er hatte sich entschieden, nicht den gleichen Fehler noch einmal zu machen. Er hatte sich entschieden, seiner Bria offen gegenüberzutreten und ihr zu sagen, was er fühlte. Schon früher hatte er das mit Blicken beim Singen am besten gekonnt. Deshalb stieg er einfach in das Lied ein, als er durch die Tür trat. Augenblicklich waren alle Blicke auf ihn gerichtet, doch die waren ihm egal. Er hatte sie ewig nicht gesehen und wollte eigentlich auch nur eine sehen.

Brianna war beim Klang seiner tiefen Stimme erstarrt und schaffte es nur langsam, sich zu ihm herumzudrehen. Und dann stand er da, wie sie ihn kannte. Er sang für sie allein - wie damals. Seine sehr tiefe Stimme war ein Kontrast zu ihrer und vereinte sich deshalb nur umso besser mit ihr.

Und diesmal sah er auch nicht so erschrocken aus. Er lächelte und in seinem Blick stand die gleiche Liebe wie bei dem Jungen damals. Seine langen Haare waren noch zerzaust von der Schur, seine Kleider dreckig und doch war er für Brianna der schönste Mann auf Erden.

Langsam ging sie zu ihm, setzte aber erst wieder ein, als der Text des Liedes ihr aus der Seele sprach. Sie war zurück nach Hause gekommen, zu dem einen Mann, den sie einst hatte zurücklassen müssen. Sie kam zurück zu dem Mann, den sie liebte und der deshalb immer in ihren Gedanken gewesen war.

Danach schwiegen sie. Sie sangen nicht, sahen sich an und hielten für einige Atemzüge die Zeit im ganzen Raum an. Patrick war sich immer noch unsicher, obwohl er sich in einem Punkt ganz sicher war.

„Ich liebe dich", flüsterte er, fasste sanft nach ihrem Kinn und erfüllte nach siebzehn endlos langen Jahren seinen sehnlichsten Traum: Ein Kuss, der ihm das Leben durch die Adern jagte, wie es Bria schon immer getan hatte.

Sie gab sich dem Kuss nur zu gern hin und löste

einen Knoten in ihm. Sie wischte den letzten Zweifel weg und aus Patrick platzte es heraus. Er schlang die Arme um sie, hob sie von den Füßen und drückte sie noch näher an sich.

„Oh Gott", schluchzte Lena los und brauchte eine Serviette, weil sie gerade keine Taschentücher zur Hand hatte.

Lachend zog Mike sie an sich. „Es ist schön, dich wieder hier zu haben."

Auch ihr war für den Moment alles egal und sie überfiel ihn mit einem Kuss, der dem ihrer Eltern durchaus Konkurrenz machte. Und auch wenn keine Blutsverwandtschaft bestand, hob Mike seine Lena hoch und drückte sie im Kuss an sich, bis der tosende Jubel um sie herum sie daran erinnerte, dass sie nicht allein waren.

„Entschuldige", lachte Lena.

„Kein Grund", feixte Mike mehr als zufrieden.

Auch Patrick ließ Brianna wieder auf ihren eigenen Beinen stehen, nur nicht weg von sich. Keinen Millimeter sollte sie von ihm weggehen. „Es ist so lange her und doch hat sich nichts geändert."

„Nicht viel", schmunzelte sie und strich sanft über seine Wangen. Er stachelte.

„Vergessen", griente er wie früher. „Bria, vergib mir."

„Pad, vergib mir. Ich liebe dich und habe dich immer geliebt."

„Und alles andere wird sich fügen!", legte Maeve fest. „Tom, ich brauch was Stärkeres, sonst ertrage ich die vier Chaoten bestimmt nicht!"

Und schon lachte der ganze Pub. Dabei war es Maeve ganz ernst gewesen. Brianna war der reinste Wirbelwind und hatte das in Lena noch gesteigert. Und Mike nahm schon Orkanstärke an. Armer Paddy, dachte sie. Aber er war schon früher der Ruhepol für Bri gewesen und würde es nun für alle drei sein.

Lena hüpfte zufrieden zu ihren Eltern. „Wieso eigentlich Pad und Bria? Alle anderen nennen euch Paddy und Bri."

Schon wieder lachte der ganze Pub.

„Sie hat mir einen Buchstaben geklaut", erklärte Patrick amüsiert. „Also hab ich ihr einen geschenkt."

War das logisch, überlegte Lena nicht allein. Für den Moment war es jedenfalls unwichtig. „Ah ja. Na wenn ihr meint. Ma, weg da", forderte sie und scheuchte ihre Ma liebevoll beiseite. Sie wollte ihren Pa nun auch noch mal begrüßen. Und zwar richtig. Für ein endgültiges Wiedersehen. Auf dem Boden blieb sie dafür auch nicht.

„Ich liebe dich, Kleines", flüsterte er ihr zu und hatte das Gefühl, der Himmel habe seine Pforten für ihn geöffnet.

„Ich dich auch", quiekte sie fröhlich.

Es wurde ausgelassen gefeiert im Pub. Murphy, Rogan und alle anderen feierten einfach mit und freuten sich über diesen schönen Abschluss einer tragischen Liebesgeschichte.

Etwas später wurde es aber auch noch mal ein wenig ernster. Brianna und Patrick hatten sich entschieden, die Zukunft gemeinsam anzugehen. Wie diese Zukunft aussah, wusste aber noch keiner so recht.

„Wie geht es denn jetzt weiter?", fragte Lena vorsichtig, als sie sich mal zusammen an einen Tisch setzten. Nur sie, ihre Eltern, Mike und Tante Maeve natürlich. Neben ihr saß ihre Ma, ganz nah bei ihrem Pa. Sie hielten die Hände verschlungen, wie auch Lena mit Mike auf ihrer anderen Seite.

„Ich habe keine Ahnung", gestand Brianna

schmunzelnd. „Montag geht die Schule los und du bist schulpflichtig."

„Der Weg ist mir zu weit zum Pendeln." Deshalb hatte sie die Frage ja auch gestellt. Ihr Wunsch wurde wahr, aber bis zur Umsetzung schien sie ein Knäuel im Kopf zu haben. Es gab so vieles zu bedenken.

„Wieso kommst du nicht mit mir?", grinste Mike. „Wird auf jeden Fall witzig."

„Krieg ich da vom Unterricht überhaupt was mit?"

Bis auf Mike fanden das alle witzig. „Was soll das denn jetzt heißen?"

„Dass du mir nicht erzählen kannst, du wärst ein Musterschüler, der brav in der Ecke sitzt und dem Unterricht folgt. Für wie blöd hältst du mich denn?"

Schmunzelnd wandte sich Patrick an seine Liebste. „Weißt du, worauf du dich da eingelassen hast?"

„Weißt du, worauf du dich eingelassen hast? Ich bin nämlich noch genauso."

„Und da steht euer Haus überhaupt noch?"

Lachend lehnte sich Brianna an ihn und fühlte sich toll dabei! Frei von der Last der Vergangenheit und beflügelt durch die Wärme in ihrem Herzen. Er hatte das Eis tatsächlich geschmolzen. Und sie hatte den Einsiedler schon jetzt vertrieben, denn er saß im gut gefüllten Pub und fühlte sie nicht so unwohl dabei wie noch in Dingle, obwohl ihn hier jeder kannte.

Früher hatte er die wildgewordene Bria auch schon immer bremsen müssen und hatte es bei Mike fortgesetzt. Drei von der Sorte würden ihm eine Menge abverlangen, aber er liebte sie alle Drei!

„Los jetzt!", forderte Lena ebenso lachend, allerdings hatte sie über Mike gelacht. „Ich will mein Abi machen! Fehltage kann ich mir nicht leisten und weiß nicht, ob es die alten Herrschaften hinkriegen, mich hier noch anzumelden."

Patrick überging die Stichelei einfach. „Hier ist noch eine Woche Zeit. Das wäre also kein Problem."

„Dann will ich das so. Und wie weiter? Wie kriegen wir denn unsere Sachen hierher? In einer Woche!"

„Indem wir es mit Ruhe angehen", musste Patrick einfach loswerden. „Ich kann frühestens morgen Abend weg, wenn ich die Schafe durch hab."

„Abgelehnt!", fiel Maeve herrisch dazwischen

und riss das Ruder an sich. „Das ist doch Blödsinn! Du bleibst hier und kümmerst dich um deinen Hof! Und ich helfe dir, dein Haus herzurichten, dass du dich überhaupt trauen kannst, eine Frau zu empfangen!"

„Die haben nicht mal ein Geschirrtuch!", erzählte Lena lachend.

Patrick kniff amüsiert die Augen zusammen und zog den Kopf ein. Ja, ein Hausmann war er nicht gerade, aber es war immer sauber und ordentlich. Es gab frische Kleider in den Schränken und immer genügend Lebensmittel. Gut, sie trockneten das Geschirr nicht ab, aber wieso auch? Die Luft bekam das auch ohne ihr Zutun hin.

Brianna konnte kaum noch sitzen vor lachen. „Halleluja!" Sie nahm sein Gesicht in ihre Hände und hob seinen Kopf, bis er sie ansah - man musste sagen, er strahlte sie an. „Ist mir alles egal. Sag mir, du willst es."

„Ich will es", flüsterte er glückselig. „Ich will euch so nah wie möglich bei mir haben. Und ich verspreche dir, ich werde putzen, bis ihr wieder da seid."

„Das übernehme ich", legte Maeve fest. „Dafür

hilfst du mir bei meinen Tieren und schickst Mike mit nach Deutschland. Der kann tatkräftig beim Packen helfen. Dann lasst ihr eure Sachen herschicken. Bis dahin kommt ihr mit Gepäck aus wie bei einem Urlaub. In der Zwischenzeit übernimmt Paddy die Anmeldung eurer Tochter in der Schule und Bri kümmert sich um die Einbürgerung."

„Es hat sich nichts verändert", flüsterte Brianna zu Patrick.

„Du auch nicht. Du siehst genauso aus wie früher."

„Und den griesgrämigen Brummbären schmeißen wir raus!", befahl Mike voller Ernst.

„Der ist schon weg", lächelte Patrick gutmütig. So war er immer gewesen. Je aufgedrehter Bria gewesen war, desto ruhiger war er geworden. Mit Mike funktionierte das genauso einfach.

Fürs Erste hatten sie jedenfalls einen Plan, den sie aber an dem Abend noch nicht umsetzten. Es wurde spät, ehe sie bei Patrick ankamen. Maeve hatten sie noch schnell nach Hause gebracht, aber die beiden Erwachsenen hatten sich unter vier Augen entschieden, gleich aufs Ganze zu gehen. Sie wollten einander, sie wollten die beiden quirligen Kinder und sie wollten zusammen wohnen und einen gemeinsamen Alltag anstreben. Bis dahin würde noch etwas Zeit vergehen, aber sie legten den Grundstein.

Patrick hatte noch schnell Betten bezogen, während alle nacheinander unter der Dusche gewesen waren. Mit Lenas Bettzeug stand er vor seinen Kindern. „Macht keinen Scheiß", forderte er ernst. Sie wollten gern beieinander sein, noch quatschen und sich festhalten. Das konnte er verstehen, aber er wollte nicht mit Mitte dreißig zum Opa werden!

„Versprochen", lächelte Lena weich. „Die Sünde der Sünde wird keine Sünde in die Welt setzen."

„Du bist keine Sünde, Lena. Das warst du nie, genau wie deine Ma nicht. Aber ihr verbaut euch damit vieles. Genießt eure Jugend und euch, aber macht nicht die Fehler eurer Eltern nach."

„Bestimmt nicht", versprach auch Mike ernsthaft. Sein Dad war in der Hinsicht wirklich immer hinterher und aufgrund der eigenen Vergangenheit auch besorgter als andere Väter, aber wer konnte es ihm verübeln?

Und doch konnte Mike nicht leugnen, dass es sich toll anfühlte. Lena legte sich zu ihm, schmiegte sich genüsslich in seine Arme, schloss die Augen und schien glücklich.

„Geht es dir gut?", flüsterte er mit den Lippen an ihrer Stirn.

„Besser als gut."

„Das freut mich."

Er schloss die Arme noch enger um sie und so verschlungen schliefen sie beinahe auf der Stelle ein. Wenn man bedachte, dass der Tag mit Lenas Befreiung von Grace begonnen hatte, waren gefühlsmäßig mehr als vierundzwanzig Stunden vergangen. Sie war so erledigt, dass sie nicht so schnell wieder aufstehen würde.

Im Zimmer nebenan lief es fast gleich ab. Als Brianna aus dem Bad kam, schüttelte Pad eben die Decke auf, die für sie gedacht war. Sie blieb in der Tür stehen, die Haare noch zauselig, und lächelte ihn einfach nur an.

Er legte die Decke ab, sah sie an und lächelte. Eines seiner Shirts hing an diesem zauberhaften Wesen. „Es ist wie ein Traum."

„Du hast Recht." Sie sah kurz an sich hinab. Sein Shirt hing ihr bis zu den Knien und sie hätte es auch als Wickelkleid anziehen können. „Ich hoffe, du hast nichts dagegen. Meins ist bei Lena in der Tasche."

„Steht dir", schmunzelte er.

Sie ging direkt zu ihm und in seine Arme, wo sie ihrer Meinung nach hingehörte. Vor Glück fing sie schon wieder an zu weinen. „Oh Pad, sag mir, dass es kein Traum ist. Sag mir, dass unsere Ewigkeit endlich beginnt."

„Das wird sie", versicherte er leise. Schon früher hatte sie an seiner Brust Stärke gesucht, wenn es mal wieder Streit zu Hause gegeben hatte oder sie sonst irgendwelche Probleme gehabt hatte. So war es auch jetzt und sie trocknete ihre Tränen an seiner Brust.

Er war sich zumindest theoretisch sicher, dass jetzt genau der richtige Moment war. „Hat dir Lena von der Kette erzählt?"

„Hat sie. Du hast sie all die Jahre aufbewahrt."

„Sie kennt aber nur einen Teil der Geschichte." Vom Regal nahm er eine kleine Schatztruhe und öffnete sie. Daraus nahm er einen Ring, den er Bria zeigte. Er stand ganz nah vor ihr. „Als die alte Frau die Kette hochnahm, verfing sich dieser Ring an dem Anhänger. Das war für mich ein Zeichen des Schicksals. In den kalten Nächten hing dieser Ring neben der Muschel an der Kette, an der ich mich festhielt. Ich träumte davon, zurückzukehren, mit dir auf den Ceann Sibéal zu steigen und dir diesen Ring zu geben. Ich wollte ihn dir an den Finger stecken und uns zu Mann und Frau erklären lassen."

Brianna fühlte solche Wärme in ihrem Herzen, dass sie beinahe zu schwitzen begann. Seit siebzehn Jahren hatte sie keine solche Liebe mehr empfunden. „Willst du das auch heute noch?"

„Noch genauso wie damals", lächelte er, nahm ihre Hand und tat etwas, das er in vielen einsamen Nächten erträumt hatte.

Und genau wie bei seinem Antrag sprang sie ihn an und küsste ihn halb zu Boden. Aber wie auch damals stand er wie ein Fels in der Brandung, fing ihre Freude ab und ließ sie nur zu gern sich in seinen Armen versenken, als sie ihre erste gemeinsame Nacht nach so langer Zeit begannen.

Kurz bevor Brianna einschlief, strich sie noch mal mit der Wange über seine nackte Brust und atmete tief ein. Ihr schien der Schlaf so eine Verschwendung der geschenkten Zeit, aber der

Mensch braucht nun mal Schlaf.

Es hätte alles so schön sein können … Acht Uhr morgens ist gerade für Landwirte bestimmt nicht zeitig. Wenn man aber erst vier Uhr morgens im Bett liegt, ist acht Uhr eindeutig zu zeitig. Und wenn man statt mit liebevollen Zärtlichkeiten auch noch von der Türklingel geweckt wird, möchte man denjenigen erschießen, bevor man die Tür überhaupt aufgemacht hat. Brianna knurrte nur, genau wie Lena.

„Entschuldige", flüsterte Patrick, gab Bria einen Kuss auf die Stirn und stahl sich aus dem Zimmer.

Auf dem Flur traf er seinen Sohnemann, der es mit Lena genauso gemacht hatte. Wach sah er auch noch nicht aus. Mal abgesehen davon, dass er sich den Morgen wohl auch anders vorgestellt hatte.

Patrick öffnete nichtsahnend die Tür und wünschte sich, es nicht getan zu haben und einfach die Klingel abgestellt zu haben.

„Christy", seufzte er. „Was willst du denn schon wieder hier?"

„Sehen, ob du endlich zur Vernunft gekommen bist. Es ist Freitag und du bist immer noch im Bett? Kein gutes Vorbild."

„Verschwinde einfach!", fuhr Mike sie an. „Flieg zum Mond oder lös dich in Luft auf, aber lass uns in Ruhe!"

„Du bist immer noch mein Sohn und wirst jetzt mitkommen. Dann können wir dich bis zum ersten Schultag einrichten."

Sanft, aber bestimmt legte sich eine Hand an Mikes Arm und zog ihn zurück. „Guten Morgen", lächelte Lena höflich. „Wenn du schon zum Frühstück kommst, hättest du wenigstens Brötchen mitbringen können."

Christy wollte es gern verbergen, aber man sah ihr den Schreck an. Mit Lena hatte sie hier nicht gerechnet. Die hätte laut ihrem Kenntnisstand seit dem Vortag weg sein sollen! „Was willst du denn? Misch dich nicht in Dinge ein, die dich nichts angehen!"

„Geh", forderte Patrick. „Leb dein Leben und lass uns in Ruhe."

Christy setzte eben jenes berüchtigte Grinsen auf, das er in der Ehezeit oft gesehen hatte. „Du kannst ihn nicht bei dir halten. Es ist alles mit meinem Anwalt abgesprochen und nur noch eine Frage der Zeit. Es ist sehr verantwortungslos von dir, wenn du

Mike wegen deines Dickschädels später sein Abschlussjahr anfangen lässt."

Ebenso sanft und bestimmt legte sich auch an Patricks Arm eine Hand und zog ihn zurück. Brianna befuhr die gleichen Schienen wie Lena. Voll freundlicher Höflichkeit lächelte sie Christine an. „Guten Morgen. Möchtest du zum Frühstück bleiben?"

Diesen Schreck zu verbergen, gelang Christy nicht mal vor sich selbst. Die berüchtigte Brianna stand in Patricks Shirt an der Tür. Offenbar war sie auch gerade erst aufgestanden. Sie hatte hier geschlafen, dabei hatte Christy doch alles getan, um genau das zu verhindern.

Der Anblick gefiel Patrick mehr, als es noch nett gewesen wäre. Er hängte sich an die Taktik seiner beiden Frauen, legte einen Arm um Bria und begrüßte sie mit einem Kuss in den Morgen. Dann sah er Christy wieder an und mimte, wie sie es getan hatte, die Waagschalen mit den Händen, nur dass er seine Seite nach oben brachte und ihre ganz nach unten.

„Das wirst du büßen!", zischte Christy und stapfte zu ihrem Sportwagen.

„Übrigens!", rief Patrick ihr hinterher. Endlich hatte er mal einen Trumpf in der Hand und wollte ihn um jeden Preis ausspielen. „Wir werden heiraten! Deine Argumente sind also haltlos!"

„Echt?", freuten sich Mike und Lena strahlend. Christy war schon vergessen, ehe sie in den Wagen steigen konnte. Nicht mal ihr Sohn dachte im Angesicht dieser Nachrichten noch an sie. Für Mike und Lena gab es nichts Wichtigeres als diese Bekanntgabe!

„Wenn ihr nichts dagegen habt", lachte Brianna und schloss endlich die Tür. Es mochte Spätsommer sein, aber sie war morgens eine kleine Frostbeule und bekam schon Gänsehaut von der frischen Luft.

„Wieso sollten wir?", fragte Mike.

„Ich hab dich nie adoptiert", erklärte Patrick. „Aber merkwürdig ist es schon."

„Das ist es jetzt schon!", lachte Lena und ging in die Küche, um wenigstens Kaffee anzusetzen, wenn sie schon so zeitig aufstehen mussten.

Christy hatte tatsächlich keine Chance. Mike wollte bei seinem Dad bleiben, auch mit seiner neuen Frau und deren gemeinsamer Tochter. Er war alt genug, seiner Entscheidung viel Gewicht zu verleihen. Die Argumente der Familiensituation hatte Christy nun nicht mehr allein auf ihrer Seite und die Ausbildung würde Mike sowieso nicht wollen. Er wollte sein Abitur mit seiner Schwester-Freundin beenden und dann mit ihr studieren. Dafür brauchte er keine Privatschule. Da Christy damals ja auch zugestimmt hatte, Mike in Patricks Obhut zu lassen, entschied das Gericht, dass es bei dieser Entscheidung bleiben würde, da sonst ja niemand etwas dagegen hatte. Auch Brianna war befragt worden und hatte glaubwürdig versichert, sie würde Mike auch als Kind unter ihrem Schutz ansehen. Nicht als lästiges Anhängsel, sondern als Sohn, um den sie sich genauso gern kümmern würde wie um Lena.

Trotz aller Scherze ließ sich Lena nicht von Murphy am ersten Schultag begleiten. Mit Mike an ihrer Seite fühlte sie sich stark genug. Er zeigte ihr alles, stellte ihr seine Freunde vor und schon am Ende des ersten Tages hatte sie eigene Freunde. Wie sie geahnt hatte, war die Schulzeit mit Mike immer witzig. Sie ergänzten sich aber auch gut und lernten zusammen.

Patrick und Brianna ließen sich tatsächlich auf dem Ceann Sibéal trauen. Das ganze Dorf war dabei und feierte mit dem Traumpaar der Insel, wie sie schon früher oft genannt worden waren. Niemand zweifelte daran, dass diese beiden bis zum Ende aller Tage glücklich werden würden.

Inklusive dem Nachwuchs. Mit Mitte dreißig ist man wohl noch nicht zu alt, um noch einem Kind das Leben zu schenken. Und diesmal durften sie auch Eltern sein, genau wie Faye und Keylam und auch Maeve richtige Großeltern sein durften.

Ende